Eine LEIHMUTTER für Sig

Eine LEIHMUTTER für dich

PENELOPE WARD

An alle Leserinnen und Leser,
die mich um die Geschichte dieses schönen,
gebrochenen Mannes gebeten haben –
diese ist für euch.

KAPITEL 1
Sig

Titel 1: »Rhinoceros« von The Smashing Pumpkins

Ich hätte genauso gut ein Nashorn in meinem Bett haben können. Dieses Schnarchen musste das Geräusch eines Nashorns sein.

Ich ließ nie Frauen in meiner Londoner Wohnung übernachten – niemals. Aber Monica war eingeschlafen, als ich nach unserer Begegnung gestern Abend auf die Toilette gegangen war. Ich hatte es nicht übers Herz gebracht, sie zu wecken. Und wenn man bedachte, dass ihr Schnarchen mich fast die ganze Nacht wach gehalten hatte, hatte ich für diese Entscheidung teuer bezahlt.

Wie bei der anderen Handvoll Frauen, mit denen ich in den fast fünf Jahren seit dem Tod meiner Frau geschlafen hatte, hatte es auch zwischen Monica und mir nicht wirklich gefunkt. Genau genommen war mir das auch lieber so. Ich hatte kein Interesse daran, nach Britney mit jemandem etwas aufzubauen. Ich hatte meine einzige wahre Liebe verloren, und niemand sonst konnte sich damit vergleichen. Ich musste mich nicht emotional binden, und ich hatte es auch nicht mehr in mir. Also suchte ich mir absichtlich Frauen, von denen ich wusste, dass sie keine Erwartungen hatten und mit denen die Chemie nur körperlich stimmte.

Als Monicas Schnarchen zum ersten Mal ertönte, hatte ich versucht, sie umzudrehen, aber ohne Erfolg. Letzten Endes war ich ins Gästezimmer umgezogen. Wie konnte jemandes unaufhörliches Schnarchen den Schlaf von allen außer dem eigenen stören?

Ich grübelte darüber nach, während ich leer auf die Kaffeemaschine starrte, bis ein Klopfen an der Tür meine Gedanken unterbrach.

Wer zum Teufel klopft denn so früh?

Wenn ich gewusst hätte, wer auf der anderen Seite der Tür stand, hätte ich sie nie geöffnet – zumal ich kein Hemd anhatte und eine halb nackte, schnarchende Frau in meinem Bett lag.

»Was macht ihr denn hier?«, fragte ich sie, als ich öffnete.

»Auch schön, dich zu sehen«, schimpfte Phil.

Meine Schwiegereltern, Phil und Kate Alexander, standen im Flur. Obwohl sie in den USA lebten, kamen sie von Zeit zu Zeit nach England, um Britneys Grab und mich zu besuchen. Wir hatten im Laufe der Jahre engen Kontakt gehalten. Phil hatte hier eine Wohnung gekauft, die er als Airbnb vermietete, aber er hielt sie für die Wochen offen, in denen er und seine Frau in England zu Besuch waren.

»Warum habt ihr mir nicht gesagt, dass ihr kommt?«, fragte ich.

»Wir haben dir eine E-Mail über unsere Reise geschickt«, antwortete Kate. »Du hast nicht geantwortet.«

Ich hatte seit über einer Woche nicht mehr in mein persönliches E-Mail-Konto geschaut. »Ihr hättet eine SMS schreiben sollen.«

Phil sah mich von oben bis unten an. »Willst du uns nicht hereinbitten?«

Ich nahm an, dass ich das tun musste, oder nicht? *Welche Wahl habe ich denn schon?* »Klar.« Ich trat einen Schritt zur Seite. »Natürlich. Kommt rein.«

Nachdem sie eingetreten waren, schaute Phil in Richtung meines Schlafzimmers. »Was ist das für ein Geräusch?«

»Es ist eine Frau«, gab ich widerwillig zu.

»Ah. Du Teufel. Ich hätte es wissen müssen.« Er gab mir einen Klaps auf den Arm und drehte sich zu seiner Frau um. »Ich sagte doch, wir hätten vorher anrufen sollen.«

»Es tut mir leid.« Ich räusperte mich. »Das ist mir furchtbar unangenehm.«

»Blödsinn.« Kate winkte ab. »Es sollte dir nicht unangenehm sein. Es ist fast fünf Jahre her. Denkst du, wir wissen nicht, dass du ab und an Frauen zu Besuch hast?«

»Ich hatte eigentlich noch nie jemanden über Nacht da. Aber ich hatte auch noch nie jemanden, der eingeschlafen ist, bevor ich ihr ein Taxi rufen konnte.«

»Du musst sie ziemlich gut unterhalten haben.« Phil grinste.

Ich räusperte mich erneut. »Sie hat die ganze Nacht geschnarcht, aber ich habe es nicht übers Herz gebracht, sie zu wecken.«

»Soll ich ihr dann die Ehre erweisen?« Phil wackelte mit den Augenbrauen.

Ich zuckte mit den Schultern. »Nur zu.«

Er fing an, mehrere Sekunden lang zu jodeln. Kate und ich sahen uns nur an. Phil war schon immer ein wenig seltsam gewesen, und so war keiner von uns überrascht. Als er aufhörte, spähte ich ins Schlafzimmer, um festzustellen, dass Monica sich zwar rührte, aber noch nicht aufgewacht war.

»Sie schläft noch«, verkündete ich. »Möchtet ihr Tee?«

»Sehr gern«, sagte Kate.

Phil und Kate nahmen an meinem Küchentisch Platz.

Nachdem ich Wasser gekocht hatte, schenkte ich ihnen Tee ein und brachte zwei Tassen herüber.

Eine Minute später schlenderte Monica herein. »Oh.« Sie kratzte sich am Kopf. »Hallo.«

»Monica, das sind meine Schwiegereltern.«

»Deine *Schwiegereltern*?« Ihre Augen weiteten sich. »Du bist verheiratet?«

Phil täuschte Überraschung vor, als er zu mir hinübersah. »Du Mistkerl!«

Monica sah aus, als würde sie gleich platzen.

»Er macht nur Witze. Er ist ein Witzbold«, versicherte ich ihr.

»Ich entschuldige mich für das Verhalten meines Mannes.« Kate verpasste Phil einen Klaps auf den Arm. »Unsere Tochter war mit Sig verheiratet, aber sie ist vor einigen Jahren verstorben. Wir sind nur zu Besuch. Wir wussten nicht, dass er jemanden in der Wohnung hat.«

»Oh.« Monicas Gesichtsausdruck wurde weicher, als sie zu mir hinübersah. »Du hast nichts gesagt von ...«

Ich trank einen Schluck Tee. »Wir haben gar nicht viel zueinander gesagt, oder?«

»Stimmt.« Sie sah auf ihre Füße hinunter. »Äh ... ich gehe jetzt besser.«

»In Ordnung.« Ich starrte in meine Teetasse, ohne Augenkontakt herzustellen.

»Du hast meine Nummer«, sagte sie.

»Die habe ich.« Ich nickte einmal.

Monica verließ die Küche. Wir drei schwiegen, während wir zuhörten, wie sie meine Wohnung verließ.

Nachdem die Tür zugefallen war, drehte Phil sich zu mir um. »Sie wird nie wieder etwas von dir hören, oder?«

»Es sei denn, ich verspüre den plötzlichen Drang, die ganze Nacht wach zu bleiben.«

Kate seufzte. »Du kannst nicht ewig so leben und Frauen mit nach Hause bringen, mit denen du kaum sprichst.«

»Ich habe kein Interesse an mehr.«

»Das liegt daran, dass du absichtlich nicht die richtigen Menschen hereinlässt«, schimpfte sie.

»Ich schätze deine Meinung, aber ich weiß, was ich brauche, und das ist *keine* Beziehung.«

»Britney würde wollen, dass du dein Glück findest. Das weißt du doch, oder?«

Britney würde leben wollen. Das ist es, was sie würde haben wollen. Ich räusperte mich. »Wie auch immer, was führt euch in die Stadt? Ihr könnt doch unmöglich so früh hergekommen sein, um mich wegen meines Privatlebens zurechtzuweisen.«

Sie sahen einander an.

Misstrauisch hob ich eine Augenbraue. »Was ist hier los?«

Kate setzte ihre Tasse ab. »Es gibt etwas, worüber wir mit dir reden wollen.«

»Also gut ...« Ich nahm einen Schluck.

»Wir sind wegen der Spendenaktion des Krankenhauses nach London gekommen, aber wir dachten uns, wir schlagen zwei Fliegen mit einer Klappe, wenn wir schon mal hier sind.« Sie hielt inne. »Phil und ich haben uns unterhalten, und ...« Sie holte tief Luft. »Wir würden gern eine der Eizellen verwenden. Wir denken, es ist an der Zeit.«

Ich spuckte fast meinen Tee aus, und der Raum schwankte, als mir die Bedeutung des Wortes *Eizellen* bewusst wurde. Ich wusste, dass meine Frau ihre Eizellen hatte einfrieren lassen, bevor sie mit der Krebsbehandlung begonnen hatte. Das war, bevor wir uns überhaupt kennengelernt hatten. Sie hatte es mir gegenüber erwähnt, und ich hatte es immer im Hinterkopf, aber ich versuchte, nicht daran zu denken. Die Eizellen auf Eis waren etwas, über das sie und ich nur im Zusammenhang mit einem gemeinsamen Kind gesprochen hatten, wenn sie die Behandlung überstanden hatte — lebend. Ich konnte mir keine andere Verwendung für diese Eizellen vorstellen.

Ich saß schweigend da, als Kate fortfuhr.

»Wir haben lange darüber nachgedacht. Britney war unser einziges Kind. Wir sind Ende fünfzig, also kann ich natürlich kein weiteres leibliches Kind bekommen, aber wir würden gern unser Enkelkind großziehen.«

»Glaubt ihr, dass sie das wollen würde? Dass ihr Kind ohne seine Mutter auf die Welt kommt? Britney hatte die Absicht, für das Kind da zu sein, als sie ihre Eizellen entnehmen ließ.«

»Ja, ich weiß.« Kate nickte. »Aber als uns klar wurde, dass sie es vielleicht nicht schafft, habe ich sie gefragt, was ich mit den Eizellen machen soll. Sie sagte, sie hätte nichts gegen den Gedanken, durch ein Kind weiterzuleben. Sie hat uns die Eizellen überschrieben, aber ich musste ihr versprechen, dass ich es erst mit dir bespreche. Sie wollte nicht, dass wir etwas tun, was dich verärgert. Das schien ein K.o.Kriterium zu sein.«

Ich kniff die Augen zusammen. »Warum hat sie mir gegenüber nichts davon erwähnt?«

»Ich glaube, sie wollte niemals glauben, dass sie nicht mehr da sein würde, Sig. Ich musste das Thema zur Sprache bringen. Weil es besprochen werden musste, da sie wahrscheinlich ...«

Sterben würde.

Mein Magen verkrampfte sich. Wie konnte ich mit gutem Gewissen verhindern, dass dies geschah, wenn es das war, was Britney wollte? Es gab nichts, was ich nicht für sie tun würde. Dies wäre eine Chance für meine Frau, indirekt wieder zu leben – oder zumindest ein Teil von ihr. Wenn ihre Eltern bereit waren, sich um das Kind zu kümmern, wer war ich, sie daran zu hindern? Es fühlte sich nicht nach meiner Entscheidung an, auch wenn Britney auf meiner Zustimmung bestanden hatte.

Ich rieb mit einem Daumen über die Tasse. »Ihr bittet mich also um Erlaubnis ...«

»Nun, nicht nur um deine Erlaubnis.« Sie hielt inne. »Wir wollen natürlich, dass du der Vater bist.«

Oh.

Mist.

Warum zum Teufel war mir *das* nicht in den Sinn gekommen? Wenn ich vorher gedacht hatte, dass der Raum schwankte, dann drehte er sich jetzt.

»Nein«, sagte ich, als ich zu schwitzen begann.

»Nein?« Phil hob eine Augenbraue. »Wäre es dir lieber, wenn wir das Sperma eines xbeliebigen Mannes verwenden?«

Äh ...

Nein.

Mir drehte sich der Magen um. Wenn er es so ausdrückte, konnte ich mir keinen anderen Mann als Vater des Kindes vorstellen. »Das würde ich auf keinen Fall zulassen.«

»Dann ist dein Sperma die einzige Möglichkeit«, sagte Kate. »Aber wenn du das nicht willst, werden wir es nicht tun. Wir werden nichts weiter unternehmen.«

»Nur um das noch einmal klarzustellen, du müsstest dieses Baby nicht *aufziehen*, Sig«, fügte Phil hinzu. »Es würde uns gehören. Aber wenn du dich jemals dafür entscheiden solltest, dass du es aufziehen *willst*, würden wir dir nicht im Weg stehen. Wir würden voll und ganz dabei helfen, ihn oder sie großzuziehen und das bestmögliche Leben zu ermöglichen.«

Mein Stuhl rutschte, als ich aufstand. »Entschuldigt mich. Ich brauche einen Moment.«

Ich ging in mein Schlafzimmer und setzte mich auf die Bettkante. Den Kopf in die Hände gestützt, nahm ich mir einen Moment Zeit, um mich zu erden. Ich hätte alles dafür gegeben, nur eine Stunde zurückzugehen, um Nashorngeräuschen zu lauschen und mich nicht mit der Bombe zu beschäftigen, die sie gerade hatten explodieren lassen.

Der Gedanke, ein Kind zu bekommen, ohne dass Britney hier war, war unerträglich schmerzhaft. Zu wissen, dass sie nie die Chance haben würde, Mutter zu werden. Aber ich musste darauf vertrauen, dass Kate die Wahrheit über Britneys letzte Wünsche sagte.

Nach ein paar Minuten hatte ich mich soweit beruhigt, dass ich wieder zu ihnen in die Küche gehen konnte. »Ich brauche Zeit, um das zu verarbeiten«, sagte ich.

Kate nickte. »Natürlich. Nimm dir so viel Zeit, wie du brauchst. Die Eizellen gehen nirgendwohin. Wir sind die Einzigen, die älter werden.« Sie lachte. »Phil und ich müssen das machen, solange wir noch jung genug sind, um uns verantwortungsvoll um unser Enkelkind zu kümmern.«

Ich schluckte. »Ich verstehe.«

Kate nahm einen Schluck von ihrem Tee. »Es gibt noch eine Sache, die wir besprechen müssen.«

»Was?«

»Die Leihmutter.«

Mein Gehirn schien an diesem Tag wohl langsamer zu arbeiten. Vielleicht lag es am Schlafmangel, denn nicht nur war mir ursprünglich nicht klar gewesen, dass ich der Vater des Babys sein sollte, mir war auch die Tatsache entgangen, dass jemand das Kind würde *austragen* müssen.

Bevor ich antworten konnte, fügte sie hinzu: »Wir glauben, wir haben jemanden gefunden.«

Meine Augen weiteten sich. »Ohne mit mir darüber zu sprechen, habt ihr jemanden gefunden?«

»Du hättest das letzte Wort. Wir würden nichts ohne deine Zustimmung tun.«

»Wer ist diese Person?«, fragte ich, wobei meine Mauern sich wieder aufbauten.

»Einer von Phils ältesten und liebsten Freunden hat eine Tochter. Sie hat Britney nie kennengelernt, weil sie in verschiedenen Bundesstaaten aufgewachsen sind, und sie ist etwas jünger. Aber Phil und ich haben Roland und seine Tochter kürzlich in Rhode Island besucht. Wir vertrauten ihnen unsere Situation an, ohne zu erwarten, dass sie uns ihre Hilfe anbieten würde. Ich weiß, wir hätten erst mit dir darüber reden sollen, aber ich wurde eines Abends sehr emotional und nun, die Schleusen haben sich geöffnet. Wie ich schon sagte, ich hätte nie erwartet, dass sie –«

»Wer, der bei klarem Verstand ist, würde so etwas nach einem einzigen Gespräch anbieten?«

»Sie ist ein wunderbares Mädchen mit einem großen Herzen«, erklärte Kate.

»Das kaufe ich dir nicht ab.« Ich verschränkte die Arme. »Was will sie?«

Kate legte die Stirn in Falten. »Was meinst du?«

»Geld. Wie viel verlangt sie?«

»Darüber haben wir gar nicht gesprochen«, antwortete Phil.

»Nun, das ist verrückt. Wer lässt sich schon auf so etwas ein, ohne über Geld zu reden?«

»Weil es für sie nicht nur ums Geld geht«, sagte Kate. »Natürlich weiß sie, dass es eine Entschädigung geben wird, aber sie will uns wirklich helfen.«

»Wie alt ist diese Person?«

»Fünfundzwanzig«, antwortete Phil.

»Fünfundzwanzig, und sie will ein Jahr ihres Lebens opfern? Sie scheint nicht ganz richtig im Kopf zu sein.«

Meine Schwiegermutter verschränkte die Arme. »Ich bezweifle, dass es jemanden gibt, den du für diese Aufgabe für geeignet hältst, Sig. Denn du bist noch nicht offen dafür. Wenn du Zeit zum Nachdenken hattest, kannst du sie kennenlernen. Ich habe dir bereits gesagt, dass wir nichts entgegen deiner Wünsche tun werden. Wenn du sie nicht magst, können wir jemand anderen finden. Was du willst, ist das Wichtigste.«

Ich wollte, dass diese ganze Situation verschwand.

Ich wollte Britney zurückhaben.

Und das würde nie passieren.

KAPITEL 2
Sig

Titel 2: »How Can You Mend a Broken Heart« von den Bee Gees

Ein paar Tage später verließ ich voller Anspannung vormittags die Arbeit, was ich fast nie tat. Ich fuhr aufs Land zum Haus meines Cousins Leo. Ich wollte diese neueste Entwicklung mit ihm und seiner Frau Felicity besprechen.

Leo Covington war der Herzog von Westfordshire, ein Titel, den er nach dem Tod seines Vaters geerbt hatte. Obwohl Leo mein Cousin ersten Grades war, war ich selbst kein Aristokrat. Leos Vater war mit der Schwester meiner Mutter verheiratet; wir waren die nicht-aristokratische Seite der Familie. Dennoch hatte ich die meiste Zeit meiner Jugend damit verbracht, die Vorteile meiner Beziehung zu Leo zu genießen. Leo war nicht nur mein Cousin, sondern auch mein bester Freund, Vertrauter und Reisepartner.

Leo und Felicity lebten auf einem Anwesen namens Brighton House, das innerhalb der Familie Covington

vererbt worden war. Auf dem umliegenden Land lebte eine obszöne Anzahl von Tieren, darunter ein Shetlandpony, das Leo für Felicity gekauft hatte, als er vor
fast zehn Jahren in Amerika um sie warb. Sie hatten es
Lächerlich genannt, was so ziemlich die ganze Transak-
tion zusammenfasste.

Neunzig Minuten nachdem ich aus meinem Büro
geflüchtet war, saßen Leo, Felicity und ich um die Mit-
telinsel ihrer riesigen Küche herum, die mit Flügeltüren
ausgestattet war und einen Blick auf ein großes Stück
Ackerland bot. Ich hatte gerade mein Gespräch mit
Kate und Phil wiedergegeben.

Felicity schob ein Tablett mit Crackern, Käse und
Obst vor mich. »Ich finde es wirklich schön, dass sie das
tun wollen, Sig.«

»Schön oder verrückt, je nachdem, wie man es betrachtet«, sagte ich und schob mir einen Käsewürfel in
den Mund.

Ihre Augen funkelten. »Stell dir vor, Britneys Kind
halten zu können. Wie unglaublich wäre das denn?«

Meine Brust zog sich zusammen. »Es wäre wohl
eher quälend schmerzhaft.«

Sie nickte. »Ich schätze, diese Perspektive kann ich
auch nachvollziehen.«

Ich steckte einen Zahnstocher in eine Olive. »In
den letzten Tagen habe ich mich wie der Star eines miserablen Fernsehfilms gefühlt, dem ich mich niemals
freiwillig aussetzen würde.«

Leo klopfte mir auf die Schulter. »Ich rechne es
dir hoch an, dass du es überhaupt in Betracht ziehst,
Cousin. Ich glaube, ich würde genauso reagieren wie du,
ganz ehrlich.«

»Ich könnte die ganze Sache ablehnen, aber ... Phil und Kate haben mit Britneys Tod ihre ganze Welt verloren. Sie waren immer nur gut zu mir. Ich werde das nicht verhindern, auch wenn es mich innerlich zerreißt.«

Leo nickte. »Dann hast du dich also schon entschieden. Du wirst Ja sagen.«

»Nun, ich nehme an, ›Ja‹ ist nur *eine* Entscheidung. Es gibt noch andere Dinge, die geklärt werden müssen.«

»Zum Beispiel, ob du der Vater wirst?«, fragte er.

»Nein, das ist eine Selbstverständlichkeit. Ich könnte es nicht anders ertragen.«

»Wow.« Leo nickte. »Na gut.«

Felicity rieb sich den schwangeren Bauch. »Also nehme ich an, dass die endgültige Entscheidung mit der Wahl einer Leihmutter zu tun haben wird.«

»Nun ... sie *glauben*, schon jemanden gefunden zu haben.«

Felicity legte den Kopf schief. »Warum sagst du das so? Traust du ihrem Urteilsvermögen nicht?«

Ich schnippte einige Krümel weg. »Ich traue niemandem, der sich so schnell auf etwas einlässt. Anscheinend hatten sie ein Gespräch mit der fünfundzwanzigjährigen Tochter eines Freundes, und schon bietet sie ihre Gebärmutter an.«

Leo schenkte Prosecco ein. »Wer ist diese Person?«

»Ich weiß nicht viel, außer dass ihr Vater und Phil alte Kumpel sind. Das Mädchen muss verrückt sein, wenn sie so etwas anbietet.«

»Ich denke nicht, dass es verrückt ist, so etwas anzubieten«, sagte Felicity. »Ich meine, es gibt gutherzige Menschen da draußen. Britneys Geschichte ist tragisch. Ich könnte mir vorstellen, dass ich mich von den Emotionen mitreißen lasse und meine Hilfe anbiete, wenn meine Lebenssituation anders wäre.«

»Nun, dann bist du auch verrückt, Rotschopf.«

»Es ist jetzt fast zehn Jahre her, Sig. Wirst du jemals aufhören, mich Rotschopf zu nennen?«

Ich zwinkerte. »Niemals.«

Rotschopf war ein Spitzname, den ich Felicity wegen ihrer roten Haare gegeben hatte, als sie Leo zum ersten Mal getroffen hatte. Im Laufe der Jahre hatte ich ihr viele Scherznamen gegeben, denn ich war ein Witzbold. Mein Cousin und ich waren vor zehn Jahren auf einer sechsmonatigen Reise durch die USA gewesen, als er Felicity auf der letzten Etappe unserer Reise in Narragansett, Rhode Island kennenlernte. (In jenem Sommer war ich übrigens völlig aus den Angeln gehoben. Das war, bevor ich Britney kennenlernte, und sagen wir einfach, dass ich auf dieser Reise *viel* Spaß hatte.)

Leo und Felicity hatten einen ziemlich langen Weg hinter sich, um dorthin zu gelangen, wo sie jetzt waren. Felicity war gerade mit ihrem zweiten Kind schwanger, einer Tochter, die sie Britney nennen wollten. Es muss nicht erwähnt werden, dass ich praktisch den Verstand verlor, als sie es mir mitteilten. Eloise, ihre andere Tochter, war drei Jahre alt und ein kleiner Frechdachs. Sie war gerade im Kindergarten, sonst hätte sie meine Beine umkreist und versucht, mich dazu zu bringen, mit ihr zu spielen.

Leo nippte an seinem Prosecco. »Okay, und wie geht es jetzt weiter?«

»Ich habe keine Ahnung«, seufzte ich.

»Ich schon«, sagte Felicity.

Ich drehte mich zu ihr um. »Nur heraus damit, Rotschopf.«

»Du musst die potenzielle Leihmutter hierher einladen. Triff diese Frau und triff deine Entscheidung basierend darauf, sie *tatsächlich* kennenzulernen, nicht aufgrund von Vermutungen.«

»Sie ist kaum eine Frau. Wer zum Teufel weiß schon, was er mit fünfundzwanzig mit seinem Leben anfangen will?«

»War Britney nicht sechsundzwanzig, als du sie kennengelernt hast? Du hast sie für ziemlich erwachsen gehalten, nicht wahr?«

»Das war etwas anderes. Sie wusste, dass sie sterben könnte. Das lässt einen verdammt schnell reifen.«

Felicity nickte. »Aber seien wir mal ehrlich, Sig. Du wirst nie das Gefühl haben, dass jemand gut genug ist, um dieses Baby auszutragen. Wenn das passieren soll, musst du ein bisschen aufgeschlossener sein.«

»Ich will, dass diese ganze Situation verschwindet, damit ich mich überhaupt nicht damit beschäftigen muss.«

Bevor ich Britney kennenlernte, wollte ich keine Kinder haben. Und nach ihrem Tod hatte ich mir geschworen, mit niemandem sonst Kinder zu haben, was auch in Ordnung war, denn ich hatte sowieso nie geplant, Kinder zu haben, wollte sie mit niemandem außer ihr. Aber ich hatte nicht damit gerechnet, dass sie und ich ein Kind zeugen würden, ohne dass sie dabei war. Das Einzige, was ich wusste? Ich würde nicht in der Lage sein, das Kind allein großzuziehen.

»Ich habe bereits beschlossen, dass Phil und Kate sich darum kümmern sollen. Ich bin nicht geeignet.«

»Okay.« Felicity nickte. »Gut, dass du das zugeben kannst, wenn du so fühlst. Aber du wirst immer der Vater sein. Das wirst du nicht ändern können.«

Vater.

Ich?

Ich konnte es nicht begreifen.

Auf dem Rückweg von Leo beschloss ich, nicht zu meinem Haus in London zurückzukehren, sondern die Nacht an meinem anderen Wohnsitz zu verbringen, einer Frühstückspension namens *Bainbridge Inn* auf der anderen Seite von Westfordshire.

Ich hatte die Gastwirtin Lavinia vor einigen Jahren kennengelernt, als Felicity während eines Besuchs bei Leo in Großbritannien dort übernachtet hatte. Damals hatte Leo mich gebeten, auf Felicity aufzupassen, da sie fremd in einem neuen Land war und er aufgrund seiner Verpflichtungen nicht immer bei ihr sein konnte. Das war kurz nach Britneys Tod gewesen, und ich war damals ein wandelnder Zombie. Da ich nichts Besseres zu tun hatte, blieb ich mit Felicity in der Frühstückspension, ohne zu ahnen, dass ich mit der alten Frau, der sie gehörte, gut befreundet bleiben würde. Lavinia war für mich wie eine zweite Mutter geworden, was praktisch war, denn mit meiner leiblichen Mutter kam ich nicht gerade gut aus.

Für Lavinia war es im Laufe der Jahre zu einem Problem geworden, die anfallenden Rechnungen zu begleichen, also hatte ich ihr die Pension abgekauft und die Kosten übernommen, damit sie sie weiterführen konnte. Sie lebte immer noch dort und beherbergte gelegentlich Gäste, die in letzter Zeit aber immer seltener wurden. Sie wurde immer gebrechlicher, sodass die Gäste praktisch auf sich allein gestellt waren, wenn es darum ging, ihr Gepäck zu tragen oder die Bettwäsche zu wechseln, obwohl eine Haushälterin, die ich eingestellt hatte, einmal in der Woche gründlich reinigte. Ich behielt ein Zimmer in der Pension und wohnte dort, wann immer ich auf dem Land war. Die meiste Zeit der Woche war ich in London, da ich dort arbeitete.

Auch Lavinia war im Laufe der Jahre zu einer Vertrauten geworden. Obwohl fünfundvierzig Jahre zwischen uns lagen – zweiundachtzig und siebenunddreißig –, kamen wir gut miteinander aus. Ich schätzte es, dass die Frühstückspension eine urteilsfreie Zone war, im Gegensatz zu meinem Elternhaus, wo ich häufig für meine Lebensentscheidungen kritisiert wurde. Lavinia sagte zwar auch ihre Meinung zu Dingen, die ich nicht hören wollte, aber sie drängte mir nie etwas auf.

Lavinia saß allein im Dunkeln in der Küche, als ich an diesem frühen Abend von Leo kam. Eine einzelne Kerze brannte vor ihr.

Ich ging direkt zu dem Schrank, in dem sie den Schnaps aufbewahrte. »Mach doch mal Licht, Frau.«

»Ich meditiere.«

»Sieht aus wie eine Horrorshow hier drin.«

Sie lachte. Ich liebte es, sie zum Lachen zu bringen – und ihr auf den Sack zu gehen. Zwei meiner Lieblingsbeschäftigungen.

»Was macht dich heute Abend fertig?«, fragte sie.

»Woher wusstest du es?«

»Na ja, normalerweise sagst du erst mal Hallo, bevor du dir den Gin holst.«

»Ja«, murmelte ich. »Tut mir leid.« Ich hob die Flasche an. »Willst du auch einen?«

Sie nickte.

»Gin bei Kerzenlicht. Wie besonders«, sagte ich, während ich uns beiden einen Drink einschenkte. Ich brachte sie an den Tisch und erzählte ihr von dem Besuch von Phil und Kate vor ein paar Tagen.

Lavinia saß mit großen Augen da und saugte jedes Wort in sich auf, als sei dies das Aufregendste, was ihr seit Jahren widerfahren war.

»Wie heißt die Frau, die angeboten hat, das Baby auszutragen?«, fragte sie.

Ich wandte den Blick ab. »Würdest du glauben, dass ich es nicht weiß? Ich habe bisher nicht gefragt.«

»Nun, ich denke, es ist höchste Zeit, dass du es erfährst. Und sie kann hier unterkommen, wenn du sie nach Westfordshire einlädst.«

»Du willst einen Platz in der ersten Reihe bei dieser Scheißshow, was?« Ich kniff die Augen zusammen. »Außerdem, warum sollte ich sie hierher einladen?«

»Nun, du müsstest sie doch erst einmal kennenlernen, oder?«

»Das hat Felicity auch gesagt. Ich habe noch nicht darüber nachgedacht. Ich würde auf keinen Fall wollen, dass sie bei mir in London wohnt. Das wäre unangenehm.« Ich rieb mir die Schläfen. »Ich kann diesen zusätzlichen Stress nicht gebrauchen. Die Arbeit war anstrengend.«

Vor ein paar Jahren hatte ich meinen Magister der Betriebswirtschaftslehre gemacht und die Verwaltung einiger von Leos Immobilien übernommen. *Ja, ich schwimme weiter auf seiner Erfolgswelle mit.* Mein Cousin konnte sich nicht selbst um alle seine Geschäfte kümmern und brauchte jemanden, auf den er sich verlassen konnte, aber ich weigerte mich, Almosen anzunehmen, und nahm den Job erst an, nachdem ich mein Studium abgeschlossen und die nötige Erfahrung für die Position gesammelt hatte. Seitdem hatte ich einige weitere Aufgaben bei Covington Properties übernommen. Ich will mich nicht selbst loben, aber seit ich an Bord war, waren die Gewinne in die Höhe geschnellt. Darüber konnte Leo sich sicher nicht beschweren.

Lavinia runzelte die Stirn. »Es gibt noch mehr im Leben als Arbeit, weißt du.«

»Ich habe mir in den letzten fünf Jahren langsam mein Leben zurückerobert. Die Arbeit war ein wichtiger Teil davon.«

»Wenn du fremde Frauen in deine Londoner Wohnung einlädst und sie dann wieder rausschmeißt, ist das wohl kaum ein Zurückerobern deines Lebens«, schimpfte sie.

»Du sollst wissen, dass ich sie freundlich bitte zu gehen und sie nicht rausschmeiße.«

»Das ist dasselbe.«

»Jedenfalls werfe ich sie nicht *immer* raus.« Ich leerte die Hälfte meines Gins, bevor ich das Glas auf den Tisch knallte. »Da war dieses eine Nashorn ...«

»Was?«

»Vergiss es.« Ich lachte.

»Worum geht es hier eigentlich, Sigmund? Warum regst du dich so darüber auf, wenn Britneys Eltern angeboten haben, sich um das Kind zu kümmern?«

Darüber musste ich erst einmal nachdenken. »Das eigentliche Problem ist Britney.« Ich schaute in mein Glas. »Ich frage mich, ob sie das *wirklich* gewollt hätte, trotz dessen, was sie ihrer Mutter in ihren letzten Tagen erzählt hat. Vielleicht war sie nicht bei klarem Verstand, als sie so viele Medikamente nahm.« Ich schluckte. »Ich kann sie nicht fragen, und das macht mich fertig.«

Lavinia berührte meinen Arm. »Glaubst du, du wirst sie jemals loslassen können?«

»Ich versuche nicht, sie loszulassen.« Ich schüttelte den Kopf. »Ich *will* sie nicht loslassen.«

»Das war wahrscheinlich die falsche Formulierung«, korrigierte sie. »Ich meinte, wirst du jemals in der Lage sein, *jemand anderen* hereinzulassen?«

»Das will ich auch nicht.«

»Ich nehme an, ein gebrochenes Herz kann man nicht heilen.« Lavinia seufzte. »Vielleicht soll es nur eine geben – eine große Liebe.«

Ich starrte in die Ferne. »Es ist schwer vorstellbar, dass ich sie noch nicht einmal ein Jahr kannte. Es kam mir viel länger vor.«

»Das war mir nicht klar.« Sie legte den Kopf schief. »Erinnere mich daran, wie ihr euch kennengelernt habt.«

Meine Augen weiteten sich. »Wie ist es möglich, dass du das nicht weißt? Ich dachte, ich hätte dir alles erzählt.«

»Vielleicht hast du das, aber ich werde langsam senil, also erzähl es mir noch einmal.«

Ich holte tief Luft, um mich für die Emotionen der Geschichte zu wappnen. Ich würde mich kurz fassen, um heute Abend nicht durchzudrehen. »Britney war auf dem Weg nach Großbritannien, um sich dort medizinisch behandeln zu lassen. Aber das wusste ich zuerst nicht – sie sah jedenfalls nicht krank aus. Wir trafen uns auf einem Flughafen in den USA. Ich war auf dem Rückweg von einer Reise in die Staaten. Wir stritten uns über irgendetwas, und ich glaube, ich verliebte mich fast sofort in ihr freches Mundwerk. Ich zog sie damit auf, dass sie klein war, und sie nannte mich eine unausstehliche Giraffe. Zwischen uns herrschte sofort eine Chemie, wie ich sie noch nie in meinem Leben gespürt hatte. Im Flugzeug saßen wir schließlich nebeneinander, aber sie bestand darauf, dass wir uns nach der Landung trennen sollten. Ich konnte das nicht akzeptieren und sie nie wiedersehen. Sie wurde mich nie wieder los, sehr zu ihrem Leidwesen.«

»Was geschah nach dem Flug?«

»Ich folgte ihr in ihr Hotelzimmer – wo ihre Eltern warteten. Da erfuhr ich die Wahrheit. Phil und Kate waren bereits in der Stadt, um sie zu ihren Behandlungen zu begleiten. Sie waren in Großbritannien, weil der Arzt, der die klinische Studie durchführte, dort ansässig war.«

»Und du bist geblieben ...«

»Ich verbrachte jeden einzelnen Tag der nächsten sechs Monate mit ihr – es waren viele harte Tage, aber es waren auch viele schöne dazwischen. Wir verliebten uns, heirateten ...« Ich hielt inne, da ich einen Schmerz in meiner Brust spürte. »Und dann ist sie gestorben.«

Ich kippte den letzten Rest des Gins hinunter, der in meiner Kehle brannte. »Sechs Monate. Das ist alles, was wir hatten.« Ich atmete zittrig ein. »Das hat mein Leben für immer verändert.«

Lavinia griff nach meinem Arm. »Es ist so tragisch, aber auch so schön, Sigmund.«

»Diese Monate waren das größte Geschenk meines Lebens. Ich muss mich nicht noch einmal verlieben, Lavinia.«

»Vielleicht musst du das nicht. Aber du *musst* dieses Kind haben. Ein Stück von dir und ihr. *Das* wird dein größtes Geschenk sein.«

KAPITEL 3

Abby

Titel 3: »Crash« von The Primitives

Auf dem Weg zur Pension rief ich meinen Vater an.

»Dieser Ort sieht aus wie aus einem Film, Dad. Hügellandschaft, Steinarchitektur. Ich kann nicht glauben, dass ich noch nie daran gedacht habe, das englische Land zu besuchen.«

»Nun, ich bin froh, dass du heil angekommen bist und dass es gut losgeht. Bitte halte mich über alles auf dem Laufenden. Wenn sich etwas nicht richtig anfühlt, kommst du sofort nach Hause, hörst du?«

Ich machte einen Schlenker, um dem Gegenverkehr auszuweichen. »Das Einzige, was sich bisher nicht richtig anfühlt, ist das Fahren auf der linken Straßenseite.«

»Oh, erzähl mir das nicht. Ich mache mir auch so schon genug Sorgen.«

»Es ist auch eine ziemlich schmale Landstraße. Aber das ist in Ordnung. Ich gewöhne mich langsam daran.«

»Okay, dann sprich nicht während der Fahrt. Konzentriere dich. Und ruf mich an, wenn du gut angekommen bist.«

»Mache ich, Dad. Ich hab dich lieb.«

»Ich dich auch.«

Egal wie alt ich war, mein Vater machte sich immer Sorgen um mich, vor allem wenn ich weit weg von zu Hause war. Ich hatte die USA nur ein einziges Mal verlassen, als ich während meiner Highschool-Zeit mit einer Gruppe von Leuten nach Mexiko gereist war. Damals war meine Mutter noch am Leben gewesen, sodass Dad eine Ablenkung hatte. Jetzt, da sie nicht mehr da war und meine Schwester am anderen Ende des Landes lebte, konzentrierte er sich hauptsächlich auf mich.

Vor zwei Wochen hatten Phil und Kate angerufen und gesagt, Britneys Ehemann wollte, dass ich nach Großbritannien kam, um ihn zu treffen, bevor er der Leihmutterschaft zustimmte. Er hatte angeboten, mich vom Flughafen abholen zu lassen, aber ich wollte lieber einen Wagen haben, wenn ich hier war, um die Sehenswürdigkeiten zu erkunden. Er hatte mir stattdessen einen Mietwagen bestellt, den ich abholte, bevor ich aufs Land fuhr. Er hatte mir den Namen der Frühstückspension mitgeteilt, in der ich übernachten würde, das *Bainbridge Inn* in Westfordshire. Offenbar wurde die Pension von einer Freundin von ihm geführt. Ich hatte keine Ahnung, wann ich den Mann selbst treffen würde. Ich wusste nicht einmal, wie er aussah – nicht dass das wichtig gewesen wäre, aber es wäre schön gewesen, eine Vorstellung davon zu haben. Ich wollte nicht unhöflich sein und Phil und Kate um ein Foto bitten. Eine Google-Suche hatte nichts ergeben, abgesehen von einem unscharfen Foto von ihm und seinem aristokratischen Cousin in einem Klatschblatt von vor Jahren. Es hatte irgendeinen Skandal gegeben, in den der Cousin verwickelt war … Wie auch immer, die Vorstellung, diesen Mann zum ersten Mal zu treffen, war nervenaufreibend, trotz meiner Aufregung, einen neuen Ort zu besuchen.

Ich fuhr das Autofenster herunter und atmete den Duft von Gras und etwas ein, das wie Kamille roch. Vielleicht waren es aber auch die Narzissen, die überall an dieser Straße blühten. Mein Haar wehte im Wind, während ich die frische Luft einatmete. Eine Woche würde nicht ausreichen, um diesen magischen Ort zu genießen.

Ich hatte noch etwa anderthalb Kilometer vor mir, als ich auf ein offenes Feld mit anscheinend Hunderten von Schafen stieß. Es war, als würden all die Schafe, die ich als Kind zum Einschlafen im Kopf gezählt hatte, plötzlich lebendig. Ein lebendiger Traum. *Wow.* Einfach atemberaubend. Mein Wagen wurde langsamer …

Bumm!

Oh nein.

Nein.

Nein. Nein.

Ich war so von den Schafen abgelenkt gewesen, dass ich direkt auf das Fahrzeug vor mir aufgefahren war. Zum Glück war ich nicht allzu schnell gewesen, aber ich konnte schon eine kleine Delle sehen.

Scheiße. Scheiße. Scheiße!

Der Wagen fuhr an den Straßenrand, und ich auch.

Ein großer dunkelhaariger Mann stieg aus. Er sah

auffallend gut aus, was die ganze Sache noch viel peinlicher machte.

Ich stieg ebenfalls aus und bemerkte kaum einen Kratzer an der Front meines Mietwagens.

»Was zum Teufel?«, fragte er.

»Es tut mir leid. Ich habe nur für den Bruchteil einer Sekunde nicht auf die Straße gesehen und –«

»Offensichtlich. Worauf in Gottes Namen haben Sie geschaut, Ihr Handy?«

»Nein.« Ich zeigte auf die andere Straßenseite. »Die Schafe. Sie sind so schön. Und es waren so viele. Ich habe mich ablenken lassen.«

Er kniff die Augen zusammen. »Schafe.«

Ich schluckte. »Ja.«

»Nun, hier gibt es überall Schafe. Wenn Sie sich also so leicht ablenken lassen, werden Sie noch umkommen.«

»Ich bin in meinem ganzen Leben noch keinem anderen Wagen aufgefahren. Es tut mir so leid.«

»Welches Glück ich habe, das erste Ziel ihres Unheils durch Schafbeobachtung gewesen zu sein.«

Gott, der Akzent. So verdammt sexy. Der Wind wehte mir einen Hauch seines männlichen Duftes entgegen. Wir befanden uns in einer ländlichen Gegend, doch dieser Typ sah aus, als käme er direkt aus der Stadt. Sehr *London*, wenn man mich fragte, in seinem engen schwarzen Rollkragenpullover, der gut zu seinem glänzenden schwarzen Haar und der teuren Uhr passte. Und er war so herrlich groß.

Ich ertappte mich beim Starren und räusperte mich. »Ich habe eine Versicherung. Aber ich komme aus den USA. Ich weiß nicht, wie das funktioniert, wenn ich einen Mietwagen in einem anderen Land fahre. Ich –«

»Machen Sie sich keine Gedanken darüber.« Er hob eine Hand.

Baaaa ... hörte ich in der Ferne. »Sind Sie sicher?« Ich kramte in meiner Handtasche. »Ich muss Ihnen etwas geben.«

»Was wollen Sie mir denn geben? Nagellack, um den Schaden auszubessern?«, scherzte er. »Schauen Sie einfach nicht auf die Schafe, sondern auf die verdammte Straße, bevor Sie jemanden umbringen.«

Bevor ich noch etwas sagen konnte, kehrte der Mann zu seinem Wagen zurück und stieg ein. Wenn der Rest der Reise so ablaufen sollte, war ich in Schwierigkeiten. Wenigstens hatte er mich gehen lassen, und ich würde niemandem, den ich traf, davon erzählen müssen.

Ich fuhr wieder auf die Straße und bemerkte, dass der Typ gewartet hatte, bis ich losrollte. Als ich wegfuhr, konnte ich im Rückspiegel seinen Wagen hinter mir sehen. Wahrscheinlich hatte er mir den Vortritt gelassen, weil er Angst hatte, wieder vor mir zu fahren. Ich konnte es ihm nicht verübeln.

Als das GPS mir anzeigte, dass ich an meinem Ziel, dem *Bainbridge Inn* angekommen war, war ich überrascht, dass der Mann, dem ich hinten reingefahren war, ebenfalls in die Einfahrt bog.

Wir stiegen beide aus unseren Fahrzeugen aus, und ein Gefühl des Grauens erfüllte mich. »Sind Sie mir hierher gefolgt?«, fragte ich.

Er antwortete nicht sofort, und sein Gesichtsausdruck war schwer zu deuten. Er sah ein wenig desorientiert aus. »Nein, ich bin Ihnen *nicht* hierher gefolgt.«

»Warum sind Sie dann nach mir eingebogen? Haben Sie es sich anders überlegt und wollen sich doch meine Daten notieren?«

»Dies ist mein Ziel«, sagte er mit versteinerter Miene.

»Sie wohnen hier?« Ich schüttelte den Kopf. »Oh.« Ich lachte nervös. »Es tut mir leid. Was für ein Zufall. Das ist … bedauerlich.«

»Wieso bedauerlich?«

»Dass ich Ihnen in Ihrem Urlaub hintendrauf gefahren bin.«

»Ich bin nicht im Urlaub. Ich *lebe* hier.«

In diesem Moment öffnete sich die Haustür und eine nette kleine alte Dame kam heraus. »Du musst Abby sein.«

Ich richtete mich auf. »Bin ich, ja.«

»Wie ich sehe, hast du Sigmund schon kennengelernt.«

Mir fiel die Kinnlade herunter.

Sigmund?

Ach du meine Güte!

Das ist Britneys Ehemann.

Mist.

Großartig.

Einfach großartig.

Sein voller Name war Sigmund Benedictus, aber Phil und Kate nannten ihn Sig.

Ich drehte mich zu ihm um. »Nun, das ist peinlich. Aber wir können wohl zumindest Du sagen. Wusstest du die ganze Zeit, dass ich es bin?«

»Als du bei der Frühstückspension eingebogen bist, wurde es mir klar. Aber ich hatte einen Verdacht, nachdem du mich gerammt hattest und ich deinen Akzent gehört hatte. Ich befürchtete, dass du es bist.«

Meine Wangen brannten. »Warum hast du nichts gesagt, wenn du einen Verdacht hattest?«

»Ich wollte dich in deinem natürlichen Element beobachten, nehme ich an.«

Das machte mich irgendwie wütend. Wollte er mich testen? »Irgendetwas Interessantes erfahren?« Ich legte den Kopf schief.

»Du bist eine schlechte Fahrerin.«

Es herrschte eine peinliche Stille, als wir uns gegenüberstanden. Eine frische Brise wehte mein langes braunes Haar umher. Sein umwerfendes Aussehen war nervenaufreibend. Darauf war ich nicht vorbereitet gewesen. Nicht dass sein Aussehen eine Rolle gespielt hätte – ich war nicht hierhergekommen, um mit ihm auszugehen. Aber ich wäre vielleicht weniger angespannt gewesen, wenn er nicht so einschüchternd gut ausgesehen hätte.

Die alte Frau trat zwischen uns und reichte mir die Hand. »Ich bin Lavinia.«

Ich nahm sie. »Freut mich, Sie kennenzulernen. Danke, dass Sie mich hier beherbergen.« Ich drehte mich zu Sig um. »Ich wusste nicht, dass du hier *lebst*.«

»Nur teilweise.«

»Er ist nur bescheiden«, unterbrach Lavinia. »Sigmund ist der *Besitzer* des *Bainbridge Inns*. Er hat es mir abgekauft, als ich es mir nicht mehr leisten konnte. Er hat es vor der Schließung bewahrt.«

Ich schaute zu ihm hinüber. »Das ist lobenswert.«

»Nicht wirklich. Ich brauchte einen Platz zum Schlafen, wenn ich in Westfordshire bin. Und Lavinia ist ein guter Trinkkumpel.« Er blickte einen Moment auf die Straße hinaus. »Allerdings werde ich diese Woche nicht hierbleiben.«

»Du wohnst sonst in London, oder?«

»Ja.«

Dieser Kerl gab sich keine Mühe, mich willkommen zu heißen. Es schien ihm nicht zu gefallen, dass ich hier war, und ich musste mich fragen, ob Phil und Kate mich falsch beraten hatten.

»Nun, wir sollten nicht alle hier mitten in der Einfahrt stehen.« Lavinia winkte in Richtung des mit Ranken bewachsenen Steinbaus. »Komm herein. Fühl dich wie zu Hause.«

Als ich ihr ins Haus folgte, konnte ich hinter mir Sigs Schritte hören.

Die Wände des Wohnzimmers waren dunkelgrün gestrichen. In der Mitte befand sich ein Kamin und im Raum verstreut standen Zwergenfiguren. Der Couchtisch sah handgefertigt aus, als hätte jemand draußen einen Baum gefällt und ihn geschnitzt.

Auf dem Weg in die Küche kamen wir an einem kleinen Klavier vorbei, das aussah, als würde es schon lange Staub sammeln. Als ich den würzigen Geruch von etwas auf dem Herd einatmete, knurrte mir der Magen.

»Ich habe einen Eintopf zum Abendessen aufgesetzt«, verkündete Lavinia. »Isst du Fleisch?«

»Ja, das tue ich. Es riecht köstlich. Vielen Dank, dass Sie das gemacht haben.«

Die Küchenschränke waren hellgrün gestrichen, und in der Mitte befand sich eine kleine Insel in derselben Farbe mit einer hölzernen Arbeitsplatte. Porzellanfiguren waren auf Wandregalen angeordnet.

»Wir essen um achtzehn Uhr, wenn dir das passt«, sagte sie.

»Das klingt perfekt.« Ich nickte, obwohl ich keine Ahnung hatte, wie spät es war.

Schließlich ergriff Sig das Wort. »Lavinia kann nicht so oft die Treppe gehen. Ich kann dich in dein Zimmer bringen.«

»Verrate meine Schwächen nicht so schnell, Sigmund«, sagte Lavinia hinter mir.

Ich lächelte sie an und drehte mich zu ihm um. »Das wäre toll.«

Er nahm meinen Koffer und stieg die Treppe hinauf. Ich folgte ihm, wobei ich mich dem Anblick nicht entziehen konnte. Durch seine dunkle Jeans hindurch konnte ich sehen, dass Mr. Benedictus einen ziemlich schönen Hintern hatte. Eine völlig unangebrachte Bemerkung über Britneys Ehemann? Vielleicht. Aber Sig war ein schöner Mann – zumindest äußerlich. Und er war definitiv älter als ich, vielleicht irgendwo in den Dreißigern.

Er öffnete eines der Zimmer und stellte meinen Koffer in die Ecke. Das Schlafzimmer hatte eine Blumentapete und ein Himmelbett. Das große Fenster bot einen Blick auf die schmale Straße vor dem Haus und das Ackerland in der Ferne.

»Dieses Zimmer hat die schönste Aussicht und ein eigenes Bad.« Er ging auf die andere Seite des Raumes. »Es gibt einen kleinen Schrank, falls du deine Sachen aufhängen willst.«

Er machte den Eindruck, als sei es seine Aufgabe, mir eine kurze Führung durch das Zimmer zu geben, anstatt mich kennenzulernen. Es war, als hätte er vergessen, warum ich eigentlich hier war. Der Mann hatte seit unserer Ankunft keinen Blickkontakt mit mir aufgenommen, und ich fragte mich, ob er immer noch verärgert darüber war, dass ich ihm aufgefahren war.

»Ich glaube, wir hatten einen schlechten Start, Sig«, platzte ich heraus.

»Wie kommst du denn darauf?« Er hob eine Augenbraue, als er mich endlich ansah. Allerdings zeigte er mir nicht einmal den Hauch eines Lächelns.

»Okay. Nun, ich hoffe, du wirst im Laufe der Woche etwas lockerer.«

»Ist deine Anwesenheit davon abhängig? Ich bin nämlich nicht gerade für mein fröhliches und heiteres Auftreten bekannt. Ich bin im Allgemeinen eher ein schlecht gelaunter Hund.«

»Das kann ich sehen. Du machst nicht gerade einen einladenden Eindruck. Aber ich weiß nicht, ob es daran liegt, dass ich dir aufgefahren bin, oder an etwas anderem.« Als er weiterhin schwieg, kam ich direkt zur Sache. »Bist du nicht einverstanden mit der Leihmutterschaftssache?«

»Wenn ich damit nicht einverstanden wäre, wärst du nicht hier«, sagte er und schaute aus dem Fenster.

»Also bin *ich* es, mit der du nicht zufrieden bist?«

»Ich kenne dich nicht einmal.«

»Okay.« Ich rollte mit den Augen. »Gutes Gespräch.« Ich sah auf meine Schuhe hinunter.

»Ich lasse dich in Ruhe.« Er ging ein paar Schritte zurück. »Wir sehen uns beim Abendessen.«

»Ja«, murmelte ich. »Bis dann.«

KAPITEL 4
Abby

Titel 4: »Mean« von Taylor Swift

Nervös setzte ich mich auf das Bett und wippte mit den Beinen. Ich nahm mein Handy und schickte meinem Vater eine SMS, um ihm zu sagen, dass ich gut angekommen war. Ich hatte nicht die Energie, ihm mehr zu erzählen, also entschied ich mich, nicht anzurufen. Ich hatte bisher nur sehr wenig Nettes zu sagen und wollte ihn nicht beunruhigen. Ich konnte nur hoffen, dass dieser kalte Empfang sich im Laufe des Abends ändern würde.

Nach ein paar Minuten ging ich zum Fenster und schaute auf die schönen grünen Hügel auf der anderen Straßenseite hinaus. Dann entdeckte ich ihn. Sig stand draußen, direkt neben dem verwitterten Schild mit der goldenen Aufschrift *Bainbridge Inn.* Er ging ein paarmal auf und ab, bevor er sich auf einen Steinvorsprung an der Stelle setzte, wo die Einfahrt auf die Straße traf. Er ließ seinen Kopf einen Moment lang in die Hände sinken, bevor er in den Himmel schaute. Seine Beine wippten, und er wirkte besorgt und aufgebracht.

Plötzlich wollte ich nur noch von diesem Ort fliehen – so schnell wie möglich von hier verschwinden. Das war *nicht* das, wofür ich mich gemeldet hatte. Nicht dass ich einen roten Teppich erwartet hätte, aber das hier fühlte sich an, als hätte man mir den Teppich unter den Füßen weggezogen.

Warum hast du mich hergebeten?

Ich entfernte mich vom Fenster und versuchte zu vergessen, was ich gerade gesehen hatte, indem ich mich stattdessen zwang, vor dem Abendessen eine dringend benötigte heiße Dusche im angrenzenden Badezimmer zu nehmen.

Als ich fertig war, zog ich mir bequeme Kleidung an: Leggings und ein T-Shirt mit der Aufschrift *Gib mir heiße Würstchen und sag mir, dass ich hübsch bin* von Rhode Island. Ich hätte mich vielleicht schicker angezogen, wenn ich das Gefühl gehabt hätte, dass es gewürdigt würde, aber scheiß drauf. Wenn ich schon seine Stimmung ertragen musste, dann wollte ich es wenigstens bequem haben.

Es war ein paar Minuten vor sechs, und ich wollte die süße alte Dame und ihren Eintopf nicht warten lassen. Also setzte ich einen Fuß vor den anderen und zwang mich, die Treppe hinunterzugehen, auch wenn ich mich lieber unter der Decke vergraben hätte.

Die Holztreppe knarrte, als ich hinunterstieg, bevor ich in die Küche ging. Mir rutschte das Herz in die Hose, als ich ihn dort entdeckte, wie er eine bernsteinfarbene Flüssigkeit in ein Glas goss.

Als er sich zu mir umdrehte, hob er die Flasche an. »Möchtest du etwas trinken?«

Ich fragte mich, ob das eine Art Trick war, ob er vielleicht herausfinden wollte, ob ich viel trank, damit er das bei seiner »Beurteilung« gegen mich verwenden konnte. Darauf würde ich auf keinen Fall hereinfallen.

»Ich versuche im Moment, meinen Alkoholkonsum einzuschränken.« Ich hielt den Kopf hoch. »Ich werde mir einfach ein Glas Wasser holen.«

»Die Gläser stehen dort im Schrank, Liebes.« Lavinia deutete auf einen Schrank, während sie am Herd stand und den Eintopf umrührte. »Und auf dem Tisch steht ein Krug mit gefiltertem Wasser.«

»Danke, Lavinia.«

»Ich koche nicht mehr so oft, aber dies ist ein besonderer Anlass.« Sie lächelte mich an.

Wenigstens eine Person versuchte, mir das Gefühl zu geben, willkommen zu sein. »Was essen Sie normalerweise, wenn Sie nicht kochen?«, fragte ich.

»Sigmund kocht, wenn er hier ist, oder ich mache eine große Portion und friere sie ein. Außerdem gehe ich öfter in die Kneipe am Ende der Straße, als ich vielleicht sollte.«

»Ah. Da müssen Sie mal mit mir hingehen. Ich würde Sie gern zum Abendessen einladen, bevor ich gehe, um mich für Ihre Gastfreundschaft zu bedanken.«

»Das wäre reizend.«

Schließlich setzten wir uns zu dritt an den Tisch und aßen schweigend den Eintopf, wobei nur das gelegentliche Klirren unserer Löffel zu hören war.

»Wie lautet dein Nachname, Abby?«, fragte Lavinia schließlich.

»Knickerbocker.«

Sig blickte von seinem Teller hoch. »Knicker ... wie Schlüpfer?«

Ich wusste, dass *Knickers* die Bezeichnung der Briten für Unterhosen war. »Ja.« Ich knirschte mit den Zähnen. »Es schreibt sich auch genauso.«

Er lachte.

»Du warst das ganze Abendessen über still, und das ist das Erste, was du zu mir sagst? Benedictus ist auch ein etwas merkwürdiger Name, weißt du.« Mein Blut kochte. »Übrigens genau wie Sigmund. Du siehst nicht aus wie ein Sigmund Benedictus.«

»Was soll das denn heißen?«

»Das war eigentlich ein Kompliment.«

Lavinia prustete.

Sig funkelte sie böse an. »Was machst du eigentlich beruflich, Abby?«, fragte er.

Ich setzte mich aufrechter hin. »Ich habe meinen Abschluss in Anglistik an der Universität von Rhode Island gemacht. Im Moment bin ich arbeitslos, aber ich versuche gerade, den Laden meiner Mutter wiederzueröffnen. Nach ihrem Tod habe ich ihn eine Zeit lang über Wasser gehalten, aber dann ging es mit der Wirtschaft bergab und wir mussten schließen.«

Er schwenkte den Drink in seinem Glas. »Was für ein Laden?«

»Kleinigkeiten und Souvenirs von Rhode Island.«

»Daher stammt wohl auch dein abscheuliches T-Shirt, nehme ich an.«

Ich ignorierte seine Bemerkung. »Wir leben in einer Stadt am Meer, und in den Sommermonaten strömen die Menschen dorthin. Aber selbst damit konnten wir den Laden nach dem Tod meiner Mutter nicht lange am Laufen halten.«

Sein Ton wurde sanfter. »Was ist mit deiner Mutter passiert?«

Ich schluckte. »Sie ist vor drei Jahren an Krebs gestorben.«

Er runzelte die Stirn. »Das tut mir leid.«

»Danke.«

Nach einem Moment sprach er wieder. »Also, wenn du den Laden wiedereröffnen willst, brauchst du Geld. Deshalb bist du an der Leihmutterschaft interessiert, nehme ich an.«

Ich konnte nicht sagen, ob das eine Beleidigung sein sollte. »Nun, das Geld kann nicht schaden, aber es gibt wesentlich einfachere Möglichkeiten, schnelles Geld zu verdienen, als neun Monate lang schwanger zu sein.«

»Du *willst* also nicht schwanger sein?« Er zog die Augenbrauen zusammen. »Warum dann das Angebot?«

»Das habe ich doch gar nicht gesagt. Ich will damit sagen, dass niemand sich nur wegen des Geldes dazu bereit erklären würde. Man muss jemandem helfen wollen.«

»Warum willst du Phil und Kate helfen?« Sig lehnte sich in seinem Stuhl zurück und verschränkte die Arme. Es schien, als hätte sich unser zwangloses Abendessen in ein formelles Verhör verwandelt.

Seine Ärmel waren teilweise hochgeschoben. Mein Blick fiel auf sein Handgelenk, als ich drei tätowierte Linien entdeckte, eine dicker als die anderen beiden.

Hatte er noch andere Tattoos unter dem schwarzen Rollkragenpullover? Ich musste verrückt sein, dass ich mich so etwas in einem solchen Moment fragte.

»Phil ist ein guter Freund meines Vaters, wie du weißt«, sagte ich schließlich. »Sie sind zusammen aufgewachsen. Obwohl ich die Tochter von Phil und Kate – deine Frau – nie kennengelernt habe, habe ich mit ihnen gefühlt, als sie gestorben ist. Und als sie uns kürzlich besuchten, konnte ich Zeit mit ihnen verbringen. Ich war sehr gerührt. Und ich fühle in meinem Herzen, dass ich ihnen zumindest anbieten sollte, ihren Traum zu verwirklichen.«

»Das hört sich für mich so an, als würdest du mir erzählen, was ich hören will, und nicht, warum du dich wirklich dazu entschlossen hast, das zu tun.«

Ich legte den Löffel weg. »Du denkst, ich lüge?« Mein Blutdruck stieg. »Erst wirfst du mir vor, es nur wegen des Geldes zu tun. Und jetzt glaubst du mir überhaupt nicht mehr?«

Er starrte direkt durch mich hindurch. »Was fehlt dir in deinem Leben, dass du das Bedürfnis hast, dieses Opfer für jemand anderen zu bringen? Wovor läufst du weg?«

»Was fehlt dir in *deinem* Leben, dass du das Gefühl hast, die Menschen müssten immer einen Hintergedanken oder eine verkorkste Geschichte haben, um helfen zu wollen?« Ich lehnte mich vor. »Vertraust du *irgendjemandem*, Sig?«

Er schob seine Serviette beiseite. »Nur sehr wenigen Menschen, ehrlich gesagt ... und das aus gutem Grund.«

Ich richtete mich wieder in meinem Stuhl auf. »Nun, ich habe Neuigkeiten für dich. Du wirst niemanden finden, der reinere Absichten hat als ich. Aber ich werde nicht die nächste Woche damit verbringen, mich zu verbiegen, um dir das zu beweisen, wenn du dir eindeutig eine Meinung über mich gebildet hast, bevor ich ein Wort gesagt habe.«

»Ja, dein Debüt war ein *Volltreffer*, das muss ich sagen.«

Es fühlte sich an, als käme Dampf aus meinen Ohren. Lavinia warf Sig einen Blick voller Enttäuschung zu.

»Ich kann mich nicht vor jemandem beweisen, der will, dass ich versage. Offensichtlich hast du mich hierher eingeladen, um mich zu ärgern, und dafür kannst du mich mal.« Mein Stuhl schrammte über den Hartholzboden, als ich von meinem Platz aufsprang. »Lavinia, vielen Dank für diesen köstlichen Eintopf. Wirklich. Aber ich hatte einen langen Tag und würde mich gern ausruhen.«

»Natürlich, Liebes«, murmelte sie.

Ich stürmte die Treppe hinauf und nahm das Handy in die Hand, um Phil und Kate anzurufen.

Kate ging ran. »Abby! Wir haben uns gerade gefragt, wie –«

»Das wird nicht funktionieren.«

KAPITEL 5

Sig

Titel 5: »Save Your Tears« von The Weeknd

Kurz nach dem Abendessen war ich oben in meinem Zimmer im *Bainbridge Inn*, als mein Telefon klingelte. Es war meine Schwiegermutter, die aus den USA anrief.

Ich rieb mir die Schläfen und ging ran. »Kate …«

»Was zum Teufel hast du zu ihr gesagt?«

Abby hatte offenbar keine Zeit verschwendet, um sich bei ihnen zu melden. Ich massierte die Verspannungen in meinem Nacken. »Nun, ich schätze, das hat nicht lange gedauert.«

»Wie hast du es geschafft, sie bereits in den ersten Stunden zu verärgern?«

»Das ist eines meiner besonderen Talente.«

»Sig …«

Ich seufzte. »Ich wollte ihre Absichten wissen. Ich wollte Ehrlichkeit. Und ich hatte nicht das Gefühl, dass sie mir das gegeben hat.«

»Nicht jeder ist unehrlich. Sie hat keinen Grund zu lügen.«

»Ich hätte mehr Respekt vor ihr gehabt, wenn sie mir gesagt hätte, dass sie es wegen des Geldes tut. Das wäre zumindest wahrheitsgemäßer als die rechtschaffene Erklärung, die sie mich glauben lassen will.«

»Hör zu, Sig. Ich weiß, dass du gemischte Gefühle bei dieser ganzen Sache hast. Ich verstehe das. Niemand wird in deinen Augen gut genug für diese Aufgabe sein. Aber zumindest vertraust du Phil und mir, oder? Wir würden niemanden auswählen, dem *wir* nicht völlig vertrauen. Du musst also unserem Urteilsvermögen vertrauen.«

Tief im Inneren wusste ich, dass sie recht hatte. Ich sabotierte die Situation. Es wäre egal gewesen, wer heute durch die Tür gekommen wäre. »Es liegt nicht an Abby, Kate. Es liegt an mir.« Ich zog an meinen Haaren, während ich auf und ab ging. »Ich glaube, ich bin nicht bereit dafür.«

»Warum hast du nichts gesagt, bevor sie den ganzen Weg dorthin gereist ist, wenn du so empfindest? Wir hätten sie nie ermutigt, dich jetzt zu treffen. Wir hätten gewartet oder –«

»Ich wollte es für euch tun. Aber als ich sie traf, wurde mir klar, dass alles … so schnell geht.«

»Okay.« Sie atmete aus. »Ich bin froh, dass du etwas gesagt hast. Vielleicht müssen wir einen Schritt zurückgehen.«

Meine Brust schmerzte. Ich hasste es, sie zu enttäuschen. Sie hatten schon genug durchgemacht.

»Abby will Großbritannien früher verlassen«, sagte sie.

Ich nickte. »Das habe ich vermutet.«

»Nun, das wolltest du doch, oder?«

Ich schloss die Augen und murmelte: »Es tut mir leid, Kate.«

»Du kannst nichts dafür, wie du dich fühlst, Sig.« Sie atmete aus. »Du brauchst dich nicht zu entschuldigen. Wir kriegen das schon hin, okay? Ich rufe dich bald wieder an.«

Nachdem wir aufgelegt hatten, starrte ich einige Minuten lang die Wand an, bevor ich beschloss, zurück nach London zu fahren. Ich würde mich nur noch von Abby verabschieden müssen. Auf dem Weg durch den Flur kam ich an der offenen Tür zu ihrem leeren Schlafzimmer vorbei.

Als ich die Treppe hinunterkam, fand ich Abby mit Lavinia auf der Couch im Wohnzimmer vor. Sie hatte Lavinias Beine auf ihren Schoß gelegt, während sie ihr die Fußnägel lackierte.

Sie hatten mich nicht bemerkt, also stand ich am Fuß der Treppe und beobachtete sie.

Trotz der Tatsache, dass ich sie vorhin verärgert hatte, war Abby gut gelaunt. Sie sprach leise mit Lavinia, die von der verwöhnenden Behandlung begeistert zu sein schien. Es war nicht zu leugnen, dass dieses Mädchen ziemlich attraktiv war. Ich hatte nicht erwartet, dass sie so eine Granate sein würde. Sie war eine der schönsten Frauen, die mir seit Langem begegnet waren. Ihr kastanienbraunes Haar fiel ihr bis zur Mitte des Rückens, und ihre Gesichtszüge erinnerten mich an eine jüngere Version der Schauspielerin Diane Lane. Eine große, wunderschöne Brünette war genau mein Typ gewesen, bevor ich meine Frau kennengelernt hatte – die ironischerweise klein gewesen war und blondes Haar hatte, sodass sie an Tinkerbell erinnerte.

Ich räusperte mich, um mich anzukündigen. »Ich dachte, du wolltest abreisen.«

»Wer hat dir das gesagt?«, fragte sie, ohne Blickkontakt aufzunehmen, während sie weiter Lavinias Zehennägel lackierte.

»Kate hat angerufen.«

»Ich hoffe, sie hat dir gründlich die Meinung gesagt.«

Ich rieb mir die Bartstoppeln. »Sie war nicht begeistert über den aktuellen Stand der Dinge.«

Abby sah zu mir auf. »Nun, so gern ich dieser unangenehmen Situation entkommen würde, gibt es leider bis morgen Abend keine Flüge mehr.« Sie fuhr mit dem Auftragen der Farbe fort. »Zum Glück ist Lavinia verdammt cool, denn der Rest der Gesellschaft hier ist nicht gut drauf.«

Lavinia drehte sich zu mir um. »Ich habe Abby ein Kompliment zur Farbe ihrer lackierten Zehennägel gemacht, und sie hat angeboten, meine zu lackieren, da ich mich nicht mehr vorbeugen kann. Sie ist so süß wie Kuchen.«

»Rhabarberkuchen vielleicht.« Ich grinste.

»Du kannst es dir einfach nicht verkneifen, oder?« Abby grinste sarkastisch.

Sie schien jetzt alles mit Fassung zu tragen. Sie hatte nicht vor, sich meinen Scheiß gefallen zu lassen, und ich musste sagen, dass das definitiv ein Pluspunkt für sie war. Es war die gleiche Eigenschaft, die ich an meiner Frau geschätzt hatte.

»Warst du schon immer so eine Nervensäge, *Sigmund*?«, fragte sie, wobei ihr mein Name wie ein Schimpfwort über die Lippen kam.

»Nicht, wenn man ihn näher kennenlernt«, mischte Lavinia sich ein. »Er hat viel durchgemacht, aber das gibt ihm keinen Grund, ein Arsch zu sein.«

Ich funkelte sie an. »Danke für deine Einschätzung, Lavinia.«

»Nun, es ist die Wahrheit. Ich habe deine Nummer, Sigmund. Ich kenne dich besser als die meisten.«

Abby pustete auf Lavinias Zehen, bevor sie die Flasche mit dem Nagellack verschloss. »Ich glaube, wir sind fertig, aber bleiben Sie noch eine Viertelstunde hier sitzen, damit sie trocknen können. Nehmen Sie sich die Zeit, um zu entspannen.«

»Ich fühle mich wie eine Königin.« Lavinia strahlte.

Abby erhob sich von der Couch. »Ich bringe dich raus, Sig«, sagte sie und schritt an mir vorbei, als sei sie die Besitzerin dieses Hauses und nicht ich.

Draußen angekommen, standen wir in der kühlen Abendluft vor meinem Wagen. Ein paar Augenblicke waren wir einander in angespanntem Schweigen zugewandt.

»Ich wollte mich nur von dir verabschieden, da ich dich wahrscheinlich nie wiedersehen werde«, sagte sie. »Wir hatten einen schlechten Start, aber ich weiß, dass dein Verhalten nichts mit mir zu tun hat. Das kann nicht sein. Ich habe nichts falsch gemacht.« Sie lachte. »Na ja, abgesehen von dem Auffahrunfall. Dafür übernehme ich die volle Verantwortung.«

Ich nickte. »Wie du es solltest.«

Sie zögerte. »Ich habe dich auch vorhin draußen gesehen, kurz nachdem ich angekommen war. Du schienst tief in Gedanken versunken und verärgert zu sein. Da wurde mir klar, dass das Problem viel größer ist als ich.«

Ich schnaubte spöttisch. »Woher willst du wissen, dass ich nicht den demolierten Zustand meines Wagens betrauert habe?«

Mein Versuch, witzig zu sein, schien sie nicht zu amüsieren. »Ich weiß nicht genau, was du durchmachst, Sig. Ich kann mir nicht vorstellen, wie es ist, einen Ehepartner zu verlieren. Aber ich weiß, wie es ist, *jemanden* zu verlieren. Und es ist scheiße. Es verändert einen Menschen. Es … Es tut mir wirklich leid für dich.« Abbys Augen wurden feucht.

»Spar dir deine Tränen. Mir geht's gut.«

Sie wischte sich über die Wange. »Dir scheint es nicht gut zu gehen.«

Ich verspürte sofort den Drang, in meinen Wagen zu steigen und wegzufahren, aber sie hierzulassen, mit ihren glänzenden Augen, die mich anflehten, noch etwas zu sagen, fühlte sich nicht richtig an. Sie war den ganzen Weg hierhergekommen. Zumindest war ich ihr ein angemessenes Dankeschön für die Reise schuldig. Bevor ich die richtigen Worte finden konnte, sprach sie wieder.

»Du hattest eigentlich recht.«

»Recht womit?«

»Es gibt noch ein bisschen mehr zu meinen Beweggründen.« Sie schlang die Hände um ihre Arme, um die Kälte abzuwehren. »Ich habe mich in den letzten Jahren verloren gefühlt. Ich habe meine Großmutter verloren, dann meine Mutter und dann den Laden, der ihr Vermächtnis war. Dann beschloss mein Freund, dass er keine Beziehung mehr führen wollte. Nachdem ich fast jeden verloren hatte, der mir etwas bedeutete, wurde mir klar, dass mein Glück immer von anderen Menschen abhing.« Sie blickte in den Himmel. »Das war eine harte Erkenntnis. Ich hatte keine Ahnung, wie ich nur mit mir selbst zufrieden sein konnte und mit niemandem sonst. Wenn das Glück von innen kommt, muss ich erst noch herausfinden, wie ich das erreichen kann.« Sie atmete aus. »Also dachte ich mir, das Nächstbeste ist, *andere* glücklich zu machen, bis ich es selbst schaffe. Das Angebot, Leihmutter zu sein, war meine Art, das zu erreichen und mir selbst eine Aufgabe zu geben, wenn ich keine zu haben scheine. So wie ich es sah, hatte ich zwei Möglichkeiten. Ich konnte herumsitzen und ein weiteres Jahr mit dem Versuch verschwenden, mein Leben in den Griff zu bekommen, oder ich konnte etwas tun, um das Leben eines anderen Menschen zu verbessern.« Sie schüttelte den Kopf. »Aber das ist alles nicht wichtig, denn es ist klar, dass *du* nicht bereit dafür bist.«

Ich starrte ihr in die Augen. »Du hast recht.«

»Warum hast du dann zugestimmt?«

Ich atmete aus. »Ich nehme an, dass ich wie du andere glücklich machen wollte. Ich wollte Phil und Kate nicht enttäuschen.«

»Das ist eine große Entscheidung. Selbst wenn sie das Baby großziehen, würde es dein Leben verändern. Du bist niemandem etwas schuldig, Sig.«

»Ich bin es meiner Frau schuldig, das zu tun, was sie gewollt hätte.«

»Sie hätte mehr als alles andere gewollt, dass du glücklich und im Reinen bist.«

In meinem Herzen wusste ich, dass Abby recht hatte, und ihre Worte gaben mir eine überraschende Erleichterung. Sie schien auf meiner Seite zu sein und mich zu verstehen – das beruhigte mich ein wenig. Ich hatte mich beeilt, es hinter mich zu bringen, weil ich befürchtete, dass ich meine Meinung ändern und meine Schwiegereltern enttäuschen würde, wenn ich es langsamer anging. Ich fühlte mich verpflichtet und eingeengt. Aber ich hätte mir Zeit lassen sollen, um herauszufinden, ob ein Kind etwas war, womit ich umgehen konnte.

»Danke für deine Worte. Sie sind sehr aufschlussreich.«

Sie hob eine Augenbraue. »Machst du dich über mich lustig?«

Ich lachte. »Angesichts meines heutigen Verhaltens kann ich verstehen, dass du das annimmst. Aber nein. Das war wahrscheinlich das Ehrlichste, was ich heute gesagt habe.«

Sie kicherte. »Tja, bei dir weiß man nie.«

Ich stieß etwas Luft aus, mein Atem war in der Kälte der Nacht sichtbar. »Du bist den ganzen Weg hierhergekommen. Du solltest nicht so schnell zurückfliegen müssen. Gönn dir wenigstens einen Urlaub. Bleib in der Frühstückspension. Lavinia hat dich gern. Das wird ihr auch guttun.«

»Ich habe mein Ticket gar nicht geändert«, gab sie zu. »Ich habe darüber nachgedacht und mich nach alternativen Flügen erkundigt, aber ich habe beschlossen, die Woche zu bleiben und irgendwo anders in England zu reisen. Ich lasse mir von dir nicht die Laune verderben, Benedictus.« Sie zwinkerte. »Aber wenn es dir nichts ausmacht, würde ich gern hier bei Lavinia bleiben.«

»Natürlich. Genieße es. Sie wird sich über die Gesellschaft freuen.«

»Danke.«

»Und ich gehe dir aus dem Weg.« Unsere Blicke trafen sich für einen Moment, bevor ich zu meinem Wagen ging. »Also gut. Ich mache mich besser auf den Weg.«

»Okay.« Sie machte ein paar Schritte zurück in Richtung Tür. »Einen schönen Abend noch.«

»Dir auch.« Ich nickte. »Viel Glück für dich.«

KAPITEL 6

Sig

Titel 6: »Royals« von Lorde

Indem ich mir erlaubte, einen Schritt zurückzutreten, fand ich einen neuen Frieden mit der Situation. Bemerkenswerterweise schlief ich ziemlich gut. Abby hatte es gestern Abend geschafft, auf etwas zu stoßen, und zum ersten Mal empfand ich kein Gefühl der Dringlichkeit oder des Drucks mehr.

Als ich am nächsten Morgen aufwachte, war ich so entspannt wie schon seit über zwei Wochen nicht mehr. Und das brachte mir Klarheit. Es fühlte sich ein wenig falsch an, Abby allein mit Lavinia in der Pension zurückzulassen, wo ich doch derjenige war, der sie aufgefordert hatte, nach England zu kommen. Sie war meinetwegen hier, und ich hatte eine totale Kehrtwendung gemacht.

Ich beschloss, meinen Stolz herunterzuschlucken und die Nummer anzurufen, die sie mir in unserer ersten E-Mail-Korrespondenz gegeben hatte.

Sie meldete sich, ihre Stimme ein wenig schläfrig. »Ist das der einzigartige Sigmund Benedictus, der mich anruft? Mit Betonung auf Dick?«

»Sehr erwachsen. Jetzt merkt man dir dein Alter an. Aber ich nehme an, das habe ich verdient.« Ich seufzte. »Habe ich dich geweckt?«

»Nein. Ich bin schon eine Weile wach und steche Nadeln in meine Sigmund-Benedictus-Voodoopuppe.«

Ich lachte. »Ist er so gut aussehend wie ich?«

»Er kam mit einem ständigen finsteren Blick und einem verbeulten Wagen.«

»Dir gehen sicher die Nadeln aus.«

Sie lachte. »Was ist los? Ich hätte nicht gedacht, dass ich noch mal von dir höre, schon gar nicht am frühen Morgen.«

»Ich habe es mir anders überlegt.«

»Wegen der Leihmutterschaft?«

»Nein. Wegen des Autounfalls. Ich hätte gern deine Daten, um dir den Schaden in Rechnung zu stellen«, neckte ich sie.

Nach ein paar Sekunden des Schweigens sagte sie: »Ernsthaft?«

»Ich hätte nicht gedacht, dass du so leichtgläubig bist.«

»Na ja, von Mr. Heiß-und-Kalt erwarte ich so ziemlich alles.«

Sag ihr, dass es dir leidtut, Dummkopf. »Eigentlich rufe ich nur an, um mich für mein gestriges Verhalten zu entschuldigen. Ich hätte freundlicher sein sollen, unabhängig von meinen persönlichen Gefühlen.«

»Unabhängig von deiner persönlichen Abneigung gegen mich?«

»Das habe ich nicht gemeint. Ich sprach von meinem Zögern in Bezug auf die ganze Situation. Wie du vermutet hast, hatte meine Haltung nichts mit dir persönlich zu tun, obwohl ich weiß, dass es sich nicht so anfühlte.«

»Ich verstehe, dass du versucht hast, die Vereinbarung zu sabotieren. Zum Glück habe ich ein dickes Fell und nehme deine Entschuldigung an. Aber bekomme ich eine Rückerstattung für gestern? Ich nehme die Bezahlung in Form eines hübschen Schafes an, das bis heute Abend um sechs Uhr vor meiner Tür steht.«

Sie hatte es geschafft, mich zum Lächeln zu bringen. »Lustigerweise hat ein weiterer Grund, warum ich anrufe, mit Schafen zu tun«, sagte ich.

»Nun, jetzt hast du meine Aufmerksamkeit.«

Ich begann, auf und ab zu gehen. »Da du Tiere zu mögen scheinst, dachte ich mir, dass du vielleicht daran interessiert bist, den Bauernhof meines Cousins zu besuchen, während du auf dem Land bist.«

»Ist dieser Cousin etwa Leo, der Herzog von Westfordshire?«

»Ich sehe, du hast gut recherchiert.«

»Nun, ich lerne die Menschen nicht nur durch plumpe Verhöre kennen, wie du es tust. Ich stelle meine Nachforschungen im Stillen an.«

»Ja. Das wäre Leos Haus.«

»Dann nicht«, sagte sie.

»Nicht?« Ich blieb stehen. »Warum?«

»Das ist zu viel Druck.«

»Wie das?«

»Müsste ich einen Knicks machen oder so?«

Das kann doch nicht ihr Ernst sein. Ich legte lachend den Kopf zurück. »Er ist nicht König Charles, Abby. Man verbeugt sich nicht vor einem Herzog. Obwohl ich mich über mich selbst ärgere, dass ich nicht gelogen und dir gesagt habe, du sollst es tun. Das wäre es wert gewesen, nur um Felicitys Gesicht zu sehen.«

»Das ist seine Frau?«

»Ja. Sie ist Amerikanerin – aus Rhode Island, genau wie du. Nach all den Jahren fühlt sie sich immer noch nicht wohl mit ihrem Titel. Und ich glaube, wenn sich jemand vor ihr verbeugt, würde sie praktisch ausflippen. Was auch immer du tust, nenne sie nicht *Euer Gnaden*. Sie verabscheut es.«

»Das hatte ich auch nicht vor. Und danke, dass du mich nicht absichtlich in Verlegenheit bringst.«

»Der Tag ist noch jung.« Ich öffnete die Jalousie und schaute in den bewölkten Londoner Himmel hinaus. »Wie auch immer, wenn du nicht interessiert bist, ist das in Ordnung. Ich dachte mir nur –«

»Kein Interesse an Schafen? Oder daran, einen Tag lang *Downton Abbey* zu spielen? Machst du Witze? Ich würde die Farm gern besuchen. Lavinia ist ein Schatz, aber sie hat nicht die Energie, um mit mir etwas zu unternehmen. Ich würde aber gern mit ihr heute Abend in die Kneipe zum Essen gehen. Das habe ich schon versprochen. Werden wir bis dahin zu Hause sein?«

»Ja. Leos Haus ist nicht allzu weit von der Frühstückspension entfernt. Direkt auf der anderen Seite von Westfordshire.«

»Prima. Okay. Dann würde ich dein Angebot gern annehmen.«

Felicity fand sofort Gefallen an Abby, wie ich es mir vorgestellt hatte. Da beide aus Rhode Island stammten, schienen sie eine Menge gemeinsam zu haben.

Die Frau meines Cousins hatte Abby mitgenommen, um ihr das Gelände zu zeigen, während ich drinnen mit Leo abhing. Das war die einzige Gelegenheit, mit ihm unter vier Augen über die neuesten Ereignisse zu sprechen.

Er machte sich daran, eine Flasche Cabernet Franc zu öffnen. »Sie scheint ein nettes Mädchen zu sein.«

»Ich bin mir nicht sicher, wie du das wissen kannst, wenn du sie erst seit zehn Minuten kennst.«

Er ließ den Korken knallen. »Willst du mir sagen, dass du sie nicht magst?«

Ich schluckte. »Das Urteil steht noch aus.«

Er schenkte ein Glas ein. »Du tust dein Bestes, um die Situation zu sabotieren, nehme ich an? Ihr Aussehen macht dir wahrscheinlich noch mehr Angst.«

»Was meinst du damit?« Ich wusste ganz genau, worauf er anspielte.

»Komm schon, Sigmund. Sie ist genau dein Typ. Oder zumindest das, was mal dein Typ war. Das macht eine ohnehin schon unangenehme Situation *noch* unangenehmer für dich, was?«

Es ließ sich nicht leugnen, wie schön Abby war, also versuchte ich es erst gar nicht. »Ihr überdurchschnittliches Aussehen ist unwichtig, Leo. In Anbetracht der Situation ist sie absolut tabu.«

»Ich bin sicher, du hast sie heute hierhergebracht, um davon abzulenken, wie unbeholfen du dich ihr gegenüber benommen hast.«

»Unbeholfen? Nein. Unhöflich und abweisend? Ja. Es ist ein Wunder, dass sie noch hier ist.«

»Wie man es von dir kennt.« Er rollte mit den Augen. »Was soll es bringen, wenn du dich wie ein Idiot aufführst?«

»Nun, zum einen hat es sie fast dazu gebracht zu gehen. Was natürlich genau das war, was ich wollte. Ich weiß allerdings nicht, was zum Teufel wir im Moment tun. Gestern Abend habe ich ihr gegenüber zugegeben, dass ich mich nicht bereit fühle, das mit der Leihmutterschaft zu tun. Dann hatte ich ein schlechtes Gewissen, weil ich ihre Zeit verschwendet habe, also habe ich versucht, es wiedergutzumachen, indem ich sie herbringe, da sie Tiere liebt.«

»Also ist dieser Besuch eine einzige große Ablenkung?« Er reichte mir ein Glas Wein.

»So ziemlich, ja.« Ich trank einen Schluck.

»Bist du wirklich nicht bereit oder hast du nur Angst?«

Ich starrte zur Flügeltür hinaus, wo ich in der Ferne Abby sehen konnte, die neben Leos Tochter Eloise stand und eines der Tiere streichelte. Ihr freudiges Lächeln erwärmte sogar mein kaltes Herz. »Ihre Anwesenheit hat alles nur zu real gemacht.«

»Ich glaube nicht, dass du dich jemals ganz bereit fühlen wirst, Cousin. Du hast die Entscheidung getroffen, es zu tun. Es fing nur an, sich beängstigend anzufühlen, weil die Dinge tatsächlich in Bewegung sind. Wenn Phil und Kate glauben, dass Abby die Richtige dafür ist, solltest du deine Angst nicht im Weg stehen lassen. Du könntest sie verlieren und mit jemandem enden, den du noch viel weniger magst.«

Ich schaute wieder hinaus und sah, wie Abby Eloise in die Luft hob.

Das Problem war, dass ich Abby in Wirklichkeit *mochte*. Ich wünschte, ich täte es nicht. Dann wäre es viel einfacher gewesen, sie nach Hause zu schicken.

KAPITEL 7
Abby

Titel 7: »3 Sum« von Mark Dohner

Gab es nicht den Ausdruck *gestorben und in den Himmel gekommen*? Nun, wenn ich heute sterben würde und mir meinen Himmel aussuchen könnte, wäre es mit Sicherheit Brighton House. Dieser riesige Bauernhof war wie ein Traum, angefangen bei den weitläufigen Feldern bis hin zu den vielen Pferden, Schafen und Schweinen. Und Felicity war ein unerwartetes Stück Heimat – ein Stück Normalität – an diesem sonst so fremden Ort. Sie wurde sofort zu einer Freundin.

»Ich kann dir gar nicht genug dafür danken, dass du mich heute herumgeführt hast«, sagte ich, als wir das Haus wieder betraten. Ihre Tochter Eloise lief vor uns her, um ihren Vater zu begrüßen.

»Das Vergnügen war ganz meinerseits«, sagte Felicity. »Ich kann gar nicht glauben, wie viel wir gemeinsam haben. Es ist, als würde ich mich selbst im

Spiegel sehen – wenn ich plötzlich groß und wunderschön wäre.«

»Oh, du bist zu nett.« Ich spürte, wie ich rot wurde. »Und machst du Witze? Du bist umwerfend.«

Felicity hatte wildes rotes Haar und Sommersprossen. Sie war innerlich und äußerlich wunderschön, und ich wünschte, ich hätte mehr Zeit hier, um sie kennenzulernen.

Sie grinste. »Ich meine, zwei Mädchen aus einem Küstenort in Rhode Island zusammen auf dem englischen Land? Ziemlich cool, wenn du mich fragst.«

»Hast du jemals Zeit in Massasoit verbracht?«, fragte ich.

»Meine Pflegemutter nahm mich gelegentlich mit an den Strand dort. Es ist nicht allzu weit von Narragansett entfernt, wo ich aufgewachsen bin.«

»Erinnerst du dich an einen Laden namens *Little Rhody*? Von außen lila?«

»Der Souvenirladen am Strand? Der, in dem es Eiscreme gab?«

Ich nickte. »Das ist das Geschäft meiner Familie.«

»Das gibt's doch nicht.«

»Nun, es war unser Laden. Er wurde geschlossen, als es mit der Wirtschaft bergab ging. Ich bin gerade dabei, ihn wiederzueröffnen.«

»Ah, ich verstehe.«

Als wir die Küche betraten, standen Sig und Leo dort und unterhielten sich. »Haben dir die Ohren geklingelt, Sigmund?«, neckte ich ihn.

»Warum denn?«

»*Vielleicht* habe ich mit Abby über dich gesprochen«, sagte Felicity.

»Und Abby ist immer noch hier? Du hast ihr wohl nicht die ganze Wahrheit gesagt.« Sig schnupperte in der Luft. »Was ist das für ein Gestank?«

Es war mir gar nicht aufgefallen, bis er es erwähnte, aber jetzt roch ich es. Ich hob einen Fuß an, um meine Schuhsohle zu untersuchen. »Scheiße!« Ich blickte zu ihm auf. »Im wahrsten Sinne des Wortes. Ich muss draußen in Mist getreten sein.«

»Das kommt vor. Bleib hier«, sagte Felicity und eilte los. »Ich hole dir etwas.«

Eloise zeigte auf meinen Schuh. »Kaka!« Sie lief hinter ihrer Mutter her.

Ich zuckte mit den Schultern und drehte mich zu Sig und Leo um. »Was für ein Auftritt, oder?«

»Du scheinst kleine Katastrophen anzuziehen, Abby Knickerbocker.« Sig wandte sich an Leo. »Ich habe dir nie von dem kleinen Autounfall erzählt.«

Ich lachte. »Und ich dachte schon, das Beschissenste an dieser Reise sei deine Einstellung, Sig. Offensichtlich habe ich etwas noch Beschisseneres gefunden.«

Leo prustete. »Ich mag sie.«

»Danke, Eure Majestät.« Ich verbeugte mich, bevor ich Sig zuzwinkerte. »Nur ein Scherz!«, sagte ich zu Leo. »Ich weiß, dass ich das nicht tun soll. Aber er hier hat versucht, mich reinzulegen und mir zu sagen, dass ich es soll.«

»Ich habe nicht versucht, dich reinzulegen. Ich habe mir nur *gewünscht*, ich hätte es getan.« Sig lächelte zu mir herüber. Das war selten. Aber er hatte ein wunderschönes Lächeln.

Felicity kam mit Gummihandschuhen, einer Sprühflasche und ein paar Lappen in der Hand zurück. Das war so peinlich. Am Ende mussten wir meinen Schuh zum Waschbecken im Bad bringen, da die Lappen nicht ausreichten.

Als ich so sauber war, wie man es unter diesen Umständen erwarten konnte, kehrten sie und ich zurück und entdeckten die Jungs auf der hinteren Terrasse vor der Küche. Leo hielt Eloise im Arm, während sie sich unterhielten. Wir gesellten uns zu ihnen nach draußen.

»Könnt ihr zum Essen bleiben?«, fragte Leo.

»Eigentlich müssen wir zurück, um mit Lavinia heute Abend in die Kneipe zu gehen«, sagte ich.

»Ach, das ist ja süß.« Felicity grinste. »Ist sie nicht ein Schatz?«

»Ich liebe sie«, gab ich zu.

»Sie hat mir vor Jahren im Sommer wirklich geholfen, als ich zu Besuch war und die Dinge mit Leo kompliziert wurden«, sagte Felicity. »Sie war meine Lebensretterin. Genau wie Sig.« Sie drehte sich zu ihm um. »Damals sind wir wirklich zusammengewachsen.«

»Hör auf zu lügen. Du hast mich *immer* geliebt, Rotschopf. Von Anfang an.« Sig zwinkerte.

Sie gab ihm einen Klaps auf die Schulter. »Eigentlich habe ich dich in dem Sommer, in dem ich dich kennengelernt habe, so ziemlich *gehasst*.«

»Es gibt also doch noch Hoffnung für mich?«, scherzte ich.

Sig funkelte mich an, und ich liebte es. Was war nur los mit mir, dass ich ihn trotz allem so verdammt attraktiv fand? Das war völlig unangebracht. Ganz zu schweigen davon, dass ich keine Ahnung hatte, wie es mit der Leihmutterschaft weiterging; ich wusste nur mit Sicherheit, dass ich mit meiner Schwärmerei für Sig nichts erreichen würde.

Nachdem wir uns von Leo und Felicity verabschiedet hatten, stiegen Sig und ich in seinen Wagen und fuhren zurück zur Frühstückspension. Wie immer war die Landschaft faszinierend, vor allem wenn die Sonne unterging.

»Nochmals vielen Dank, dass du mich heute hergebracht hast. Felicity ist praktisch mein Seelentier.«

»Ihr zwei scheint viel gemeinsam zu haben.«

»Das haben wir. Es ist ein bisschen beängstigend.« Ich drehte mich zu ihm um. »Und oh du meine Güte, das Shetlandpony, das Leo vor Jahren in Rhode Island gekauft hat? Die Tatsache, dass sie es immer noch haben? Mein Herz ist fast geschmolzen.«

»Lächerlich. Sie haben ihm auf jeden Fall den passenden Namen gegeben.«

»Eines Tages werde ich der Liebe meines Lebens sagen, dass ich mir schon immer ein extravagantes Tier gewünscht habe, nur um zu sehen, ob er es mir kauft.« Ich lachte.

»Oder er könnte dich für verrückt halten und den Wunsch ignorieren.«

»Einen Versuch ist es wert.« Ich zuckte mit den Schultern.

»Was würdest du wählen?«, fragte er.

»Für mein Tier?«

»Ja.«

»Darüber müsste ich nachdenken.«

»Es wäre nicht zufällig ein Schaf?« Er zog eine Augenbraue hoch.

»Nein. Es müsste schon etwas Verrückteres sein. Wie ein Strauß oder so.« Ich kicherte. »Apropos verrückt, ich habe heute von Felicity eine Menge über dich erfahren. Sicherlich mehr, als ich von dir gehört habe.«

»Irgendetwas Interessantes?«

Ich kniff die Augen zusammen. »Zwei Marias? Wirklich?«

Er rollte mit den Augen. »Wie ich sehe, hat sie sich nicht zurückgehalten.«

»Das war nur ein Scherz. Aber ja, sie hat mir all die pikanten Dinge von damals erzählt.«

Felicity hatte mir erzählt, dass Sig in dem Sommer, in dem sie ihn kennenlernte, mit zwei Frauen gleichzeitig zusammen gewesen war – beide hießen Maria. Die Frauen wussten offenbar voneinander und hatten Dreier mit ihm.

»In meinen jungen Jahren habe ich gern gefeiert. Verklage mich.«

Ich hob die Hände. »Ich verurteile dich nicht.«

»Irgendjemand musste auf dieser Reise ja Spaß haben. Leo hat den letzten Teil damit verbracht, unglücklich und verweichlicht zu sein und um eine Frau herumzuscharwenzeln, von der er dachte, er könnte sie nie haben.«

»Hast du immer noch Dreier?«, fragte ich dreist.

»Das Einzige, was schlimmer wäre als eine Frau, an der ich kein Interesse habe, wären zwei. Also nein.«

»Ich hatte noch nie einen Dreier«, erklärte ich.

»Danke für die Info.«

»Ich wäre zu eifersüchtig«, gab ich zu. »Ich würde mich nie amüsieren können.«

Er blickte zu mir hinüber. »Es ist eine Kunst für sich.«

»Inwiefern?«

»Beiden Frauen gleichermaßen das Gefühl zu geben, begehrenswert zu sein. Es ist harte Arbeit, aber effektiv, wenn man weiß, was man tut. Ich habe allerdings nicht mehr die Energie dafür.« Er seufzte. »Was hat Rotschopf sonst noch leichtsinnigerweise über mich ausgeplaudert?«

»Nichts Schlimmes. Sie sagte, du seist ein fantastischer Koch, und wiederholte, was sie auf der Terrasse gesagt hat, dass du für sie da warst, als sie eine schwere Zeit mit Leo durchmachte.« Ich hielt inne und erinnerte mich an das, was Felicity mir über ihre turbulente Romanze mit Leo erzählt hatte, bevor sie sich schließlich versöhnten. »Die beiden haben eine ganz schöne Geschichte.«

Er lachte. »Mehr Drama als in einer koreanischen Seifenoper.«

Meine Augen weiteten sich. »Du schaust K-Dramen?«

Sein Gesichtsausdruck wurde weicher. »Britney mochte sie.«

»Ah.« Mein Herz krampfte sich zusammen. »Was schaust du?«

»Ich schaue nicht viel fern.«

»Was machst du denn so zum Spaß?«

»Ich arbeite unter der Woche lange. Bis ich dann nach Hause komme, geduscht und das Abendessen gekocht habe, ist es schon ziemlich spät. Dann falle ich ins Bett und mache das Ganze am nächsten Tag noch einmal.«

»Das zählt nicht als Spaß. Was ist mit den Wochenenden?«

»Das hängt davon ab, wo ich bin. An manchen Wochenenden fahre ich nach Westfordshire und übernachte in der Frühstückspension. An anderen bleibe ich in London.«

»Wenn du eine Verabredung hast, bleibst du in London?«

Er schüttelte den Kopf. »Ich gehe nicht wirklich aus.«

»Aber du gehst mit Frauen ins Bett.«

»Gelegentlich ...«

»Aber du lässt sie nie in deiner Wohnung schlafen.«

»Felicity hat dir das erzählt, nehme ich an.«

»Ja.«

»Rotschopf hat eine große Klappe.«

Ich drängte weiter. »Bist du im Moment nicht offen für mehr als One-Night-Stands?«

»Bist du nicht offen dafür, dich um deine eigenen Angelegenheiten zu kümmern?« Er schnitt eine Grimasse. »Ich habe noch niemanden getroffen, mit dem es sich lohnt, mehr zu haben.«

»Aber bist du auf der Suche nach mehr?«

»Ganz und gar nicht.«

»Du willst also den Rest deines Lebens allein verbringen? Du bist erst siebenunddreißig.«

»Ich nehme an, Felicity hat auch mein Alter ausgeplaudert.«

»Du bist älter, als ich dachte. Du siehst viel jünger aus. Ich hätte auf zweiunddreißig getippt.«

»Das muss der Gin sein, der mich jung hält.«

»Das muss es sein.« Ich kicherte.

Sig drehte den Spieß um. »Ich dachte, du seist diejenige, die predigt, dass man sein Glück von innen heraus finden muss. Warum brauche ich jemanden, um glücklich zu sein?«

»Glück von innen heraus zu finden bedeutet nicht, dass man sich nicht um menschliche Beziehungen bemühen sollte. Man muss innerlich glücklich sein, aber manchmal kann ein anderer Mensch das noch verstärken. Ich habe das Gefühl, dass du beides nicht hast.«

»Nun, danke für deine miserable Sichtweise in Bezug auf mich. Wenn man bedenkt, dass du mich erst seit zwei Tagen kennst, wird es mit Vorsicht zu genießen sein.«

Als der Wagen vor uns abrupt anhielt, trat Sig auf die Bremse und streckte einen Arm vor mir aus, als wollte er verhindern, dass ich nach vorn fiel. Die Handfläche seiner großen, männlichen Hand drückte gegen meinen Brustkorb, und es fühlte sich an, als würde ein elektrischer Blitz durch mich hindurchschießen.

Mein Gott, es hat mich schlimm erwischt. Meine Stimme zitterte. »Was war das?«

»Manche Leute können nicht fahren.« Er schenkte mir ein verschmitztes Grinsen. »Gerade *du* solltest das wissen.«

Ich seufzte und legte den Kopf zurück auf den Sitz. Dass er seinen Arm schützend um mich gelegt hatte, war völlig instinktiv gewesen. Er war zwar ein rauer Kerl, aber er hatte eindeutig eine fürsorgliche und beschützende Seite.

Ich richtete mich in meinem Sitz auf. »Wie auch immer, ich bin fertig damit, dich über dein Privatleben auszufragen.«

»Fantastisch.«

Wir fuhren ein paar Minuten schweigend, bevor ich mich zu ihm umdrehte. »Du kannst mich gern alles fragen, was du willst. Du weißt schon, falls diese ganze Fahrt immer noch eine Art Interview ist. Ich weiß nicht, wie es um die Sache steht.«

»Ich habe noch keine Entscheidung getroffen, weder in die eine noch in die andere Richtung.«

»Hat sich etwas geändert, dass du es in Erwägung ziehst weiterzumachen? Gestern hast du noch gesagt, du seist nicht bereit ...«

»Du hast gesagt, du würdest gehen, und doch bist du noch hier.«

Ich verschränkte die Arme und ließ mich in den Sitz zurücksinken. »Deswegen bin ich wahrscheinlich verrückt.«

»Finde ich auch.«

Ich schüttelte den Kopf. »Ich liebe es, wie du ablenkst, wenn du etwas Ernstes gefragt wirst.«

Er seufzte. »Ich bin mir immer noch unsicher. Vielleicht *fühle* ich mich nie wirklich bereit. Ich muss entscheiden, ob ich es trotzdem durchziehen will.«

»Ich verstehe …« Ich schaute aus dem Fenster auf ein paar Rinder, die in der Ferne weideten. »Nun, ich will dich nicht unter Druck setzen. Ich wollte nur einen Anhaltspunkt dafür, was wir tun. Das Angebot steht, auch wenn es erst in Monaten kommt.«

Er zog die Augenbrauen hoch. »Das ist aber nicht wirklich wahr, oder?«

»Was meinst du?«

»Du bist jetzt an einem Punkt, an dem du das Baby austragen kannst, aber wenn sich auch nur eine Sache ändert, wird das nicht mehr der Fall sein.«

»Und was würde sich ändern?«

»Wenn du jemanden kennenlernst und ihm die Idee nicht gefällt – so etwas in der Art.«

»Nun, er müsste es akzeptieren, wenn es das ist, was ich will.«

»Ich würde nicht so einfach akzeptieren, dass meine Frau das Kind eines anderen austrägt.«

»Selbst wenn es für eine gute Sache wäre?«

Er kratzte sich am Kinn. »Nein, wahrscheinlich nicht.«

»Nun, meine Erfolgsbilanz ist so, dass ich mir keine Sorgen machen muss, in nächster Zeit den Richtigen zu treffen.« *Stattdessen werde ich einfach hier sitzen und für Mr. Absolut-Keine-Chance schwärmen.*

KAPITEL 8

Abby

Titel 8: »When Will I See You Again« von Three Degrees

Nachdem wir von Brighton House zurückgefahren waren, hielten wir vor der Pension und trafen auf Lavinia, die draußen auf uns wartete. Sie trug einen lilafarbenen Hut mit einer Blume und einen langen schwarzen Mantel aus Knautschsamt.

»Oh mein Gott. Lavinia ist so süß. Putzt sie sich immer so heraus und wartet draußen?«

»Geduld ist nicht ihre starke Seite«, lachte Sig.

Ich fuhr mein Fenster herunter und sie steckte den Kopf herein. »Hallo, ihr Lieben. Ich wollte etwas frische Luft schnappen, während ich auf eure Rückkehr warte.«

»Gib einfach zu, dass du Hummeln im Hintern hast«, neckte er sie.

»Du kommst mit uns, Sigmund, ja?«, fragte sie.

Er schüttelte den Kopf. »Das hatte ich nicht vor. Ich muss zurück nach London.«

Ich war enttäuscht, das zu hören.

Lavinia steckte den Kopf weiter in den Wagen. »Du musst mitkommen. Du weißt doch, dass ich meine Fish and Chips nie aufessen kann. Wenn ich sie zu Hause aufwärme, schmecken sie nicht mehr so gut und das ganze Haus riecht nach Fisch. Ich brauche dich, um meinen Teller leer zu essen.«

»Du willst, dass ich mich eurem Abendessen anschließe, weil ich dein menschlicher Abfalleimer bin ...«

»Komm schon«, drängte ich. »Du musst doch sowieso essen, oder?«

Sig atmete aus. »Na gut.«

Es war ein schöner Abend, also parkte Sig und wir drei gingen hinunter zur Kneipe – dem einzigen Restaurant in Gehweite von Lavinias Haus. Trotz ihres gebrechlichen Aussehens konnte Lavinia die paar Blocks bis dorthin recht gut zu Fuß zurücklegen, wenn auch in einem langsamen Tempo.

McPhee's Pub hatte, wie viele Gebäude in Westfordshire, eine Steinfassade. Es war ein altes Gebäude und im Inneren herrschte eine dunkle Atmosphäre, mit Sitzplätzen aus Kirschholz und kleinen Kerzen in Gläsern auf den Tischen. Es wirkte sehr heimelig. An den Wänden waren viele gerahmte Fotos und überall hingen verschiedene Schmuckstücke. Es wirkte wie eine Erweiterung der Pension.

Eine Kellnerin kam herüber und legte die Speisekarten vor uns hin. »Was möchten Sie trinken?«

»Ich nehme ein Wasser«, sagte ich.

»Du hast gesagt, du schränkst deinen Alkoholkonsum ein.« Er hob eine Augenbraue. »Warum?«

»Weil ich dir nicht noch einen Grund geben will, mich abzulehnen.«

»Das ist albern.« Er wandte sich an die Kellnerin. »Bringen Sie uns bitte je ein Lagerbier.«

Gott sei Dank. Ich könnte es heute Abend wirklich gebrauchen.

Als sie mit unseren Bieren zurückkam, trank ich einen langen, dringend benötigten Schluck.

»Sie brauen ihr eigenes Bier. Wie schmeckt es dir?«, fragte Sig.

»Es ist so gut, dass du von Sekunde zu Sekunde netter zu werden scheinst.« Ich zwinkerte.

»Dann trink aus.« Er grinste.

Ich bat Lavinia, mir etwas von der Speisekarte vorzuschlagen, und sie bestand darauf, dass ich Fish and Chips nahm. Sig stimmte zu, und wir drei bestellten alle dasselbe.

Als die Kellnerin den Teller vor mir abstellte, riss ich die Augen auf. »Dieses Stück Fisch ist größer als mein Unterarm.«

»Deshalb isst Sigmund auch immer meine Reste auf«, lachte Lavinia.

»Tja, Sig, vielleicht wirst du auch von mir probieren müssen.«

Seine Augen weiteten sich.

Ach du meine Güte. Das klang völlig falsch. »Ich meine, meinen Teller aufessen.« Mein Gesicht musste knallrot geworden sein.

Er räusperte sich. »Dafür bin ich anscheinend hier.«

Es wurde eine Weile still, während wir uns in unsere Mahlzeit vertieften und ich mich von meiner Verlegenheit erholte.

Lavinia drehte sich mit vollem Mund zu mir um. »Hast du dich heute auf dem Anwesen der Covingtons amüsiert?«

Ich wischte mir über die Lippen. »Es war *so* unglaublich, Lavinia. Der Traum eines jeden Tierliebhabers. Felicity und ich haben uns wirklich gut verstanden.«

»Schön, dass du mein Mädchen mochtest«, sagte sie. »Felicity ist ein Schatz. Und du bist es auch.«

Lavinia und ich führten während des Essens den Großteil der Unterhaltung, während Mr. Griesgram still blieb. Aber irgendwann schaute ich zu Sig hinüber und sah, dass sein Blick auf mich gerichtet war. Er schaute schnell auf seinen Teller hinunter, aber es war zu spät. Ich hatte gesehen, dass er mich anstarrte. Ich wusste nicht, was ich davon halten sollte. Normalerweise konnte ich spüren, ob jemand mich mochte oder nicht – nicht im romantischen Sinne, aber im Allgemeinen. Aber nicht bei ihm. Also fragte ich mich, warum er mich so intensiv beobachtete. Das Bier hatte mir aber genau den richtigen Schwips gegeben, um mich im Moment nicht darum zu kümmern.

Nachdem Sig all unsere Teller aufgegessen hatte, gingen wir zu dritt nach Hause. Der Spaziergang zurück war noch schöner als der Hinweg, denn es hatte etwas Beruhigendes, im Dunkeln zu gehen. Ich war allerdings so voll, dass ich praktisch watschelte.

Als wir im *Bainbridge Inn* ankamen, ging Lavinia hinein, während ich noch ein wenig zurückblieb und Sig zu seinem Wagen begleitete. »Danke für den heutigen Tag.«

»Freut mich, dass es dir gefallen hat«, sagte er.

»Werde ich dich wiedersehen?«, wagte ich zu fragen.

Er schaute auf die Straße hinaus. »Die Arbeit ist diese Woche ein wenig stressig. Aber ich werde versuchen, irgendwann wieder nach Westfordshire zu kommen.«

Nun, wenn das nicht unverbindlich war, dann wusste ich auch nicht. »Okay.«

Er wollte gerade in seinen Wagen steigen, als ich ihn aufhielt. »Sig ...«

Er schaute zu mir herüber. »Ja?«

»Was auch immer du entscheidest, es ist okay. Ich werde es dir nicht übel nehmen. Und ich werde diese Reise so oder so nicht als vergeudet betrachten. Schon allein diese zwei Tage waren eine fantastische Erfahrung. Ich wusste gar nicht, wie sehr ich einen Tempowechsel brauchte. Und das habe ich dir zu verdanken.«

»Das freut mich.« Er nickte einmal, stieg in seinen Wagen und winkte mir zum Abschied noch einmal zu, bevor er den Motor anließ.

Ich ging rückwärts zum Eingang der Pension, während ich ihm beim Wegfahren zusah. *War das ein Abschied für immer?*

KAPITEL 9
Abby

Titel 9: »Sweet Dreams (Are Made of This)« von den Eurythmics

Sig kehrte nach jenem Abend in der Kneipe nicht mehr nach Westfordshire zurück, und ich sah ihn nicht wieder, bevor ich in die USA zurückkehrte.

An meinem letzten Abend dort hatte er angerufen, um sich dafür zu entschuldigen, dass er nicht mehr aufs Land gekommen war. Als Entschuldigung gab er die Arbeit an und dankte mir für die Reise nach Großbritannien. Aber er hatte mir keinen Hinweis darauf gegeben, was er über die Leihmutterschaft dachte.

Natürlich hatte ich Phil und Kate von all dem berichtet, die ebenso ratlos waren wie ich in Bezug auf den Stand der Dinge.

Zumindest hatte ich durch die Reise in Lavinia eine Freundin fürs Leben gefunden. Eigentlich sogar *zwei* Freundinnen, denn Felicity und ich hatten auch Kontaktinformationen ausgetauscht. Sie und Lavinia hatten mich eingeladen, sie in Zukunft wieder zu besuchen.

Und ich hatte vor, das eines Tages zu tun. Ich musste an diesen schönen Ort zurückkehren.

Ich war schon seit zwei Wochen wieder zu Hause in Rhode Island, als ich eines Morgens einen Anruf von Kate erhielt.

»Hey, Abby. Wie geht es dir?«

»Mir geht's gut.«

»Gut, gut.« Sie holte tief Luft. »Also ... Phil und ich haben gestern Abend mit Sig gesprochen. Er hat uns angerufen.«

Schon bei der Erwähnung seines Namens schlug mein Herz schneller.

»Er hat angedeutet, dass er mit der Leihmutterschaft weitermachen möchte.« Sie hielt inne. »Und er möchte, dass du die Leihmutter bist.«

Das haute mich aus den Socken. »Wirklich?«

»Ja.«

»Nun, gelinde gesagt bin ich schockiert. Vor allem angesichts dessen, wie der Besuch verlaufen ist.«

»Offenbar war er so still, weil er Zeit brauchte, um über die Situation nachzudenken. Wir waren genauso überrascht wie du, dass er diese Entscheidung getroffen hat, angesichts seines früheren Verhaltens.« Sie hielt inne. »Bist du immer noch daran interessiert, unsere Leihmutter zu sein?«

Ich schluckte. »Ja, das bin ich.«

»Nun, dafür sind wir sehr dankbar. Aber es gibt noch etwas anderes, was wir besprechen müssen.«

Ich ging auf und ab und leckte mir über die Lippen. »Okay ...«

»Es gibt eine Bedingung, die er gestellt hat, etwas,

das ich nicht erwartet habe. Das könnte die Dinge für dich ändern.«

Bedingung? Ich erstarrte. »Wie lautet sie?«

»Er möchte, dass alles in England gemacht wird. Und er möchte, dass du dorthin ziehst, falls du schwanger wirst – natürlich nur, bis das Baby da ist.«

Wow. Okay. Ein Umzug nach England hatte ich nie in Betracht gezogen. Ich hatte mir vorgestellt, während dieser ganzen Zeit in der Nähe meines Vaters zu sein. »Hat er gesagt, warum er will, dass ich dorthin ziehe?«

»Er will bei den Terminen dabei sein. Ich glaube, er braucht eine gewisse Kontrolle über die Situation. Er hat auch erwähnt, dass er eine Stelle für dich in seiner Immobilienverwaltungsfirma hat, damit deine Zeit nicht verschwendet wird, während du dort bist. Er weiß, dass du gerade keinen Job hast, und dachte, du würdest das Einkommen zu schätzen wissen.«

Er will mir einen Job anbieten? »Glaubst du, dass ein Umzug nach Großbritannien ein guter Schritt ist?«, fragte ich.

»Nun, was hältst *du* davon? Das ist das Wichtigste.«

Ich starrte aus dem Fenster. »Ich müsste Dad neun Monate lang allein lassen, und damit habe ich nicht gerechnet.«

»Ich weiß. Deshalb wirst du darüber nachdenken müssen.«

»Aber gleichzeitig wäre es toll, eine regelmäßige Arbeit zu haben. Und logistisch gesehen macht es wohl auch Sinn, dass ich da bin, damit Sig bei den Terminen dabei sein kann. Ich hätte nicht gedacht, dass er das möchte.«

»Und dann ist da noch die Implantation«, merkte Kate an. »Es ist sinnvoll, dass du auch dafür nach Großbritannien fliegst. Er wird eine Probe abgeben müssen. Und wenn es das erste Mal nicht funktioniert, müssen wir es natürlich noch einmal versuchen, wenn du damit einverstanden bist. Das bedeutet, dass es etwas länger als neun Monate dauern könnte. Das solltest du also bedenken. Wir sind offen für alles, was du willst. Hin- und Herreisen für die Implantation ist auch eine Option. Und natürlich werden wir alle Kosten übernehmen.«

Ich nahm mir einen Moment Zeit zum Durchatmen. »Ich schätze, es gibt noch eine Menge zu klären, was?«

»Nimm dir etwas Zeit, um darüber nachzudenken, was du zu tun bereit bist, Abby, bevor du eine endgültige Entscheidung triffst. Nochmals, es gibt keinen Druck. Wir wissen es zu schätzen, dass du das überhaupt in Betracht ziehst.«

»Okay, ich werde über alles nachdenken und mich bald wieder bei dir melden, Kate.«

»Gut.« Sie seufzte. »Eine Sache noch.«

Mein Herz konnte nicht mehr viel aushalten. »Okay ...«

»Sig möchte, dass du ihn anrufst.«

Ich beschloss, dass es sich nicht richtig anfühlte, eine endgültige Entscheidung zu treffen, ohne zumindest vorher mit Sigmund zu sprechen, also war ich froh, dass er darum gebeten hatte.

Und ein paar Tage später war ich bereit, diesen Anruf zu tätigen. Es hatte eine Weile gedauert, bis ich mich mental darauf vorbereitet hatte. Außerdem wollte ich die Situation zuerst mit meinem Vater besprechen.

Es war gegen zwanzig Uhr britischer Zeit, als ich anrief, an einem Wochentag, also dachte ich, Sig würde zu Hause sein. Ich war nervös, als ich darauf wartete, dass er ranging.

»Hallo?« Seine tiefe Stimme vibrierte in mir.

»Hallo.« Ich konnte die Worte kaum herausbringen. »Ich bin's, Abby.«

»Ich weiß.«

»Du hast meine Nummer in dein Handy einprogrammiert?«

»Das habe ich.«

»Dann hast du wohl erwartet, dass ich anrufe.«

»Das habe ich.«

»Ich sehe, du bist genauso gesprächig wie immer.«

»Und du bist genauso frech.«

Die Rückkehr zu unserer streitlustigen Beziehung beruhigte mich ein wenig. »Was hat dich dazu bewogen weiterzumachen?«, fragte ich. »Du hast mich praktisch ignoriert, bevor ich England verlassen habe. Ich habe darauf gesetzt, dich nie wiederzusehen.«

»Obwohl ich mit der Arbeit beschäftigt war, wie ich dir auch erklärt hatte, wollte ich dir Raum geben, um die letzten Tage deiner Reise zu genießen.«

»Aber der Zweck meiner Reise war, dass du mich kennenlernst.«

»Man kann jemanden in einer Woche sowieso nicht wirklich kennenlernen.«

»Du bist dir also immer noch unsicher, was mich angeht? Du hast meine Frage nicht beantwortet. Was hat dich dazu bewogen, Ja zu sagen?«

»Ich hatte den Entschluss gefasst, das durchzuziehen, bevor ich dich getroffen habe, wie du weißt. Ich bin zu dem Schluss gekommen, dass es keine Rolle spielt, ob ich bereit bin, denn letztendlich tue ich das nicht für mich. Ich tue es für Britney und ihre Eltern. Ich werde ihnen nicht im Weg stehen.« Er hielt inne. »Und ich bin mit Phils und Kates Wahl der Leihmutter einverstanden.«

»Ich habe also deinen Test bestanden?«

»Ich denke immer noch, dass du ein bisschen verrückt bist. Aber du bist aufrichtig. Das muss ich dir lassen. Und du hast recht ... ich bezweifle, dass ich jemals eine Bessere finden würde.«

Ich wartete auf die Pointe, aber sie kam nicht. Wärme strömte durch meinen Körper. »Das ist sehr nett. Ich dachte schon, du vertraust mir nicht.«

»Nun, ich würde mich von dir nirgendwo hinfahren lassen.«

Ich lachte. »Ich muss allerdings sagen, dass die Bedingung des Umzugs mich überrascht hat.«

»Stehst du dem nicht offen gegenüber?«

»Das habe ich nicht gesagt. Ich habe nur nicht damit gerechnet.«

»Es macht am meisten Sinn, meinst du nicht?«

»Ja, ich denke schon. Ich habe mit meinem Vater gesprochen. Er ermutigt mich, es zu tun, zumal du mir einen Job angeboten hast, was ich sehr zu schätzen weiß.«

»Du brauchst die Erlaubnis deines Vaters?«

»Nein, überhaupt nicht. Aber ich bin seine einzige Familie hier. Meine Schwester lebt an der Westküste. Ich würde ihn für mehr als neun Monate allein lassen, und ich wollte, dass er damit einverstanden ist. Das ist wichtig für mich.«

»Nun, dann ist es ja gut.«

»Hast du Geschwister?«, fragte ich.

»Nein. Ich bin Einzelkind.«

»Ich verstehe.« Ich räusperte mich. »Wie auch immer, es ist sehr großzügig, dass du mir eine Stelle in deiner Firma angeboten hast.«

»Die Stelle wird nicht sehr anspruchsvoll sein. Aber wir brauchen jemanden, der bei der Kundenbetreuung helfen kann. Wir verwalten viele Immobilien, bei denen ständig etwas schiefläuft. Du würdest Antworten verfassen, Anrufe entgegennehmen und alle offenen Streitigkeiten mit Kunden und Auftragnehmern verfolgen, bis sie beigelegt sind. Das erfordert jemanden, der gut schreiben und kommunizieren kann. Ich dachte mir, mit einem Abschluss in Anglistik musst du doch schreiben können, oder?«

»Ja. Das hört sich nach etwas an, womit ich umgehen kann.« Ich legte mich auf mein Bett und starrte an die Decke, da ich eine Art außerkörperliche Erfahrung machte. »Wo würde ich wohnen?«

»Ich dachte mir, du würdest bei Lavinia unterkommen wollen.«

»Wäre das nicht zu weit von deinem Büro in London entfernt?«

»Etwa anderthalb Stunden Fahrzeit. Aber du müsstest dich nur ein- oder zweimal pro Woche im Büro blicken lassen. An diesen Tagen könnte ich dir einen Wagen schicken. Den Rest der Zeit kannst du von zu Hause arbeiten. Wenn du erst einmal richtig eingearbeitet bist, ist es ein einfacher Job, den du aus der Ferne erledigen kannst, weil es nur um Telefonate und E-Mails geht.«

»Das klingt wie ein Traum, ehrlich gesagt – abgesehen davon, dass du mein Chef bist.«

»Du wirst nicht direkt unter mir arbeiten und mich wahrscheinlich nicht oft sehen. Du wirst unserem Kundenbetreuer unterstellt sein. Die meisten der Aufgaben, die du übernehmen wirst, gehören derzeit ihm. Aber er wird uns bei einigen Neuanschaffungen helfen und seine Rolle ein wenig ausweiten, sodass wir Unterstützung im Bereich des Kundendienstes brauchen.«

»Ah, okay. Gut zu wissen. Wahrscheinlich ist es besser, dass ich nicht dir unterstellt bin.« Ich zögerte einen Moment. »Werden wir ... den Leuten sagen, was los ist? Warum ich wirklich in Großbritannien bin?«

»Nein, ich glaube nicht, dass das nötig ist. Das geht niemanden etwas an.«

»Okay. Also werden sie denken, dass ich eine alleinerziehende Mutter bin oder so?«

»So weit bin ich noch nicht, Abby.«

»Okay.«

»Noch irgendwelche Fragen?«, fragte er.

»Wann fängt das alles an?«

»Wann immer du bereit bist.«

Bin ich bereit dafür? Ich fühlte eine Mischung aus Angst und Aufregung – aber eher Aufregung. »Sig?«

»Was?«

»Bist *du* bereit?«

»Ich sagte doch, ich werde mich nie ganz bereit fühlen.«

»Ja, aber etwas hat dich dazu gebracht, in den sauren Apfel zu beißen ...«

Nach einer kurzen Pause sagte er: »Ich habe ein graues Haar gefunden.«

Ich lächelte. »Ist das die Wahrheit?«

»Es hat mir geholfen zu erkennen, dass ich nicht ewig Zeit habe, um das für sie zu machen. Sie werden älter, und offen gesagt, ich auch. Manchmal muss man seine Entscheidungen nach bestem Wissen und Gewissen treffen, auch wenn es sich nicht hundertprozentig angenehm anfühlt.«

»Na gut.« *Wow. Dies passiert wirklich.* »Wann soll ich planen, dorthin zu kommen?«

»Es gibt keinen Grund zur Eile. Du kannst mir Bescheid geben, wann ich dein Ticket buchen soll.«

»Okay. Mach ich.« Ich schaute aus dem Fenster. »Wir sehen uns bald, schätze ich.«

»Ja.« Er seufzte. »Ich mache dann mal Schluss.«

»Gute Nacht.«

»Süße Träume«, sagte er, bevor er auflegte.

»Süße Träume.« Davon bekam ich Schmetterlinge im Bauch.

Was beunruhigend war.

Ich war im Begriff, die verrückteste Reise meines Lebens anzutreten. Aber die Schmetterlinge kamen daher, dass ich nicht gedacht hatte, *ihn* jemals wiederzusehen. Und jetzt würde ich es tun.

KAPITEL 10

Sig

Titel 10: »Too Late to Turn Back Now« von Cornelius Brothers and Sister Rose

Der vergangene Monat war ein Wirbelwind, seit ich mich entschlossen hatte, mit der Leihmutterschaft fortzufahren. Es war eine Herausforderung, den üblichen Stress bei der Arbeit mit der Angst vor dieser Situation in Einklang zu bringen.

Ich hatte eine Spermaprobe abgegeben, aus der dann mit Britneys Eizellen Embryonen gezeugt wurden. Abby hatte noch in den USA mit der Einnahme von Medikamenten zur Vorbereitung des Transfers begonnen. Sie war vor ein paar Tagen hier angekommen, und heute hatten wir gerade den Transfer eines einzelnen Embryos abgeschlossen. Wir würden zwei Wochen warten müssen, bevor ein Bluttest zeigte, ob es zu einer Schwangerschaft gekommen war.

Es hatte etwas Unwirkliches an sich, nach dem Eingriff mit Abby aus der Arztpraxis in London zu gehen.

Ich hatte mich dafür entschieden, im Wartezimmer zu sitzen, während sie dort war, und es schien sehr schnell zu gehen.

»Wie geht es dir?«, fragte ich.

»Gut«, versicherte sie mir. »Ich fühle mich nicht anders oder so.«

»War es schmerzhaft?«

»Nein, überhaupt nicht. Nur ein bisschen Druck. Nichts, womit ich nicht umgehen könnte.«

»Gut.« Ich nickte und spürte einen Knoten im Magen. »Es schien schnell zu gehen.«

»Ja. Man sollte meinen, so etwas Monumentales würde mehr erfordern, als nur ein paar Minuten lang die Beine zu spreizen.« Sie lächelte zögernd. »Aber ich nehme an, so funktioniert es auch auf natürliche Weise.«

Ich entschied mich, nicht darauf einzugehen. »Was musst du jetzt tun?«, fragte ich.

»Ich soll mich heute schonen, aber die Ärztin hat gesagt, ich muss keine Bettruhe einhalten. Nur keine Marathonläufe oder andere verrückte Dinge.«

»Dann bringen wir dich mal zurück zur Pension. Ich kann das Abendessen machen.«

Sie suchte meinen Blick, als wir uns auf dem Parkplatz gegenüberstanden. »Du bist gestresst.«

»Wovon redest du?«

»Lavinia hat mir gesagt, dass du immer kochst, wenn du gestresst bist.«

»In diesem Fall koche ich, weil *du* dich ausruhen solltest. Nicht weil ich gestresst bin.«

»Wir könnten uns etwas holen.«

»Nicht nötig. Ich koche gern«, erwiderte ich, als ich den Wagen aufschloss.

»Okay. Was immer du brauchst.« Sie stieg auf der Beifahrerseite ein. »Ich bin froh, dass wir dies am Ende der Woche machen. So kann ich mich am Wochenende entspannen und am Montag bereit für die Arbeit sein. Um wie viel Uhr soll ich fertig sein?«

»Ich schicke dir gegen sieben Uhr morgens einen Wagen«, sagte ich, als ich mich in den Verkehr einordnete. »Ich habe unseren Kundenbetreuer bereits informiert, dass du zur Einarbeitung kommen wirst. Du solltest in den ersten Wochen jeden Tag ins Büro kommen.«

»Werde ich dich dort nicht sehen?«

»Wahrscheinlich nicht.« Ich würde dafür sorgen, denn sie im Büro zu sehen wäre eine Ablenkung, die ich nicht gebrauchen konnte.

»Okay, also ... ich kann es kaum erwarten anzufangen.«

Nachdem wir in der Pension angekommen waren, machte ich mich sofort auf den Weg zum Supermarkt. Die Verschnaufpause fühlte sich gut an – eine Gelegenheit, für eine Weile in Verleugnung zu leben. Jetzt war es zu spät, die Entscheidung zu ändern, aber das hatte ich noch nicht ganz akzeptiert. Ich wollte immer noch so tun, als würde nichts von alledem geschehen. Abby handhabte alles wie eine Meisterin; das Problem war wie immer ich.

Als ich mit den Lebensmitteln zurückkam, sahen Abby und Lavinia gerade einen Film.

»Wie viele Leute erwarten wir zum Abendessen?«, fragte Abby, als sie die Tüten sah, die ich hereingebracht hatte.

»Ich mache ein paar Sachen und friere sie für dich ein, da ich die nächsten Tage nicht hier sein werde.«

»Das hättest du nicht tun müssen«, sagte sie. »Aber danke.«

Ich machte mich in der Küche an die Arbeit und hoffte, dass sie mir Freiraum lassen würden. Ich wollte mich in dem Prozess verlieren. Aber das war schwierig, als Abby sich näherte und über meine Schulter schaute, um jede meiner Bewegungen zu beobachten.

»Schneidest du immer so schnell? Du wirst dir noch einen Finger abschneiden, Sig.«

»Hoffentlich nicht den mittleren. Den brauche ich recht oft.« Ich schob die Zwiebelstücke beiseite und begann, Knoblauch zu hacken, als sei ich in einem Wettlauf gegen die Zeit. »Kennst du nicht die Regel, dass man den Koch nicht stören darf?«

»Ich würde gern helfen, wenn du mich lässt.«

»Du sollst dich doch ausruhen.«

»Sie hat nur gesagt, ich soll es ruhig angehen. Sie hat nicht gesagt, dass ich nicht aufstehen und Gemüse schnippeln darf.« Sie rückte näher heran. »Ernsthaft, was kann ich tun?«

Ihr blumiger Duft ließ meinen Körper reagieren. Ich konnte sie nicht einmal ansehen, weil ich wusste, dass ich weich würde, wenn ich einen Blick auf ihr schönes Gesicht erhaschte oder in ihre stets neugierigen Augen sah.

»Ich weiß das Angebot zu schätzen, Abby, aber ich koche lieber allein, wenn es dir nichts ausmacht.« *Oder besser gesagt, deine Nähe bereitet mir Unbehagen.*

»Klar. Kein Problem«, murmelte sie mit Enttäuschung in der Stimme.

Sie hatte mein kaltes Verhalten nicht verdient. Abby versuchte eindeutig, eine Verbindung mit mir aufzubauen, und ich hatte eine Blockade errichtet. Auf diese Weise würde ich die Situation in den nächsten neun Monaten nicht handhaben können, aber das war es, was ich heute Abend brauchte.

Ich bereitete drei verschiedene Gerichte vor: eine Gemüselasagne, einen Auflauf mit Hühnchen und Pilzen und einen Auflauf mit Garnelen, Pesto und Nudeln. Das Garnelengericht schob ich für heute Abend in den Ofen und die beiden anderen Gerichte in den Gefrierschrank.

Sobald das Essen im Ofen war, ging ich ins Wohnzimmer, wo Abby Lavinia gerade etwas im Fernsehen zeigte.

Lavinia tätschelte den Platz neben ihr. »Sigmund, komm, setz dich. Abby zeigt mir den Laden ihrer Familie.«

Ich trat einen Schritt weiter ins Wohnzimmer.

Abby pausierte den Fernseher und sah von ihrem Platz im Schneidersitz auf. »Ein lokaler Nachrichtensender hat vor ein paar Jahren, als meine Mutter noch lebte, einen Bericht über unseren Laden gemacht. Er ist auf YouTube zu sehen. Ich habe ihn aufgerufen, um ihn ihr zu zeigen.«

»Ah.« Ich setzte mich hin.

Sie drückte wieder auf Play. Eine braunhaarige Frau, die wie eine ältere Version von Abby aussah, wurde interviewt. Der Reporter folgte ihr durch einen Laden, der vor T-Shirts und Nippes zu platzen schien.

Ich schaute zu Abby hinüber. Sie war still, den Blick auf den Bildschirm fixiert. Sie sah aus, als würde sie gleich weinen. Mir wurde klar, dass sie Verlust, genau wie ich, wirklich verstand. Vielleicht war das der Grund, warum sie so viel Geduld mit mir hatte. Wie Britney war auch Abbys Mutter zu jung gewesen, um zu sterben.

»Wenn du den Laden eines Tages wiedereröffnest, habe ich ein Vorkaufsrecht auf den riesigen Hummerhut«, verkündete ich.

Sie drehte sich zu mir um und lächelte. »Geht klar.« Ihr Blick verweilte auf meinem. Sie versuchte, in mir zu lesen, da sie sich wahrscheinlich fragte, warum ich mich zu einem Scherz entschlossen hatte, nachdem ich den ganzen Tag über ein miserables Arschloch gewesen war.

Aber ich konnte sie nicht ertragen, die Intensität ihrer Augen. Noch schlimmer war vielleicht nur noch, als sie *mich* an jenem Abend in der Kneipe beim Starren erwischt hatte. Aus vielen Gründen sah ich sie gern an, was beunruhigend war. Nicht nur, weil sie hübsch war. Das war der offensichtliche Grund. Aber ich *hörte* ihr auch gern *zu*. Ihre Stimme war angenehm. Und wenn sie sich unterhielt, sprach sie mit Überzeugung, immer verbunden mit dem, was die andere Person sagte. Das beobachtete ich gern, auch wenn es mein kleines, schmutziges Geheimnis war. Es musste heimlich getan werden. Ich hatte mir geschworen, mich nie wieder von ihr dabei erwischen zu lassen.

Ich räusperte mich. »Nun, der Timer für das Abendessen ist eingestellt. Er sollte in etwa dreißig Minuten klingeln. Ich fahre jetzt zurück nach London.«

Das Licht in Abbys Augen wurde schwächer. »Du bleibst nicht zum Essen bei uns?«

»Nein«, sagte ich, während ich mir meinen Mantel schnappte. »Guten Appetit euch beiden.«

KAPITEL 11

Sig

Titel 11: »Memories« von Maroon 5

Da ich dem Tag entfliehen wollte, beschloss ich an diesem Abend, mich mit einer Frau zu treffen, die ich vor einiger Zeit über eine Dating-App kennengelernt hatte. Ich war schon einmal mit Alaina im Bett gewesen, und normalerweise war ich kein Freund von Zugaben, aber heute Abend brauchte ich etwas Schnelles und Einfaches – etwas, das sicherstellte, dass ich nichts fühlte, am wenigsten die Emotionen dessen, was heute stattgefunden hatte.

Als Alaina in meiner Wohnung auftauchte, sah sie aus, als sei sie bereit zum Angriff, gekleidet in ein enges rotes Outfit und oberschenkelhohe Lederstiefel. »Ich bin überrascht, dass du angerufen hast«, sagte sie, als sie eintrat. »Ich hätte nicht gedacht, dass ich noch einmal von dir höre. Was war denn los?«

»Ich bin nicht in der Stimmung zu reden, wenn das okay ist.«

Ihre Augen leuchteten auf. »Von mir aus.« Sie warf ihre Handtasche weg. »Das letzte Mal, als wir *nicht* geredet haben, war eine der denkwürdigsten Nächte meines Lebens, also ...«

Ich zog sie zu mir heran, küsste sie heftig und war bereit, mich in diese erzwungene Verbindung zu flüchten. *Das* war es, das Leben, an das ich gewöhnt war. Leer. Bedeutungslos. Frei von Sorgen. Keine Ängste um die Zukunft. Nur ... Benommenheit. Als ich meine Lippen mit immer größer werdender Kraft über ihre bewegte, fühlte ich mich mit jeder verstreichenden Sekunde schlechter. Nichts zu fühlen war das Ziel, doch es hatte den gegenteiligen Effekt, dass ich negative Gefühle wie Ekel empfand. Ich wollte diese Frau hier haben, um mich von dem heutigen Tag abzulenken, aber kein Teil von mir wollte *sie* wirklich.

Mein Telefon piepste. »Einen Moment ...« Ich riss mich von dem Desaster los, das ich begonnen hatte, rieb mir die Unterlippe und griff nach meinem Handy.

Es war eine SMS von Abby.

Abby: Das Garnelengericht war wirklich gut. Danke, dass du es gemacht hast. Ich wünschte, du wärst zum Essen geblieben, aber ich verstehe, warum du es nicht getan hast. Der heutige Tag muss sehr anstrengend für dich gewesen sein. Es war eine Menge für mich. Mehr als ich erwartet hatte. Ich hatte das Video von meiner Mutter seit ihrem Tod nicht mehr gesehen. Das war das erste Mal, dass ich sie sah oder ihre Stimme hörte. Es war herzzerreißend und schön zugleich. Aber ich brauchte meine Mutter heute. Wir versuchen, uns vor Erinnerungen zu verstecken, weil es wehtut. Aber manchmal müssen wir uns einfach nur erinnern.

Ich ließ ihre Worte auf mich wirken. Sie hatte recht. Was ich brauchte, um mein Problem zu lösen, war nicht die Flucht, sondern das Zulassen von allem, was ich wegzustoßen versucht hatte. Ich hatte die Gedanken an Britney verdrängt, denn wenn ich auch nur eine Sekunde an sie dachte, war ich unendlich traurig – wegen allem, was sie heute verpasst hatte, wegen allem, was sie im Allgemeinen verpassen würde. Aber es war wahrscheinlich anstrengender, sie aus meinen Gedanken zu verdrängen, als einfach alles zuzulassen.

»Was ist los?«, fragte Alaina.

»Hm?« Ich fühlte mich benommen und starrte immer noch auf Abbys Nachricht.

»Ist alles in Ordnung? Du siehst aus, als sei jemand gestorben.«

Es ist jemand gestorben. Nur nicht heute Abend. »Ja, äh ...« Ich sah endlich von meinem Handy auf. »Es tut mir leid. Ich ... ich kann das heute Abend nicht machen.«

»Was?« Ihr Gesicht wurde rot. »Warum hast du mich dann angerufen?«

»Ich dachte, ich bräuchte es, aber ...« Ich schüttelte den Kopf. »Es war nicht das, was ich brauchte.«

»Nun, *ich* habe es gebraucht«, fauchte sie. »Danke, dass du meine Zeit verschwendet hast.«

»Es tut mir leid«, murmelte ich und wandte mich ab. Das war beschissen von mir. Sie hatte jedes Recht, wütend auf mich zu sein. Ich hatte nur im Moment nicht die geistige Kapazität, mich darum zu kümmern.

Alaina schnappte sich ihren Mantel und stürmte aus der Tür, wobei sie eine Reihe gemurmelter Schimpfwörter ausstieß. Ich hatte jedes einzelne davon verdient.

Ich starrte eine ganze Minute lang auf die Tür, bevor ich Abby zurückschrieb.

Sig: Freut mich, dass dir das Essen geschmeckt hat. Du hast recht. Heute war viel los, und ich neige dazu, vor Gefühlen davonzulaufen. Je stärker sie sind, desto schneller bin ich weg. An den meisten Tagen versuche ich, nichts zu fühlen. Das ist eine Übung, die ich fast perfektioniert habe. Aber heute habe ich versagt. Es wurde unerträglich. Ich muss mich bei dir entschuldigen – schon wieder. Es lag nicht an dir. Das solltest du wissen. Du warst der beste Teil des heutigen Tages.

Meine Brust fühlte sich rau an. Es war seltsam, so ... ehrlich zu sein. Wahrscheinlich hätte ich den letzten Teil nicht zugeben sollen, aber es war die Wahrheit. Abbys ruhiges Auftreten hatte mir geholfen, die Panik auszugleichen, die ich von dem Moment an empfunden hatte, in dem sie für den Eingriff hineinging. So schwierig diese Situation auch war, sie machte sie besser.

Die drei Punkte bewegten sich, während sie antwortete.

Abby: Wir werden das durchstehen. Einen Tag nach dem anderen. Hab eine gute Nacht, und es ist okay. Ich verstehe, warum du gegangen bist.

Ich spürte, dass sie es wirklich tat. Deshalb hatte sie mir eine SMS geschickt. Es war genau das gewesen, was ich hören musste. Meine Finger schwebten über der

Tastatur. Ein Teil von mir sehnte sich danach, die Unterhaltung fortzusetzen, um einige dieser gefangenen Emotionen loszulassen. Mit ihr glaubte ich, es tun zu können. Aber stattdessen steckte ich das Telefon weg.

An diesem Abend, bevor ich ins Bett ging, holte ich mein Handy wieder heraus – nicht um Abby zurückzuschreiben, sondern um zum ersten Mal in den fünf Jahren seit Britneys Tod etwas zu tun. Ich sah mir ein Video von ihr und mir an, wie wir durch London spazierten, bevor sie zu krank geworden war. Es war nicht so schmerzhaft, wie ich es mir vorgestellt hatte. Ich schaffte es sogar zu lächeln, da es mehr positive als negative Gefühle hervorrief.

Vielleicht könnte ich es mir irgendwann noch einmal ansehen.

KAPITEL 12
Sig

Titel 12: »Fast Car« von Tracy Chapman

Am folgenden Montag hatte Abby ihren ersten Einarbeitungstag bei Covington Properties hinter sich. Da ich mich nicht in die Einzelheiten einmischen wollte, hatte ich es meinem Kundenbetreuer Art Schumacher überlassen, ihr die Grundlagen zu vermitteln. Ich bot ihr jedoch an, sie an diesem Abend von London zurück nach Westfordshire zu fahren, anstatt ihr einen Wagen zu rufen, damit ich mich am Ende des Tages um alle ihre Fragen kümmern konnte.

Ich hatte sie nicht gesehen, da mein Büro sich in einem anderen Stockwerk befand, aber ich hatte sie gebeten, mich um achtzehn Uhr draußen zu treffen, und ich fuhr mit meinem Wagen vor das Gebäude, um zu warten. Es war ein milder Maiabend, trocken und kein einziger Regentropfen in Sicht.

Als ich sie auf mich zukommen sah, setzte mein Herz einen Schlag aus. Abby sah anders aus, als ich sie je zuvor gesehen hatte. Sie trug ein figurbetontes gestreiftes Kleid mit einem kantigen diagonalen Ausschnitt. Es war zwar geschäftsmäßig, aber doch aufreizender, als ich es mir für ihren ersten Arbeitstag hätte vorstellen können. Kurz gesagt, sie sah verdammt heiß aus, und ich wusste, dass ein paar der Wichser, die für uns arbeiteten, einen Heidenspaß daran gehabt hatten, sie anzustarren und zu sabbern. Ich nahm an, dass ich in diesem Moment einer von ihnen war.

»Hey.« Sie lächelte, als sie einstieg und sich anschnallte. »Danke, dass du angeboten hast, mich zurückzufahren.«

Ich räusperte mich, startete den Wagen und fuhr los. »Wie war dein erster Tag?«

»Es gibt eine Menge zu lernen, vor allem das Navigieren in der Datenbank, aber wenn ich erst einmal mit der Technik zurechtkomme, werde ich die Aufgaben problemlos bewältigen. Wie du schon erklärt hast, geht es hauptsächlich um das Schreiben von Antworten und den Umgang mit Telefonanrufen, was ich beides sehr gut kann.«

»War Art bei der Erklärung der Dinge hilfreich?«

»Er musste das Büro unerwartet verlassen, deshalb konnte ich nicht viel mit ihm arbeiten.«

Ich kniff die Augen zusammen. »Was?«

»Ja. Irgendein Familienproblem. Ich dachte, du wüsstest es.«

»Nein, das wusste ich nicht.« Ich blickte zu ihr hinüber. »Wer zum Teufel hat dich dann eingearbeitet?«

»Alistair Jones.«

Ich runzelte die Stirn. *Großartig. Einfach großartig.* Alistair Jones war ein bekannter Schürzenjäger, der Frauen liebte, und ich war sicher, dass er versuchen würde, seine Krallen in Abby zu schlagen. Leider erinnerte er mich an mich selbst vor einem Jahrzehnt, nur schlimmer. »Er ist nicht qualifiziert, dich richtig einzuarbeiten.«

»Er untersteht Art, nicht wahr? Er schien zu wissen, was er tat.«

»Er ist nicht qualifiziert.« Ich knirschte mit den Zähnen. »Ich werde morgen mit dir arbeiten, falls Art nicht zurück ist.«

»Okay«, murmelte sie, wahrscheinlich verwirrt von meiner Reaktion.

Frag sie, wie es ihr geht, verdammt noch mal. Sie könnte schwanger sein. Ich hatte die Tendenz, das zu vergessen, oder vielleicht war es eher so, dass ich es zu vergessen versuchte. »Wie fühlst du dich?«

»Gut«, sagte sie. »Nicht anders als sonst.«

Ich versuchte, mich zu beruhigen, atmete tief durch und nickte. »Gut.«

»Die beiden Gerichte, die du im Gefrierschrank gelassen hast, waren wirklich gut. Wir haben sie beide am Wochenende gegessen.«

»Das freut mich.«

Ich war gerade auf die Autobahn gefahren, als sie sich zu mir umdrehte. »Also ... ich habe nachgedacht ...«

»Das ist gefährlich«, stichelte ich.

Sie rollte mit den Augen. »Ich hätte gern ein Fahrzeug, solange ich hier bin, Sig. Das würde es mir leichter machen, zum Supermarkt zu fahren und Sachen für Lavinia und mich zu kaufen. Es ist nicht praktisch, jedes Mal einen Fahrer zu rufen, wenn ich das Haus verlassen muss. Ich bitte dich nicht darum, dafür zu bezahlen. Du sollst nur wissen, dass ich von niemandem abhängig sein möchte, wenn es um Fahrten geht, also habe ich vor, mir selbst etwas zu besorgen.«

»Mach dich nicht lächerlich. Du kannst es dir nicht leisten, einen Wagen zu kaufen, wenn du nur vorübergehend hier bist.«

»Klar, ich –«

»Ich habe einen Wagen für dich.«

Sie blinzelte. »Wirklich?«

»Er ist bei Leo geparkt. Er wird momentan nicht benutzt.«

»Wow. Okay. Das ist großartig.«

»Ich habe ihn eigentlich als Geschenk für Felicity gekauft.«

»Das ist ein ziemlich teures Geschenk.«

»Nun, sie war eine gute Freundin. Und es ist eine Art Insiderwitz. Als ich ihn fand, konnte ich mir die Gelegenheit nicht entgehen lassen.« Ich warf einen Blick in den Rückspiegel, als ich die Spur wechselte. »Ich bin mir sicher, dass sie kein Problem damit hat, wenn du ihn benutzt, solange du hier bist. Er hat nur Staub in ihrer Garage gesammelt. Es wäre wirklich gut, ihn ab und zu mal zu fahren.«

Ihr Gesicht hellte sich auf. »Das wäre toll.«

»Sollen wir jetzt hinfahren und ihn abholen?«

»Meinst du, sie haben was dagegen, wenn wir unangemeldet vorbeikommen?«

»Es wäre nicht das erste Mal, dass ich unangemeldet bei ihnen vorbeischaue, aber ich sollte wohl anrufen. Wenn sie nicht da sind, kann ihr Hausverwalter Nathan uns reinlassen. Er ist ein alter Kumpel von mir.«

»Was macht der Hausverwalter?«, fragte sie.

»Normalerweise hätte jemand von Leos Format rund um die Uhr ein ganzes Team. Aber Felicity bestand darauf, dass sie so nicht leben will – mit praktisch Fremden in ihrem Haus. Also gingen sie einen Kompromiss ein. Sie arbeiten mit dem absoluten Minimum: einem Sicherheitsdienst am Eingangstor, einem Hausverwalter und einer Teilzeit-Haushälterin. Das ist etwa ein Zehntel des Personals, das Leo in seiner Jugend hatte.«

»Es ist schwer vorstellbar, dass jemand so viele Leute braucht, die in seinem Haus herumlaufen, sein Bettzeug aufschütteln und ihm zufächeln.« Sie lachte. »Ich stimme Felicity zu.«

Auf dem Weg dorthin rief ich Leo an, um ihm Bescheid zu sagen. Er sagte mir, er und Felicity seien nicht zu Hause, aber ich könne gern in die Garage gehen und den Wagen nehmen. Ich hatte alle Sicherheitscodes für sein Grundstück, und Nathan hatte anscheinend heute Abend frei, sodass kein Personal da sein würde.

Als wir ankamen, schien Abby überrascht zu sein, dass sechs Fahrzeuge in der Garage geparkt waren. Wir gingen an den Luxusfahrzeugen vorbei zu dem, das sie tatsächlich fahren würde. Ich musste über ihren schockierten Gesichtsausdruck lachen, als sie es sah.

»Wow, das ist …«

»Klein?«, bot ich an.

»Ja, aber es ist perfekt.« Sie strich mit den Fingern über die Motorhaube. »Ein Fiat, richtig?«

»Ja. Meine Beine passen kaum hinein«, sagte ich. »Aber für dich sollte es passen.«

»Mintgrün. Was für eine Farbe.« Abby öffnete die Tür und stieg ein. »Was ist die Geschichte dahinter?«

»Felicity fuhr eine ältere Version dieses Wagens, als Leo und ich sie in Rhode Island kennenlernten. Ich habe sie immer damit aufgezogen, wie lächerlich das Fahrzeug aussah. Nachdem sie hierhergezogen war, erwähnte sie immer wieder, wie sehr sie diesen Wagen vermisse, also habe ich einen gefunden und ihn ihr zum Geburtstag geschenkt.«

»Wow, Mr. Geldsack, das war ein tolles Geschenk.« Sie rieb mit den Händen über das Lederlenkrad.

»Ihr Gesicht zu sehen, als ich an diesem Tag vorfuhr, war jeden Cent wert.«

»Ich liebe die Beziehung, die ihr beide habt.« Abby spielte mit dem Sitz herum und verstellte ihn hin und her.

Ich lehnte mich gegen die offene Tür. »Du kannst diesen Wagen unter einer Bedingung fahren.«

Sie sah zu mir auf. »Was?«

»Benutze ihn nur für die Stadt. Ich will nicht, dass du mit so einem kleinen Wagen auf der Autobahn fährst.«

»Auf der Autobahn komme ich schon zurecht.«

»Weil du eine so gute Fahrerin bist?« Ich hob eine Augenbraue. »Das ist nicht verhandelbar, Abby.«

»Okay. Also gut. Nur Nebenstraßen.« Sie seufzte. »Ich brauche den Wagen sowieso nur, um in der Stadt herumzukommen.«

»Also gut.« Ich nahm den Schlüssel von einem Haken auf der anderen Seite der Garage und ging damit zu ihr hinüber. »Hier ist der Schlüssel.«

Abby stieg aus und steckte ihn in ihre Handtasche. »Danke.«

»Wir sollten los«, sagte ich.

»Warte. Wenn wir schon mal hier sind, könnten wir den Tieren Hallo sagen?«

»Ich sollte zurück in die Stadt fahren.«

»Okay.« Sie runzelte die Stirn. »Ich verstehe.«

Aber der enttäuschte Blick auf ihrem Gesicht überschattete mein Urteilsvermögen. *Wie kann ich da Nein sagen?* »Vielleicht nur ein kurzer Besuch, bevor es dunkel wird.«

KAPITEL 13

Sig

Titel 13: »Mind Your Business« von will.i.am und Britney Spears

Aus einem kurzen Besuch wurde ein einstündiger Rundgang über das Gelände, bei dem *ich* diesmal in Mist trat und mich deshalb fast dreißig Minuten lang verarschen lassen musste. Nachdem ich hineingegangen war und mich sauber gemacht hatte, setzten wir unseren Rundgang mit den Tieren fort.

Ich dachte, wir würden endlich nach drinnen gehen, um abzuschließen, aber stattdessen packte Abby meinen Arm und führte mich in eine kleine Scheune. Sie ließ sich auf einen riesigen Haufen Heu plumpsen.

»Mach es dir ruhig bequem.«

»Ein Haufen Heu lädt geradezu dazu ein hineinzuspringen, nicht wahr? Ich hatte schon ein Auge darauf geworfen, als wir vorhin hier reingeschaut haben.« Sie winkte mich herüber. »Komm zu mir, du Sturkopf.«

Widerstrebend ging ich hinüber und legte mich neben sie. »Deinetwegen komme ich schon extrem spät zurück nach London, ganz zu schweigen von den Exkrementen, in die ich nicht getreten wäre, hätte ich mich nicht von dir überreden lassen hierzubleiben. Ich muss jetzt los.«

»Wohin? In deine leere Wohnung?«

»Mein Verstand wartet dort auf mich, ja.«

»Es macht dich verrückt, in meiner Nähe zu sein?«

»Mein Verstand ist da, wo ich allein bin.«

»Weißt du, da es schon spät ist, könntest du in der Pension schlafen, anstatt den ganzen Weg zurück nach London zu fahren. Wir könnten morgen früh zusammen zur Arbeit fahren. Dann müsstest du mir keinen Wagen rufen.«

»Oder ich könnte die Zeit nicht damit verschwenden, in diesem Heuhaufen zu sitzen, und stattdessen zu einer anständigen Zeit nach London zurückkehren.«

Sie ignorierte mich. »Schließ für einen Moment die Augen und atme einfach, Sigmund. Hör auf die Geräusche der Tiere in der Ferne.«

Ich wusste nicht warum, aber ich hörte auf sie. Ich schloss die Augen und atmete die Luft ein und aus. Es war selten, dass ich mir die Zeit nahm, innezuhalten und den Augenblick zu genießen. Obwohl ich es im Allgemeinen vorzog, allein zu sein, erlaubte ich meinen Gedanken nur selten, zur Ruhe zu kommen. Das fühlte sich fremd, aber nicht unangenehm an und war vielleicht auch nötig, vor allem weil ich mich auf die Geräusche der Natur draußen konzentrierte und nicht auf meinen inneren Monolog.

Als ich die Augen öffnete, hatte Abby ihre noch geschlossen. Sie war wirklich atemberaubend, und die

Nasenlöcher ihrer perfekten, nach oben gebogenen Nase blähten sich bei jedem Atemzug ein wenig auf. Ihre Lippen waren geöffnet.

Als sie die Augen öffnete, wandte ich mich ab. *Warum werde ich immer wieder dabei erwischt, wie ich sie anstarre?*

»Warum hast du mich angestarrt?«, fragte sie. »Du solltest doch die Augen schließen.«

Ein heißer Schauer wanderte von meinem Nacken bis zu meinem Kopf, als ich nichts sagte.

»Hattest du deine Augen überhaupt geschlossen?«, fragte sie.

»Das hatte ich. Dann wurde es mir langweilig. Du bist interessanter als die Dunkelheit, denke ich.«

»Was für ein Kompliment. Eine Steigerung zur reinen Finsternis.«

»Ich bin zwar gern allein, aber ich mag keine Stille. Eine Zeit lang war es schön, als ich den Tiergeräuschen lauschte. Aber dann habe ich die Konzentration verloren.«

»Es ist zu mächtig, nicht wahr? Keine Ablenkungen? Nachdenken und *fühlen* zu müssen, ohne sich an etwas anderes zu wenden?«

»Genau deshalb kann ich es nicht lange machen.«

Ihr Blick war durchbohrend. »Stille zu ertragen ist eine Kunstform. Etwas, an dem ich noch arbeite. Ich hatte selbst damit zu kämpfen.«

»Du hast damit zu kämpfen, deine Gedanken zu verdrängen?«, fragte ich.

Sie nickte. »Ja.«

»Worüber hast du nachgedacht?«

»Ich habe versucht abzuschätzen, ob die Tatsache, dass ich mich nicht anders fühle, irgendetwas bedeutet, was die Implantation betrifft. Ich habe immer vermutet, dass ich es irgendwie merken würde, wenn ich schwanger wäre. Aber ich fühle mich genau gleich.« Sie wandte sich mir zu. »Hoffst du insgeheim, dass ich es nicht bin?«

Ich dachte darüber nach und wusste, dass ich ihr eine ehrliche Antwort schuldete. »Ich weiß nicht, was ich mir wünsche, Abby. In gewisser Hinsicht wäre ich erleichtert, wenn du es nicht wärst, aber nicht ganz. Es ist kompliziert. Aber das ist doch eigentlich egal, wenn wir es trotzdem noch einmal versuchen, oder?«

»Was ist, wenn es nicht funktioniert? Es gibt nur eine begrenzte Anzahl von Embryonen.«

Die Aussicht darauf brachte mir zwar eine gewisse Erleichterung, aber sie war auch herzzerreißend. Wirklich herzzerreißend. Denn wenn sie einmal weg waren, war es das.

»Wenn es nicht klappt, sollte es nicht sein«, sagte ich.

Sie zog die Mundwinkel nach unten. »Das Gefühl habe ich auch. Aber ich wäre wirklich traurig wegen Phil und Kate.«

»Aber es lohnt sich nicht, über etwas zu spekulieren, das noch nicht passiert ist.«

Mein Telefon klingelte und ich sah nach unten, um festzustellen, dass es Lourdes war, eine Frau, mit der ich vor über einem Jahr zusammen gewesen war. Sie hatte mir in letzter Zeit immer wieder SMS geschickt, um sich mit mir zu treffen, und ich hatte ihre Nachrichten ignoriert. Ich schaltete es stumm.

»Wer war das?«, fragte Abby.

»Jemand namens – das geht dich nichts an.«

»Eine Frau? Hast du es deshalb so eilig, zurück nach London zu kommen?«

»Glaub mir, ich habe bisher noch niemanden getroffen, für den es sich lohnt, irgendwohin zu eilen.«

»Nun, Entschuldigung, Mr. Wählerisch.«

Ich drehte mich ein wenig zu ihr um und stützte das Kinn auf eine Hand. »Findest du es seltsam, wählerisch zu sein?«

»Ich glaube nicht, dass du wählerisch bist. Ich denke, dass du dich *jedem* gegenüber verschließt. Das ist ein Unterschied.«

»Du scheinst mich durchschaut zu haben, aber was ist mit dir? Warum bist *du* Single?«

»Ich habe eine schlechte Erfahrung gemacht, wie ich glaube, schon erwähnt zu haben, und ich habe keine Lust, dass erneut jemand mit meinem Herzen spielt.«

»Wie lange ist das her? Der Typ, der mit dir Schluss gemacht hat …«

»Das ist jetzt fast drei Jahre her.«

»Aber du hast dich seit der Trennung verabredet.«

»Ja. Es gab ein paar kurze …«

»Bettgeschichten?« Ich zog eine Augenbraue hoch.

»Ich schätze, das kann ich jetzt zugeben, da du nicht mehr aktiv meinen Charakter beurteilst.«

»Warum sollte ich dich dafür verurteilen? Sex ist natürlich – überlebenswichtig, wenn du mich fragst.«

»Du willst nur danach nichts mit den Frauen zu tun haben.«

Da ich es nicht leugnen konnte, zuckte ich mit den Schultern. »Seit Britney gab es nicht *so* viele Frauen.

Zumindest nicht im Vergleich zu damals, als ich jünger war. Meistens treffe ich jemanden und entscheide mich, nichts weiter zu tun. Aber bei den Begegnungen, die ich *hatte*, hat es nie eine Rolle gespielt, ob ich sie wiedersehe.«

»Was war bei Britney anders? Ich meine, als du sie getroffen hast? Woher wusstest du, dass sie die Richtige ist?«

Meine Brust zog sich zusammen. »Ich würde dir gern eine weniger klischeehafte Antwort geben – denn ich *hasse* Klischees –, aber ich wusste es einfach. Nach etwa einer Stunde zusammen wollte ich nicht mehr von ihr getrennt sein.«

»Verstehe. Man sagt, so etwas passiert manchmal. Man *weiß* es einfach.«

»Hast du das noch nie erlebt?«

»Nein.« Abby schüttelte den Kopf. »Ich warte immer noch darauf, dass es mir passiert.« Sie lächelte. »Nur damit das klar ist, ich gehe nicht wahllos mit Leuten ins Bett, wie *manch* andere.« Sie stieß mich mit dem Ellbogen an. »Ich muss sie erst kennenlernen.«

»Wie ich dich kenne, Abby, kann ich mir nicht vorstellen, dass du jemandem nicht eine Million Fragen stellst, bevor du mit ihm schläfst.«

»Nun, ja. Ich muss wissen, mit wem ich es zu tun habe. Ich werde meine Zeit nicht mit jemandem verschwenden, der kein guter Mensch ist – selbst wenn ich mich zu ihm hingezogen fühle.«

»Manchmal ist weniger mehr«, murmelte ich.

»Und das von dem Mann, der mich bei unserer ersten Begegnung verhört hat.«

»Nun, ich muss ein bisschen mehr über jemanden wissen, der mein Kind austrägt, als über jemanden, den ich nur …«

»Ficke?« Sie beendete meinen Satz.

Das Wort auf ihrer Zunge gab mir einen ungewollten Schauer. Ich hätte es gern noch ein paarmal gehört, was wahrscheinlich bedeutete, dass ich meinen Kopf untersuchen lassen musste.

»Willst du gehen?«, fragte sie.

Irgendwie hatte ich vergessen, dass ich unbedingt gehen wollte. Ich hatte es mir im Heu ziemlich bequem gemacht. Aber es ging gar nicht um das Heu, nicht wahr?

»Nun, jetzt hast du mich faul gemacht. Du bist ein schlechter Einfluss, Knickerbocker.«

Sie stützte ihren Kopf auf eine Hand. »Warum schläfst du heute Nacht nicht einfach in der Pension? Lavinia liebt deine Gesellschaft.«

»Sie wird schon schlafen, wenn wir zurückkommen, aber ich denke, du hast recht. Ich könnte jetzt genauso gut morgen früh mit dir nach London fahren.«

»Du hast doch Arbeitskleidung im *Bainbridge Inn*, oder?«

»Ja. Ich habe alles, was ich brauche, in meinem Zimmer.« Ich schaute durch das Scheunentor hinaus. Es war jetzt völlig dunkel geworden. »Jetzt, da es dunkel ist, musst du vorsichtig zurückfahren.«

»Du wirst doch sowieso hinter mir sein, falls ich in Schwierigkeiten gerate, oder?«

»Nun, ich werde nie wieder vor dir fahren«, stichelte ich.

»Der war gut.« Sie lachte, als sie aufstand und ihr Kleid abstreifte. »Kannst du dich mal kurz umdrehen?«

Ich kniff die Augen zusammen, tat aber, was sie verlangte. »Okay ... warum mache ich das?«

Ein paar Sekunden vergingen. »In Ordnung.«

»Was sollte das denn?«, fragte ich.

»Versprichst du, dass du dich nicht über mich lustig machst?«

»Nein. Aber sag es mir trotzdem.«

»Ich hatte ein Stück Heu in meiner Unterwäsche stecken.« Sie schenkte mir ein albernes Lächeln.

Und dann ... lachte ich zum gefühlt ersten Mal seit Jahren. »Die Straße nach Hause ist ziemlich kurvig und nachts ist es dort sehr dunkel«, sagte ich, als ich mich wieder gefangen hatte. »Ich sollte vor dir fahren, damit du Licht hast.«

»Du meinst, du vertraust darauf, dass ich dir nicht wieder hinten drauf fahre?«

»Nun, um diese Zeit ist es ziemlich schwierig, die Schafe zu sehen, also vertraue ich darauf, dass du die Straße im Auge behältst.«

»Das werde ich.« Sie zwinkerte mir zu.

Sie folgte mir an diesem Abend zurück zur Pension und schaffte es, keinen Zusammenstoß zu verursachen. Es war schon ziemlich spät, als wir im *Bainbridge Inn* ankamen, und Abby ging direkt auf ihr Zimmer, nachdem sie sich einen Snack aus der Küche geholt hatte.

Wie erwartet schlief Lavinia bereits. *Zumindest dachte ich das.* Als ich den Flur hinunterging, steckte sie den Kopf aus ihrem Schlafzimmer.

»Warum bist du auf?«, fragte ich.

»Ich habe mir Sorgen um Abby gemacht, weil es schon so spät ist.«

»Wir waren bei Leo, um einen Wagen abzuholen.«

»Ich weiß. Sie hat mir eine SMS geschickt, aber ich habe mir trotzdem Sorgen gemacht, weil sie nachts auf dieser dunklen Straße fährt.«

»Ich bin vor ihr hergefahren, um Licht zu machen.«

»Das war sehr nett von dir.« Sie verzog den Mund zu einem Lächeln, während sie mich seltsam ansah.

»Was?«

»Es dauert keine vier Stunden, einen Wagen abzuholen«, flüsterte sie.

Ich schluckte. »Sie wollte die Tiere sehen.«

»Hmm ...« Ihr Blick wurde noch misstrauischer.

»Warum siehst du mich so an?«

»Normalerweise bist du nicht der Typ, der an den Blumen riecht und sich die Tiere anschaut, Sigmund.«

»Was willst du damit andeuten, verrückte Frau? Komm auf den Punkt.«

»Ich glaube, Abby hat einen guten Einfluss auf dich.« Sie zuckte mit den Schultern. »Und ich denke, dass es bei diesem späten Ausflug um mehr als nur um den Wagen ging.«

»Ich weiß, was du denkst. Und ich möchte, dass du damit aufhörst, in Ordnung? Weil du dich irrst.«

»Du kannst mir nicht vorwerfen, dass ich mich wundere.«

»Doch, das kann ich.« Ich senkte die Stimme. »Kümmere dich um deine Angelegenheiten und geh schlafen.«

»Gute Nacht, Sigmund«, sang sie, als ich weiter den Flur hinunterging. »Schön, dich unter der Woche hier in der Pension zu sehen. Noch etwas *Ungewöhnliches.*«

»Hau ab.« Ich drehte mich um und warf ihr einen Blick zu, zeigte ihr jedoch nicht den Mittelfinger.

Sie grinste, bevor sie in ihrem Zimmer verschwand. *Neugieriges Weibsstück.*

KAPITEL 14

Abby

Titel 14: »Naked« von Avril Lavigne

Eineinhalb Wochen waren vergangen, seit ich angefangen hatte, bei Covington zu arbeiten, und ich hatte mich langsam an meine neue Routine gewöhnt. Seit gestern war ich jedoch sehr nervös, denn ich wartete auf den Anruf meiner Ärztin, die mir Blut abgenommen hatte, um herauszufinden, ob ich schwanger war.

Ich machte mich gerade für die Arbeit fertig, als ich feststellte, dass das Toilettenpapier in meinem Badezimmer alle war. Ich hatte keine Ahnung, wo Lavinia die Ersatzrollen aufbewahrte, also ging ich rüber ins andere Badezimmer, um dort welches zu holen.

Ich klopfte an die Tür, und als niemand antwortete, ging ich davon aus, dass es sicher war, und drehte den Knauf, um einzutreten. Doch ich zuckte zusammen, als ich Sig erblickte.

Nicht nur Sig.

Sigs halb nackten Körper.

Oh. Mein. Gott.

»Was zum ...?« Schnell wickelte er das weiße Handtuch um seine Taille.

»Ach du meine Güte!« Mein Blick blieb an seiner wohlgeformten Brust hängen. »Es tut mir so leid.«

Alles war so schnell passiert. Ich hatte keinen klaren Blick auf alles unterhalb der Gürtellinie werfen können, aber zu meiner Überraschung war nicht nur sein Körper perfekt, sondern er hatte auch eine Menge Tattoos auf einem Oberarm. Er war die perfekte Leinwand ... mir fiel nur das Wort *atemberaubend* ein.

Die Ader an seiner Schläfe sah aus, als würde sie gleich platzen. »Weißt du nicht, wie man anklopft?«

Das riss mich natürlich aus meinen Gedanken. »Ich *habe* geklopft.«

Er nahm seine Kopfhörer heraus und warf sie zur Seite, wobei sein Gesichtsausdruck weicher wurde, als er zu begreifen schien, dass es *seine* Schuld war.

»Tut mir leid«, wiederholte ich. »Ich, ähm, war nur auf der Suche nach Toilettenpapier.«

Ich senkte den Blick wieder auf seinen perfekten, gebräunten Oberkörper, als Wasser über seinen Waschbrettbauch tropfte. *Heilige Scheiße*. Ich hatte mir vorgestellt, wie sein Körper aussehen könnte, aber die Realität übertraf meine Vorstellungen bei Weitem. Entweder trainierte dieser Mann unaufhörlich oder er war wahnsinnig gesegnet.

Er kniete sich hin, öffnete die Tür unter dem Waschbecken und bot mir eine Rolle an, wobei seine Brust sich hob und senkte.

»Danke. Was machst du eigentlich hier? Ich dachte, du seist in London.«

»Ich bin gestern Abend hergekommen. Leo und ich haben noch spät mit ein paar Freunden bei ihm zu Hause gepokert. Ich habe beschlossen, hier zu schlafen und heute Morgen mit dir zur Arbeit zu fahren.«

»Oh ... okay. Also, danke für das Toilettenpapier.« Errötet kehrte ich in mein Zimmer zurück und setzte mich aufs Bett, erschüttert von der ganzen Sache.

Während der letzten Tage hatte ich einige Dinge über Sig gelernt. Erstens, wann immer wir uns ein wenig näherkamen, distanzierte er sich. Abgesehen davon, dass er mich diese Woche an den Arbeitstagen abends nach Westfordshire gefahren hatte, hatte ich nicht mehr viel Zeit mit ihm verbracht, seit wir in der Scheune von Leo und Felicity abgehangen hatten.

An jenem Abend hatte ich gelernt, wie beschützend er war. Sein Beharren darauf, vor mir zu fahren, bewies das. Allerdings musste ich mich fragen, ob er mich oder das Baby, das ich möglicherweise in mir trug, beschützen wollte.

Und leider hatte ich auch gelernt, dass ich mich unglaublich zu ihm hingezogen fühlte, was sich daran zeigte, dass ich vor einer Minute die Fähigkeit verloren hatte, einen zusammenhängenden Satz zu bilden. Ich hatte ihn schon attraktiv gefunden, bevor ich ihn halb nackt gesehen hatte. Und jetzt? Es war hoffnungslos.

Als wir an diesem Morgen gemeinsam nach London fuhren, ersparte Sig mir glücklicherweise jeglichen

Spott und erwähnte den Vorfall nicht. Tatsächlich war er fast die ganze Fahrt über still. Und ich beschloss, es gut sein zu lassen und die Aussicht zu genießen.

Als wir zur Arbeit kamen, wurde mir klar, dass dies kein gewöhnlicher Einarbeitungstag werden würde. Sig folgte mir auf meine Seite des Büros. »Du kommst mit mir?«, fragte ich.

Er sah finster drein. »Die Personalabteilung hat mir mitgeteilt, dass Art für die nächsten Tage wieder nicht da ist. Er hat ein persönliches Problem, mit dem er zu kämpfen hat. Wie ich bereits erwähnt habe, ist Alistair nicht erfahren genug, um dich weiter einzuarbeiten. Deshalb werde ich heute derjenige sein, der mit dir arbeitet.«

Spannung bildete sich in meinem Nacken. »Alistair scheint mir erfahren zu sein.«

»Er ist erfahren, ja. Nur nicht in den richtigen Bereichen.«

Als Alistair sich meinem Arbeitsplatz näherte, konnte ich den Moment erkennen, in dem er Sig neben mir sitzen sah. Nervös schaltete ich den Computer ein.

»Alles in Ordnung?«, fragte Alistair. »Du bist normalerweise nicht auf dieser Seite des Gebäudes, Boss.«

»Jemand muss sie einarbeiten, wenn Art nicht da ist.«

Alistair sah zwischen Sig und mir hin und her. »Wir haben das am ersten Tag ganz gut hinbekommen, nicht wahr, Abby? Ich habe es im Griff.«

Sig stand auf, der Blick in seinen Augen war fast mörderisch. »Komm mal kurz mit, Alistair.«

Ich sah zu, wie sie weggingen und in einem Konferenzraum verschwanden. Etwa fünf Minuten später kamen sie wieder heraus, und Alistair wandte sich in die andere Richtung, anstatt zu meinem Schreibtisch zurückzukehren.

»Alles in Ordnung?«, fragte ich.

»Ja. Alles bestens.« Sig setzte sich neben mich. »Öffne bitte die Datenbank und navigiere zum Kontaktbildschirm.«

Na dann.

Während der nächsten Stunden saß Sig bei mir und erklärte mir die Funktionsweise der Bürodatenbank, auf die ich an den Tagen, an denen ich aus der Ferne arbeitete, über ein virtuelles privates Netzwerk zugreifen konnte. So unangenehm der Beginn unseres Morgens auch gewesen war, so wenig störte mich der Geruch von würziger Männlichkeit, als er sich über mich beugte, um an meinem Computer zu tippen. Seine Nähe zu genießen würde mein kleines Geheimnis sein müssen, aber nach dem, was ich heute Morgen im Bad erlebt hatte, war es schwer, meine Gedanken nicht in die falsche Richtung schweifen zu lassen. Jetzt nahm ich nur noch seine körperliche Präsenz wahr – seine großen Hände und langen Finger, mit denen er auf den Bildschirm zeigte, die Tätowierung am Handgelenk, die aus seinem Ärmel hervorlugte, die Art und Weise, wie ihm gelegentlich eine schwarze Haarsträhne über die Stirn fiel, die Wärme, als sein muskulöser Oberschenkel meinen berührte.

Irgendwann kam eine Frau auf uns zu. »Sigmund, hast du das Treffen mit Royer Investments um zwölf Uhr vergessen?«

»Verdammt.« Er fuhr sich mit einer Hand durch die Haare. »Ja, das habe ich. Danke, Maxine. Ich bin in fünf Minuten dort.«

Ich rollte meinen Stuhl vom Schreibtisch weg. »Ich habe deinen Tag durcheinandergebracht.«

»Das ist meine eigene Schuld.« Er stand auf. »Du bist sowieso noch eine Weile versorgt. Warum gehst du nicht in die Mittagspause und wir treffen uns nach meiner Besprechung wieder. Es sollte nur etwa eine Stunde dauern.«

»Okay.« Ich sah ihm nach, wie er den Flur entlang in Richtung der Aufzüge ging.

Nach einem kurzen Halt auf der Toilette nahm ich den Aufzug nach unten und ging einen Block weiter zu dem Sandwich-Laden, den ich schon häufig besucht hatte. Ich bestellte Pastrami auf Roggenbrot und einen Apfelsaft und nahm mein Mittagessen mit zurück ins Büro.

Ich ging in die Mitarbeiterküche auf meiner Etage und setzte mich an einen kleinen runden Tisch. Zuerst war ich allein, aber ein paar Minuten später kamen ein paar der Verwaltungsassistenten herein. Sie lächelten zu mir hinüber, sprachen aber nicht mit mir und luden mich auch nicht ein, mich zu ihnen zu setzen.

Dann betrat Alistair die Küche. Er trug eine Papiertüte, die aussah, als stammte sie aus demselben Laden, in dem ich gewesen war. »Sitzt hier jemand?«, fragte er, als er sich meinem Tisch näherte.

»Nein.« Ich wischte mir über die Mundwinkel. »Du kannst dich gern zu mir setzen.«

»Cool«, sagte er und nahm Platz. »Darf ich dich etwas fragen? Du brauchst nicht zu antworten, wenn du nicht willst.«

»Klar.« Ich nahm einen großen Schluck von meinem Apfelsaft.

»Läuft da etwas zwischen dir und Benedictus?«

Ich verschluckte mich fast. »Warum fragst du mich das?«

»Weil er *sehr* darauf zu bestehen schien, dass ich dich nicht einarbeiten sollte, aber er hat mir mit seinen eigenen Worten auch klargemacht, dass ich mich ›verdammt noch mal komplett von dir fernhalten‹ sollte.«

Oh mein Gott. Was? »Das hat er gesagt?«

»Hat er.« Alistair nahm einen Bissen von seinem Sandwich. »Er kann manchmal ein richtiger Arsch sein, aber so etwas hat er noch nie getan.«

Ich schüttelte den Kopf. »Nein, zwischen uns läuft nichts Romantisches. Aber er ist ein … Freund der Familie.« Ich vermutete, die Lügenphase meiner Zeit hier hatte begonnen.

»Ah, okay. Das macht dann mehr Sinn. Ich konnte mir nicht vorstellen, dass er dich ohne Grund so sehr beschützt.«

»Das nehme ich an. Aber er hat nicht das Recht, mir vorzuschreiben, mit wem ich auf der Arbeit reden darf.«

»Nun, ich werde ihm nichts von diesem Mittagessen erzählen, wenn du es nicht tust.« Alistair zwinkerte und nahm einen weiteren Bissen von seinem Sandwich.

»Er ist gerade in einer Besprechung, also sollte das kein Problem sein.«

»Oh, ich weiß. Ich habe gehört, wie Maxine ihn daran erinnert hat. Normalerweise kommt er gar nicht auf diese Seite des Büros. Es war ein wenig überraschend, ihn heute Morgen zu sehen, geschweige denn für meine bloße Anwesenheit gerügt zu werden.«

»Es tut mir leid, dass er das getan hat. Du hast mir an meinem ersten Tag hier sehr geholfen, bevor Art zurückkam. Das habe ich Sig gesagt.«

Alistair öffnete sein Getränk und lachte. »Ich glaube nicht, dass es das ist, was er hören wollte.«

»Wie wird er denn hier wahrgenommen?« Ich legte mein Sandwich ab. »Haben die Leute Angst vor ihm oder so?«

»Er bleibt meistens für sich, trifft sich nicht wirklich mit uns nach Feierabend oder so. Wir haben ein paar enge Cliquen, die nach der Arbeit mal in die Kneipe gehen. Ich weiß, dass einige der Frauen ihn eingeladen haben, aber er kommt nie mit.« Alistair zuckte mit den Schultern. »Wahrscheinlich denkt er, er ist zu gut für uns.«

»Hmm ...«, sagte ich unverbindlich.

Alistair saß den Rest des Mittagessens neben mir. Ich schaute immer wieder über meine Schulter und wusste nicht, was ich mir mehr wünschte – dass Sig mich mit Alistair erwischte oder dass ich es zurück an meinen Platz schaffte, ohne dass er etwas sah.

KAPITEL 15
Abby

Titel 15: »Pictures of You« von The Cure

Ich saß bereits wieder an meinem Schreibtisch, als Sig kurz nach dreizehn Uhr von seiner Besprechung zurückkehrte. Ich war entweder davongekommen oder hatte die perfekte Gelegenheit verpasst, ihn zu ärgern.

Er arbeitete den Rest des Nachmittags an meiner Seite, wobei er himmlisch roch und eine finstere Miene trug. Und am Ende des Tages entschied er sich, mich zurück nach Westfordshire zu fahren.

Als wir die Heimfahrt antraten, beschloss ich, das Thema Alistair anzusprechen. Ich wollte ihn nicht in Schwierigkeiten bringen, also stellte ich mich dumm. »Was hast du zu Alistair gesagt, als du ihn heute Morgen zur Seite genommen hast?«

»Was spielt das für eine Rolle?«

»Nun, danach ist er praktisch verschwunden. Außerdem wart ihr lange genug in dem Konferenzraum, um mehr als ein oder zwei Sätze zu wechseln.«

»Das geht dich nichts an.«

»Wenn es mich betraf, dann *geht* es mich etwas an. Soll ich ihn einfach fragen?«

Sig spannte den Kiefer an. »Ich habe ihm gesagt, er soll sich von dir fernhalten.«

»Warum solltest du das tun?«

»Weil er schlechter Umgang ist.«

»Du hast vorhin gesagt, er sei nicht qualifiziert, mich einzuarbeiten. Und jetzt sagst du, er sei ein schlechter Umgang?«

»Er *ist* schlechter Umgang.«

»Wie das?«

»Er ist ein bekannter Schürzenjäger, der nur hinter einer Sache her ist.«

»Ein Esel schilt den anderen Langohr?«

Sig rollte mit den Augen. »Alistair ist viel schlimmer, als ich es je war, selbst in seinem Alter.«

»Und das soll viel heißen?«

»Nun ...« Er hielt inne. »Ja.«

Ich verschränkte die Arme und blickte hinaus in den Londoner Nebel. »Ich kann auf mich selbst aufpassen, weißt du. Du musst nicht für mich entscheiden, wer sich von mir fernhalten soll.«

»Ich leite das Unternehmen. Ich habe jedes Recht zu entscheiden, was passiert.«

»Du hast *nicht* das Recht, mir vorzuschreiben, mit wem ich Umgang haben darf und mit wem nicht.«

»Wenn es um das Unternehmen geht, das ich leite, habe ich dieses Recht.«

Ich beschloss, mich mit ihm anzulegen – um zu sehen, wohin es führen würde. Ich mochte es, wenn er sich ein wenig aufregte.

»Okay, wenn ich also mit ihm zu tun haben will, muss ich das außerhalb der Arbeit tun.«

Er korrigierte seinen Griff am Lenkrad und knirschte mit den Zähnen.

»Du hast doch nicht gedacht, dass ich hier kein Gesellschaftsleben habe, oder?«

»Man kann ein Gesellschaftsleben haben, ohne sich mit einem notorischen Schürzenjäger einzulassen.«

»Wenn du dich von deinen Mitarbeitern fernhältst, wie du es offenbar tust, woher weißt du dann so viel über seinen Ruf?«

Er drehte ruckartig den Kopf zu mir. »Wer sagt, dass ich mich fernhalte?«

Scheiße. Alistair sagte es. Aber das würde ich nicht zugeben. »Nur eine Vermutung.«

»Auch wenn ich mich nicht zu ihren kleinen Feierabendausflügen hinzugeselle, heißt das nicht, dass ich den Kopf in den Sand stecke. Ich höre, worüber sie reden. Ich höre das Geflüster. Er hat mehr als eine Frau von Covington abgeschleppt.«

»Schön für ihn«, stichelte ich.

Sig blickte zu mir.

Dann brach ich in Gelächter aus. »Ich liebe es, dich wütend zu machen.«

Er seufzte. »Das kannst du sehr gut. Eines deiner wenigen Talente.«

Ich schnaubte. »Aber mal ganz im Ernst, ich schätze zwar deine Meinung, aber ich akzeptiere nicht, dass du mir vorschreibst, mit wem ich Umgang haben darf und mit wem nicht, weder bei der Arbeit noch sonst. Ich bin aus einem Grund hier in Großbritannien, aber dazu gehört nicht, dass du mir vorschreibst, mit wem ich ausgehe.«

»Ausgehen?« Seine Stimme brach. »Du gehst jetzt mit ihm *aus*?«

»Nein. Ich habe nicht unbedingt Alistair gemeint. Aber genau darum geht es doch, oder? Du hast Angst, dass er mich um eine Verabredung bittet und ich die neueste seiner Eroberungen werde. Was würde das für dich bedeuten?«

»In Anbetracht der Umstände, die dich hierhergebracht haben, sollte es klar sein, warum ich ein Interesse daran habe, mit wem du dich abgibst.«

»Wirklich ... Nun, das könnte dann ein Problem sein. Es werden lange neun Monate oder mehr sein. Man kann nicht von mir erwarten, dass ich die ganze Zeit nicht ausgehe. Soll das heißen, wenn ich jemanden kennenlerne, muss ich das von dir absegnen lassen? Das ist nicht das, worauf ich mich eingelassen habe.« Dies hatte als Scherz begonnen, aber jetzt war ich durch seine egoistische Haltung tatsächlich ein wenig verärgert.

»Du hast gesagt, du wärst dazu bereit, Abby. Das hört sich nicht so an, wenn deine Priorität Verabredungen sind.«

»Ich habe nicht *gesagt*, dass Verabredungen meine Priorität sind. Aber dies könnte mehr als ein Jahr dauern. Das ist eine lange Zeit. Du kannst von mir nicht erwarten, dass ich nur allein bin und kein Gesellschaftsleben habe – zumindest während der Zeit, in der man den Bauch noch nicht so sieht. Hast *du* vor, neun Monate lang enthaltsam zu leben?«

Sig knabberte an seiner Unterlippe und sagte nichts.

»Dachte ich auch nicht«, murmelte ich.

»Mach, was du willst«, schnaubte er.

»Du klingst nicht so, als meintest du das ernst. Warum ärgert dich die Vorstellung, dass ich ein Leben außerhalb dieser Situation habe?«

»Das tut es nicht«, sagte er und richtete den Blick auf die Straße.

»Jetzt blockst du ab. Ich versuche, ein ernsthaftes Gespräch zu führen.«

»Und ich habe dir *ernsthaft* gesagt, du sollst tun, was du willst. Du hast recht. Es sollte mich nichts angehen.« Er stieß einen langen, frustrierten Atemzug aus. »Du scheinst die Datenbank im Griff zu haben. Du kannst morgen von zu Hause arbeiten.«

»Oh!« Ich verschränkte die Arme und schüttelte den Kopf. »Das ist so passiv-aggressiv.«

»Das hatte ich mir schon vor diesem lächerlichen Gespräch überlegt. Morgen soll es haufenweise Regen geben. Es ist es nicht wert, dass du neunzig Minuten durch einen Tsunami fährst, wenn du bequem von der Pension aus arbeiten kannst.«

»Oh«, murmelte ich, da ich mir ein wenig albern vorkam, wenn das die Wahrheit war.

Als wir die Auffahrt nach Westfordshire passierten und nicht auf die Autobahn fuhren, fragte ich: »Wo willst du hin?«

»Ich habe in meiner Wohnung einen Ersatzlaptop. Darauf ist die Datenbank bereits installiert. Ich werde ihn für dich einrichten, wenn wir bei Lavinia sind.«

Ich zupfte ein paar Fussel von meinem Rock. »Okay.«

Ich war sehr neugierig auf seine Wohnung gewesen. Und obwohl es sich nicht um einen gemütlichen Zwischenstopp handelte, hatte ich nicht gedacht, dass er mich überhaupt zu sich einladen würde. Aber was, wenn er nicht vorhatte, mich hereinzubitten?

Sig fuhr auf seinen Parkplatz und ich schaute zu dem Backsteingebäude hinauf. »Kann ich mit dir reingehen? Ich würde gern deine Wohnung sehen.«

Er stellte den Motor ab. »Wenn du darauf bestehst …«

»Du bist so mürrisch«, sagte ich, als ich ihm aus dem Wagen folgte.

»Sollte ich mich darauf freuen, dir meine Wohnung zu zeigen? Ich habe sie nicht gerade für Besucher vorbereitet.«

»Ich bin sicher, es ist in Ordnung.«

Sigs Wohnung im zweiten Stock war geräumig und modern, genau wie ich es mir vorgestellt hatte. Große Fenster gaben den Blick auf die Straße frei, und sie schien makellos zu sein.

Er warf seinen Schlüsselbund auf einen Tisch neben der Tür. »Fühl dich wie zu Hause. Der Laptop ist in meinem Schlafzimmer. Ich hole ihn nur schnell.«

Nachdem Sig mich allein gelassen hatte, schlenderte ich im Wohnzimmer herum. Ich hörte sein Telefon klingeln und dann das gedämpfte Geräusch, wie er im Nebenzimmer mit jemandem sprach.

Da er beschäftigt war, ging ich zu einer Ecke des Wohnzimmers hinüber. An der Wand hing ein laienhaftes Gemälde mit Bäumen und Bergen, das unten mit

Leos Unterschrift versehen war. *Muss ein Insiderwitz sein.* Ich meine, es war nicht schrecklich, aber nicht gerade die Art von Kunst, die man in seinem Wohnzimmer ausstellen würde.

Dann bemerkte ich ein einzelnes gerahmtes Foto in einem ansonsten leeren Bücherregal. Mein Herz krampfte sich zusammen. Es war ein Bild von Sig und Britney vor Big Ben. Es musste kurz nach ihrem Kennenlernen aufgenommen worden sein, denn sie sah nicht krank aus. Ich wusste, dass sie nur etwa sechs Monate zusammen gehabt hatten. Ihren Eltern zufolge hatte die Behandlung, die sie erhielt, sie zum Ende hin ziemlich gebrechlich gemacht. Hier sah sie aber überhaupt nicht so aus. Sie war absolut wunderschön. Ich hatte schon ein paar Fotos von ihr gesehen, aber noch nie eines mit Sig. Niemals von *ihnen.*

Und Sig? Seine schönen dunkelblauen Augen funkelten auf dem Bild, voller Leben, voller Hoffnung. Voller *Liebe.* Er hatte einen Ausdruck, den ich noch nie gesehen hatte. Es brach mir das Herz, sein echtes Lächeln zu entdecken, zu wissen, dass er einmal zu solcher Freude fähig gewesen war. Ich beneidete die Liebe und die Verbindung, die sie hatten. Und obwohl ich es hier nicht sehen konnte, musste auch eine gewisse Angst in ihnen lauern. Sie hatten vom ersten Tag an gewusst, was auf sie zukam. Und doch ... hielt das ihre Liebe nicht auf.

Ich konzentrierte mich auf Sigs Lächeln auf dem Foto und wünschte, ich könnte diese Seite von ihm erleben, auch wenn das nicht *meine* Erfahrung sein sollte.

»Was machst du da?« Sigs Stimme durchdrang mich.

Ich erschauderte. »Das ist ein wirklich schönes Foto.«

Er wurde weicher, als er näher kam und das Bild von mir nahm. »Das wurde einen Tag vor Beginn ihrer Behandlung aufgenommen. Wir wollten einen Tag der Normalität. Ich habe sie durch London geführt und ihr das volle Touristenprogramm geboten«, murmelte er. »Es war ein guter Tag.«

»Es ist wunderschön, Sig.« Ich beobachtete, wie er weiter auf das Foto hinunterblickte. »Du warst ein guter Mann, dass du ihr bei all dem beigestanden hast.«

Schließlich löste er den Blick vom Foto und wandte sich mir zu. »Es war mein Privileg. Ich wollte nicht gehen. Ich bin nicht aus Pflichtgefühl dageblieben.«

»Ich weiß. Ich wollte damit nicht sagen, dass es so war, sondern nur, dass es schwierig gewesen sein muss.«

»Es gab viele schöne Momente inmitten der schwierigen.« Sein Blick kehrte zu dem Bild zurück. »Dieser Tag war wunderbar.«

Mein Herz füllte sich mit Traurigkeit, als ich endlich den ungeschützten und verletzlichen Sig sah.

Mein Telefon begann zu klingeln, und ich fischte es aus meiner Handtasche. Als ich sah, dass der Anruf von der Arztpraxis kam, stellte ich es auf Lautsprecher. »Hallo?«

»Spreche ich mit Abby Knickerbocker?«

»Ja, ich bin dran.«

»Hier ist Dr. Bonner. Ich wollte Sie sofort anrufen, um Ihnen mitzuteilen, dass das Ergebnis Ihres Bluttests positiv ist. Sie sind schwanger.«

KAPITEL 16
Sig

Titel 16: »Panic Song« von Green Day

In dem Moment, in dem Leo die Tür öffnete, stürmte ich an ihm vorbei in sein Haus. »Wir haben ein Problem.«

»Ist etwas mit dem Jenkles-Projekt passiert?«

»Nein – Gott, wen interessiert das jetzt noch?« Ich massierte mir die Stirn und ging auf und ab. »Es geht um Abby ...«

»Was ist los?«

Schweiß stand mir auf der Stirn. Ich blieb stehen und drehte mich zu ihm um. »Sie ist schwanger.« Ich atmete aus. »Es ist passiert.«

»Wow.« Ihm stand der Mund offen. »Gleich beim ersten Versuch. Okay. Damit habe ich überhaupt nicht gerechnet.« Er klopfte mir auf die Schulter. »Aber herzlichen Glückwunsch, Kumpel.«

»Nein!«

»Nein?« Seine Augen weiteten sich.

»Nein!« Ich ging weiter auf und ab.

»War das nicht der Sinn der Befruchtung? Sie zu schwängern?«

»Ja, aber ... es sollte nicht *so* schnell gehen.«

»Na, du musst Supersperma haben, Cousin.«

»Das ist eine Auszeichnung, die ich mir nie gewünscht habe. Ich habe mein ganzes Leben lang versucht, Frauen *nicht* zu schwängern.« Ich sah mich um. »Wo ist Felicity? Ich wollte, dass sie es auch erfährt.«

»Sie ist mit Eloise bei meiner Mutter.«

»Oh«, murmelte ich, immer noch ganz benommen.

»Wann hast du es erfahren?«

»Erst vor ein paar Stunden. Die Ärztin hat nach der Arbeit angerufen, als ich mit Abby auf dem Heimweg in meiner Wohnung angehalten habe, um einen Laptop abzuholen. Ich habe sie zurück zur Pension gefahren und bin direkt hergekommen.«

»Wissen Britneys Eltern Bescheid?«

»Wir haben sie auf dem Weg nach Westfordshire zusammen angerufen. Aber das war's. Außer dir weiß es niemand.«

»Es ist normal, unter Schock zu stehen«, versicherte er mir. »Das wird sich irgendwann legen. Du hast eine Weile Zeit, um dich daran zu gewöhnen, zum Glück. Neun ganze Monate, um genau zu sein.« Er führte mich in die Küche. »Komm, trink etwas. Du könntest sicher einen gebrauchen.«

»Etwas Starkes«, sagte ich und setzte mich auf einen der Hocker.

Er öffnete eine Flasche Whisky und schenkte ein. »Wie geht es ihr?«

»Abby, meinst du?« Ich blinzelte. »Ich war so aufgeregt, dass ich sie gar nicht richtig gefragt habe.«

»Nun, das war ziemlich dumm von dir.« Er reichte mir das kleine Glas.

»Gott, das war es, nicht wahr?« Ich trank die Flüssigkeit in einem Zug aus und wischte mir mit dem Handrücken über den Mund. »Ich habe auf dem Heimweg kaum ein Wort mit ihr gesprochen, weil ich total geschockt war.«

»Vielleicht solltest du auf deinem Weg nach London heute Abend noch einmal in der Pension vorbeischauen und nach ihr sehen.«

»Du hast recht.« Ich zog an meinem Haar. »Ganz abgesehen davon, dass es vorher kein guter Tag für uns war.«

»Warum?«

Ich holte tief Luft. »Ich habe versucht, eine Situation zu manipulieren. Ich wollte sie beschützen, aber das ging nach hinten los.«

Leo lehnte die Ellbogen auf den Tresen. »Was hast du getan?«

»Ich habe Alistair Jones gesagt, er soll sich verdammt noch mal von ihr fernhalten.«

Leo legte lachend den Kopf zurück.

»Was ist daran so lustig?«

»Ja. Du magst sie nicht. Ganz und *gar* nicht. Das ist völlig klar.«

Ich ignorierte seine Bemerkung. »Wir haben uns darüber gestritten. Sie mag es nicht, dass ich kontrolliere, mit wem sie zu tun hat. Aber ich habe es zu ihrem eigenen Besten getan. Er ist ein Arschloch.«

»Eigentlich hast du recht. Ich weiß von ihm. Er *ist* ein Arschloch. Aber bist du sicher, dass du keine Hintergedanken hattest? Vielleicht willst du unbewusst *alle* Männer von ihr fernhalten?«

»Die Frau trägt mein und Britneys Kind aus. Ist das nicht Grund genug, um sie vor opportunistischen Schlangen zu schützen?«

»Ich denke schon. Aber sie *ist* dein Typ. Und du wusstest vorhin nicht, dass sie schwanger war, als du dich so aufgeführt hast.«

Da hatte er nicht ganz unrecht.

»Außerdem ... habe ich auf der Überwachungskamera gesehen, wie ihr an dem Abend, an dem ihr den Fiat abgeholt habt, erst ziemlich spät gefahren seid«, fügte er hinzu. »Du willst mir sagen, dass da absolut *nichts* ist?«

»Da ist nichts.« Ich spürte, wie mein Auge zuckte, wie es das manchmal tat, wenn ich nicht ganz ehrlich war. »Aber es wäre auch egal, wenn es so wäre. Sie ist der letzte Mensch auf der Welt, mit dem ich etwas anfangen würde. Ende der Geschichte.«

»Abgesehen von dem offensichtlichen Interessenkonflikt, was, wenn sie nicht die Leihmutter wäre? Was würdest du für sie empfinden?«

»Was bringt es, das überhaupt in Betracht zu ziehen?«

»Ich denke, es ist relevant.«

Ich starrte ihn einen Moment lang an und beschloss, auf seine Frage einzugehen. »Sie ist lustig. Witzig. Ich fühle mich wohl in ihrer Nähe. Ich mag sie als Mensch, und vor allem respektiere ich sie. Abgesehen von der aktuellen Situation ist das Grund genug, ihr das Elend zu ersparen, sich mit einem verkorksten Mann einzulassen.«

»Du bist nicht verkorkst, nur weil du immer noch ein bisschen gebrochen bist, weil du deine Frau verloren hast. Du wirst vielleicht nie über Britney hinwegkommen. Sie ist ein Teil von dir. Aber das heißt nicht, dass du nicht weiterleben kannst. Sie würde es so wollen. Das weißt du. Sie hat es dir gesagt.«

Mein Herz war heute schon voll genug, auch ohne die Richtung, in die dieses Gespräch führte. »Du kannst mir den Vortrag ersparen. Wir haben diese Diskussion schon oft geführt.«

Er klopfte mir auf den Rücken. »Weißt du, was du meiner Meinung nach tun solltest?«

»Was?«

»Hör auf, mit mir zu reden, und verschwinde von hier. Sieh nach, ob es Abby gut geht. Du glaubst, du stehst unter Schock? Sie ist diejenige, die in den nächsten neun Monaten ein Baby austragen muss. Mach dir das mal klar.«

Ich nickte. Obwohl es schon spät war und ich gehofft hatte, noch heute Abend nach London zurückkehren zu können, war jetzt nicht der richtige Zeitpunkt, um wieder wegzulaufen. Es sah so aus, als würde ich die Nacht im *Bainbridge Inn* verbringen. Es wäre eine nette Geste, wenn ich hierbliebe und Abby morgen früh zur Arbeit begleitete.

Ich verabschiedete mich von meinem Cousin und fuhr zurück zur Pension.

KAPITEL 17

Sig

Titel 17: »Tiny Bubbles« von Don Ho

Lavinia saß im Wohnzimmer, als ich ankam.

»Sigmund!« Sie richtete sich in ihrem Sitz auf. »Ich wusste nicht, dass du heute Abend zurückkommst.«

»Wo ist Abby?«, fragte ich.

»Sie ist oben in ihrem Zimmer, aber ich glaube nicht, dass sie schläft, denn ich habe vorhin Schritte gehört.« Lavinias Lächeln war verdächtig.

Sie weiß es. »Warum siehst du mich so an?«

»Glückwunsch«, flüsterte sie.

»Sie hat dir gesagt …«

»Das hat sie. Sei nicht böse. Sie musste es jemandem sagen.« Ihre Lippen begannen zu zittern.

»Nicht weinen, Lavinia.«

»Ich kann nicht anders.« Sie schniefte, bevor sie mich in die Arme nahm. »So ein Segen.«

Ich legte die Arme um sie und nahm ihre Umarmung widerwillig an. »Mein Gott, alte Frau, wenn du *jetzt* weinst, bekommst du einen Herzinfarkt, wenn das Baby kommt. Spar dir deine Energie.«

Sie wischte sich über die Augen. »Warum bist du zurückgekommen?«

»Ich war bei Leo, um ihm die Nachricht zu überbringen. Ich dachte mir, ich bleibe einfach hier, es ist schon spät.«

»Ah.«

»Ich wollte auch mit Abby reden.«

Sie grinste, und ich beschloss, es zu ignorieren.

Ich machte mich auf den Weg nach oben und beschloss, erst einmal ins Bad zu gehen, bevor ich nach Abby sah. Als ich die Tür öffnete, zuckte ich bei ihrem Anblick zusammen – in meinem Badezimmer. Abby trug nur Unterwäsche und einen BH, aus dem ihre Brüste praktisch herausfielen.

Sie bedeckte ihre Brust. »Mein Gott!«

Ich drehte mich um und stotterte: »E-Es tut mir leid. Ich dachte, du wärst in deinem Zimmer.«

»Warum bist du hier?«

»Nun, es ist eigentlich *mein* Badezimmer.«

»Ich weiß. Aber ich dachte, du bist nach London zurückgekehrt.«

»Ich bin stattdessen zu Leo gefahren. Es ist zu spät, um jetzt noch zurückzufahren.«

»Ich dachte, ich hätte das Obergeschoss für mich allein«, sagte sie. »Ich wollte ein Bad nehmen. Mein Badezimmer hat nur eine Dusche.«

»Du musst dich nicht rechtfertigen«, sagte ich, drehte ihr den Rücken zu und kam mir wie ein Vollidiot vor. »Du kannst die Wanne jederzeit benutzen. Du wohnst hier.« Ich wollte die Tür wieder zuziehen, aber sie hielt mich auf.

»Geh nicht weg, Sig.«

Ich erstarrte. *Geh nicht? Ist sie wahnsinnig? Sie ist halb nackt.*

»Ich gehe gleich in die Wanne«, sagte sie. »Ich werde bedeckt sein. Ich möchte mit dir reden.« Sie hielt inne. »Ich sage dir, wenn es sicher ist, dich umzudrehen.«

Ich schluckte. *Mit dir wird es nie sicher sein.* Mein Puls raste, und mein Schwanz hatte Mühe, die Situation zu begreifen. Eigentlich sollte er bei einer solchen Aussicht nicht unglaublich erregt sein.

»Okay. Du kannst dich umdrehen«, sagte sie schließlich.

Ich drehte mich um und fand sie im Badewasser vor. Zu meiner großen Erleichterung konnte man unterhalb ihres Halses tatsächlich nichts sehen.

»Hi.« Sie lächelte.

»Hi«, sagte ich, ohne mich von meinem Platz neben der Tür wegzubewegen.

»Du kannst näher kommen.«

Wider besseres Wissen ließ ich mich darauf ein und setzte mich ein paar Meter von der Badewanne entfernt auf den Boden. Ich tat mein Bestes, um zu ignorieren, was ich mir unter den Blasen als Paradies vorstellte.

»Du bist zu Leo gefahren statt zurück nach London, damit du ihm die Neuigkeiten erzählen kannst?«

»Ja.«

Sie nickte. »Ich habe es Lavinia gesagt – ich musste es tun – und meinem Vater. Aber das war's auch schon.«

Sie hob einen Arm und fuhr mit der Hand über ihre glatte Haut. »Ich bin überrascht, dass du heute Abend hierher zurückgekommen bist.«

»Ich wollte dich sehen«, gab ich zu. »Mit dir reden.«

Ihre Augen weiteten sich. »Wirklich?«

»Ich muss mich dafür entschuldigen, dass ich vorhin so dichtgemacht habe, dass ich nicht erkannt habe, welche Auswirkungen die Nachricht von der Schwangerschaft auf dich haben muss. Du bist hier diejenige, die am meisten betroffen ist. Leo hat mich gefragt, wie es dir geht, und mich hat die Erkenntnis beschämt, dass ich nicht gefragt habe.«

»Ist schon gut, Sig.« Sie lächelte. »Für diese Situation gibt es kein Drehbuch.«

»Wie *geht* es dir?«

»Es fühlt sich an, als sei ich außerhalb von mir selbst und würde all das hier beobachten.« Sie bewegte sich unter dem Wasser, eine verirrte Seifenblase flog in die Luft. »Vielleicht fühle ich mich so, weil das Baby nicht von mir ist. Ich weiß nicht, ob ich anders empfinden würde, wenn es meins wäre. Andererseits habe ich noch keine wirklichen Anzeichen einer Schwangerschaft.« Sie schloss die Augen. »Nun, es gibt eins. Aber es ist mir peinlich, es dir gegenüber zuzugeben.«

»Was ist es?«

»Das werde ich jetzt nicht sagen.«

»Na gut.«

»Jedenfalls ...« Sie seufzte. »Ich habe dich auch nicht gefragt, wie *du* dich fühlst, nachdem wir die Nachricht erhalten hatten.«

»Ich bin verblüfft, dass es auf Anhieb geklappt hat.«

»Ich auch.« Sie nickte. »Es ist seltsam, dass wir den Anruf genau dann bekommen haben, als du von Britney gesprochen hast, als wir uns das Foto angesehen haben. Das gibt mir das Gefühl, als sei sie da gewesen.«

Meine Brust zog sich zusammen. »Vielleicht.«

Ein paar Augenblicke lang herrschte Schweigen.

»Ich weiß, dass das schwer für dich ist«, fügte Abby hinzu. »Ich habe nicht erwartet, dass du aufgeregt bist. Du musst mir zuliebe nicht so tun, als würdest du etwas Bestimmtes fühlen. Du hast ein Recht darauf, alles zu fühlen, was du brauchst, auch wenn das im Moment Traurigkeit ist.«

Abby erweckte nicht den Eindruck, dass sie etwas sagte, um mich zu beruhigen. Ich glaubte, dass ihre Worte von Herzen kamen. »Du machst es mir sehr schwer, weißt du.«

»Was mache ich schwer?«, fragte sie.

»Dich nicht zu mögen.«

»Hast du es versucht?«

»Vielleicht unbewusst. Aber es gibt nichts, was man nicht mögen könnte. Du bist phänomenal. Und ich bin froh, dass ich die richtige Entscheidung getroffen habe. Ich bin froh, dass du es bist.«

Ich wusste nicht, was mich dazu brachte, so ehrlich zu sein, aber sie hatte es verdient, vor allem nach der Art und Weise, wie ich die Dinge zuvor gehandhabt hatte.

»Nun, danke.« Sie sah aus, als würde sie gleich weinen. »Ich würde dich umarmen, aber ... na ja ...« Sie errötete.

Ich spürte, wie meine Körpertemperatur anstieg. Ich war mir der Tatsache bewusst gewesen, dass sie unter dem Seifenschaum splitterfasernackt war, ohne dass sie mich daran erinnern musste.

Mist.

Mein Schwanz bewegte sich und erinnerte mich daran, wie kompliziert diese Situation war, wie ich innerhalb weniger Sekunden von Angst zu Traurigkeit zu Erregung wechseln konnte.

»Wir kriegen das schon hin, Sig.« Sie streckte eine zarte, seifige Hand aus.

Ich nahm sie. »Ich schätze, wir haben Zeit.« Als ich mich dabei ertappte, wie ich mit dem Daumen über ihre weiche Haut reiben wollte, ließ ich sie los und stand auf. »Ich lasse dich besser mit deinem Bad weitermachen.« Aber ich bewegte mich nicht.

»Ich werde noch eine Weile hier sitzen. Du musst nicht gehen.« Sie schöpfte Seifenblasen in ihre Handfläche und pustete, wobei sie winzige Bläschen in meine Richtung schickte.

Warum ist das so verdammt heiß? Ich *wollte* nicht gehen. Das war ein Problem.

Das würden sehr *lange* neun Monate werden.

KAPITEL 18
Sig

Titel 18: »Hey Jealousy« von Gin Blossoms

Selbst nach zwei Wochen fühlte es sich noch nicht realer an. Abby und ich waren in unseren Alltag eingetaucht und die Schwangerschaft schien noch nicht viel daran zu ändern. Es war sogar ziemlich einfach, so zu tun, als sei es nicht passiert.

Abby hatte mir erzählt, dass sie sich an den Tagen, an denen sie von zu Hause arbeitete, langweilte und die Arbeit in London vorzog. Sie hatte darum gebeten, vier Tage in der Woche im Büro zu arbeiten und nur freitags von zu Hause tätig zu sein. So sehr mich der Gedanke an ihre Anwesenheit auch stresste, ich wollte ihr nicht im Weg stehen, wenn sie das wollte. Ich hatte keinen guten Grund, sie zu bitten, von der Pension aus zu arbeiten.

Sie hatte jeden Morgen einen Wagen genommen, aber anstatt ihr abends einen Fahrer zu rufen, bot ich ihr an den meisten Abenden an, sie zur Pension zu fahren, bevor ich nach London zurückkehrte. Da die Hin- und

Rückfahrt fast drei Stunden dauerte, war ich kurz vor einundzwanzig Uhr wieder in meiner Wohnung.

An einem Donnerstagnachmittag war ich in meinem Büro und wollte mich gerade für den Tag abmelden, als Abby von ihrem Ende des Gebäudes aus anrief.

»Was gibt's?«, fragte ich, als ich ranging. »Ich wollte gerade den Wagen holen.«

»Deshalb wollte ich dich erwischen. Ein paar Leute gehen nach der Arbeit in die Kneipe um die Ecke.«

»Und du erzählst mir das, weil ...«

»Nun, ich gehe hin. Ich habe mich gefragt, ob du vielleicht mitkommen willst.«

»Lieber nicht.«

»Also gut. Sean hat mir angeboten, mich zurück nach Westfordshire zu fahren, also muss ich keinen Wagen rufen.«

Sean? Noch ein Frauenheld aus dem Büro. Mein Blutdruck stieg in die Höhe. »Er wird etwas trinken und dich dann zurückfahren?«

»Das glaube ich nicht. Ich meine, wir haben das nie besprochen. Aber ich bezweifle, dass er –«

»Ich fahre dich nach Hause.« Ich zog an meinem Haar. »Ruf mich einfach an, wenn du fertig bist.«

»Das macht keinen Sinn. Du solltest nicht auf mich warten müssen.«

»Ich fahre dich«, schnauzte ich.

»Wenn du darauf bestehst, aber das ist wirklich nicht nötig.«

»Sonst noch was?«

»Ja. Warum bist du manchmal so ein Griesgram?«

»Irgendwelche *ernsthaften* Fragen?«

»Nein.«

»Okay.«

Wir legten auf und ich beschloss, im Büro zu bleiben, anstatt nach Hause zu fahren. Es erschien mir kontraproduktiv, zu meiner Wohnung auf der anderen Seite Londons zu fahren, nur um später hierher zurückzukehren. An Arbeit, die mich beschäftigen würde, mangelte es mir gewiss nicht.

Aber nach Feierabend an meinem Schreibtisch zu sitzen war eine ziemlich miserable Erfahrung. Ich hatte schon früher spät gearbeitet, aber ich war noch nie so lange nach Büroschluss hiergeblieben, bis ich die einzige Person hier war. Ein Reinigungsteam bahnte sich jetzt seinen Weg durch die Etage, das entfernte weiße Rauschen eines Staubsaugers war das einzige Geräusch neben dem gedämpften Verkehr vor meinem Fenster.

Mein Telefon klingelte mit einer SMS von Abby.

Es war ein Foto von ihr, das sie zwischen Alistair und Sean in der Kneipe zeigte. Irgendwie wusste ich, dass sie es geschickt hatte, um mich zu ärgern. Aber es tat mehr als das. Ein Gefühl intensiver Eifersucht stieg an die Oberfläche – eine unangenehme Erkenntnis, dass meine Gefühle für diese Frau offiziell eine Grenze überschritten hatten, auch wenn *ich* sie nie überschreiten könnte.

Sig: Gibt es einen Grund dafür, dass du mir dieses Foto schickst?

Abby: Wir sind im *The Bend*. Es ist immer noch Zeit, sich uns anzuschließen. Wir bleiben noch ein bisschen länger hier.

Meine Güte. Meine Konzentration ging danach zum Teufel. Wenn das ihre Absicht gewesen war, dann war die Mission erfüllt. Ich gab nach, schaltete meinen Computer aus und schnappte mir meine Jacke.

Nachdem ich die paar Häuserblocks bis zur Kneipe gelaufen war, konnte ich vom Bürgersteig aus sehen, wie die Büroangestellten einen großen Tisch im Inneren besetzten. Ich trat ein, und als sie mich auf sich zukommen sahen, schienen alle Gespräche, abgesehen von ein wenig Geflüster, schlagartig zu verstummen. Ich stellte mich an das Ende ihres Tisches. »Was ist denn mit euch allen los? Ihr tut so, als hättet ihr mich noch nie außerhalb der Arbeit gesehen.«

»Haben wir auch nicht«, sagte Kimberly aus der Personalabteilung.

»Wer hat dich eingeladen?«, fragte jemand.

»Ich war es«, verkündete Abby.

Alle am Tisch drehten den Kopf zu ihr.

»Stimmt etwas nicht mit meiner Anwesenheit?«, fragte ich.

Emma aus der Buchhaltung räusperte sich. »Es ist nur so, dass du noch nie ein Angebot angenommen hast, mit uns auszugehen. Wir haben nicht mit dir gerechnet.«

»Dessen bin ich mir bewusst.« Ich zog einen Stuhl heran. »Ich dachte mir, ich komme einfach mal mit und sehe mir an, was es mit dem ganzen Trubel auf sich hat.«

»Nun, Boss, schön, dass du da bist«, sagte Sean.

Ich funkelte ihn an. In Wirklichkeit wollte ich ihm eine reinhauen.

Eine Kellnerin kam vorbei. »Lust auf einen Drink?«

Da ich wusste, dass ich Abby heute Abend zurückfahren würde, wollte ich schon ablehnen, als sie eine Hand auf meinen Unterarm legte.

»Entspann dich«, flüsterte sie. »Ich werde fahren.«

»Es hat nichts *Entspannendes* an sich, wenn du fährst.« Obwohl ich annahm, dass ein Bier nicht schaden würde. »Ich nehme ein Bier, danke«, sagte ich.

Die Kellnerin wandte sich an Abby. »Sind Sie sicher, dass Sie nichts trinken möchten, Miss?«

»Ganz sicher«, antwortete sie. »Ich habe immer noch mein Mineralwasser mit Limette. Vielen Dank.«

»Trinkst du generell nichts, Abby?«, fragte Sean.

Das geht dich einen Scheißdreck an.

»Es schmeckt mir in letzter Zeit einfach nicht.« Abby blickte zu mir hinüber, wobei ihre Wangen rot wurden.

Am Tisch blieb es still.

Ich schaute in die Runde, verschränkte die Arme und schimpfte: »Jetzt, da ich hier bin, gibt es nichts mehr zu reden, was?«

»Nun ja, wir reden die Hälfte der Zeit über *dich*«, kicherte die sehr betrunkene Melanie.

Emma stieß sie mit dem Ellbogen an.

Die Minuten vergingen, und schließlich kehrten alle zu ihren normalen Gesprächen zurück. Und nach einer Weile gelang es mir, meine Sorgen ein wenig zu vergessen und sogar mit einigen meiner Angestellten zu fachsimpeln, von denen ich sicher war, dass viele mich vor dem heutigen Abend gehasst hatten. Mein Job war es nicht, ihr Freund zu sein, sondern ihr Chef, aber ich nahm an, dass es mich nicht umgebracht hätte, mich von Zeit zu Zeit mit ihnen zu unterhalten, sie wirklich kennenzulernen.

Etwa eine Stunde später, als sich alle zum Aufbruch bereit machten, wurde mir klar, dass ich sicherstellen musste, dass niemand Abby und mich zusammen gehen sah.

Ich schrieb ihr eine SMS, kurz bevor ich die Kneipe verließ.

Sig: Ich werde vor dir rausgehen. Ich hole meinen Wagen und parke um die Ecke auf der Devonshire.

Abby näherte sich meinem Wagen etwa fünf Minuten später. Als sie mich entdeckte, beschleunigte sie ihr Tempo. Beim Einsteigen gähnte sie. »Ist es für dich in Ordnung zu fahren? Mein Angebot steht noch.«

»Ist es«, sagte ich, als ich losfuhr. »Ich hatte nur ein Bier. Und der Rausch, den ich hatte, ist verflogen.«

»Du hast mir nicht zugetraut zu fahren, als ich es angeboten habe, oder?«

»Nun, du bist schon keine gute Fahrerin, wenn du völlig wach und aufmerksam bist.« Ich sah zu ihr hinüber. »Du scheinst müde zu sein.«

Es machte keinen Sinn, um diese Zeit den ganzen Weg zurück aufs Land zu fahren. So unbehaglich ich mich auch fühlte, ich wusste, was ich anbieten sollte. »Es ist zu spät, um nach Westfordshire zurückzufahren«, erklärte ich. »Wir sollten einfach hier in London bleiben. In meiner Wohnung gibt es ein Gästezimmer.«

KAPITEL 19

Sig

Titel 19: »I'm on Fire« von Bruce Springsteen

»Ich habe keine Ersatzkleidung hier«, sagte Abby, als ich parkte.

»Ich gebe dir ein Hemd zum Schlafen. Du arbeitest morgen sowieso von zu Hause. Ich fahre dich morgen früh einfach zurück.«

Sie schickte eine SMS an Lavinia, während sie mir nach oben in meine Wohnung folgte. Ich erinnerte mich wieder daran, dass das leichte Unbehagen ihrer Übernachtung bei mir besser war, als jetzt den ganzen Weg nach Westfordshire zu fahren.

Sie wackelte mit den Augenbrauen. »Ich könnte die erste Frau sein, die nicht vor dem Morgen rausgeschmissen wird.«

»Sehr witzig.«

Sie gähnte. »Es war eine gute Idee, die Kneipe getrennt zu verlassen.«

»Ich wollte nicht, dass sie auf dumme Gedanken kommen.«

»Ihre ganzen Gedanken würden nie die Wahrheit treffen.« Abby kicherte. »Wenn sie nur wüssten, was wirklich mit mir los ist.«

»Das wäre ein interessantes Gespräch im Pausenraum.«

Sie warf ihre Handtasche auf mein Sofa. »Ich bin froh, dass du heute Abend mitgekommen bist. Du hast mich – und sie – überrascht. Ich habe ihre Gesichter geliebt, als du gekommen bist. Die haben alle ganz schnell die Klappe gehalten.«

»Ja, das war ziemlich aufschlussreich. Ich schätze, ich sollte mir mehr Mühe geben. Mir war nicht klar, für was für ein Ungeheuer sie mich halten.«

»Oberflächlich gesehen *bist* du irgendwie ein Ungeheuer, aber tief drinnen bist du eine Zimtschnecke.«

»Eine was?«

»Eine Zimtschnecke.«

»Was zum Teufel soll das heißen?«

»Es bedeutet, dass du süß bist ... selbstlos.«

»Ich habe in meinem Leben schon viele Namen bekommen, aber keinen so lächerlichen wie diesen.« Ich lachte. »Ich nehme an, es gibt Schlimmeres.«

»Zum Beispiel *dieses Arschloch*. So nennt dich mein Vater.«

»Na, das ist ja hervorragend.«

Sie kicherte. »Nur wegen deines Verhaltens mir gegenüber bei unserem ersten Treffen. Ich habe ihm gesagt, dass du jetzt netter bist, aber er hat es noch nicht überwunden.« Sie folgte mir in die Küche und nahm auf einem der Hocker Platz. »Du bist sehr einschüchternd. Ich weiß nicht, ob du das weißt. So wie sie alle über dich geredet haben – bevor du da warst –, haben sie alle Angst vor dir.«

»Aber ich schüchtere *dich* nicht ein.«

Sie stützte sich mit den Armen auf der Kücheninsel ab. »Es ist eher so, dass du mir nichts *vormachst*. Ich weiß, dass du nicht das bist, was du vorgibst zu sein. Aber trotzdem machst du mich manchmal nervös. Ich habe das Gefühl, dass du mich ein wenig verurteilst. Das muss die posttraumatische Belastungsstörung von dem Tag sein, an dem wir uns kennengelernt haben. Obwohl ich spüre, dass du mich jetzt tatsächlich magst.«

Ich holte zwei Gläser aus meinem Schrank und füllte sie mit Wasser aus dem Kühlschrank. »Du hast mich durchschaut. Es gibt nichts mehr zu sagen.« Ich reichte ihr eines.

»Danke.« Sie nahm einen Schluck und sah sich in meiner Küche um. »Hast du irgendetwas Gutes zum Naschen? Ich habe heute Abend so früh gegessen, dass ich schon wieder Hunger habe.«

Ich hatte fast vergessen, dass sie für zwei aß. »Warum mache ich dir nicht etwas? Worauf hast du Lust?«

»Du brauchst nichts zu kochen. Ich will nicht viel. Nur etwas, das meine Lust auf Süßes stillt.« Sie lachte. »Du hast nicht zufällig Devil Dogs, oder? Gibt es die hier überhaupt?«

Ich blinzelte. »Devil Dogs? Wie Hotdogs?«

»Nein. Devil Dogs sind diese abgepackten Schokoladentörtchen. Sie sehen irgendwie aus wie ...« Sie machte eine lang gezogene Geste mit den Händen.

»Wie Wichser?«

»Egal. Jedenfalls bewahre ich sie im Kühlschrank auf. Sie sind so gut mit einem eiskalten Glas Milch. Für so einen würde ich jetzt töten.«

Ich durchstöberte meinen Schrank. »Ich habe Cadbury Schokolade. Reicht das?«

»Klar!« Sie nahm mir die Tafel ab und entfernte die Verpackung. »Ich schätze, ich *habe* Gelüste, was?«

Sie nahm einen Bissen, schloss die Augen und legte den Kopf zurück, um ein Stöhnen von sich zu geben, das meinem Schwanz nicht entging. Ich musste dringend flachgelegt werden.

»Ist das das Symptom, das du in der Wanne gemeint hast – was du aus Verlegenheit nicht zugeben wolltest? Heißhunger auf Schokolade?«

»Oh …« Sie schüttelte den Kopf. »Nein.«

»Ich bin mir ziemlich sicher, dass ich weiß, was es ist«, stichelte ich.

»Wirklich?«

»Ja.«

»Was glaubst du denn, was es ist?«

»Es gibt nur eine Sache, die dir peinlich sein könnte, und ich habe darüber gelesen.«

»Was denkst du?«

»Blähungen.«

Ihre Augen weiteten sich. »Ja, du hast recht, das wäre peinlich, aber das ist es nicht.« Sie nahm einen weiteren Bissen von der Schokolade. »Vielleicht habe ich dich in die Irre geführt. Was ich erlebe, sollte *nicht* peinlich sein, aber irgendwie wäre es mir peinlich, es *dir* gegenüber zuzugeben.«

»Hmm ...« Ich trommelte mit den Fingern auf den Tresen. »Okay, dann werde ich wohl weiterhin Vermutungen anstellen müssen.«

Als sie sich die Schokolade von der Unterlippe leckte, verspürte ich plötzlich das Bedürfnis, das Gleiche zu tun. Das war mein Stichwort, den Raum zu verlassen. »Ich suche dir ein Hemd zum Schlafen«, sagte ich.

Ich kramte herum und fand eines meiner größten T-Shirts, das in meinem Kleiderschrank hing. Ich ging zurück in die Küche und reichte es ihr.

Sie hielt es vor sich hin. »Das wird mir passen wie ein Kleid. Super.«

Ich zeigte in den Flur. »Das Gästezimmer ist die letzte Tür auf der rechten Seite des Flurs.«

»Danke«, sagte Abby, bevor sie die Küche verließ.

Ich räumte unsere Wassergläser in den Geschirrspüler und war mir nicht sicher, ob sie wieder herauskommen würde. Doch dann drehte ich mich um und sah sie wieder in der Küche stehen, in meinem Hemd. Ich konnte die Form ihrer Brüste deutlich erkennen und auch ihre Brustwarzen, die sich leicht durch den Baumwollstoff abzeichneten. Mein Schwanz regte sich.

»Danke dafür.« Sie schaute an sich herunter. »Wirklich süß von dir.«

»Wie die Zimtschnecke, die ich bin.« Ich zwinkerte ihr zu. »Aber ich bin mir sicher, deine Kollegen sind da anderer Meinung.«

»Willst du wissen, was sie von dir denken? Ich habe mich ein wenig zurückgehalten.«

»Ich muss nicht –«

»Die Jungs stören sich vor allem an deiner Einstellung. Aber die Frauen finden dich alle heiß, also sind sie nachsichtiger.« Ihre Wangen färbten sich rosa. »Das kann ich ihnen nicht verdenken. So sehr du auch manchmal ein Arschloch sein kannst, du bist ein sehr gut aussehender Mann, Sigmund. Das lässt sich nicht leugnen.«

Ich sagte nichts, schaffte es aber, meine Kinnlade vom Boden fernzuhalten.

Sie räusperte sich. »Sie haben viel Mitgefühl mit dir, wegen deiner ... Umstände. Das macht dich attraktiver, verstehst du? Das ist es, was ich heute Abend festgestellt habe.« Sie sah mir in die Augen. »Ich bin beeindruckt, dass du deine Macht nie ausgenutzt hast und mit einer dieser Frauen ausgegangen bist. Ein paar von ihnen sind sehr hübsch.«

»Ich gehe nicht aus.«

»Das ist richtig. Ich sollte sagen, ich bin überrascht, dass du nie eine von ihnen *unterhalten* und sie danach aus deiner Wohnung geworfen hast.«

»Ich habe keine Probleme, anderswo attraktive Frauen zu finden«, versicherte ich ihr. »Ich habe es nicht nötig, meine Angestellten zu vögeln. Ich scheiße nicht, wo ich esse.«

Sie nickte. »Ergibt Sinn.«

»Das wäre auf jeden Fall unangemessen.«

»Unangemessen ...« Sie legte den Kopf schief. »So als würde man mit zwei Frauen gleichzeitig ausgehen, die beide voneinander wissen?«

Ich rollte mit den Augen. »Daran war nichts auszusetzen, solange sie damit einverstanden waren.«

»Das war nur ein Scherz.« Sie errötete.

»Du sprichst oft von den Marias. Klingt, als würdest du mich immer noch dafür verurteilen.«

»Ich verurteile dich überhaupt nicht. Ein Harem ist eine schöne Aufgabe, wenn man sie bekommen kann. Mehr Macht für dich. Ich meine, ich wäre *niemals* damit einverstanden – ungeachtet deiner selbst ernannten Fähigkeit, beiden Frauen das Gefühl zu geben, begehrt zu werden. Die Vorstellung davon ist einfach … igitt.« Sie lachte. »Obwohl ich vielleicht mit einem umgekehrten Harems-Szenario einverstanden wäre.«

»Ach ja?«

»Vielleicht mit Alistair und Sean.« Sie zwinkerte mir in dem offensichtlichen Versuch zu, mich zu reizen.

Es funktionierte. *Teufelsweib.*

Abby brach in Gelächter aus. »Oh mein Gott. Ich schwöre, dir kommt gerade Dampf aus den Ohren. Das war nur ein Scherz.«

»Warum tust du das?«

»Weil es dich von all den anderen Dingen ablenkt, wenn ich dich ärgere.«

Da hatte sie recht. Mit Abby konzentrierte ich mich nie auf meine Probleme, sondern war immer in unsere Gespräche vertieft, selbst wenn wir diskutierten.

»Umgekehrter Harem … Das würde bei dir sowieso nicht passieren«, sagte ich.

Ihre Augen wurden schmal. »Warum? Weil ich eine Frau bin?«

»Nein. Darauf wollte ich nicht hinaus.«

»Worauf denn dann?«

»Jemand müsste verrückt sein, dich teilen zu wollen.« *Mist.* Warum hatte ich das gesagt? Weil es die

Wahrheit war. Sie war eine Zehn. Und für einen Moment hatte ich den Verstand verloren und starrte auf ihre Brüste, die gegen mein Hemd drückten.

Sie strich sich die Haare hinters Ohr. »Oh ... nun, danke.« Nach einer peinlichen Stille schüttelte sie den Kopf. »Ich hätte die Schokolade nicht so spät essen sollen. Ich werde die ganze Nacht wach sein.«

Ich schnippte mit den Fingern. »Sodbrennen. Das ist es doch, oder? Dein Symptom.«

»Ich würde nicht zögern, dir zu sagen, dass ich Sodbrennen habe, also nein.«

»Hmm ...« Ich kratzte mich am Kinn. »Ja, daran ist nichts Peinliches, nehme ich an.«

»Wie auch immer ...« Sie gähnte. »Ich gehe in die Federn. Ist vielleicht auch besser als Heu«, fügte sie hinzu. »Obwohl das ein lustiger Abend war.«

Gut. Ich wusste nicht, was für unpassende Dinge noch aus meinem Mund kommen würden, wenn sie noch länger aufblieb.

Sie wollte schon gehen, doch dann drehte sie sich um. »Es ist gesteigerte Erregung.« Sie errötete. »Mein Symptom. Eine gesteigerte Libido ist offenbar im ersten und zweiten Schwangerschaftsdrittel üblich. Es fühlt sich an, als stünde ich in Flammen.« Sie zuckte mit den Schultern und verschwand den Flur hinunter, wobei sie *mich* in einem bedauerlichen gesteigerten Erregungszustand zurückließ.

Na dann.

KAPITEL 20

Abby

Titel 20: »Where Does My Heart Beat Now« von Celine Dion

Obwohl ich den kühlen Sommer auf dem Land genoss, hatte ich Sig während der letzten Wochen vermisst.

Seit ich an jenem Donnerstagabend in seiner Wohnung geschlafen hatte, machte er sich ziemlich rar. Er schien mir aus dem Weg zu gehen – und begann praktischerweise, bis spät zu arbeiten. Deshalb nahm ich jetzt auch nachmittags einen Wagen, anstatt mich von ihm nach Westfordshire fahren zu lassen. An den letzten Wochenenden war er sogar in seiner Londoner Wohnung geblieben und hatte die Pension gar nicht mehr aufgesucht. Ich musste mich fragen, ob ich etwas getan hatte oder ob er wirklich nur beschäftigt war. Er hatte kürzlich tatsächlich eine Geschäftsreise nach Schottland unternommen ...

Wie dem auch sei, heute würde ich zum ersten Mal seit jener Nacht in seiner Wohnung wieder etwas Zeit mit Sig verbringen. Ich hatte von zu Hause gearbeitet, obwohl es Donnerstag war, und er holte mich heute Nachmittag ab, um mich zu meiner ersten Ultraschalluntersuchung zu begleiten, wegen der ich äußerst nervös war. Vor allem hatte ich Angst, dass die Ärztin etwas finden könnte, das nicht sein sollte. Das war das Einzige, womit ich nicht umgehen konnte. *Bitte, Gott, lass dieses Baby gesund sein.*

Als Sig in der Pension ankam, musste ich fast zweimal hinsehen. Er war untypisch jugendlich gekleidet – ein schwarzer Kapuzenpullover und eine schwarze Baseballmütze, die er mit dem Schirm nach hinten trug. Der Look war verdammt sexy, und mein Verlangen, ihn zu bespringen, hatte in der Zeit der Trennung nicht nachgelassen.

Er musterte mich von oben bis unten. »Bist du bereit zu gehen?«

Ich räusperte mich. »Ja ...« Ich folgte ihm zu seinem Wagen und stieg ein.

Er ließ den Motor an und fuhr los, bevor er sich schließlich zu mir umdrehte. »Wie ist es dir ergangen?«

»Gut.« Ich atmete seinen maskulinen Duft ein. »Ich habe es vermisst, dich zu sehen.« Als er das Gefühl nicht erwiderte, fügte ich hinzu: »Wie war Schottland?«

Er zuckte mit den Schultern. »Der Whisky war gut.«

»Ist das alles?«

»Ich war schon oft dort. Nichts allzu Aufregendes. Es war hauptsächlich geschäftlich, nicht zum Vergnügen.«

»Stimmt. Dachte ich mir.«

»Wie fühlst du dich heute?«, fragte er.

»Ich bin nervös.«

»Ja, da bist du nicht die Einzige«, gab er zu.

»Kate und Phil hatten gehofft, zum ersten Ultraschall zu kommen«, erzählte ich. »Aber Phils Mutter in Florida geht es nicht gut. Sie mussten vorübergehend zu ihr ziehen, um bei ihr zu sein. Ich weiß nicht, ob du das wusstest.«

»Sie haben mich angerufen und mich über die Situation auf dem Laufenden gehalten, ja.«

»Es wird noch andere Gelegenheiten geben, zu denen sie kommen können.«

Er nickte.

Wir unterhielten uns für den Rest der Fahrt zur Praxis in London in lockerer Atmosphäre.

Als wir eintrafen, meldeten wir uns an und warteten, bis wir an der Reihe waren. Nach ein paar Minuten rief uns die Ultraschalltechnikerin in einen dunklen Raum. Sig blieb in einer Ecke und lehnte sich an die Wand.

»Wollen Sie sich hier neben Ihre Frau setzen, damit Sie sehen können?«, fragte die Technikerin.

Ich zuckte zusammen und mein Magen verkrampfte sich. *Du meine Güte.* Warum musste sie diese Vermutung äußern?

Sig sagte nichts, während seine Miene versteinert blieb.

»Ich bin nicht seine Frau«, erklärte ich. »Ich bin eine Leihmutter.« Ich blickte zu ihm hinüber. »Wir sind nicht zusammen.«

»Oh. Das tut mir leid. Ich hätte keine Vermutungen anstellen sollen.«

»Meine Frau ist die eigentliche leibliche Mutter. Aber sie ist verstorben«, fügte Sig hinzu. »Abby trägt unser Baby aus.«

Der Frau stand der Mund offen. »Wow. In all den Jahren, in denen ich dies mache ... Ich kann nicht behaupten, dass ich jemals zuvor eine solche Situation hatte.« Sie lächelte. »Das ist fantastisch.« Sie schüttelte den Kopf und zog sich Handschuhe an. »Ich muss Sie bitten, Ihre Hose und Ihren Slip auszuziehen.«

Was? »Ähm, meine Unterwäsche? Wird das nicht auf meinem Bauch gemacht?«

»Nein, der früheste Ultraschall wird transvaginal gemacht.«

Oh Mann.

»Würdest du dich wohler fühlen, wenn ich gehe?«, fragte Sig, der bereits auf den Ausgang zusteuerte, bereit, den Raum zu verlassen.

»Mach dich nicht lächerlich«, sagte ich. »Von hinten kannst du nichts sehen. Schau einfach auf den Bildschirm.«

Er schluckte. »In Ordnung.«

Er blieb auf Abstand, während sie den Stab in mich einführte. Es gab einen leichten Druck, als die Sonde eindrang. Als etwas auf dem Bildschirm erschien, winkte ich ihn heran. »Komm näher, damit du es sehen kannst.«

Mein Herz raste, als ich darauf wartete, dass die Technikerin etwas sagte. Ich selbst konnte in dem körnigen Bild nicht viel erkennen.

»Sehen Sie das?« Schließlich zeigte sie darauf. »Das ist der Herzschlag des Babys.«

Endlich bemerkte ich es, ein kleines rhythmisches Flackern von Licht – von *Leben*. Ich fühlte mich wie eine Fremde in meinem eigenen Körper, denn wie hätte ich das nicht spüren können? Im Großen und Ganzen fühlte ich mich immer noch nicht anders, und doch formte sich dieses Leben in mir, wuchs von Tag zu Tag.

»Ich freue mich, Ihnen mitteilen zu können, dass alles gut aussieht. Sie sind ungefähr in der zehnten Woche.« Sie tippte ein paar Daten in ihren Computer. »Geburtstermin zehnter Februar.«

Schließlich löste ich den Blick von dem kleinen schlagenden Herzen und sah hinter mir zu Sig. Er starrte wie hypnotisiert auf den Bildschirm und blinzelte kaum. Ich stellte mir vor, dass er sich wünschte, Britney hätte hier sein können. Verdammt, ich konnte mich kaum zusammenreißen, und dabei war es nicht einmal mein Baby. Das war es, was ich mir immer wieder einreden musste – *das ist nicht dein Baby. Baue keine Verbindung auf.* Aber ich war trotzdem emotional, als ich diesen kleinen Herzschlag sah.

Als ich zu der Ultraschalltechnikerin hinüberschaute, sah sie auch Sig an, vielleicht um seine Reaktion abzuschätzen.

Sie räusperte sich. »Ich drucke Ihnen ein Bild aus.«

Dann nahm sie den Stab weg, und das Bild verschwand. Meine Brust blieb schwer vor Emotionen, während ich mich anzog. Nachdem sie mir den Ausdruck ausgehändigt hatte, gingen Sig und ich zurück in den Warteraum. Ich blieb am Empfang stehen, um meinen nächsten Termin zu vereinbaren, während er am Ausgang wartete.

Wir waren still, als wir zusammen hinausgingen. Ich wollte nichts Dummes sagen, das untergraben würde, wie schwer es für ihn gewesen sein musste, sein Kind zum ersten Mal zu sehen, ohne dass die Mutter noch lebte.

Als wir im Wagen saßen, ließ er den Motor nicht an, sondern legte den Kopf nach hinten.

»Dadurch hat es sich echt angefühlt, oder?«, murmelte ich.

»Ja«, stimmte er zu.

»Zehnter Februar. Ich hoffe, du hast noch keine Pläne.«

Er drehte sich zu mir um. »Das ist Britneys Geburtstag.«

Mir rutschte das Herz in die Hose. »Oh. Das ist … Wow. Das wusste ich nicht.«

Er schaute aus dem Fenster. »Die Chancen stehen gut, dass es nicht am Tag des Geburtstermins auf die Welt kommt, aber ja …«

Ich legte eine Hand auf seinen Unterarm. »Geht es dir gut?«

Er drehte sich zu mir um und zwang sich zu einem leichten Lächeln. »Mir geht's gut.«

Ich bot ihm das Foto an. »Willst du es haben?«

»Nein.« Er schüttelte den Kopf. »Behalte es.«

»Na gut.« Ich steckte den Ausdruck in meine Handtasche. »Was hast du für den Rest des Tages vor?«

»Nachdem ich dich abgesetzt habe, muss ich zurück ins Büro.«

»Eigentlich gehe ich zu Felicity, da ich mir den Rest des Tages freigenommen habe«, sagte ich. »Sie hat mich eingeladen. Leo hat heute Abend eine Veranstaltung, und sie wollte Gesellschaft haben. Willst du die Arbeit schwänzen und mitkommen?«

»Nein. Aber danke. Ich habe viel zu viel zu tun.«

»Okay.« Ich täuschte ein Lächeln vor, enttäuscht darüber, dass ich ihn wahrscheinlich eine Weile nicht wiedersehen würde.

KAPITEL 21
Abby

Titel 21: »Crush« von Jennifer Paige

»Oh mein Gott. Es sieht aus wie eine kleine Eichel.« Felicity schwärmte von dem Ultraschallbild, das ich herausgenommen hatte, um es ihr zu zeigen.

Wir hatten gerade zu Ende gegessen, und nun saßen sie und ich im Wohnzimmer, während Eloise auf dem Boden mit ihren Puppen spielte. Ich sah mir das Foto zum ersten Mal an, seit ich es vorhin in meine Handtasche gesteckt hatte, und mir stiegen Tränen in die Augen.

»Oh nein.« Felicitys Gesichtsausdruck verfinsterte sich. »Habe ich etwas gesagt, das dich verärgert hat?«

»Nein. Alles gut.« Ich schniefte. »Es ist nur ... Ich bin emotional, seit ich den Herzschlag gesehen habe. Aber ich wollte vorhin nicht vor Sig weinen. Ich hatte nicht das Gefühl, dass ich das Recht dazu hatte. Also denke ich, es kommt jetzt raus.«

Sie stand auf und reichte mir ein Taschentuch. »Du hast *jedes* Recht dazu. Du hast genauso viel Anteil an dieser Erfahrung wie alle anderen – den größten Anteil, wenn du mich fragst.«

Ich putzte mir die Nase. »Ich hätte nicht erwartet, dass ich so emotional werde.«

»Wie war er während des Termins?«

»Zuerst schien er nicht dabei sein zu wollen, aber als der kleine Herzschlag auf dem Bildschirm zu sehen war, war er wie gebannt. Im Wagen gab er zu, dass es alles sehr real gemacht hat. Dann hat er mir gesagt, dass der Geburtstermin Britneys Geburtstag ist.«

Felicity bedeckte ihren Mund. »Oh je.«

»Ja. Also hat er sich im Wagen ein bisschen geöffnet, aber danach hat er wie üblich wieder dichtgemacht.« Ich starrte ausdruckslos auf Eloise, die zu Füßen ihrer Mutter spielte. »Ich verstehe, warum er heute so still war. Aber er war schon vorher sehr distanziert.«

»Das ist seltsam. Ich dachte, die Dinge liefen gut?«

»Wir haben uns eine Zeit lang gut verstanden. Letzten Monat ist er sogar einmal mit den Kollegen in eine Kneipe gegangen. Es war schon spät, als wir rauskamen, also habe ich die Nacht im Gästezimmer seiner Wohnung in London verbracht.«

Überraschung huschte über ihr Gesicht. »Wirklich?«

»Ich war auch schockiert, dass er das angeboten hat. Er ist so verschlossen, wenn es um seinen persönlichen Bereich geht. Aber an diesem Abend ...« Ich seufzte, unsicher, was ich in diesem Moment zugeben sollte.

Felicity suchte eifrig meinen Blick. »Gibt es etwas, das du mir nicht erzählst?«

»Nichts Verrücktes.« Ich zuckte mit den Schultern. »Ich habe nur vielleicht ... ein bisschen zu viel preisgegeben, und ich glaube, deshalb geht er mir aus dem Weg.«

Sie beugte sich neugierig vor, und ich erzählte ihr schließlich, was ich Sig gegenüber zugegeben hatte, dass ich seit der Schwangerschaft erregter war. Ich sagte ihr, dass ich befürchtete, er würde denken, ich hätte etwas andeuten wollen.

Sie hatte eine etwas andere Theorie. »Glaub mir, es war nicht das, was du gesagt hast, was ihn erschreckt hat. Es war wahrscheinlich eher seine Reaktion darauf.«

»Wie meinst du das?«

»Ich glaube, sehr zu seinem Leidwesen mag er dich, und das macht die Sache kompliziert.«

»Was meinst du damit, er *mag* mich?«

»Ich glaube, er mag dich als Mensch, aber ich kann mir vorstellen, dass er sich auch auf andere Weise zu dir hingezogen fühlt.«

Mein Herz flatterte, auch wenn ich es nicht glaubte. »Worauf stützt du das?«

»Auf mehrere Dinge. Wenn Menschen Angst haben, ziehen sie sich zurück. Und du hast erwähnt, dass er dich beschützt hat, als es um diesen Typen auf der Arbeit ging. Das wäre ihm egal, wenn es ihn nicht persönlich beträfe.«

»Ich glaube, er beschützt sein ungeborenes Kind – nicht mich. Ich bin nur ein ... Gefäß für etwas, das ihm wichtig ist.«

»Mach dir nichts vor, Abby. Du bist eine wunderschöne Frau. Sig ist nicht blind. Und ich glaube, er mag dich auch als Mensch aufrichtig. Du bist das Gesamtpaket. Wie könnte er dich nicht mögen?«

Ihre Meinung zu diesem Thema erinnerte mich an das, was Sig gesagt hatte, dass ich nicht die Art von Frau sei, die ein Mann teilen wolle. Diesen Teil hatte ich ihr nicht gestanden. Könnte sie recht haben? Fühlte er sich zu mir hingezogen? War das der Grund, warum er sich von mir ferngehalten hatte?

»Ich bin in ihn verknallt«, gab ich mit kribbelnden Wangen zu. »Ich will es nicht sein. Und es ist mir ein bisschen peinlich, das zuzugeben. Es macht die Situation nicht besser.« Ich stieß etwas Luft aus. »Ich habe es niemandem erzählt, nicht einmal Lavinia.«

»Nun, danke, dass du dich mir anvertraut hast.« Felicity lächelte. »Das kann ich gut verstehen. Er ist ein gut aussehender, charismatischer Kerl, wenn auch komplex.«

»Gefühle für diesen Mann zu entwickeln wäre das Sinnloseste, was ich je getan habe. Er würde bei mir nie die Grenze überschreiten.«

Felicity wandte den Blick ab, als sie darüber nachzudenken schien. »Ich stimme zu, dass er sich nicht so leicht mit der Idee anfreunden würde. Aber das heißt nicht, dass er es nicht wollen würde, wenn die Dinge anders wären.«

»Diese Situation war viel einfacher, als ich ihn noch für einen Idioten hielt.«

Sie lachte. »Ich will dir ein Geheimnis über Sig verraten. Er kommt manchmal fast herzlos rüber, weil er seine Gefühle nicht ausdrückt. Aber er ist genau das Gegenteil. Er hat das größte Herz von allen.«

»Ich habe definitiv herausgefunden, dass mehr in ihm steckt, als man auf den ersten Blick sieht.«

»Er weiß auch nicht immer, was gut für ihn ist«, fügte sie hinzu. »Er hat sich eingeredet, dass es besser ist, so zu leben, wie er es tut, und alle auf Distanz zu halten. Aber ich weiß, dass er sich nach Glück sehnt. Er wusste nicht, was wahres Glück ist, bis er Britney traf. Aber jetzt *weiß* er es. Und ich denke, deine Anwesenheit hat ihn Dinge fühlen lassen, die er schon lange nicht mehr gefühlt hat. Deshalb hat er einen Schritt zurück gemacht. Er weiß nicht, was er mit all dem anfangen soll.« Sie seufzte. »Aber lass dich nicht von der Angst davon abhalten, eine Verbindung zu ihm aufzubauen. Er ist keine Steinmauer. Er ist mehr wie ...«, Felicity hielt inne, »eine Zwiebel.« Sie lachte. »Man muss die Schichten abziehen, um an das Innere zu gelangen.«

Hm. »Nun, Zwiebeln werden dich letztendlich in Tränen ausbrechen lassen. Das ist meine Befürchtung. Ich bin nicht nach England gekommen, um verletzt zu werden. Ich habe *eine* Aufgabe, weißt du? Ich will nichts vermasseln, indem ich mich emotional an ihn binde – oder schlimmer noch, an das Baby. Wie du sehen kannst, ist das heute schon passiert.«

»Ich wäre nicht anders. Du bist keine Maschine, Abby. Du bist ein Mensch.« Sie begann, Eloise das Haar zu flechten. »Wir können nichts dafür, wie wir fühlen, nicht wahr? Gefühle kann man nicht kontrollieren. Als ich Leo zum ersten Mal traf, war ich mir sicher, dass wir nie zusammen sein könnten, weil wir aus zwei verschiedenen Welten kamen. Das hat mich nicht davon abgehalten, mich in ihn zu verlieben. Wir zwingen uns Regeln auf, die das Herz nicht anerkennt. Verstehst du?«

»Ja«, murmelte ich. Mann, war ich dankbar, jemanden zu haben, dem ich mich anvertrauen konnte. »Danke, dass ich mich öffnen durfte.« Ich atmete aus. »Ich habe das Gefühl, ich habe nur über mich selbst geredet. Wie geht es dir? Du hast ja nicht mehr allzu lange vor dir.«

Felicity rieb sich den Bauch. »Ich fühle mich nicht darauf vorbereitet, von der Mutter eines Kindes zu der zweier zu werden. Ich habe versucht, eine gute Mutter zu sein, zu arbeiten und gesellschaftliche Verpflichtungen unter einen Hut zu bringen. Ich weiß nicht, wie viel ich noch schaffen kann. Ich werde es nicht wissen, bis sie hier ist.«

Felicity war Anwältin. Sie arbeitete halbtags in London und unterrichtete amerikanisches Recht, während sie gleichzeitig das Mutterdasein jonglierte.

»Ich habe keinen Zweifel, dass du damit klarkommen wirst. Bei dir sieht es leicht aus, aber ich bin mir sicher, dass es nicht einfach ist, alles unter einen Hut zu bringen.«

»Das ist es definitiv nicht, aber danke für den Vertrauensbeweis.« Sie band ein Haargummi um das Ende von Eloises Zopf. »Glaubst du, du wirst herausfinden, was du bekommst?«

»Das werden sie entscheiden, oder? Die Alexanders und Sig? Ich habe das Gefühl, er wird es nicht wissen wollen. Er wird es so lange wie möglich leugnen wollen, bis zur letzten Minute.«

Sie nickte. »Da hast du wahrscheinlich recht.«

Felicity machte uns Tee, bevor ich mich in ihrem mintgrünen Fiat auf den Weg zurück zur Pension machte. Auf der Fahrt rief ich meinen Vater an, um mit ihm zu reden.

»Hey, Dad«, sagte ich, als er abnahm.

»Wie behandelt dieses Arschloch dich?«

Ich lachte. »Er ist nicht mehr gemein. Er ist nur in letzter Zeit ein bisschen ... distanziert.«

»Ich sage dir das ständig, aber es gibt immer die Möglichkeit, nach Hause zu kommen.«

»Je weiter die Schwangerschaft fortgeschritten ist, desto schwieriger wird es zu gehen.« Ich wurde langsamer, als ich mich einem Fahrzeug in der Ferne näherte, immer noch paranoid nach dem Auffahrunfall mit Sig. »Alles in allem bin ich hier glücklich. Glücklicher als ich erwartet hätte. Ich vermisse nur dich.«

»Ich vermisse dich auch. Aber ich bin froh, dass du dieses Abenteuer erlebst. Ich habe immer nur bereut, dass ich nicht die Welt gesehen habe.«

»Apropos Welt sehen, meinst du, du könntest dir ein paar Tage freinehmen, um mich hier draußen zu besuchen, am liebsten schon bald?«

Mein Vater arbeitete als Maurer für eine Baufirma in Massachusetts, nicht allzu weit von unserem Wohnort in Rhode Island entfernt.

»Du hast meine Gedanken gelesen«, sagte er. »Ich werde mit Joe Silva über den Urlaub sprechen und sehen, was ich tun kann.«

Die Aussicht, meinen Vater zu sehen, erfüllte mich mit Hoffnung. Er hatte bereits geplant zu kommen, wenn ich entbinden würde, aber so lange wollte ich nicht warten. »Das wäre fantastisch. Es wird dir hier gefallen. Und in der Pension gibt es jede Menge Platz. Und Lavinia wirst du auch lieben.«

»Nun, ich liebe jeden, der mein Mädchen nett behandelt.«

Wir unterhielten uns noch ein paar Minuten, und dann legte ich lächelnd auf. Das Gespräch mit Dad hatte meine Laune wirklich verbessert.

Als ich die Pension betrat, schien Lavinia schon sehnsüchtig auf meine Rückkehr zu warten. Ich war direkt zu Felicity gefahren, nachdem Sig mich vorhin nach dem Ultraschall abgesetzt hatte, sodass ich keine Gelegenheit gehabt hatte, mit ihr darüber zu sprechen. Sie erhob sich vorsichtig von der Couch. »Sigmund sagte, du hättest ein Foto, das du mir zeigen kannst.«

»Du hast mit ihm gesprochen?«

»Er kam auf dem Rückweg nach London kurz vorbei, um etwas abzugeben. Ich habe ihn gefragt, wie die Ultraschalluntersuchung gelaufen ist, und er hat mir gesagt, dass du ein Foto hast.«

Ich griff in meine Handtasche und reichte ihr den Ausdruck.

Sie verzog den Mund zu einem Lächeln. »Nun, sieh dir das an. Sieht aus wie ein kleiner Tintenfleck.«

»Felicity sagte Eichel, aber Tintenfleck ist vielleicht eine noch bessere Beschreibung.«

»Hast du schon gegessen?«, fragte sie.

»Oh ja. Felicity hat eine schöne Wurstplatte für uns vorbereitet. Dann gab es Tee und Kekse. Ich bin total satt. Ich glaube, ich gehe jetzt nach oben und nehme ein Bad.«

»Okay, schön. Genieß es.«

Nachdem ich mich in der Wanne entspannt hatte, ging ich in mein Zimmer, um mich anzuziehen. Und da lag etwas auf meinem Nachttisch.

Eine Schachtel mit Devil Dogs.

KAPITEL 22

Abby

Titel 22: »I Love Onions« von Susan Christie

Nachdem ich mindestens eine Stunde lang überlegt hatte, ob ich ihn anrufen sollte oder nicht, beschloss ich, das Telefon in die Hand zu nehmen.

Sig meldete sich nach dem zweiten Klingeln. »Alles in Ordnung?«

»Ja, aber das hättest du nicht tun sollen.« Ich hüpfte auf meinem Bett. »Das Geschenk, das du mir gemacht hast, war perfekt.«

»Na ja, ich wollte nicht, dass deine Naschkatze dich heute Nacht wach hält.«

»Das war wirklich *süß* von dir.« Ich verstummte, als ich im Hintergrund eine Frauenstimme hörte. Plötzlich wollte ich mich am liebsten in ein Loch verkriechen. »Ist ... jemand bei dir?«

Er zögerte. »Sie wollte ... gerade gehen.«

»Oh.« Ein Anflug von Eifersucht brachte mich zum Schwitzen. »Oh je. Dann mache ich jetzt wohl lieber Schluss.«

»Nein«, beharrte er. »Warte.«

Ich hörte gedämpftes Gerede, gefolgt von einer Tür, die zugeschlagen wurde. Dann griff er wieder zum Telefon. »Hi. Tut mir leid.«

»Ich wusste nicht, dass ich störe. Warum bist du ans Telefon gegangen, wenn du mit jemandem ins Bett gehst? Ich hätte deine Mailbox vorgezogen.«

»Es war eher eine *verbockte* Bettgeschichte ... das ist alles, was ich in letzter Zeit zu haben scheine.«

»Verbockt, weil ich dich unterbrochen habe?«

»Nein. Ich hatte es schon allein verbockt, bevor du angerufen hast.«

Ich musste fragen. »Es ist nichts ... passiert?«

»Nein.«

»Wie hast du es verbockt?«

»Es ist nicht das erste Mal, dass das passiert, besonders in letzter Zeit. Wenn ich mich bei jemandem melde, suche ich nach einem Ausweg in Form von Gesellschaft. Aber wenn sie dann da ist und direkt vor mir steht, dann ...« Er hielt inne. »Ich weiß nicht ... verliere ich das Interesse.«

Seine Offenheit überraschte mich. Ich beruhigte mich ein wenig, legte mich aufs Bett und schlug einen Fuß über den anderen. »Wie wenn man unter Schlaflosigkeit leidet und mitten in der Nacht etwas online bestellt? Wenn es dann Tage später ankommt, denkt man: ›Was zum Teufel ist das? Ich muss verrückt gewesen sein, es zu wollen.‹«

»So in etwa, ja.«

»Du bist wie eine Avocado, Sig.«

»Eine Avocado? Erst bin ich eine Zimtschnecke. Und jetzt bin ich eine Avocado?«

»Ja. Eine Avocado ist nur für eine kurze Zeit reif und bereit. Oft macht man sie auf und sie ist schon braun. Man verpasst das Fenster, wenn man den Raum zu lange verlässt.«

»Gibt es noch andere Lebensmittel, mit denen du mich vergleichen möchtest?«

»Eine Zwiebel.«

»Tut mir leid, dass ich gefragt habe.«

»Das war eigentlich Felicitys Idee.«

»Ach ja? Nun, Rotschopf ist genauso verrückt wie du.« Er seufzte. »Also sag mir, Abby, inwiefern bin ich wie eine Zwiebel?«

»Du hast viele Schichten. Und es dauert eine Weile, bis man sie durchschaut, um dein wahres Ich zu sehen, nicht das, das Mauern aufbaut.«

»Und du, Abby Knickerbocker, bist ein Früchtebrot.«

Ich kicherte wie eine Närrin. »Ich mag Früchtebrot – wahrscheinlich bin ich einer der wenigen Menschen auf der Welt, die das tun. Ich nehme das als ein seltenes Kompliment von dir.« Ich schwieg einen Moment lang, dann konnte ich nicht anders. »Das letzte Kompliment, das du mir gemacht hast, hat mich allerdings sehr überrascht.«

»Was war das?«

»Als du mir sagtest, ein Mann würde mich nicht teilen wollen.«

»Ah ... das habe ich gesagt, nicht wahr?«

Ich hatte gehofft, er würde mir erklären, *warum* er das gesagt hatte, aber er schwieg. »Also ...« Ich räusperte mich. »Wann hattest du das letzte Mal eine erfolgreiche Bettgeschichte?«

Er seufzte. »Das Nashorn. Nun, erfolgreich würde ich das nicht nennen. Aber es ... wurde vollendet.«

Ich legte die Stirn in Falten. »Nashorn?«

»Sie schnarchte wie eines. Sie schlief ein, und ich brachte es nicht übers Herz, sie zu wecken. Großer Fehler. Sie hat mich die ganze Nacht wach gehalten. Dann klopften Phil und Kate am nächsten Morgen an meine Tür und sahen sie hier.«

Ich schnaubte. »Das muss peinlich gewesen sein.«

»In der Tat. Genauso wie Phils Jodeln.«

»Was?« Ich lachte. »Ich werde nicht mal fragen, aber das klingt wie ein Zirkus.« Ich schlüpfte unter die Bettdecke. »Warum sind sie überhaupt so früh gekommen?«

»Das war die Reise, als sie eingeflogen sind, um mit mir über die Leihmutterschaft zu sprechen. Sie haben mich an diesem Morgen überrascht.«

»*So* lange warst du mit niemandem mehr zusammen?«

»Du interessierst dich sehr für dieses Thema, Abby.«

»Nun, ich habe im Moment nichts Besseres zu tun, als herumzuschnüffeln.«

»Vielleicht solltest du dir ein Hobby suchen«, stichelte er.

»Ich brauche kein Hobby. In mir wächst gerade ein Mensch heran. Was ist deine Superkraft?«

Sein tiefes Lachen vibrierte durch das Telefon. »Der Punkt geht an dich, Liebes.« Nach einem Moment fügte er hinzu: »Was willst du mich noch fragen? Ich kann hören, wie sich die Räder in deinem Kopf drehen.«

»Wer war die Frau, die heute Abend in deiner Wohnung war?«

»Sie heißt Rose. Jemand, den ich über eine App kennengelernt habe.«

»Und du hast einfach ... was? Deine Meinung geändert und sie rausgeschmissen?«

»Trotz meines Rufs, Leute rauszuschmeißen, gehen sie normalerweise von selbst.«

»*Sie* hat sich entschieden zu gehen?«

»Wir waren ... mittendrin, obwohl wir nicht sehr weit gekommen sind, bevor ich es beendet habe. Sie fragte mich nach dem Grund, und ich platzte damit heraus, dass ich abgelenkt sei, weil ich mit meiner toten Frau ein Kind bekomme.«

»Tja, das hat wohl gereicht.« Ich bedeckte meinen Mund mit einer Hand, um ein Lachen zu unterdrücken.

»Sie brauchte einige Sekunden, um es zu begreifen, bevor sie mich fragte, wovon zum Teufel ich da rede. Ich versuchte erneut, zu erklären, warum ich so abgelenkt war. Ich weiß nicht, ob ich mich verständlich ausgedrückt habe, aber sie hat endlich begriffen, dass trotz meiner ursprünglichen Absichten nichts passieren wird. Und dann hast du angerufen. Es war unhöflich von mir, den Anruf anzunehmen. Das hat alles noch schlimmer gemacht. Also ist sie gegangen.«

»Du bist ein ziemlicher Romantiker, Sig.«

»Das war ich für eine kurze Zeit, etwa sechs Monate, um genau zu sein. Nie zuvor und wahrscheinlich nie wieder. Jetzt bin ich einfach gut darin, Frauen verschwinden zu lassen.«

»Ich glaube, wir haben deine Superkraft gefunden.«

»Ja.« Er atmete aus. »Wie auch immer, ich bin froh, dass du angerufen hast.«

»Warum?«

»Ich wollte mich entschuldigen, falls ich heute ein wenig seltsam war. Die Ultraschalluntersuchung war ... sehr viel. Und ich habe wieder einmal versäumt zu fragen, wie es *dir* bei all dem geht. Das tut mir leid.«

»Du brauchst dich nicht zu entschuldigen. Deine Reaktion war zu erwarten. Ich kann mir nicht vorstellen, was du dir dabei gedacht hast.« Ich ließ mich tiefer in die Matratze sinken.

»Es war erstaunlich, das Leben in dir zu sehen.« Sig hielt inne. »Während der letzten Wochen habe ich mich zurückgezogen und so getan, als würde es nicht passieren. Ich muss dir nicht sagen, wie abwesend ich war. Aber nach dem heutigen Tag weiß ich, dass ich mich nicht mehr verstellen kann. Ich kann nicht so tun, als gäbe es dieses kleine schlagende Herz nicht. Und ich werde nicht mehr so reagieren. Es gibt keine Entschuldigung für meine Abwesenheit in letzter Zeit.« Er seufzte. »Aber heute nach dem Termin ... ich brauchte einfach etwas Zeit, um das zu verarbeiten.«

»Und du dachtest, du könntest das tun, indem du irgendeine Braut aus dem Internet vögelst?«

»Ich habe manchmal eine seltsame Art, Dinge zu verarbeiten.«

»Mach dir keine Sorgen. Ich verstehe es. Und ich war nicht beleidigt.«

»Bist du hier glücklich, Abby?«

Meine Augen weiteten sich vor Überraschung. »Das bin ich tatsächlich. Glücklicher als ich dachte.«

»Aber das verdankst du nicht mir.«

»Nun, du hast mir Devil Dogs gebracht. Das ist ein großer Punkt für dich.«

»Ich war auf der Suche danach, seit du mir gesagt hast, dass du sie haben willst.«

Das bescherte mir eine Gänsehaut. »Wo hast du sie gefunden?«

»Ich habe sie zufällig in dem Laden gesehen, der an die Tankstelle angeschlossen ist, an der ich heute Abend zum Tanken angehalten habe. Kannst du dir das vorstellen? Vielleicht wollte das Universum mir sagen, was für ein Arsch ich heute war, und mir einen Weg zeigen, wie ich es besser machen kann. Also drehte ich um und fuhr zurück zur Pension, um sie dort abzugeben. Du warst schon zu Felicity gefahren.«

»Nun, ich werde sie in den Kühlschrank stellen und morgen zum Frühstück essen.«

»Ah, das Frühstück der Champions.«

»Mist. Aber ich habe keine Milch.«

»Doch, hast du.«

»Habe ich?«

»Sieh im Kühlschrank nach.«

»Wirklich? Du hast mir auch Milch gekauft?«

»Du hast gesagt, du isst sie mit eiskalter Milch. Also habe ich welche geholt.«

»Wow. Ich bin erstaunt, dass du dir das gemerkt hast.«

»Zwiebeln haben ein gutes Gedächtnis.«

Ich lächelte. »Es ist schön, wieder mit dir zu reden, Sig. Ich habe deine Schärfe und deinen Sinn für Humor vermisst. Ich dachte, ich hätte dich vergrault.«

»Mich vergrault? Warum?«

»In der Nacht, in der ich bei dir übernachtet habe, bist du irgendwie still geworden, nachdem ich dir von meinem *Symptom* erzählt hatte.« Meine Stimme zitterte. »Ich habe mich gefragt, ob du dachtest, ich würde etwas andeuten wollen. Du weißt schon, dass ich dich anmache.«

»Das habe ich überhaupt nicht gedacht. Aber du bist so schnell ins Schlafzimmer verschwunden, nachdem du es verkündet hattest, dass ich nicht weiß, wie du meine Reaktion einschätzen konntest.«

»Ich nehme an, ich bin wirklich verschwunden. Ich habe mich auf dein Verschwinden in den Tagen danach bezogen.« Ich hielt inne und versuchte, die richtigen Worte zu finden. »Ich habe an diesem Abend auch verraten, dass ich dich attraktiv finde. Ich war mir nicht sicher, ob dir das auch unangenehm war.«

Ein paar Sekunden lang herrschte Schweigen.

»Meine Abwesenheit hat mit all dem nichts zu tun, Abby.«

»Wenn du das sagst.«

Er räusperte sich. »Wie läuft es denn eigentlich in dieser Hinsicht? Mit deinem *Symptom*?«

»Es ist immer noch ... vorhanden.«

»Gut zu wissen.«

»Apropos, ich muss dir etwas sagen«, erklärte ich und wappnete mich.

»Okay ...«

Los geht's. »Sean von der Arbeit hat mich gefragt, ob ich mit ihm ausgehe.«

Totenstille folgte.

»Bist du noch da?«

Nach einem Moment sagte er: »Ich bin hier.«

»Ich habe ihm keine Antwort gegeben. Er hat mich vor etwa einer Woche gefragt.« Ich holte tief Luft. »Ich weiß, wie du über die Jungs aus dem Büro denkst, und ehrlich gesagt möchte ich nichts tun, was dich verärgert. Aber es werden lange neun Monate hier sein – und ich werde mit der Zeit immer schwangerer werden. Das wird mein Gesellschaftsleben erschweren.« Ich hielt inne. »Vielleicht nehme ich sein Angebot also an.«

Sig sagte nichts.

»Ich glaube, du hattest recht mit Alistair«, fügte ich hinzu. »Aber Sean scheint ein netter Kerl zu sein.«

Schließlich grunzte er. »Hmm ...«

»Ist das alles, was du zu sagen hast?«

»Ich weiß nicht, was ich sagen soll. Du bist erwachsen. Du brauchst meine Erlaubnis nicht.«

»Hältst du Sean für einen schlechten Menschen?«

»Ich kenne ihn nicht wirklich.«

»Aber du hattest eine Meinung über Alistair. Ich dachte nur –«

»Alistair ist ein Wichser. Halte dich von ihm fern. Ende der Geschichte.«

»Na gut, da du nichts Schlechtes über Sean zu sagen hast, nehme ich an, keine Neuigkeiten sind gute Neuigkeiten.«

»Sicher«, murmelte er.

»Also gut. Freut mich, dass du wieder einsilbig redest.« Ich schüttelte den Kopf. »Gutes Gespräch.«

KAPITEL 23

Sig

Titel 23: »I Heard it Through the Grapevine« von Marvin Gaye

Die Wochen gingen weiter, und ich stellte fest, dass ich es irgendwie geschafft hatte, den ganzen August zu überstehen, ohne mich in Abbys Angelegenheiten einzumischen. Das war auch gut so. Aber als ich eines Morgens ihren Namen hörte, als ich an der Mitarbeiterküche vorbeikam, musste ich so tun, als sei ich beiläufig an dem Gespräch interessiert. »Guter Klatsch, nehme ich an?«, fragte ich, während ich Milch in einen Pappbecher mit Kaffee rührte.

Emmas Gesicht wurde rot. »Oh, das solltest du nicht hören, Boss.«

»Das weiß ich. Aber ihr habt von zwei meiner Mitarbeiter gesprochen, also bin ich neugierig.«

»Abby aus der Kundenbetreuung und Sean aus der Buchhaltung sind zusammen ausgegangen. Kim ist ihnen letzten Freitagabend begegnet. Ich habe es gerade Camille erzählt.« Sie schaute ihre Kollegin an. »Ich finde, sie sind ein süßes Paar. Aber bitte sag nicht, dass du etwas von mir gehört hast.«

Ich tat so, als würde ich meinen Mund verschließen. »Meine Lippen sind versiegelt.« Ich setzte meinen Schauspielerhut auf und gab mein Bestes, um aufrichtig neugierig und nicht so unglücklich zu wirken, wie ich mich fühlte. »Also, glauben wir, dass zwischen den beiden etwas läuft?«

Emmas Blick huschte durch den Raum, wahrscheinlich erschrocken über mein plötzliches Interesse an dem Privatleben meiner Mitarbeiter. »Ich bin mir nicht sicher.« Sie verlagerte unbehaglich das Gewicht. »Es ist wohl noch zu früh, um das zu sagen.«

Um nicht noch unangebrachter zu wirken, als ich es ohnehin schon tat, beschloss ich, nicht nach weiteren Einzelheiten zu fragen. Ich hatte Abby nicht gefragt, ob sie auf Seans Angebot eingegangen war, aber jetzt hatte ich meine Antwort, und das war alles, was ich wissen musste.

Aber *warum* war ich so beunruhigt darüber? Ich hatte kein Recht dazu. Je mehr ich darüber nachdachte, desto klarer wurde mir, dass es wahrscheinlich die sicherste Lösung war, wenn Abby sich während ihrer Zeit hier mit jemand anderem als mir einließ. Ich hätte diese Entwicklung begrüßen sollen. Aber leider drehte mir der Gedanke, dass sie mit Sean ausging, den Magen um und machte es mir unmöglich, mich für den Rest des Vormittags auf etwas anderes zu konzentrieren.

Leo kam an diesem Nachmittag nach London, um an einer unserer Vorstandssitzungen teilzunehmen, und danach gingen er und ich noch auf einen Drink in die Kneipe am Ende der Straße.

Er nahm einen Schluck von seinem Bier. »Wie geht es Abby?«

Ich massierte mir die Stirn. »Hervorragend.«

»Das war sarkastisch, nehme ich an. Stimmt etwas nicht mit ihr?«

»Oh, nein. Ihr geht es besser als uns allen. Als Nächstes wird sie bei *Love Island* mitspielen.«

»Wovon redest du?«

»Sie trifft sich jetzt mit Typen von der Arbeit«, sagte ich, während ich meine Serviette verstümmelte.

Seine Augen weiteten sich. »Typen im Plural?«

»Ein Typ.«

Er grinste. »Und das stört dich.«

»Warum sollte es mich stören?«

»Zum zigsten Mal, weil du eindeutig auf sie stehst, auch wenn du es nie zugeben würdest.«

»Was würde es bringen, es zuzugeben? Es würde doch nichts ändern, wenn ich Gefühle für sie entwickle.«

»Es gibt keine Regeln, Sigmund, abgesehen von denen, die du dir selbst auferlegt hast. Niemand hat je gesagt, dass du dich nicht in sie verlieben darfst.«

»Verstehst du nicht, dass sie buchstäblich die letzte Frau auf Erden ist, mit der ich mich zu diesem Zeitpunkt einlassen könnte? Stell dir die Komplikationen vor, wenn sie sich durch diese Situation irgendwie verpflichtet fühlt. Stell dir vor, ich würde alles vermasseln und diesem Kind sagen müssen, dass ich der Frau, die es geboren hat, das Herz gebrochen habe.« Ich nahm einen Schluck von meinem Bier. »Ganz zu schweigen davon, dass sie zu jung für mich ist.«

»Und doch scheint es dich ziemlich zu treffen, dass sie mit jemandem ausgeht.« Leo lehnte sich in seinem Sitz zurück und kratzte sich am Kinn. »Ich werde dir jetzt etwas sagen, wofür ich wahrscheinlich in der Hölle landen werde ...«

Ich hörte einen Moment lang auf, die Serviette zu zerreißen. »Was?«

»Felicity hat mir erzählt, dass Abby gestanden hat, in dich verknallt zu sein, aber dass sie glaubt, jede Hoffnung sei sinnlos.« Er hielt inne. »Sie mag dich.«

Meine Brust zog sich zusammen. Das bestätigte, was ich bereits vermutet hatte. Aber es änderte nichts. Ich konnte es nicht zulassen – auch wenn ich es nicht vergessen konnte. Ich schluckte. »Das brauchte ich nicht zu wissen.«

»Lass niemals verlauten, dass du es von mir erfahren hast. Ich werde dich töten, wenn Felicity mich nicht schon vorher umbringt.«

»Wäre das nicht eine interessante Schlagzeile? Der Herzog von Westfordshire im Gefängnis, für den Mord an seinem eigenen Cousin ...« Ich seufzte. »Natürlich werde ich nichts zu ihr sagen.«

»Vielleicht lässt sie sich auf diesen Kerl ein, um von ihren Gefühlen für dich abzulenken, weil sie glaubt, dass sie nirgendwohin führen werden.«

»Dann ist es wahrscheinlich besser so.« Ich schnappte mir eine weitere Serviette und begann, sie zu vernichten.

»Du bist hin- und hergerissen, weil sie die erste Frau seit Britney ist, für die du etwas empfindest«, erklärte er.

»Na, du bist ja ein Genie«, spottete ich.

»Man muss kein Genie sein, um zu erkennen, was hier vor sich geht, Kumpel. Es ist ganz klar.«

Ich warf die Serviette zur Seite. »Ist sie schön? Ja. Mag ich sie als Mensch? Ja. Das ist alles egal, Leo. Okay? Es spielt keine Rolle. Das Beste, was ich tun kann, um diesem Mädchen dafür zu danken, dass sie neun Monate lang ihren Körper opfert, ist, mich verdammt noch mal von ihr fernzuhalten, sie unversehrt in ihr Leben in den USA zurückkehren zu lassen und unser beider Leben nicht in eine verdammte Seifenoper zu verwandeln.«

KAPITEL 24

Sig

Titel 24: »A Sky Full of Stars« von Coldplay

An diesem Wochenende sagten mir meine besseren Engel, ich solle in London bleiben, aber ich hatte mich schon zu lange nicht mehr persönlich nach Abby erkundigt. Ich hatte mir geschworen, nicht wieder zu verschwinden, also musste ich mich fangen. Ganz zu schweigen davon, dass es Lavinia gegenüber nicht fair war, dass ich nun auch sie ignorierte, wenn ich mich von Abby distanzierte. Ich war ihnen beiden einen Besuch schuldig. Zumindest redete ich mir das ein, als ich am Samstagabend vor dem *Bainbridge Inn* einfuhr.

Ich öffnete die Tür mit meinem Schlüssel und ging in die Küche, wo ich die beiden reden hörte. »Hallo, meine Damen«, verkündete ich von der Tür aus.

Abby drehte sich um und sah aus, als hätte sie einen Geist gesehen. »Hey!«

Lavinias Gesicht leuchtete auf. »Sigmund! Ich dachte schon, ich würde abkratzen, bevor du zurückkommst.«

»Ich bin froh, dass du es nicht getan hast. Schön, dich zu sehen, verrückte Frau.«

»Wir haben dich hier vermisst«, sagte Lavinia.

Ich ging hinüber zu Abby, die gerade etwas auf dem Herd rührte. »Hi, Abby«, sagte ich leise über ihre Schulter.

Sie lächelte. »Es ist schön, dich zu sehen.«

Ihr Atem schien sich zu beschleunigen, oder vielleicht bildete ich mir das auch nur ein, weil ich mir ihrer Verliebtheit in mich überdeutlich bewusst war.

»Abby macht eine Kartoffel-Lauch-Suppe«, verkündete Lavinia. »Du kommst gerade rechtzeitig, um uns Gesellschaft zu leisten.«

»Das klingt nach einem ziemlichen Risiko«, neckte ich. »Seit wann kocht Abby?«

»Du bist ein Klugscheißer.« Abby stieß mich mit dem Ellbogen an.

»Aber du hast mich vermisst.« Ich zwinkerte.

Warum klang jedes Wort, das aus meinem Mund kam, als würde ich mit ihr flirten? *Tue ich das? Wenn ich das nur wüsste.*

»Ich habe dich wirklich vermisst.« Ihr Gesicht wurde rot, während sie mit dem Löffel gegen den Topf klopfte.

Zu wissen, dass unsere Anziehung auf Gegenseitigkeit beruhte, verunsicherte mich, erregte mich aber auch ein wenig, obwohl ich nichts dagegen tun konnte.

Etwa zehn Minuten später schöpfte Abby die Suppe in die von ihr bereitgestellten Schüsseln und wir drei setzten uns zum Essen.

»Du hast frischen Schnittlauch verwendet«, sagte ich. »Eine schöne Ergänzung.«

»Du hast es bemerkt.«

»Ich bemerke alles.« Ich leckte mir über den Mundwinkel. »Koriander auch, ja?«

»Du bist gut.«

»Ich muss sagen, das ist wirklich köstlich, Abby.«

»Oh, danke. Wenn das von einem so launischen Koch kommt, sehe ich das als ein großes Kompliment an.«

Lavinia schwieg, schaute aber amüsiert zwischen uns hin und her. Wahrscheinlich war sie sich der sexuellen Spannung zwischen Abby und mir ebenso bewusst wie wir selbst.

Als wir mit dem Essen fertig waren, stand ich auf, um meine Schüssel zur Spüle zu bringen. Abby räumte den Rest des Tisches ab, während ich mich um das Geschirr kümmerte. Als sie begann, den Tresen neben mir abzuwischen, spürte ich, wie mein Körper sich regte. Sie sah auf, und als ihr Blick auf meinen traf, wusste ich, dass ich mir etwas vorgemacht hatte, als ich dachte, ich würde *ihr* mit diesem Besuch einen Gefallen tun. Ich hatte sie vermisst und war aus dem Gleichgewicht geraten, seit ich herausgefunden hatte, dass sie mit diesem Kerl von der Arbeit ausgegangen war. *Ich* hatte sie heute Abend sehen müssen, und *deshalb* war ich hier.

»Schläfst du heute Nacht hier?«, fragte sie.

»Ich habe darüber nachgedacht.«

»Es ist mild draußen. Willst du spazieren gehen, weil du nicht zurück nach London musst?«

Ich schloss den Geschirrspüler. »Klar. Ja.«

»Willst du mitkommen, Lavinia?«, fragte Abby.

»Oh nein. Habt Spaß, ihr zwei. Ich will euch nicht aufhalten.«

»Wir können langsam gehen«, beharrte Abby.

»Nein. Ich würde es vorziehen, mich zu entspannen und etwas im Fernsehen zu sehen, aber danke für das Angebot.« Lavinia warf mir einen wissenden Blick zu, der mich vermuten ließ, dass sie nicht mitkam, damit Abby und ich allein sein konnten.

Ich funkelte sie an, während Abby und ich unsere Jacken holten und nach draußen gingen. Es war tatsächlich ein schöner Abend – nur eine leichte Brise, aber nicht zu kalt. Die Blätter raschelten, als wir die Straße hinuntergingen, bevor wir in die erste Seitenstraße rechts einbogen.

»Also, was verschafft uns die Ehre deiner Anwesenheit heute Abend, Sig?«

»Ich dachte nur, es sei an der Zeit, dass ich vorbeikomme und Hallo sage.«

»Ich bin froh, dass du das getan hast. Lavinia hat sich schon Sorgen gemacht.«

»Nur Lavinia?«

Selbst in der Dunkelheit konnte ich sehen, wie sie errötete.

»Nun, ich habe mich schon gefragt, ob du mir wieder aus dem Weg gehst.«

Mein Verstand führte einen Krieg mit sich selbst. *Tu es nicht. Frag nicht.* »Ich habe gehört, du bist mit Sean ausgegangen.«

Ihre Augen weiteten sich. »Woher weißt du das?«

»Ich habe zufällig gehört, wie eine der Klatschbasen im Büro darüber gesprochen hat.«

»Wirklich? Ich habe es niemandem erzählt, aber wenn ich es mir recht überlege, hat Kim aus der Personalabteilung uns gesehen. Daher wissen sie es wahrscheinlich.« Wir gingen ein paar Augenblicke schweigend weiter. »Willst du mich nicht fragen, wie es gelaufen ist?«

»Das geht mich nichts an.«

»Du dachtest früher, ich würde dich etwas angehen. Denk einfach an Alistair. Was hat sich geändert?«

»Das war nur, um dich vor *ihm* speziell zu schützen. Ich habe mich nicht einzumischen, wenn ich keinen guten Grund habe.«

»Ich mochte es irgendwie, als du dich eingemischt, als du Interesse gezeigt hast. Es macht keinen Spaß, wenn du verschwindest. Du bist wieder verschwunden, obwohl du versprochen hast, es nicht zu tun.«

»Ich weiß. Aber dieses Mal habe ich mich gefangen. Warum willst du mich überhaupt hier haben? Ist es nicht für alle besser, wenn ich dir ab und zu Freiraum gebe?«

Sie sah sich um. »Wer sind alle? In dieser Gleichung gibt es nur dich und mich. Wir sind die einzigen beiden Menschen, die diese Erfahrung teilen. Phil und Kate sind in den Staaten. Also ja, ich habe dich gern um mich. Es wäre schön, wenn du nicht wieder verschwinden würdest.«

Als sie es so formulierte, fühlte ich mich beschissen, dass ich mich weiterhin distanzierte. Sie brauchte meine Unterstützung. Die Tatsache, dass ich mir selbst nicht mehr traute, hätte mich nicht daran hindern dürfen, für sie da zu sein. Sie war mit meinem Kind schwanger, um Himmels willen.

»Manchmal denke ich, es ist besser für dich, wenn ich verschwinde.«

Sie verlangsamte ihren Schritt. »Besser für mich, warum?«

»Es kann nichts Gutes dabei herauskommen, wenn wir zu viel Zeit miteinander verbringen, Abby. Selbst wenn wir nicht vorhaben, uns näherzukommen, wird das zwangsläufig passieren, wenn wir ständig zusammen sind.«

»Du hältst es also für eine schlechte Idee, wenn wir uns näherkommen ...« Sie ging ein paar Schritte schweigend. »Ich verstehe. Ich könnte sogar zustimmen.«

»Richtig.« Ich ließ die Hände in die Taschen gleiten. »Es wäre nicht gut für dich, wenn du mir zu nahekommst.«

»Ich weiß, worauf du hinauswillst.« Sie stieß mich spielerisch an. »Aber du bist wie ... ein schwarz-weißer Keks.«

»Mein Gott, jetzt geht's los!«, schrie ich zum Himmel hinauf. »Du und die Essensanspielungen schon wieder. Schwarz-weißer Keks? Was zum Teufel soll das bedeuten?«

»Du kennst doch diese Kekse, die in der Mitte geteilt sind? Eine Seite ist weiß, die andere schwarz – oder Schokolade. Für dich ist alles schwarz oder weiß. Du willst mich nur so sehen, wie du denkst, dass du es solltest: als jemanden, mit dem du eine Grenze ziehen musst, weil ich die Leihmutter bin. Aber eine Leihmutter zu sein ändert nicht die Essenz dessen, wer ich bin. Ich bin *auch* eine Frau an einem neuen Ort, die eine angenehme Zeit verbringen und Erinnerungen schaffen möchte. Ich bin beides, eine Leihmutter *und* eine Frau.« Sie hielt inne. »Und genauso solltest du auch wissen, dass es keine gute Idee ist, mir nahezukommen und mich gleichzeitig zu *mögen*. Das Leben ist eben kompliziert.«

Ich trat in den Dreck. »Warum ergeben deine dummen Analogien am Ende immer einen Sinn?«

»Ich bin eben genial.«

Wir lächelten beide.

»Wer sagt denn, dass ich dich überhaupt mag?«, stichelte ich.

»Vielleicht ist das nur eine Einbildung von mir. Aber du hast gesagt, Männer würden mich nicht teilen wollen. Und dann bist du nach der Nacht, die ich in deiner Wohnung verbracht habe, verschwunden. Ich habe das Gefühl, dass du auf Abstand gehst, um sicherzustellen, dass keine Grenzen überschritten werden.«

»Wenn ich dich *wirklich* mögen würde, wäre das gefährlich, das weißt du, oder? Der Erfolg dieses ganzen Unterfangens hängt davon ab, dass keiner von uns beiden emotional involviert wird. Du musst in der Lage sein, in die USA zurückzukehren und dein Leben wieder aufzunehmen. Und ich muss in der Lage sein loszulassen, wenn es das Beste für dieses Kind ist.«

Sie blieb stehen und sah mich an. »Du glaubst, das Beste für dieses Kind ist ein Leben fernab von seinem Vater?«

Ihre Frage schnitt mich wie ein Messer. Ich hatte keine Antwort darauf, konnte aber sagen: »Ich habe nicht das Recht, einen anderen Menschen allein aufzuziehen, also ja. Phil und Kate sind absolut fähig und noch jung genug.«

»Du bist also fest entschlossen, es von ihnen aufziehen zu lassen? Ich war mir nicht sicher, ob der Blick auf das Ultraschallbild etwas für dich geändert hat.«

Meine Brust zog sich zusammen, als ich an das kleine schlagende Herz dachte. Ich wollte nur das Beste für das Kind, ich wollte es niemals enttäuschen. Es war so viel Angst in mir, wenn es um diese kleine Seele ging.

»Ich kann dir nicht sagen, wie ich mich fühlen werde, wenn das Baby da ist«, sagte ich, als wir weitergingen. »Aber im Moment? Meine ursprüngliche Entscheidung bleibt bestehen. Phil und Kate haben deutlich gemacht, dass sie damit zufrieden sind.«

»Ich verstehe dich«, murmelte sie mit Enttäuschung in der Stimme.

Unser Gespräch verstummte für eine Weile und wurde durch das Zirpen der Grillen ersetzt. Schließlich konnte ich die Stille nicht mehr ertragen. »Also ... wie ist deine Verabredung gelaufen?«

»Oh, jetzt fragt er.« Sie grinste schelmisch.

»Ich wollte nur das Thema wechseln und von den tieferen Dingen ablenken.«

»Es lief eigentlich ganz gut. Aber ich bin mir nicht sicher, ob es sich lohnt, das Ganze weiter zu verfolgen. Mir gefällt der Gedanke nicht, mit einem Kollegen auszugehen. Und es fühlt sich irgendwie trügerisch an, mit jemandem auszugehen und die sehr wichtige Tatsache zu verschweigen, dass ich schwanger bin.« Sie stieß einen langen Atemzug aus. »Ich bin mir also nicht sicher, wie ich die Sache angehen soll.«

»Er hat dich nicht um eine weitere Verabredung gebeten?«

»Oh doch, das hat er. Mehr als einmal. Ich habe ihn nur immer wieder vertröstet.«

Zähneknirschend nickte ich und spürte eine egoistische Erleichterung über ihr Zögern.

Dann wechselte sie das Thema. »Ich habe es meiner Schwester heute erzählt – von der Schwangerschaft.«

»Du redest nie über deine Schwester.«

»Wir stehen uns nicht so nahe. Sie ist fünf Jahre älter, sehr voreingenommen, und sie versteht mich nicht immer. Wie zu erwarten war, hatte sie eine Menge zu meiner Entscheidung, Leihmutter zu werden, zu sagen.«

Das gefiel mir ganz und gar nicht. »Was hat sie gesagt?«

»Sie versteht nicht, warum ich das machen wollte – so ähnlich wie du am Anfang. Nur dass es schon passiert ist. Es ist also nicht hilfreich, dass sie mich verurteilt.«

»Nun, es tut mir leid, dass deine Entscheidung zu Streit zwischen dir und ihr führt.«

»Es würde sowieso Streit geben, egal in welcher Situation. So ist unsere Beziehung nun einmal.« Sie hielt inne. »Es wurde noch schlimmer, als meine Mutter krank war.«

»Wie das?«

»Um es kurz zu machen, sie und ich waren gegen Ende in vielen Dingen uneins. Mom ging es schon sehr schlecht und sie wollte diese letzte experimentelle Behandlung, die die Ärzte vorschlugen, nicht ausprobieren. Ich unterstützte die Wünsche meiner Mutter. Claire nicht. Sie hatte das Gefühl, ich würde meine Mutter zum Aufgeben ermutigen. Und auch nach dem Tod meiner Mutter sagte sie noch böse Dinge zu mir und warf mir vor, ich hätte sie dazu überredet, diese Medikamente nicht zu nehmen.«

Das traf mich. Es gab nichts Schlimmeres, als am Ende des Lebens eines geliebten Menschen schwierige Entscheidungen treffen zu müssen. »Es tut mir sehr leid, Abby. Es ist schrecklich von deiner Schwester, dir ein schlechtes Gewissen einzureden für etwas, das nicht deine Schuld ist.«

»Die Dinge standen schon vorher schlecht zwischen uns, aber sie haben sich nie wirklich erholt.«

»Letztendlich war es das Recht deiner Mutter zu entscheiden, wie sie ihre letzten Tage verbringen wollte. Du hast sie lediglich unterstützt.«

»So habe ich das auch gesehen. Und ich musste auch meinem Bauchgefühl folgen, das mir sagte, dass alles, was bis dahin versucht worden war, sie nur kränker und kränker gemacht hatte. Ich konnte nicht tatenlos zusehen, wie ihr das letzte Stück Lebensqualität genommen wurde, das sie noch hatte.«

Das vermittelte mir ein Déjà-vu-Erlebnis. So sehr ich es auch vermied, mit Abby über Britney zu sprechen, ich konnte mich nicht zurückhalten. »Wir haben etwas Ähnliches durchgemacht – wir haben ein letztes Angebot für mehr Chemikalien abgelehnt.« Ich erschauderte bei der Erinnerung. »Britney, ihre Eltern und ich waren uns zum Glück einig, dass sie genug hatte. Ich kann mir nicht vorstellen, wie viel schwieriger es gewesen wäre, wenn es zwischen uns Uneinigkeit gegeben hätte.«

Sie nickte. »Ich bin froh, dass du das nicht durchmachen musstest.«

Nach einer Minute wies Abby auf einen großen Stein am Straßenrand. »Willst du dich hierhersetzen?«

»Wirst du müde?«

»Nicht wirklich«, sagte sie. »Ich denke nur, dass es schön wäre, sich ein bisschen zu setzen.«

Ich reichte ihr eine Hand, und nachdem sie sich gesetzt hatte, nahm ich den Platz neben ihr auf dem Felsen ein.

»Unser Haus liegt am Wasser«, erklärte sie. »Ich liebe es, draußen zu sitzen, dem Rauschen der Bucht zu lauschen und in den Himmel zu schauen, so wie hier.«

Der Himmel war heute Abend mit Sternen übersät. Wir blickten beide nach oben.

»Denkst du gerade an sie?«, fragte sie, intuitiv wie immer.

»Es ist schwer, in einen Himmel voller Sterne zu schauen und nicht an sie zu denken.« Meine Kehle fühlte sich schwer an, als ich ausatmete und meine emotionalen Mauern langsam wegschmolzen. »Ich frage mich oft, *was* sie jetzt ist. Welche Form sie innehat. Ob sie mich sehen kann. Ob sie ein Engel ist, oder vielleicht ein Stern am Himmel. Es ist schwer, nicht zu wissen, ob es ihr gut geht. Das ist das Einzige, was ich wirklich wissen muss. Ich habe das Gefühl, wenn ich das wüsste, könnte ich wieder atmen.«

Abby legte eine Hand auf mein Knie. »Wir sind zu blindem Glauben gezwungen. Aber es ist schwer, ihn aufrechtzuerhalten, wenn man im Leben enttäuscht wurde. Alle sagen, dass Menschen, die sterben, an einem besseren Ort sind. Das ist es, was wir glauben *wollen*, was wir glauben *müssen*. Aber das einzig Sichere ist, dass wir es nicht wissen sollen.«

»Danke, dass du mir keinen Scheiß erzählst wie alle anderen.«

Sie lachte. »Abgesehen davon glaube ich, dass es Britney gut geht und sie immer noch bei dir ist. Das Gleiche gilt für meine Mutter. Ich fühle, dass sie bei mir ist.«

Während sie weiter in den Himmel schaute, ließ ich den Blick von den Sternen zu ihrem schönen Profil wandern. Abby verlangte nicht viel, nur meine Gesellschaft und meine Ehrlichkeit. Ich fühlte mich gezwungen, das zu erfüllen, auch wenn ich es später vielleicht bereuen würde. »Ich mag dich mehr, als ich sollte«, gab ich zu.

Sie drehte sich um, ihre Augen groß. »Ich mag dich auch.«

Ich richtete die Aufmerksamkeit wieder auf den Himmel. »Übrigens hätte ich Sean neulich fast gefeuert.«

»Was?« Sie lachte. »Warum?«

»Er hat einen Fehler beim Abgleich der Bücher gemacht. Ich wollte ihn *wirklich* feuern.«

»Wegen der Bücher.«

Ich drehte mich zu ihr um, wobei ich Unschuld vortäuschte. »Weswegen sonst?«

KAPITEL 25

Abby

Titel 25: »Secrets« von OneRepublic

Ein paar Tage nachdem ich Sig das letzte Mal in der Pension gesehen hatte, kam Sean an meinen Arbeitsplatz, damit wir zusammen zu Mittag essen konnten. Ich war immer noch nicht auf sein Angebot eingegangen, abends mit ihm auszugehen. Ein platonisches Arbeitsessen schien mir eine viel sicherere Option zu sein, während ich meine seltsamen Gefühle für Sig in den Griff bekam und versuchte herauszufinden, ob es eine gute Idee war, Sean noch näher zu kommen.

Gerade als ich mir meine Handtasche über die Schulter hängte, rutschte sie mir irgendwie vom Arm und der Inhalt verteilte sich auf dem Boden. Sean bückte sich, um mir zu helfen, die Sachen aufzuheben.

»Oh nein. Das musst du nicht«, beharrte ich. Ich kniete mich hin und sammelte ein, was ich konnte, denn ich wollte nicht, dass er einen Tampon aufhob, den ich schon lange vor meiner Schwangerschaft darin versteckt hatte – oder noch schlimmer.

Aber es war zu spät. Ich geriet in Panik, als ich sah, wie er das Ultraschallfoto hochhob, das ich weiterhin in meiner Tasche trug. »Was ist das?«, fragte er, während er es anstarrte.

»Es ist ein ...« Ich hatte keine Ahnung, was ich sagen sollte.

»Da steht Gynäkologie und dein Name.« Er sah zu mir auf. »Bist du schwanger?«

Ich erstarrte. Ich konnte nicht leugnen, dass ich schwanger war. Es stand alles schwarz auf weiß da.

»Entschuldige mich einen Moment.« Ich hielt einen Zeigefinger hoch. »Bleib genau dort.«

Ich eilte den Flur entlang und verschwand auf der Toilette, um Sig so schnell wie möglich anzurufen.

Nach ein paarmal Klingeln nahm er ab. »Alles in Ordnung?«

»Du wirst mich umbringen«, sagte ich.

»Sag mir nicht, dass du –«

»Was immer du vermutest, es ist schlimmer«, sagte ich.

»Was ist los, Abby?«

»Ich war gerade auf dem Weg zum Mittagessen mit Sean. Meine Handtasche ist mir vom Arm gerutscht und alles ist rausgefallen. Er hat mir geholfen, es aufzuheben, und hat es gesehen. Das Ultraschallfoto.«

»Scheiße.«

»Er hat meinen Namen darauf gesehen und den Namen der Frauenarztpraxis. Ich kann es nicht leugnen.«

»Na, das ist ja hervorragend. Was hast du ihm gesagt?«

»Noch nichts. Ich bin zur Toilette gegangen. Ich weiß nicht, was du von mir hören willst. Ich kann nicht leugnen, dass ich schwanger bin. Ich weiß nicht, ob ich mir eine Geschichte ausdenken soll oder –«

»Verdammte Scheiße.« Er seufzte ins Telefon. »Okay. Ich komme auf deine Seite des Büros. Behalte ihn einfach bei dir und versuche, nichts zu sagen, bis ich da bin.«

Wie zum Teufel soll ich das anstellen? »Okay.«

Als ich den Mut aufbrachte, die Toilette zu verlassen, war Sig zum Glück schon auf dem Weg dorthin, wo Sean immer noch an meinem Tisch stand. Wenigstens würde ich keine Zeit schinden müssen.

Sig begrüßte ihn mit autoritärem Tonfall. »Hallo, Sean. Kannst du uns bitte in den Konferenzraum folgen?«

Oh mein Gott.

»Was ist denn hier los?«, fragte Sean, als er Sig gegenüber Platz nahm. »Feuerst du mich oder so?«

»Noch nicht«, murmelte Sig.

Sean kniff verwirrt die Augen zusammen, während ich mich ebenfalls hinsetzte.

Sig verschränkte die Hände ineinander, während er mit den Beinen wippte. »Abby hat mir erzählt, dass du das Ultraschallfoto in ihrer Handtasche gesehen hast.«

Sean schaute zu mir hinüber. »Das habe ich.«

»Das hättest du nicht sehen sollen«, sagte Sig.

»Das habe ich mir schon gedacht.« Sean nickte.

Ich schluckte und wartete.

»Abby ist eine Leihmutter für mein leibliches Kind, das mit der Eizelle meiner verstorbenen Frau gezeugt wurde«, erklärte Sig. »Abby arbeitet hier, während sie für die Leihmutterschaft in Großbritannien ist.«

Sean fiel die Kinnlade herunter, als er wieder zu mir hinübersah. »Heilige Scheiße.«

Ich zwang ein paar Worte heraus. »Wir hatten keinen Plan, wie wir damit umgehen oder was wir den Leuten sagen sollten, sobald ich es nicht mehr verheimlichen kann. Wir haben versucht, es vorerst für uns zu behalten, vor allem weil es noch so früh ist. Ich habe in der Zwischenzeit versucht, mein Leben zu leben.«

»Ich würde es begrüßen, wenn du es niemandem erzählst, bis wir bereit sind, das zu klären«, sagte Sig zu ihm.

»Natürlich«, versicherte Sean.

»Es tut mir leid, dass ich das nicht gleich gesagt habe«, erklärte ich. »Ich hatte nicht das Gefühl, dass es mein Recht war, es preiszugeben.«

Sean schüttelte den Kopf. »Keine Entschuldigungen, aber ich meine, ich bin überwältigt. Ich kann verstehen, warum du nichts gesagt hast.«

Sigs Stimmung war schwer zu deuten. Er stand plötzlich auf. »Ich habe nicht viel mehr zu sagen, als dass ich deine Diskretion zu schätzen weiß.«

Sean nickte. »Geht klar, Boss.«

»Danke.« Sig blickte zu mir. »Habt ein schönes Mittagessen.«

Er wollte schon gehen, als ich einen Finger in Richtung Sean hob. »Eine Sekunde.« Ich ließ ihn dort sitzen und folgte Sig aus dem Konferenzraum. »Sig«, rief ich ihm hinterher.

Er drehte sich um. »Ja?«

»Es tut mir leid, dass das passiert ist.«

Er schürzte die Lippen. »Es ist, wie es ist.«

»Ich –«

»Wir sollten nicht hier darüber reden, okay?« Er schaute über seine Schulter und senkte die Stimme.

Ich sah auf meine Schuhe hinunter. »Natürlich.«

Er ging zügig den Flur entlang in Richtung der Aufzüge, und ich kehrte in den Konferenzraum zurück, wo Sean wartete.

Er schlug die Hände zusammen. »Nun, das kann man unter Dinge einordnen, die ich heute nicht zu hören erwartet habe.« Er lächelte, aber ich merkte, dass er sich unwohl fühlte.

»Ich weiß. Ich kann mir nicht vorstellen, was du gerade denkst.«

»Wie ist es dazu gekommen? Ich meine ... warum du?«

Ich nahm ihm gegenüber Platz. »Ich bin eine Freundin der Familie von Sigs Frau Britney. Ich habe mich als Leihmutter zur Verfügung gestellt, nachdem ihre Eltern angedeutet hatten, dass sie ihre Eizellen benutzen wollten, um ein Enkelkind zu zeugen. Das ist der einzige Grund, warum ich hier in Großbritannien bin. Ich weiß, ich habe dir gesagt, dass ich hierhergezogen bin, um näher bei einem Freund zu sein. Es tut mir leid, dass ich nicht ganz ehrlich war, aber ich wollte nichts sagen, bevor Sig bereit war. Du weißt, wie die Leute hier reden.«

»Macht Sinn.«

Ich fuchtelte mit dem Riemen meiner Handtasche herum. »Ich verstehe, wenn du das Mittagessen ausfallen lassen willst.«

»Natürlich nicht. Wir müssen trotzdem essen, oder? Und jetzt, da ich weiß, dass du für zwei isst, ist das Mittagessen sogar noch wichtiger.« Er zwinkerte mir zu.

Mir knurrte der Magen. »Ich habe tatsächlich ziemlichen Hunger.«

»Lass uns von hier verschwinden«, sagte er und setzte ein strahlendes Lächeln auf.

Sean und ich gingen zum Feinkostladen die Straße hinunter und setzten uns in die Ecke. Während des Mittagessens wurde die Stimmung allmählich entspannter, als wir mehr über die Leihmutterschaft sprachen. Sein anfänglicher Schock verwandelte sich in Neugierde.

»Das ist wirklich toll, dass du dich freiwillig gemeldet hast, weißt du.« Er stand auf, um unseren Müll einzusammeln.

»Ich hatte von dem Moment an, in dem Kate und Phil mir davon erzählten, das Gefühl, dass ich dazu bestimmt war.«

»Ist es seltsam, ein Baby auszutragen, das nicht dein eigenes ist?«

»Es ist seltsam, ein Baby auszutragen, Punkt.« Ich lachte. »Aber ja, es ist eine Herausforderung, meine natürlichen Gefühle im Zaum zu halten. Ich erinnere mich ständig daran, mich nicht zu sehr zu binden, denn ich werde das Baby loslassen müssen.«

Er nickte.

Alles in allem hatten Sean und ich am Ende ein nettes Mittagessen zusammen. Ich konnte mir nicht vorstellen, heute an seiner Stelle gewesen zu sein, obwohl er immer wieder betonte, dass die Enthüllung ihn nicht aus der Fassung brachte. Es schien fast so, als sei er erleichtert, den Grund für mein Zögern, mich ein zweites Mal mit ihm zu verabreden, erfahren zu haben. Ihm war natürlich nicht klar, dass es viel komplizierter war als das.

Als wir in den Aufzug stiegen, um zurück in unser Büro zu fahren, wandte Sean sich an mich. »Nur fürs Protokoll, Abby, falls ich mich nicht klar ausgedrückt habe, ich würde immer noch gern wieder mit dir ausgehen. Ich warte sehnsüchtig auf deine Antwort auf meine jüngste Einladung.«

»Ja.« Ich nickte. »Okay. Vielleicht nächstes Wochenende.«

»Ich verstehe, warum du zögerst«, sagte er, »aber das ändert nichts daran, wie sehr ich dich mag.« Dann, bevor ich blinzeln konnte, beugte Sean sich vor und drückte mir einen Kuss auf die Lippen.

Die Fahrstuhltüren glitten auf, kurz bevor er sich zurückzog. Und als ich mich umdrehte? Das Herz rutschte mir in die Hose.

Dort stand Sig.

Adrenalin strömte durch meine Adern, als ich den Aufzug verließ und Sean mir folgte. Ich erwartete, dass Sig etwas sagen würde – irgendetwas, vielleicht mich zurechtweisen –, aber stattdessen stieg er in den Aufzug und drückte den Knopf, um die Türen zu schließen, ohne Blickkontakt aufzunehmen.

KAPITEL 26
Abby

Titel 26: »The Reason« von Hoobastank

Für den Rest des Nachmittags konnte ich mich nicht mehr konzentrieren.

Das war der stressigste Tag, seit ich in England angekommen war. Sean hatte von der Schwangerschaft erfahren und Sig hatte den unerwarteten Kuss von Sean gesehen – heute war *viel* passiert.

Aber ich wusste, dass Letzteres mich mehr als alles andere belastete. Es hatte mich regelrecht verschlungen. An diesem Abend, am Ende meines Tages, hatte ich versucht, Sig anzurufen, aber er ging nicht ran. Anstatt wie üblich einen Wagen zurück aufs Land zu rufen, nahm ich das Angebot einiger Mädchen an, mit ihnen in die Kneipe zu gehen. Das war eine dringend benötigte Ablenkung gewesen.

Nachdem ich die Kneipe verlassen hatte, sollte mein Fahrer mich nach Hause bringen, aber anstatt die neunzigminütige Fahrt zurück nach Westfordshire anzutreten, bat ich ihn, mich an einem anderen Ort abzusetzen: Sigs Londoner Wohnung. Sig schien mir aus dem Weg zu gehen, aber ich musste mit ihm über die Geschehnisse von vorhin sprechen, um nicht den Verstand zu verlieren.

Als ich an seiner Wohnung ankam, ließ ein anderer Bewohner mich durch den Vordereingang hinein. Oben angekommen, hielt ich an Sigs Tür inne, um mich zu sammeln, bevor ich schließlich klopfte.

Ein paar Sekunden später öffnete er. Er war ohne Hemd, und der Anblick seiner gemeißelten, gebräunten Brust ließ mich schwer schlucken. Er blinzelte, scheinbar schockiert, mich dort stehen zu sehen. Er fuhr sich mit einer Hand durch sein unordentliches Haar. »Was machst du denn hier?«

»Begrüßt du mich so?«

In diesem Moment schaute ich ihm über die Schultern. Mir rutschte das Herz in die Hose, als ich eine Rothaarige entdeckte, die aussah, als zöge sie schnell ihre Bluse an.

Was zum Teufel? Habe ich gerade einen One-Night-Stand gestört? »Es tut mir leid.« Ein Anflug von Eifersucht durchfuhr mich. »Ich wusste nicht, dass du nicht allein bist.«

»Mach dir keine Sorgen«, rief sie von hinten. »Ich wollte so oder so gehen. Hoffentlich hast du mehr Glück als ich.« Sie schnappte sich ihre Handtasche und eilte an mir vorbei, wobei sie eine Wolke aus Parfüm hinter sich ließ.

Ich sah zu, wie sie im Treppenhaus verschwand, bevor ich mich ihm zuwandte. »Ich wäre nicht vor-

beigekommen, wenn ich gewusst hätte, dass du jemanden hier hast.«

»Warum bist du so spät noch in London?«

»Sollte ich um diese Zeit schon sicher im Bett liegen?« Ich stemmte die Hände in die Hüften. »Willst du
mich nicht hereinbitten?«

Er trat zur Seite.

»Ich bin mit den Mädels von der Arbeit ausgegangen«, sagte ich und ließ meine Handtasche auf seine
Couch fallen. »Ich wollte eigentlich mit dem Wagen
nach Westfordshire fahren, aber ich wollte mit dir reden, also hat der Fahrer mich hier abgesetzt. Du bist
vorhin nicht an dein Telefon gegangen. Ich dachte, du
wärst sauer. Aber jetzt weiß ich, dass du ... beschäftigt
warst.«

Er schaute auf seine Füße. »Es ist nichts mit ihr
passiert.«

»Du bist mir keine Erklärung schuldig«, sagte ich
verbittert.

»Das weiß ich.« Er sah mir in die Augen. »Aber da
du anscheinend davon ausgegangen bist, dass ich damit
beschäftigt war, sie zu vögeln, als du vorhin angerufen
hast, wollte ich es erklären.«

»Sie hat ihre Bluse zugeknöpft, Sig. Was sollte ich
denn annehmen?«

»Nun, das liegt daran, dass es angefangen, aber
nirgendwo hingeführt hat.«

»Du hast wirklich nicht mit ihr geschlafen?«
Er schüttelte den Kopf.

»Ich schätze, das ist deine Methode. Früher hast
du sie *nach* dem Sex rausgeschmissen. Jetzt schmeißt
du sie *vorher* raus.«

»Noch einmal, ich habe niemanden rausgeschmissen. Sie hat von selbst beschlossen zu gehen. Das ist es, was ich mache, weißt du noch? Frauen verschwinden lassen.«

»Du hast wahnsinnige Fähigkeiten, was das angeht.« Ich legte den Kopf schief. »Du bist ein Magier.«

»Nicht wirklich. Nur ein richtiges Arschloch. Oder wie dein Vater sagen würde, *dieses* Arschloch.«

Ich kniff die Augen zusammen. »Da muss doch noch mehr dahinterstecken, warum du ihn nicht hochkriegst.«

»Hey!« Seine Augen weiteten sich. »Das ist überhaupt nicht das Problem, Abby. Glaub mir, in diesem Bereich ist *alles* in Ordnung.« Er räusperte sich. »Wie auch immer, worüber wolltest du mit mir reden?«

»Du weißt es nicht?«

Er zappelte mit den Händen und knackte mit den Fingerknöcheln. »Wenn du den unangenehmen Kuss meinst, bei dem ich Zeuge war, gibt es nichts zu sagen.«

»Unangenehm, weil du das Ende mit ansehen musstest?«

»Nein, unangenehm, weil deine Körpersprache *eindeutig* gezeigt hat, dass du das gar nicht wolltest.«

»Das ist interessant. Wie das?«

»Du warst steif wie ein Brett. Er hat die ganze Arbeit gemacht.«

»Ich bin überrascht, dass du in der kurzen Zeit, in der du es gesehen hast, so viel analysieren konntest.«

»Nun, es war direkt vor meiner Nase.«

»Was hast du überhaupt in meiner Etage gemacht?«, fragte ich.

»Ich hatte gemerkt, dass ich vorher etwas schroff rübergekommen war, und wollte nachsehen, ob es dir gut geht.«

Mein Herz flatterte. Ich räusperte mich. »Nun, an deiner Einschätzung ist etwas Wahres dran – was du über meine Körpersprache gesagt hast.« Ich biss mir auf die Unterlippe. »Ich habe mir immer noch darüber Sorgen gemacht, ob ich dich verärgert habe, als er mich mit diesem Kuss überrascht hat. Ich kann immer noch nicht glauben, dass mir das Ultraschallfoto aus der Tasche gefallen ist.«

»Du bist nicht schuld an deiner Ungeschicklichkeit. So bist du nun mal.«

»Okay, du verarschst mich, also heißt das wohl, dass du nicht mehr sauer bist.«

»Ich habe nie gesagt, dass ich sauer bin. Es würde nichts bringen. Was geschehen ist, ist geschehen. Zumindest weiß nur Sean davon, es sei denn, du hast heute Abend noch einmal die Katze aus dem Sack gelassen.«

»Natürlich nicht.«

Er sah mich von oben bis unten an. »Und was jetzt? Bleibst du hier?«

»Das klingt nicht gerade nach einer Einladung.«

»Es ist spät. Du solltest im Gästezimmer bleiben.«

»Na, danke, dass du fragst.« Ich lachte. »Ich denke, das werde ich.« Ich sah an mir herunter. »Natürlich muss ich morgen in denselben Kleidern zur Arbeit gehen. Ich nehme an, ich kann das Trägerhemd, das ich unter dieser Bluse anhabe, als Oberteil tragen, damit es anders aussieht.« Ich schaute nach unten. »Vielleicht fällt der Rock niemandem auf. Ich habe zufällig saubere Unterwäsche in meiner Tasche, also ist das kein Problem.« Ich schüttelte den Kopf. »Aber das hättest du nicht wissen müssen.«

»Danke für die Mitteilung. Es scheint, als hättest du die ganze Welt in deiner Handtasche, einschließlich meines größten Geheimnisses.«

»Ich dachte, du seist nicht böse.«

»Bin ich auch nicht, aber ich mag es, dir das Leben schwer zu machen ... ein bisschen zu sehr.«

»Genau wie du mich ein *bisschen zu sehr* magst – in deinen Worten.«

Er funkelte mich an. »Warum bist du wirklich hergekommen, Abby? Du hättest mich noch mal anrufen können, wenn du mit mir reden musst.«

»Du bist beim ersten Mal nicht rangegangen. Ich nahm an, du würdest mich weiterhin ignorieren.«

»Mein Telefon war tot. Ich hätte deinen Anruf niemals ignoriert.«

»Wegen des Babys.«

»Nein.« Er zog eine Grimasse. »Nicht nur wegen des Babys.« Er sah mir direkt in die Augen. »Ich hätte dich nicht ignoriert.«

Als sein Blick auf mir verweilte, spürte ich, wie die Energie im Raum sich veränderte. Ich konnte es nicht genau sagen, aber irgendetwas fühlte sich heute Abend *anders* an. Es half auch nicht, dass er ohne Hemd vor mir stand und verdammt heiß aussah. Vielleicht war es das.

»Also ...«, begann er. »Wie bist du mit Sean verblieben, nachdem er dich im Aufzug überfallen hatte?«

»Ich habe ihm noch keine Antwort gegeben, ob ich wieder mit ihm ausgehen will.« *Jetzt kommt's.* Die

Worte sprudelten nur so aus mir heraus, und ich konnte sie nicht aufhalten. »Ein Teil dieses Zögerns bist *du*.«

Er rollte mit den Augen. »Du sorgst dich zu sehr um das, was ich denke.«

»Das ist es nicht.«

»Was meinst du dann?«

»Ich glaube, du weißt es.«

»Sag es mir trotzdem.«

Also los. »Ich habe diese seltsamen Gefühle für dich, die ich nicht abschütteln kann.« Ich trat ein wenig näher. »Wenn das Baby da ist, werde ich weg sein. Du hast mir und der Hälfte aller Frauen in Großbritannien klargemacht, dass du nicht viel willst. Vielleicht willst du es niemals. Du hattest deine eine große Liebe, und niemand sollte mehr von dir erwarten. Ich habe nicht vor, hierzubleiben oder dein Leben zu verkomplizieren. Sobald ich wieder in den USA bin, wird das alles aus den Augen und aus dem Sinn sein.« Ich machte noch ein paar Schritte vorwärts, bis wir nur noch wenige Zentimeter voneinander entfernt waren. »Aber solange ich hier bin ... will ich nicht allein sein. Und wenn du weiter den Kopf in den Sand steckst, werde ich mit Sean ausgehen – vor allem jetzt, da er die Wahrheit kennt.«

»Ist das eine Drohung?«

Ich warf ihm den Ball wieder zu. »Ist es das? Bedroht dich der Gedanke an ihn? Denn dein Verhalten heute hat mir diesen Eindruck vermittelt – dass du eifersüchtig bist. Ich will ehrlich sein und dir sagen, dass *ich* sehr eifersüchtig war, als ich heute Abend hier hereinkam und wie heißt sie noch gleich – Rose – sah.« Ich atmete tief ein und aus. »Du sagst, du schätzt meine Ehrlichkeit, aber es wäre schön, auch etwas zurückzubekommen.«

Sig starrte mich eine ganze Weile lang an. »Der Grund bist eigentlich du.«

»Was meinst du?«

»Der Grund, warum ich mit niemandem etwas zu
Ende bringen kann.« Er lehnte sich vor. »Du bist der
Grund. *Du* lenkst mich ab. Ich will sie nicht. Ich scheine
nur dich zu wollen. Und das ist ein Problem.«

Mein Körper vibrierte. »Du schaust mich oft an,
wenn du denkst, dass ich es nicht bemerke. Dann ertappe ich dich, und du schaust weg. Ich war mir nie sicher, ob das viel zu bedeuten hat – bis jetzt.«

»Ich fühle mich extrem zu dir hingezogen. Das hat
nie zur Debatte gestanden. Mein ganzes Leben lang
hatte ich das Problem, Dinge zu wollen, die ich nicht
haben kann.« Er schüttelte den Kopf. »Aber das ist es ja
gerade. Ich *kann* dich nicht haben, Abby.«

»Ich verstehe.« Ich nickte, kurz vor der Explosion.
»Aber ich muss dich wissen lassen, wenn du wirklich
glaubst, dass zwischen uns nichts passieren kann,
werde ich mit Sean weitermachen.«

Er hob den Blick. »Du wirst ihn ficken? Ist es das,
was du sagen willst?«

»Nun, so grob würde ich es nicht ausdrücken ...«

»Wie *würdest* du es denn ausdrücken?« Ich spürte
seinen Atem auf meinem Gesicht.

»Ich würde sagen, wenn ich schon keine richtige Beziehung haben kann, solange ich hier bin, da
ich sowieso wieder abreisen werde, dann brauche ich
wenigstens jemanden, der ... mir Gesellschaft leistet.«

Ich leckte mir über die Lippen. »Ich bin vielleicht deine Leihmutter, aber ich bin auch eine Frau mit Bedürfnissen.« *Was zum Teufel ist heute Abend in mich gefahren?* Es war, als hätte ich keinen Filter. *Ist es das, was andere Frauen mit dem Schwangerschaftshirn meinen?* Ich musste fliehen, bevor ich etwas sagte, was ich später bereuen würde. »Kann ich duschen?«, fragte ich.

»Natürlich.«

»Danke. Ich werde das tun und dann direkt ins Gästezimmer gehen.«

Ich lief praktisch davon und verschwand im Bad. Ich riss mir die Kleider vom Leib und drehte das Wasser auf. Als ich einstieg und das Wasser auf mich herabregnen ließ, fluchte ich über mich selbst, dass ich so offen war.

Aber er hatte zugegeben, dass *ich* der Grund war, warum er mit keiner anderen zusammen sein konnte. *Heilige Scheiße.* Er wollte mich auch. Ich hatte immer gewusst, dass da etwas zwischen uns war, aber ich hätte nie gedacht, dass er so für mich empfand wie ich für ihn.

Nach der Dusche wickelte ich mich in ein Handtuch und ging ins Gästezimmer. Er hatte eines seiner T-Shirts auf das Bett gelegt. Ich war so aufgeregt gewesen, dass ich vergessen hatte, nach einem zu fragen. Aber er hatte für mich gesorgt. Ich zog es mir über den Kopf, berauscht von dem männlichen Geruch. Hatte er das erst kürzlich getragen? Mein Körper kribbelte vor Erregung. Hatte er mir das absichtlich gegeben, um mich in den Wahnsinn zu treiben? Ich wollte nicht hinausgehen und Gute Nacht sagen, aus Angst, etwas zu sagen oder zu tun, was ich morgen bereuen würde.

Stattdessen legte ich mich aufs Bett und überlegte, ob ich die Dinge selbst in die Hand nehmen und die

Spannung abbauen sollte, die sich seit meiner Ankunft hier heute Abend aufgebaut hatte. Ein Klopfen an der Tür ließ mich aufschrecken.

Seine Stimme war leise. »Darf ich reinkommen?«

»Ja.« Ich erhob mich vom Bett und räusperte mich.

Er hatte ein enges weißes T-Shirt mit der grauen Jogginghose von vorhin angezogen, die seine untere Hälfte so verdammt gut umschmeichelte. Er stand in seiner ganzen Pracht da, ohne ein Wort zu sagen.

»Kann ich dir helfen?« Ich schluckte.

In seinen Augen lag eine gewisse Heiterkeit, wie ich sie noch nie gesehen hatte.

»Eines muss ich dir lassen, Abby. Du weißt genau, was du sagen musst, um mich zu provozieren.«

»Wovon redest du?«

Er ging auf mich zu und blieb nicht stehen, als unsere Körper sich trafen. Stattdessen drückte er mich gegen die Wand. Meine Knie wurden schwach, als sein harter Oberkörper gegen meine Brüste drückte. Meine Brustwarzen versteiften sich.

Seine Augen brannten sich in meine. »Niemand außer mir wird dich ficken, während du mit meinem Baby schwanger bist.«

Meine Atmung beschleunigte sich.

»*Ich* will dich befriedigen.« Sein Brustkorb hob sich. »Wenn du mich lässt.« Bevor ich antworten konnte, prallten seine Lippen auf meine.

Noch nie in meinem Leben hatte ich in dem Moment, in dem jemand mich küsste, Sterne gesehen, und es fühlte sich an, als sei ich für ein paar Sekunden an einen anderen Ort versetzt worden. Sig stöhnte auf, und die Vibration aktivierte jedes Nervenende in meinem Körper. Er legte die Hände um mein Gesicht, und die Besitzgier in diesem Akt machte mich unglaublich an. Ich fuhr mit den Fingern durch sein Haar, und er küsste mich noch intensiver, während er mit der Zunge meinen Mund erforschte.

Was zum Teufel ist hier los? Es war, als sei ein Schalter in ihm umgelegt worden. Aber ich war voll und ganz dabei und verlor mich darin.

Er legte eine Hand hinter meinen Kopf und murmelte: »Du sagst *mir*, was du brauchst. Hast du verstanden?«

»Mh-hm«, keuchte ich in seinen Mund, kurz vor dem Zusammenbruch.

Er sprach gegen meine Kehle. »Du musst mir versprechen, dass du dich nicht in mich verliebst, wenn wir das tun.«

So schmerzhaft erregt ich auch war, seine Worte ließen mich innehalten und veranlassten mich, ihn wegzudrücken. »Glaubst du, ich wüsste nicht, dass es ein aussichtsloses Unterfangen wäre, mich in dich zu verlieben?« So sehr ich ihn auch begehrte, ich war mir nicht sicher, ob dieser Mann jemals wieder für die Liebe bereit sein würde. Und ich wollte ganz sicher nicht die zweite Geige nach seiner toten Frau spielen. Ich verdiente etwas Besseres als das.

Doch obwohl ich Sigs Grenzen kannte, wollte ich die Erfahrung machen, mit ihm zusammen zu sein. Es war eine Sackgasse, die eine höllische Fahrt werden würde.

Aber eine Sache hielt mich noch zurück.

KAPITEL 27

Sig

Titel 27: »I Want You to Want Me« von Cheap Trick

Ich war heute Abend völlig außer Kontrolle geraten. Als Abby mich wegstieß, dachte ich, sie käme zur Vernunft. Aber was aus ihrem Mund kam, verwirrte mich.

»Ich will, dass du mich willst«, sagte sie. »Du hast deutlich gemacht, dass du mich nicht mit jemand anderem sehen willst. Wenn das irgendeine egoistische Art ist, mich von anderen Männern fernzuhalten, nur weil ich dein Kind austrage, dann will ich nichts damit zu tun haben.«

Hatte sie nicht nach unten geschaut, um genau zu bemerken, *wie* sehr ich sie wollte? »Habe ich nicht deutlich gemacht, dass ich mit meinen Gefühlen für dich kämpfe?«

»Ganz genau. Ich will nicht, dass es ein Kampf ist. Ich möchte nicht, dass du Reue empfindest. Ich möchte, dass du dich in jedem Moment *gut* fühlst. So sehr ich in letzter Zeit auch ein geiles, hormonelles Chaos bin, ich könnte nicht damit leben, wenn ich das Gefühl hätte, dass du das aus den falschen Gründen willst.«

Das kann nicht ihr Ernst sein. Sie hat das alles falsch verstanden. »Du glaubst, ich will dich nicht? Ich habe alles in meiner Macht Stehende getan, um dich *nicht* zu wollen. Und ja, ich habe das Wort *Kampf* benutzt, aber es ist nichts Schmerzhaftes daran. Es ist nur ein Kampf, weil es so stark ist, so schwer zu bekämpfen, so natürlich fühlt sich mein Verlangen nach dir an. Ich muss dich nur ansehen, und schon werde ich hart. Das ist bei keiner anderen so. Von dem Tag an, an dem wir uns zum ersten Mal trafen, wusste ich, dass ich in Schwierigkeiten steckte. Ich wollte dich von dem Moment an, in dem du mir zum ersten Mal sagtest, ich solle mich verpissen. Und du hast völlig recht. Ich sehe dich gern an, weil du wunderschön bist. Jede andere Frau verblasst im Vergleich dazu.« Er umfasste meine Wange. »Meine Anziehung zu dir ist hundertprozentig *einfach*, Abby. Dich nicht *genug* zu wollen, ist nicht das Problem. Ich will dich nur nicht verletzen. Das ist alles. Das ist mein einziges Zögern.«

An diesem Punkt hätte ich mich entschuldigen und gehen, die Sache auf der Stelle beenden sollen. Aber stattdessen hatte meine Hand einen eigenen Willen und beschloss, sanft an ihrem Oberschenkel entlangzustreichen. Mein Gewissen hing immer noch an einem seidenen Faden, aber mein Körper scherte sich nicht mehr darum. Er war bereit, sie, ohne zu zögern, zu nehmen.

Abby erschauderte, als sie die Augen schloss. Meine Hand, mit der ich über ihr Bein fuhr, schien sie in Trance zu versetzen. Ich konnte mir nicht vorstellen, was all die anderen Dinge, die ich mit ihr machen wollte, auslösen würden. Ich platzierte meinen Mund an ihrem Hals und ließ meine Zähne sanft über ihre Haut gleiten. »Was brauchst du, Abby? Denn was immer es ist, glaub mir, ich *will* es tun.« Ich drückte meinen Körper gegen ihren. »Kannst du mich jetzt nicht spüren?«

Sie lehnte den Kopf zurück an die Wand, als meine Hand sich der Stelle näherte, wo ihr Oberschenkel auf ihre Leiste traf.

»Ich …«, hauchte sie. »Ich brauche …«

»Das?« Ich ließ meine Hand zu ihrem Geschlecht gleiten und übte mit den Fingerspitzen Druck auf ihre Klitoris aus. »Zu sehen, wie er dich heute geküsst hat, selbst für diese wenigen Sekunden, hat mich verrückt gemacht. Ich hatte für den Rest des Tages den Verstand verloren. Ich dachte, ich könnte jemanden einladen, um es zu vergessen, aber es hat nicht funktioniert. Das funktioniert schon seit dem Moment, in dem du in mein Leben getreten bist, nicht mehr.«

Sie keuchte, als ich langsam über den Stoff ihres Slips kreiste und fester gegen ihre Klitoris drückte. »Vor dem heutigen Tag war ich in meinem ganzen Leben noch nie eifersüchtig.«

Ich schob zwei Finger unter den Stoff und führte sie langsam in ihre heiße, feuchte Muschi ein. *Mist.* Mein Schwanz versteifte sich, als er sich danach sehnte, meine Finger zu ersetzen, sich in den Tiefen dessen zu vergraben, von dem ich wusste, dass es sexuelles Napalm sein würde. Aber das durfte heute Abend nicht passieren. Trotz meines offensichtlichen Kontrollverlusts musste ich es langsam angehen lassen. »Ich möchte dich verwöhnen, Abby. Lass mich.«

Sie nickte zwischen zwei Atemzügen.

Ich zerrte an meinem Hemd, das sie trug. »Zieh das aus und leg dich für mich hin.«

Sie tat, was ich sagte, und legte sich auf das Bett. Ich schwebte über ihr, hielt einen Moment inne, um die schiere Schönheit ihrer nackten und geschwollenen Brüste zu betrachten, und wusste nicht einmal, wo ich anfangen sollte. Es gab so viel, was ich tun wollte. Mit ihr. Ich senkte meinen Mund und nahm ihre malvenfarbene Brustwarze sanft zwischen die Zähne, wobei ich darauf achtete, nicht zu fest zu ziehen.

»Halte dich am Bett fest«, forderte ich. »Oder besser noch, halte dich an mir fest. Du wirst es brauchen.«

Ich hob mich lange genug hoch, um mein Hemd auszuziehen, bevor ich mit dem Körper nach unten glitt, unfähig, ihr den Tanga schnell genug auszuziehen. Ihre schöne Muschi war so nahe an meinen Lippen, dass ich sie praktisch schmecken konnte. Ich hatte von diesem Moment geträumt, mir aber nie vorgestellt, dass ich sie tatsächlich kosten könnte. Ich hätte nie gedacht, dass ich jegliche Kontrolle verlieren würde.

Ich positionierte mein Gesicht zwischen ihren Beinen und konnte kaum glauben, dass sie sie für mich öffnete und mich einlud, zu tun, was ich wollte. Es war lange her, dass ich das Verlangen verspürt hatte, eine Frau auf diese Weise zu verwöhnen. Während der letzten Jahre hatte ich das Interesse an diesem speziellen Akt verloren, weil ich bei den Frauen, mit denen ich zusammen war, einfach nur meinen Job erledigen wollte. Jetzt? In diesem Moment? Ich zitterte förmlich und hatte Schaum vor dem Mund, sie zu verschlingen, nicht nur wegen des Vergnügens, das es ihr bereiten würde, sondern auch um mein eigenes egoistisches Bedürfnis zu befriedigen.

Die erste Kostprobe war wie eine Droge, als ich mit der Zunge über ihre Klitoris strich, abwechselnd leckte und saugte. Mein Tempo verlangsamte sich, als ich mich zwang, das weiche Gefühl und den Geschmack ihres Fleisches zu genießen. Aber bald konnte ich es nicht mehr aushalten. Die Bewegungen meiner Zunge wurden immer schneller, als ich die Kontrolle verlor und die unverständlichen Laute, die mir entwichen, nicht mehr zurückhalten konnte.

Sie umklammerte die Bettdecke, und ich drang mit der Zunge tief in sie ein. Rein und raus – wobei ich mich zusammenreißen musste, um nicht vor lauter Ekstase durch ihren Geschmack zu kommen. Ich schaute neugierig auf und erwartete, ihre Augen geschlossen vorzufinden. Stattdessen beobachtete sie mich ganz genau. Ich wusste, dass ich absolut am Arsch war, wenn ich dachte, dass dies eine einmalige Sache war. Ihr schelmisches – fast schon herausforderndes – Grinsen veranlasste mich, sie noch intensiver zu verschlingen.

Sie griff nach meinem Haar und zog daran. »Gott, Sig. Du weißt verdammt gut, was du tust. Das fühlt sich so gut an. Besser als alles andere.«

»Glaub mir, das Vergnügen ist ganz meinerseits«, murmelte ich, als ich ihre Brust umfasste.

Ich war kurz davor, den Verstand zu verlieren vor lauter Verlangen, sie zu ficken, und ich betete, dass sie bald kommen würde, bevor ich nachgab. »Lass los, wann immer du willst, Liebes. Komm an meinem Mund. Gib mir alles.«

Zu meiner Überraschung begann ihr Körper zu zittern, praktisch auf mein Kommando hin.

Verdammt. So empfänglich.

So. Verdammt. Fantastisch.

Abby zog mich an den Haaren, als ihr Schrei durch mein Schlafzimmer hallte. Ich drückte meine Zunge noch fester in sie hinein, als sie an meinem Mund kam. Ich genoss jedes letzte Pulsieren, jedes letzte Stöhnen ... jede letzte Sekunde.

KAPITEL 28
Sig

Titel 28: »Big Ten Inch Record« von Aerosmith

Zwei Tage später war ich immer noch betrunken vom Rausch dieser Nacht.

Am Morgen nachdem ich sie in meinem Gästezimmer verwöhnt hatte, hatte ich nicht viel von Abby gesehen, da wir spät dran waren fürs Büro. Dann war sie am Abend nach der Arbeit direkt zur Pension gefahren und hatte am Freitag von zu Hause gearbeitet. Wie üblich hatte ich mich am Freitagabend von ihr ferngehalten und überlegt, wie es weitergehen sollte, nachdem ich den Plan gründlich vermasselt hatte.

Aber jetzt war es Samstag, und ich konnte nicht länger warten, sie zu sehen. Als ich an diesem kühlen Septembernachmittag nach Westfordshire fuhr, rief ich meinen Cousin an, um ihn über die neuesten … Ereignisse zu informieren.

»Was gibt's, Sigmund?«, fragte er, als er ranging.

»Wir haben ein Problem.«

»Eigentlich kann ich dir garantieren, dass mein Problem größer ist. Ich wollte dich gerade anrufen.«

Erschrocken bremste ich den Wagen ab. »Alles in Ordnung, Kumpel?«

»Nein. Nicht im Geringsten.« Er atmete lange in die Leitung aus. »Ich meine, alle sind gesund. Nichts dergleichen. Aber mein größter Albtraum ist gerade wahr geworden.«

»Mach mir keine Angst. Was zum Teufel geht hier vor?«

»Erinnerst du dich an das kleine Mädchen, das Felicity in sich trägt und das wir Britney nennen werden?«

Mir rutschte das Herz in die Hose. »Ja?«

»Nun, anscheinend ist sie ein *Er*. Bei der ersten Ultraschalluntersuchung haben sie sich geirrt. Wir hatten gerade eine Nachuntersuchung, und diesmal war eindeutig ein kleiner Schwanz zu sehen.«

Heilige Scheiße. »Ein Sohn? Herzlichen Glückwunsch! Warum bist du aufgebracht? Das ist eine monumentale Neuigkeit. Jetzt wird dein Familienname weitergeführt.«

»Ich hatte gehofft, dass mein Kind dem Stress, den ich als Kind hatte, entgehen könnte. Dieser arme kleine Kerl ist der nächste Herzog von Westfordshire, und er weiß es nicht einmal.«

»Ich bezweifle, dass du ihm denselben Druck machen wirst wie dein Vater dir.«

Er seufzte. »Stimmt, aber ein gewisser Druck ist mit dem Titel verbunden. Es ist unvermeidlich.«

Ich konnte mir ein Lachen nicht verkneifen. »Deine Mutter muss überglücklich sein. Sie hat sich immer nur einen Erben gewünscht.«

»Ich habe es ihr noch nicht gesagt. Ich bin nicht in der Stimmung, ihre Genugtuung zu erleben. Sie soll noch ein paar Tage glauben, dass es ein Mädchen ist.«

»Wie verkraftet Felicity es?«

»Sie kommt besser damit zurecht als ich.«

»Du wirst dich an den Gedanken gewöhnen. Wie viele Wochen dauert es noch?«

»Nur noch zwei. Ich verstehe wirklich nicht, wie das passieren konnte. Beim letzten Ultraschall lag er in Steißlage, in einer merkwürdigen Position, sodass sie ihn nicht gut sehen konnten. Diesmal hat er sich endlich umgedreht, und da war sein Pimmel.«

»Ich fühle mit dir, Kumpel, aber es sollte so sein. Und es ist irgendwie schön zu wissen, dass der Name Covington weiterleben wird.«

»Nun, danke. Ich muss zugeben, dass ich mich trotz meiner Befürchtungen freue, einen Sohn zu haben.« Er seufzte erneut. »Wie auch immer ... was war das Problem, wegen dem du angerufen hast?«

Mein Mangel an Selbstbeherrschung wirkte jetzt banal. »Wir müssen nicht darüber reden.«

»Sigmund, was ist los?«

»Es ist etwas zwischen Abby und mir passiert.«

»Etwas ...«

»Nun, genauer gesagt habe *ich* etwas mit ihr getan.«

»Ah, du Teufel. Wow. Ich war mir nicht sicher, ob du das tun würdest.«

»Mein Gesicht zwischen ihren Beinen, meinst du?« Ich schüttelte den Kopf. »Dafür sollte ich erschossen werden.«

»Sag mir nicht, du machst dir Vorwürfe wegen etwas, das zwangsläufig passieren musste.«

»Du tust so, als hätte ich es nicht verhindern können. Ich habe einen freien Willen.«

»Es war praktisch unvermeidlich. Es sollte keine Überraschung für dich sein.«

»Ich weiß nicht, was ich fühlen soll. Auf der einen Seite bin ich ein Arschloch, weil ich die Situation ausgenutzt habe. Andererseits ... habe ich nicht vor, in nächster Zeit damit aufzuhören.«

»Nun, jetzt, da du es getan hast, warum solltest du?«

»Ich habe viele gute Gründe aufzuhören, bevor die Dinge noch komplizierter werden. Aber die Wahrheit ist, dass ich von ihr keine neun Monate der Enthaltsamkeit erwarten kann, genauso wenig wie ich es von mir selbst erwarten könnte. Da mir die Vorstellung nicht gefällt, dass sie mit einem anderen Mann zusammen ist, während sie hier ist, war dies die beste Lösung.«

»Ah, es geht also darum, eine Lösung für *sie* zu finden, und nicht darum, dass du dich so sehr zu ihr hingezogen fühlst, was vom ersten Tag an offensichtlich war ...«, spottete er.

»Es geht um all das, okay? Aber hauptsächlich um meinen Mangel an Selbstbeherrschung.«

»Darf ich es Felicity erzählen?«

»Mir wäre es lieber, sie wüsste es im Moment nicht – es sei denn, Abby beschließt, es ihr zu sagen. Je weniger Leute es wissen, desto besser.«

»Also gut.«

Ich bog in die Einfahrt. »Ich mache jetzt Schluss. Ich komme gerade in der Pension an.«

»Ah ... Eine Fahrt zur Pension mitten am Tag. *Was* ist nur der Grund dafür?«

»Lavinia kocht gerade ihren Eintopf, den ich mir nicht entgehen lassen kann.«

»Dann lass den Eintopf besser nicht kalt werden.«

Ich lachte. »Bis dann, Cousin.«

Abby und ich hatten einen harmlosen Nachmittag mit Lavinia verbracht, und jetzt zählte ich die Minuten, bis unsere süße Gastwirtin ins Bett ging. Lavinia hatte darauf bestanden, nach dem Abendessen Karten zu spielen, was wirklich wie eine Folter war. Als ich Abby über den Tisch hinweg ansah, wollte ich sie einfach nur berühren. Sie küssen. Sie riechen. Sie schmecken. Nichts von alledem konnte ich tun, solange Lavinia hier war.

Ich war mir immer noch nicht sicher, wie ich die Dinge heute Abend handhaben sollte – ob ich mich in Abbys Zimmer schleichen oder sie bitten würde, zu mir zu kommen. Oder vielleicht würde ich mich entscheiden, gar nichts zu tun. Ich wollte nicht anmaßend sein. Aber so, wie sie in der letzten Nacht vor Vergnügen geschrien hatte, konnte ich wohl davon ausgehen, dass sie eine Wiederholung wollte. Seit der Nacht, die sie in meiner Wohnung verbracht hatte, sehnte *ich* mich nach einer Wiederholung. Eigentlich wollte ich viel mehr, und ich konnte mich auf nichts anderes mehr konzentrieren.

Als Lavinia schließlich ins Bett ging, ging auch Abby nach oben – ohne etwas zu mir zu sagen. Ich hatte den Eindruck, dass sie mich absichtlich zum Schwitzen bringen wollte. Nachdem ich das Licht im Erdgeschoss ausgeschaltet hatte, folgte ich den beiden nach oben und wusste immer noch nicht, was ich tun sollte. Als ich an Abbys Zimmer vorbeikam, klopfte ich leise. Es kam keine Antwort. Langsam öffnete ich die Tür und stellte fest, dass sie nicht drinnen war. Am Ende des Flurs konnte ich Licht unter der Tür des großen Badezimmers sehen.

Sie nahm wohl gerade ein Bad. Ich beschloss, in ihrem Zimmer zu warten, zog meine Schuhe aus und legte mich auf ihr Bett. Etwa zehn Minuten später richtete ich mich auf, als die Tür sich öffnete. Abby erschien in ein Handtuch gewickelt, ihr langes braunes Haar klatschnass. Ein Blick auf sie, und mein Schwanz begann, sich gegen meine Hose zu stemmen.

Ihre Augen weiteten sich. »Was machst du denn hier?«

»Ich dachte, ich warte auf dich.«

Sie senkte die Stimme. »Was ist, wenn Lavinia dich sieht?«

Darüber musste ich lachen, obwohl ich es verstand. »Wir sind nicht vierzehn, Abby.«

»Ich weiß. Aber ...«

»Ich würde ihr sagen, dass ich dich massiert habe.«

»Du gibst gute Massagen.« Ihr Hals wurde rosa.

»Ich würde dich gern wieder mit dem Mund massieren. Tatsächlich habe ich mich danach gesehnt.«

Ihre Haut wurde noch röter.

»Ist es dir unangenehm, dass ich hier bin?«, fragte ich.

Sie blickte auf ihre Füße hinunter. »Das ist es nicht ...«

»Was ist es dann?«

»Seit letzter Nacht kann ich an nichts anderes mehr denken.« Sie leckte sich über die Lippen. »Ich frage mich, ob wir die Dinge nicht vielleicht langsamer angehen sollten.«

»Oh ...« Ich war mir nicht sicher, was ich darauf antworten sollte, denn es langsamer angehen zu lassen war das Letzte, woran ich dachte, auch wenn sie verdammt recht hatte.

Ihr Atem war zittrig. »Es ist nicht so, dass ich keine Zugabe will. Aber ich fühle mich verzehrter als erwartet.«

Ihr Brustkorb hob und senkte sich, als ich mich ihr näherte. »Ich habe dir vielleicht den Eindruck vermittelt, dass es bei dem, was neulich passiert ist, darum ging, dich zu befriedigen. Aber ich brauchte es genauso sehr wie du – wenn nicht sogar mehr. Ich kann auch nicht aufhören, daran zu denken. Es liegt allein an mir. Ich brauche dich.«

»Du bist heute den ganzen Weg hierhergekommen, hast dich mit Lavinia und mir durch Eintopf und Kartenspiel gequält, nur um später auf mein Zimmer zu kommen?«

Ich hob eine Augenbraue. »Fragwürdig, nicht wahr?«

»Sehr fragwürdig, Sigmund.« Sie schlang die Arme um meinen Hals. »Sehr.«

Ich beugte mich vor und nahm ihren Mund, mein Schwanz jetzt hart wie ein Stein.

»Wir müssen nichts tun, was du nicht willst«, murmelte ich gegen ihre Lippen.

»Ich will *alles* machen. Das ist ja das Problem.«

»Dann sind wir uns ja einig.« Ich küsste ihren schlanken Hals entlang.

Sie zog sich zurück. »Ich denke aber nicht, dass wir Sex haben sollten.«

»Was immer du willst«, keuchte ich. »Ich bin mir sowieso nicht sicher, ob Sex eine gute Idee ist. Ich habe irgendwie Angst, die Dinge ... zu stören.«

»Dem Baby wehzutun, meinst du?«

Ich nickte. »Ja.«

»Du weißt, dass das unwahrscheinlich ist, oder?«

»Du hast meinen Schwanz noch nicht gesehen.« Ich zwinkerte.

»Tja, entschuldige bitte.« Sie schnaubte, als sie mit den Fingern durch mein Haar fuhr.

»Er ist potentiell gefährlich.«

»Das glaube ich dir nicht«, stichelte sie.

»Willst du mich herausfordern, ihn dir zu zeigen?«

»Na ja, du hast ihn neulich Abend ja auch sehr gut versteckt. Ich hatte keine Gelegenheit, ihn zu sehen.«

Ich überschüttete ihren Hals wieder mit Küssen. »Gibt es einen Grund, warum du ihn gern sehen würdest? Etwas, das du damit zu tun gedenkst?«

»Ich möchte *dir* Vergnügen bereiten ...«, murmelte sie.

Ich stöhnte. »Woran hast du gedacht?«

Anstatt zu antworten, öffnete Abby ihr Handtuch und ließ es auf den Boden fallen, während sie auf die Knie sank.

Guter Gott. Ich hielt die Hände hoch, um meine Kapitulation zu signalisieren, während ich auf sie hinunterblickte.

Abby öffnete den Reißverschluss meiner Hose und ließ sie bis zu meinen Oberschenkeln hinab, bevor sie meine Boxershorts nach unten schob. Mein nasser, pochender Schwanz sprang ihr entgegen und schlug ihr praktisch ins Gesicht.

»Das war kein Scherz.« Sie sah zu mir auf, ihre Augen glasig. »Kein Wunder, dass du die ganze Zeit mit Mord davongekommen bist.«

Ich schenkte ihr ein teuflisches Grinsen. »Du musst das nicht tun, wenn du –« *Ah!* Meine Worte versagten, als sie mich in ihren heißen, feuchten Mund nahm. *Scheiße, ja.* Ich schaute nach unten, fasziniert davon, wie sie sich von mir in den Mund ficken ließ. Rein und raus. Rein und raus. Rein und raus. *Ich fahre zur Hölle. Ich fahre zur Hölle. In fahre zur Hölle.*

Und ich genieße jede Minute davon.

Der Blowjob von Abby war der höchste Grad der Ekstase, den ich seit Jahren erlebt hatte. Ich krallte mich in ihr Haar und legte den Kopf zurück, um mich in das Nirwana zu begeben, das ich so dringend brauchte. Ich wollte ein Gentleman sein und ihr die Kontrolle überlassen, aber ich konnte nicht anders, als ein- oder zweimal mit den Hüften zu zucken, bis mein Schwanz tief in ihrer Kehle war.

Als ich kurz vor der Explosion stand, zog ich an ihren Haaren, um sie aufzuhalten. »Ich will dich kosten, während wir zusammen kommen.«

Sie stand auf, wobei sie fast betrunken wirkte. Ich zog meine Hose aus und folgte ihrem schönen, nackten

Körper, als sie zum Bett hinüberschlenderte. Ihr Anblick, wie sie da lag, mit gespreizten Beinen, zu allem bereit, war fast nicht zu ertragen.

»Wie soll das funktionieren?«, fragte sie.

»Ich kümmere mich um die Logistik«, sagte ich und bewegte mich auf allen vieren auf sie zu, bevor ich ihren Mund nahm.

Ich bewegte ihren Körper so, dass sie auf meinem Gesicht saß, bevor ich meine Zunge herausgleiten ließ, um sie zu verehren.

Mit dem Hintern auf meinem Mund beugte sie sich vor und fand ihren Weg zu meinem Schwanz. Ich stieß einen unverständlichen Laut aus, als sie mich in sich aufnahm und saugte, während ich sie leckte. Neunundsechzig mit Abby war vielleicht das Schönste, was ich in meinen ganzen siebenunddreißig Jahren getan hatte. Und ich hatte all die Gründe vergessen, warum das eine sehr schlechte Idee war. In diesem Moment war es die beste Idee, die ich je gehabt hatte.

Mit jeder Bewegung ihres Mundes über meinen Schaft leckte ich schneller an ihrer Klitoris. Ich wünschte, ich hätte sehen können, wie sie mir einen blies, aber da sie sich gegen mein Gesicht presste, war das fast unmöglich. Und außerdem hätte es mich vielleicht zu schnell in den Wahnsinn getrieben, wenn ich es gesehen hätte. Es war schon fast zu viel, um damit umzugehen – ihr Geschmack, das Gefühl ihres heißen Mundes um meinen Schwanz, während sie sich an mir zu schaffen machte. *Das habe ich verdammt noch mal nicht verdient.* Nicht im Geringsten.

Ich legte die Hände um ihren schönen Hintern und führte ihre Hüften, während sie mein Gesicht noch härter ritt.

Als sie langsamer wurde, wusste ich, dass sie kurz davor war. Meine Hoden zogen sich zusammen, als ich versuchte, meinen Orgasmus zu kontrollieren und ein abruptes Ende dieser Ekstase zu vermeiden.

»Ich will in deinem Mund kommen«, keuchte ich. »Darf ich?«

Sie nickte, als sie mich tiefer nahm.

Das reichte. Mein Körper bebte, als ich die Kontrolle verlor und mein Sperma schamlos in ihre Kehle schoss. Sie wippte mit den Hüften und presste ihre Klitoris fester gegen meinen Mund, während ihre Muskeln sich zusammenzogen. Sie stöhnte, fast zu laut, um nicht von Lavinia gehört zu werden.

Aber das war mir egal. Ich wollte Abby hören, wie sie kam. Ich wollte *alles* davon.

Als wir von unserem gegenseitigen Hochgefühl herunterkamen, drehte Abby sich zu mir um. Es schien, als hätte sie alles geschluckt und keine Spuren von mir in ihrem Mund zurückbehalten. Das reichte, um mich fast sofort für die zweite Runde bereit zu machen. Ich spürte immer noch ihre feuchte Erregung auf meinem Gesicht. Ich plante bereits, mir später einen runterzuholen, während ich die Reste wegleckte. Ich war offiziell süchtig. Ich würde ihr nicht widerstehen können, solange wir zusammen waren.

Ich setzte mich auf die Bettkante und griff nach meiner Hose, um sie wieder anzuziehen.

Sie zog an meinem Hemd. »Bleib.«

Ich erstarrte. Ich wollte es. Ich wollte es *wirklich*. Aber das fühlte sich zu … intim an.

Zu intim wäre allerdings eine lächerliche Ausrede gewesen nach dem, was wir gerade getan hatten. »Ich sollte auf mein Zimmer gehen.«

Ihr Lächeln verblasste. »Okay.«

Ich hatte mir eingeredet, dass es weniger kompliziert sein würde, wenn ich die Dinge rein sexuell hielt – auch wenn ich es besser wusste. Ich streichelte ihr Gesicht. »Warum mache ich uns morgen nicht ein großes Frühstück?«

Ihr Gesicht hellte sich ein wenig auf. »Klingt gut.«

»Irgendwelche Wünsche? Ich werde vor dir aufstehen und in den Supermarkt fahren. Und sag nicht, Devil Dogs und kalte Milch.«

Sie stützte ihre Wange auf eine Hand. »Was habe ich für Möglichkeiten?«

»Ich könnte ein englisches Frühstück oder etwas Süßes wie Pfannkuchen machen.«

»Mmm …« Sie leckte sich über die Lippen, was meinen Schwanz wieder aufmerksam werden ließ. »Pfannkuchen klingen gut.«

»Hast du hier schon mal Pfannkuchen gegessen?«

Sie schüttelte den Kopf.

»Sie sind anders als in den Staaten. Sie sind dünner und größer. Wir machen sie nicht so fluffig. Und wir rollen sie.«

»So ähnlich wie ein Crêpe?«

Ich streichelte mit dem Daumen über ihre Wange. »So ähnlich, ja.«

Sie schloss kurz die Augen.

Ich will bleiben. Aber statt dem Bedürfnis nachzugeben, in ihr Bett zu kriechen und die Arme um sie zu legen, stand ich auf. »Wir sehen uns morgen früh.«

»Okay«, murmelte sie. »Bis dann.«

Als ich aus dem Zimmer trat, blieb ich stehen, um mich zu sammeln. Dann schlich ich auf Zehenspitzen den Flur entlang. Leider ließen meine riesigen Füße mich im Stich, denn gerade als ich an Lavinias Zimmer vorbeikam, öffnete sich ihre Tür.

Ich erstarrte. »Kann ich dir helfen?«

»Oh nein. Ich brauche nichts.« Sie grinste. »Wie ich höre, läuft bei dir alles hervorragend.«

Scheiße. »Du hast nichts *gehört*, verrückte Frau. Kapiert?«

»Dein Geheimnis ist bei mir sicher.« Sie zwinkerte, bevor sie die Tür schloss.

Großartig.

Im Bett angekommen, wälzte ich mich hin und her und konnte nicht aufhören, darüber nachzudenken, was Abby und ich getan hatten, was wir *nicht* getan hatten, und was ich noch tun *wollte*. Ich versuchte, mich auf die Pfannkuchen zu konzentrieren, die ich morgen zum Frühstück machen wollte. Ich stellte mir alle möglichen Beläge vor, während ich in meinem Kopf eine virtuelle Einkaufsliste erstellte.

Aber wie das Leben so spielte, würde es dieses Frühstück nicht geben.

KAPITEL 29

Abby

Titel 29: »Goodbye for Now« von P.O.D.

Meine Brustwarzen waren steif, als ich an diesem Morgen aufwachte, und ich hatte eine unkontrollierbare Sehnsucht zwischen den Beinen. Der Orgasmus, den Sig mir letzte Nacht verschafft hatte, war zwar noch besser als der erste gewesen, aber er reichte nicht annähernd aus, um das Bedürfnis zu stillen, das mit jeder Berührung in mir wuchs. Ich sehnte mich nach Sig, als sei er einen Ozean entfernt und nicht nur den Flur hinunter.

Es hatte mich nicht überrascht, dass er die Nacht nicht in meinem Zimmer verbringen wollte. Wahrscheinlich wusste er, dass wir uns nicht davon würden abhalten können, die Dinge weiter voranzutreiben. Ich hatte auch den Verdacht, dass es zu viel für ihn gewesen wäre, die Nacht in meinem Bett zu verbringen. Es hätte die Grenze überschritten, die er gezogen hatte, als er mir klarmachte, dass ich mich nicht in ihn verlieben konnte – was praktisch ein Eingeständnis war, dass er mich niemals lieben könnte.

Ich schaute auf mein Handy, um eine SMS von ihm zu finden.

Sig: Bin auf dem Weg zum Supermarkt. Ich wollte nicht, dass du aufwachst und vergisst, dass ich Frühstück mache, und stattdessen annimmst, dass ich nach London geflohen bin, ohne mich zu verabschieden. Ich weiß, dass ich das manchmal mache. Aber dieses Mal laufe ich nicht weg. Außer, um Sachen für deine Pfannkuchen zu kaufen. Wir sehen uns bald wieder. PS: Lavinia hat uns letzte Nacht gehört. Wenn du also aufstehst, bevor ich zurückkomme, wirft sie dir vielleicht einen Blick zu. Diese Frau könnte ihre Nase nicht da lassen, wo sie hingehört, wenn ihr Leben davon abhinge. PPS: Die letzte Nacht hat Spaß gemacht.

Ich lächelte von einem Ohr zum anderen und legte das Telefon zurück auf meinen Nachttisch. Unten hörte ich, dass Sig schon zurück war. Gerade als ich mich anziehen und nach unten gehen wollte, klingelte mein Handy.

Als ich sah, dass es eine Nummer aus Rhode Island war, die ich nicht kannte, ging ich schnell ran. »Hallo?«

»Abby? Ich bin's, Doris Gray.«

Doris Gray war die Nachbarin meines Vaters. Mir rutschte das Herz in die Hose.

»Dein Vater wurde gerade ins Krankenhaus gebracht. Ich glaube, er hatte einen Herzinfarkt. Er hat mir deine Nummer gegeben, für den Fall eines Notfalls.«

Meine Hände begannen zu zittern. »Aber er lebt?«

»Ja. Er war noch am Leben, als sie ihn ins Newport Krankenhaus brachten. Er war in der Lage, selbst den Notruf zu wählen.«

Ich konnte nicht mehr atmen.

»Bist du noch da?«, fragte sie.

»Ja.« Ich sah mich in meinem Zimmer um. »Ich muss ... ich muss nach Hause kommen.«

»Kann ich irgendetwas tun, um zu helfen?«

»Nein. Halten Sie mich einfach auf dem Laufenden, wenn Sie noch etwas hören.«

Nachdem ich telefonisch den nächsten Flug aus London gebucht hatte, schnappte ich mir meinen Koffer aus der Zimmerecke und warf so schnell ich konnte ein paar Klamotten hinein.

Ich lief die Treppe hinunter und sah Sig, der eine Papiertüte auf dem Tresen auspackte.

»Da ist ja die Schlafmütze«, verkündete er, bevor er meinen Gesichtsausdruck bemerkte. Sein Lächeln verblasste. »Abby? Was ist los?«

»Es ist nicht das Baby. Ähm ... es ist mein Vater. Er hatte einen Herzinfarkt.« Meine Lippen zitterten. »Ich muss nach Hause.«

»Oh Gott.« Sig ließ alles fallen, was er in der Hand hielt, um zu mir zu kommen und mich zu umarmen. »Es tut mir so leid.«

»Ich habe gerade einen Flug gebucht. Er geht in drei Stunden ab London. Es war der erste, den ich direkt nach Boston bekommen konnte.«

Er nickte. »Lass uns sofort in die Stadt aufbrechen.«

»Danke.«

Lavinia kam um die Ecke. »Es wird alles gut werden, Liebes. Ich werde ein paar besondere Gebete für deinen lieben Vater sprechen.«

»Danke, Lavinia. Ich werde sie brauchen. Ich kann ihn nicht verlieren.« Mir brach die Stimme. »Er ist alles, was ich habe.«

»Mach dir keine Sorgen um die Lebensmittel, Sigmund«, sagte sie. »Ich räume alles weg.«

»Danke.« Er legte ihr eine Hand auf die Schulter und drehte sich dann zu mir um. »Fertig?«

»Ja.« Ich umarmte Lavinia ein letztes Mal, da ich nicht wusste, wann ich sie wiedersehen würde. »Auf Wiedersehen.«

Auf dem Weg zum Flughafen versuchte ich eine halbe Stunde lang vergeblich, jemanden im Krankenhaus zu erreichen, und mein Vater ging nicht an sein Handy. Ich rief meine Schwester Claire an, um mich zu vergewissern, dass sie wusste, was los war, und Dads Nachbarin hatte sich ebenfalls bei ihr gemeldet. Claire war auch auf dem Weg zum Flughafen.

Sig reichte mir eine Hand. »Geht es dir gut?«

Ich nahm sie. »Ich versuche es.«

Er ließ sie los und griff in die Mittelkonsole, wo er einen Müsliriegel herausholte. »Hier. Ich weiß, du hast wahrscheinlich keinen Appetit, aber du musst etwas essen.«

»Danke.« Widerstrebend öffnete ich die Packung.

»Deine Schwester hat einen Flug gebucht?«

»Ja. Sie wird wahrscheinlich vor mir ankommen.«

»Lass dich von ihr nicht aus der Ruhe bringen«, sagte er.

»Ich werde es versuchen. Ich weiß, es ist nicht gut für das Baby.«

»Es ist nicht das Baby, um das ich mir im Moment Sorgen mache, Abby.« Er nahm wieder meine Hand, und seine warme Berührung beruhigte mich für einen Moment.

Sig parkte, als wir am Flughafen ankamen, und bestand darauf, mich hineinzubegleiten.

Meine Hände zitterten, als ich den Kiosk zum Einchecken benutzte. Sig entschuldigte sich kurz, um mit der Frau am Ticketschalter zu sprechen. Es schien ewig zu dauern, aber wir hatten es nicht eilig. Wir hatten es rechtzeitig hergeschafft, und bis zu meinem Flug war es noch mehr als eine Stunde.

Als er schließlich zurückkam, bemerkte ich, dass er etwas in der Hand hielt.

»Was ist das?«

»Das ist mein Ticket.« Er winkte damit. »Ich komme mit dir.«

KAPITEL 30
Abby

Titel 30: »Daddy's Girl« von Red Sovine

Als ich das Krankenhaus betrat, war ich verzweifelt und dankbar, Sig an meiner Seite zu haben. Ich konnte immer noch nicht glauben, dass er diese spontane Entscheidung getroffen hatte. Durch einen glücklichen Zufall hatte er seinen Reisepass im Handschuhfach. Ich hatte es nicht einmal bemerkt, als er über mich hinweg griff und ihn herausholte, bevor wir am Londoner Flughafen aus dem Wagen stiegen.

Als wir auf dem Stockwerk meines Vaters ankamen, sagte ich der Frau am Empfang, dass ich seine Tochter sei, und sie wies mir den Weg zu seinem Zimmer. Erleichterung durchströmte mich, als ich sah, dass er im Bett saß und mit einer Krankenschwester sprach. »Dad!«

»Oh mein Gott!« Er sah aus, als könnte er einen weiteren Herzinfarkt bekommen. »Abby!«

Ich eilte zu ihm und umarmte ihn. »Was ist passiert?«

»Es war nur ein leichter Herzinfarkt. Zum Glück habe ich die Symptome erkannt und sofort den Notruf gewählt. Die Sanitäter konnten verhindern, dass es schlimmer wurde. Du hättest nicht kommen müssen.«

»Natürlich musste ich das. Ich wusste nicht, in welchem Zustand du sein würdest, als ich hier ankam. Ich hatte nur die Information, dass du ins Krankenhaus gebracht wurdest. Vor meinem Flug konnte ich niemanden erreichen. Ich hatte solche Angst.«

Schließlich ließ er den Blick zu dem großen Mann wandern, der in der Ecke stand. »Wer ist das?«, fragte er.

»Das ist Sig, Dad. Er ist mit mir gekommen, weil er nicht wollte, dass ich allein bin.« Ich drehte mich zu Sig um. »Das ist mein Vater, Roland Knickerbocker.«

Sig nickte. »Schön, Sie kennenzulernen, Mr. Knickerbocker.«

»Na, wenn das nicht *dieses Arschloch* persönlich ist.«

Sigs Gesicht wurde untypisch rot. »Mir wurde gesagt, das sei mein Spitzname.«

»Ja, weil du dich meiner Tochter gegenüber wie ein arroganter Idiot benommen hast, als sie dort auftauchte. Aber sie hat mir erzählt, dass du inzwischen entspannter bist. Sie mag dich jetzt sogar, wie es scheint.« Er sah mich zur Bestätigung an, und ich nickte. »Also stimme ich zu, dich auch zu mögen. Aber nur zur Warnung, wenn du einmal einen Spitznamen von mir bekommen hast, bleibt er normalerweise hängen. Nimm ihn dir nicht zu Herzen.«

Sig grinste. »Nun, ich bin nicht den ganzen Weg hierhergeflogen, um mir den Arsch versohlen zu lassen, also bin ich froh zu hören, dass Sie mich nicht mehr verachten. Ich nehme den Spitznamen gern an, der wahrscheinlich auch verdient ist.«

»Ist Claire hier?«, fragte ich.

Dad nickte. »Sie ist zum Haus gefahren, um mir ein paar Sachen zu bringen, da ich ein paar Tage hierbleiben werde. Wie lange bleibst *du* denn?«

»Solange du mich brauchst«, versicherte ich ihm.

»Ich brauche dich nicht, Schatz. Es geht mir gut.«

Ich schob einen Stuhl neben das Bett. »So gut es dir auch zu gehen scheint, ich muss trotzdem mit deinen Ärzten sprechen und mich vergewissern, dass es dir gut geht, bevor ich mich wohl damit fühle, wieder zurückzufliegen.«

»Ich werde mich nicht darüber beschweren, dich in der Nähe zu haben.« Er griff nach meiner Hand. »Ich habe dich so sehr vermisst.«

Ich nahm seine Hand und küsste sie. »Ich habe dich auch vermisst, Daddy. Aber ich würde dich lieber unter anderen Umständen sehen.«

»Oh, du bist da.« Eine Stimme ertönte von der Tür.

Ich drehte mich um und sah meine Schwester Claire mit einigen Taschen in der Hand. Ich stand auf und ließ die Hand meines Vaters los. »Hey.«

Sie ließ den Blick zu Sig wandern. »Wer ist das?«

»Das ist Sig. Er ist mit mir aus England hergeflogen.«

Sie musterte ihn eingehend. »Du bist der Samenspender ...«

Sigs Augen weiteten sich, bevor er sie anfunkelte. »Und du bist die unhöfliche ältere Schwester.«

Ich räusperte mich. »Ja. Das ist meine Schwester Claire.«

Er nickte.

»Es ist schön, dich kennenzulernen, obwohl du mich gerade beleidigt hast«, sagte sie zu ihm.

»Gleichfalls«, erwiderte er und warf mir einen mitfühlenden Blick zu.

Claire ging hinüber und stellte eine Tasche auf den Stuhl neben Dad. »Ich habe dir einen Schlafanzug und ein paar Snacks mitgebracht.« Sie drehte sich zu mir um. »Wie lange bist du hier?«

»So weit bin ich noch nicht gekommen.«

»Nun, ich muss morgen zurück zur Arbeit nach Kalifornien. Jetzt, da ich weiß, dass es ihm gut geht, habe ich mein Rückflugticket gebucht. Aber es wäre schön, wenn du ein paar Tage bleiben könntest.«

Meine Schwester war Anwältin und versuchte, sich in ihrer Kanzlei nach oben zu arbeiten. Sie glaubte, dass sich alles um sie und ihren Job drehte.

»*Geht* es ihm denn gut?«, fragte ich herausfordernd. »Haben die Ärzte das bestätigt?«

»Wir haben noch nicht die Ergebnisse aller Tests erhalten, aber mir scheint er in Ordnung zu sein. Ich fühle mich wohl mit dem Gedanken zurückzukehren. Ich habe sehr viel zu tun im Büro.«

»Ich habe auch einen Job.«

»Das ist nicht dasselbe«, sagte sie.

Ich knirschte mit den Zähnen. »Nun, ich bin sowieso nicht den ganzen Weg hergekommen, nur um gleich wieder zurückzufliegen.« Ich wandte mich an meinen Vater. »Ich gehe nicht, bevor du wieder zu Hause bist, Dad.«

Sig legte mir eine Hand ins Kreuz. Diese einfache Berührung gab mir so viel Trost. Er stärkte mir buchstäblich den Rücken. »Du musst etwas essen«, sagte er. »Warum hole ich dir nicht etwas und bringe es dir hierher?«

»Das wäre toll. Vielen Dank.«

Als er ging, sehnte ich mich sofort nach seiner Rückkehr und war wieder einmal so dankbar, dass er hier bei mir war. Es tat gut, jemanden zu haben, der sich um mein Wohlergehen kümmerte, während ich mich auf das meines Vaters konzentrierte.

»Läuft da etwas zwischen euch beiden?«, fragte meine Schwester.

»Er hat mich nur zur Unterstützung begleitet.«

»Claire«, unterbrach mein Vater. »Willst du Abby nicht fragen, wie es ihr geht?«

Sie schnaubte spöttisch. »Ich verleugne immer noch ihre überstürzte Entscheidung, die sie getroffen hat. Sie zu fragen, wie es ihr geht, würde mich dazu zwingen, es anzuerkennen. Also, nein.«

Gott, was für eine Frechheit von ihr.

»Nun, das ist dein Problem«, sagte Dad. »Du solltest trotzdem die Höflichkeit haben, sie zu fragen, unabhängig von deinen Gefühlen.«

»Spar dir deine Energie, Dad.« Ich schüttelte den Kopf. »Es ist ein hoffnungsloser Fall.«

Er ignorierte mich und wandte sich wieder ihr zu. »Und du sollst wissen, dass es keine überstürzte Entscheidung war. Abby weiß, was sie tut, sie hat lange und gründlich darüber nachgedacht. Ihre Entscheidung ist selbstlos. Und ich bewundere sie dafür.«

»Danke, Dad.«

»Es tut mir leid.« Claire seufzte. »Du kennst meine Meinung zu diesem Thema. Aber ich hoffe, es geht dir gut.«

Ich zwang mich zu einem Lächeln. *Zu spät.*

Zwanzig Minuten später war meine Schwester schon weg, als Sig mit einer bestellten Mahlzeit zurückkam. Ich hatte keine Ahnung, ob sie in ein Hotel zurückgekehrt oder nach Kalifornien geflogen war.

Sig und ich aßen, während wir uns mit meinem Vater unterhielten, und dann kündigte mein Vater an, dass er versuchen würde, etwas zu schlafen. Ich versprach, am nächsten Morgen wieder ins Krankenhaus zu kommen. Hoffentlich würden wir bis dahin die restlichen Testergebnisse haben, die darüber entscheiden würden, wann ich nach England zurückkehren konnte.

»Was ist der Plan?«, fragte Sig, als wir das Krankenhaus verließen.

»Ich habe nicht wirklich einen. Darauf war ich nicht vorbereitet.«

»Ich meinte nur für heute Abend«, sagte er. »Ich kann mir ein Hotel suchen oder irgendwo ein Zimmer für uns beide buchen.«

»Oh nein.« Ich schüttelte den Kopf. »Wir werden beide bei mir zu Hause schlafen, wo ich mit Dad wohne. Du kannst in seinem Zimmer schlafen.«

»Bist du sicher? Ich will mich nicht aufdrängen.«

»Du kannst dich niemandem aufdrängen. Es gibt nur dich und mich.«

»Ich dachte, vielleicht willst du dich heute Abend entspannen und dich mit niemandem auseinandersetzen müssen – mich eingeschlossen.« Er öffnete mir die Beifahrertür des Mietwagens, bevor er auf der Fahrerseite einstieg. »Deine Schwester ist ... eine Menge. Es tut mir leid, dass du dich mit ihr herumschlagen musst.«

»Ja, nun, es gibt Schlimmeres im Leben.« Ich seufzte. »Eigentlich würde ich gern, dass du siehst, wo ich wohne. Wenn wir schon mal hier sind. Ich hätte nie gedacht, dass ich mal die Gelegenheit haben würde, dir alles zu zeigen.«

»In Ordnung.« Er nickte. »Da ich mich erst am Flughafen entschieden habe hierherzufliegen, habe ich natürlich keine Ersatzkleidung dabei.«

»Ich würde dir ja ein paar von Dads Sachen anbieten, aber du bist viel zu groß.« Ich schmunzelte.

»Es muss doch ein Kaufhaus in der Nähe geben.«

Dann leuchtete in meinem Gehirn eine Glühbirne auf. »Ich habe da eine Idee ...«

KAPITEL 31
Abby

Titel 31: »My House« von Flo Rida

Der Strand war heute Abend unruhig, der Wind heftig. Aber allein der Anblick des Schildes mit der Aufschrift *Little Rhody* brachte mich zum Lächeln. Sig hielt vor dem Laden meiner Familie, einem kleinen Gebäude, das von außen lila war und innen viel Geschichte und Herz enthielt. Ich benutzte den Schlüssel, den ich immer in meiner Handtasche trug, um die Tür zu öffnen, bevor ich das Licht einschaltete.

Sig trat hinter mir ein. »Das ist also der berühmte Laden, was?«

»Ja, das ist er. Ich dachte mir, ich könnte ihn dir zeigen und wir könnten gleichzeitig ein paar zusätzliche Klamotten für dich klauen.«

»Brillant.«

Alles war noch so, wie wir es verlassen hatten, voll ausgestattet, als wir schließen mussten. Ich ging zu einem Regal mit Herren-Jogginghosen hinüber. »Auf diesen steht *Rhode Island* am Bein.«

»Ah.« Er nahm sie. »Ich werde sie heute Abend und auf dem Heimweg tragen und mich an den Blicken der Leute erfreuen, die sich fragen, ob ich ein Verrückter bin.«

Lachend schnappte ich mir ein T-Shirt und hielt es mir vor die Brust. »Und was hältst du hiervon?«

Sig las die Worte auf der Vorderseite laut vor. »*Jemand aus Rhode Island findet mich süß*. Sollte das nicht für ein Kleinkind sein und nicht in der Größe XL?«

»Man kann groß sein und trotzdem süß.«

»Ich schätze, ich bin der Beweis dafür.« Er zwinkerte. »Obwohl *süß* noch nie ein Wort war, mit dem ich beschrieben wurde.«

»Nun, es sieht so aus, als würde es dir passen.« Ich kicherte. »Ich glaube, es kommt mit uns nach Hause.«

»Du hast nicht zufällig Männerboxershorts, oder?«

Ich schnippte mit den Fingern. »Ob du es glaubst oder nicht, wir haben welche.«

Ich ging hinüber und hielt zwei hoch. »Du hast die Wahl: Hummer oder das Logo des Staates Rhode Island im Schritt.«

Sig kratzte sich am Kinn. »Wie soll ich mich nur entscheiden?«

»Du hast recht.« Ich lachte. »Wir nehmen beide.«

»Du verwöhnst mich, Abby.« Er sah sich um. »Dieser Ort ist irgendwie magisch. Ich hoffe, du kannst ihn wieder zum Laufen bringen.«

»Was soll ich denn sonst mit dem ganzen Überbestand machen?«

»Ich bin mir sicher, dass der Markt für Boxershorts aus dem Bundesstaat Rhode Island heißer ist, als du denkst.« Sig schlenderte zu einem Stand hinüber. »Ist das Salzwasser-Toffee?«

»Ja.« Ich lachte. »Bist du ein Toffeetyp?«

»Nein, aber ich würde gern welches für Leo kaufen, wenn es dir nichts ausmacht. Er ist auf den Geschmack gekommen, als wir den Sommer hier verbracht haben. Es ist eine Art immer wiederkehrender Witz. Zu Hause kann er es nicht so leicht finden.« Er schnappte sich einen Stapel mit vier Kartons.

»Du hast nicht einmal einen Koffer mitgebracht. Du wirst dir etwas besorgen müssen, um das ganze Toffee nach Hause zu transportieren.«

Er nahm eine Tragetasche vom Regal. »Ich nehme an, diese *Rhode Island Schlampe* Tragetasche wird reichen?«

»Nur zu!« Ich kicherte. »Weißt du, ich hätte dich und Leo gern kennengelernt, als ihr diesen wilden Sommer hier verbracht habt.« Ich hielt inne und rechnete nach. »Obwohl ich damals wahrscheinlich erst in der neunten Klasse war.«

»Autsch.«

»Ich weiß nicht, ob ich bei dem Spaß hätte mitmachen können.« Ich lachte.

»Du hättest mich überhaupt nicht gemocht.«

»Ich mag dich jetzt schon kaum«, stichelte ich. »Eigentlich hast du recht. Ich hätte mich vielleicht nicht mit Mr. Dreier verstanden.«

Er rollte mit den Augen. »Schon wieder erwähnst du die Marias.«

»Ich frage mich, was aus ihnen geworden ist. Hoffentlich haben sie nicht denselben Mann geheiratet und sich gegenseitig umgebracht. Wie lauteten ihre Nachnamen? Ich werde sie nachschlagen«, lachte ich.

»Ich habe keine Ahnung.«

Ich rollte mit den Augen. »Natürlich weißt du es nicht.«

Ich konnte die Wellen durch die Schaufenster hören. Ich hielt inne und schloss für einen Moment die Augen. »Hör dir das an. Ich liebe dieses Geräusch. Ich habe vergessen, wie glücklich es mich macht, hier zu sein, besonders in diesem Laden.«

Er sah sich um. »Er passt zu dir – heimelig und ein bisschen kitschig. Aber *verdammt* liebenswert.«

Als wir im Haus ankamen, zog Sig seine Rhode Island Jogginghose und sein T-Shirt an. Alles passte ihm wie angegossen, und mir gefiel es – vor allem die enge Jogginghose, die unterhalb der Gürtellinie nur wenig der Fantasie überließ.

Ich zog ein Trägerhemd und weiche Leggings an; ich hatte immer noch eine gute Menge an Kleidung hier. Wir gingen auf die hintere Veranda, von der aus man das Wasser sehen konnte. Während der Laden direkt am Meer lag, blickte unser Haus auf eine kleine Bucht.

Es war schon spät, aber ich wollte Sig die Aussicht von unserem Garten aus zeigen.

»Wunderschön«, sagte er, als wir auf das Wasser hinausblickten.

»Danke. Ich hatte gehofft, dass es dir hier gefallen würde.«

»Ich habe dich gemeint, Schatz, nicht das Wasser. Du hattest einen höllischen Tag, aber du hast es trotzdem geschafft, deinen Vater und mich zum Lächeln zu bringen.«

»Ich versuche es ...«

»Nein, du musst es nicht einmal versuchen. Das ist es ja. Das ist es, was du bist. Das sehe ich jetzt. Es war falsch von mir, dich anfangs zu verurteilen. Deine Absichten waren immer rein.«

»Nun, ich danke dir.«

»Du brauchst mir nicht zu danken. Ich stelle nur eine Tatsache fest.« Er rollte mit den Augen. »Deine Schwester hingegen ... Ihr sollte mal jemand die Ohren lang ziehen. Sie ist das Gegenteil von dir, nur auf sich selbst bezogen.«

»Ich bin froh, dass du sie in Aktion erleben konntest.«

»Das habe ich, und es hat mir kein bisschen gefallen.«

Ich seufzte, schloss die Augen und lauschte dem Zirpen der Grillen. »Du hast gesagt, du siehst jetzt, dass meine Absichten rein sind. Die Zeit hat mich gelehrt, dass du nie das verurteilende Arschloch warst, für das ich dich hielt. Du hattest einfach nur Angst und wolltest alle Beteiligten davor bewahren, dass es ihnen über den Kopf wächst.«

»All das, nur damit es uns trotzdem über den Kopf wächst, nicht wahr?« Er zwinkerte.

»Es wird schon alles gut gehen. Ich weiß nicht, woher ich das weiß. Ich weiß es einfach.« Ich schaute in den Nachthimmel. »Ich bin froh, dass ich dir heute den Laden zeigen konnte.«

»Ich auch.«

»Der Besuch dort hat mich an meine Kindheit erinnert. Das tut es immer. Warme Sommertage, Menschen, die hereinspazierten und nach Salz und Kokosnuss-Sonnencreme rochen. Und natürlich erinnerte es mich an meine Mutter.« Ich drehte mich zu ihm um. »Aber in letzter Zeit habe ich Zweifel, ob es die richtige Entscheidung ist, den Laden wieder zu eröffnen.«

»Das hast du nicht erwähnt. Wie meinst du das?«

»Ich muss mich fragen, ob ich es aus Nostalgie und Schuldgefühlen tue oder weil es eine gute Geschäftsentscheidung ist. Der Großteil des Geschäfts ist saisonal, aber wir müssen das ganze Jahr über Miete zahlen. Ich bin mir nicht sicher, ob das auf lange Sicht finanziell sinnvoll ist. Damals, als meine Großmutter den Laden eröffnete, gab es weniger Konkurrenz. Seitdem sind so viele andere Läden wie dieser hier aufgetaucht. Und es würde mich auch an Rhode Island binden. Der Aufenthalt in England hat mir gezeigt, dass es da draußen eine ganze Welt gibt, die ich verpassen würde, wenn ich den Laden leite. Ich muss über eine Menge nachdenken.«

Er legte eine Hand auf meine Schulter und drückte sie. »Willst du meinen Rat?«

»Nun, du bist in er Tat ein alter und weiser Mann«, neckte ich ihn.

»Du bist jung. Ich denke, du solltest das Leben erleben und dich nicht binden. Ich glaube nicht, dass deine Mutter oder Großmutter das wollen würden. Du solltest den Laden nur führen, wenn es deine Leidenschaft ist.«

In diesem Moment kam eine harte Wahrheit an die Oberfläche. »Ich glaube nicht, dass es das ist.«

»Nun, das ist deine Antwort.«

»Ich kann dir aber nicht sagen, was meine Leidenschaft ist. Wie können wir das überhaupt wissen?«

»Ich nehme an, eine Leidenschaft ist etwas, das man lieber als alles andere in seiner Freizeit tut. Und wenn wir es irgendwie zu unserem Lebenswerk machen können, umso besser.«

»Ich nehme nicht an, dass es deine Leidenschaft ist, Geschäftsführer bei Covington zu sein?«

»Du hast recht, aber wie kommst du darauf?«

»Oh, ich weiß es nicht. Weil du bei der Arbeit irgendwie mürrisch bist. Ich habe nicht den Eindruck, dass du mit übermäßiger Leidenschaft alles leitest, obwohl du gut in deinem Job bist.«

»Nun, du hast recht. Mein Job ist nicht meine Leidenschaft, obwohl ich ihn sehr gut mache und dankbar dafür bin. Ich erkenne die Tatsache an, dass reine Vetternwirtschaft mich dorthin gebracht hat, aber sie würde mich nicht dort halten, wenn ich es vermasseln würde. Die Einnahmen haben sich vervierfacht, seit ich das Unternehmen übernommen habe. Darauf bin ich sehr stolz.« Er blickte auf das Wasser hinaus. »Aber was eine Leidenschaft angeht? Ich glaube nicht, dass ich eine habe.«

»Vielleicht kommt das noch.« Ich lächelte. *Vielleicht ist es dein Sohn oder deine Tochter.*

»Es gibt kleine Dinge, die ich genieße, wie das Kochen, mich in diesem Prozess zu verlieren.« Er lehnte sich zu mir und flüsterte mir ins Ohr: »Und sag es ihr nicht, aber ich mag faule Wochenenden in der Pension mit Lavinia viel mehr als Partys in London. Ihr dabei zu helfen, die Pension am Laufen zu halten, war für mich definitiv ein Höhepunkt der letzten paar ansonsten miserablen Jahre. Es war eine gute Ablenkung.«

»Vielleicht reichen ja die kleinen Dinge.« Ich lächelte. »Und deine Liebe zu der Pension kann ich absolut nachvollziehen. Dort herrscht eine gewisse Ruhe, die ich sonst nirgendwo finde. Ich weiß, dass ich nicht ewig bleiben kann, aber ich werde meine Zeit in Westfordshire mit ihr immer in Ehren halten.«

Er kratzte sich am Kinn. »Du solltest aber mehr von Europa sehen, während du dort bist.« Seine Augen schienen zu leuchten. »Weißt du was? Wir sollten reisen, bevor deine Schwangerschaft zu weit fortgeschritten ist.«

Wir? Von allem, was er je zu mir gesagt hatte, war dieser Vorschlag die größte Überraschung. »Du willst mit mir reisen?«

Sein Lächeln brachte mich fast zum Schmelzen. »Nenn mich verrückt, aber das will ich.«

»Hattest du schon vorher darüber nachgedacht?«

»Nein. Die Idee kam mir wie eine Eingebung. Es würde Spaß machen, dir mehr von Europa zu zeigen. Das muss an der Jogginghose aus Rhode Island liegen, die ich trage. Die hat eine magische Wirkung und verwandelt mich von einem miserablen Arschloch in einen Spaßvogel.«

»Nun ...« Ich zupfte spielerisch an seinem Hemd. »Was ist, wenn ich mir nicht freinehmen kann?«

»Wenn man bedenkt, dass ich der Chef deines Chefs bin, würde ich sagen, du hast gute Chancen.«

»Dann würde ich das gern tun.« Aufregung erfüllte mich. »Jetzt lässt du mich die Entscheidung zur Leihmutterschaft *wirklich* nicht mehr bereuen.«

»Ich bin froh, dass du es nicht bereust, Schatz.«

»Bis jetzt bereue ich nichts, selbst Dinge, die ich wahrscheinlich bereuen sollte.« Ich streckte eine Hand aus, um über die Stoppeln an seinem Kinn zu reiben, und wünschte mir so sehr, dass er mich küsst.

»Apropos Dinge, die du wahrscheinlich bereuen solltest, ich werde mich weit von dir entfernen, damit du wirklich schlafen kannst«, sagte er, als wir ins Haus zurückgingen. »Du brauchst deine Ruhe, auch wenn ich dich im Moment am liebsten die ganze Nacht wach halten würde.«

»Das sagst du mit einem Steifen in deiner Jogginghose und erwartest, dass ich dir widerstehe?«

Er sah an sich herunter. »Ja. Es tut mir leid. Ich kann nicht anders. Deine Titten in diesem Hemd lösen in mir den Wunsch aus, es dir mit meinen Zähnen vom Leib zu reißen.«

Ich klimperte mit den Wimpern. »Das kannst du, wenn du willst.«

»Bring mich nicht in Versuchung.«

»Du solltest in das Schlafzimmer meines Vaters gehen, bevor ich dich *tatsächlich* in Versuchung führe.«

Er zog die Augenbrauen zusammen. »Das klingt seltsam – in das Schlafzimmer deines Vaters zu gehen, wenn ich dich jetzt nur ficken will.«

»Es klingt in der Tat irgendwie falsch.« Ich lachte.

Nachdem wir die Treppe hinaufgegangen waren, blieb Sig vor Dads Tür stehen. »Gute Nacht, Abby.«

»Gute Nacht, Sig. Danke, dass du mit mir gekommen bist. Ich werde es nie vergessen.«

»Gern geschehen, meine Hübsche.«

In dieser Nacht schlief ich entspannt, umsorgt und bemerkenswert zufrieden ein, obwohl die Zukunft noch ungewiss war.

Vielleicht lag es daran, dass ich wieder in der Nähe des Ozeans war, dass ich wieder im Laden gewesen, dass ich zu Hause war.

Oder vielleicht lag es an *ihm*.

Aber diese Nacht bot den letzten Frieden, den ich eine Weile lang fühlen würde.

KAPITEL 32

Sig

Titel 32: »(Sittin' On) The Dock of the Bay« von Otis Redding

Wenn das Leben mich eines gelehrt hatte, dann, dass man nie von der nächsten Hiobsbotschaft überrascht sein sollte.

An jenem ersten Tag in Rhode Island schien alles relativ stabil zu sein. Abby hatte gehofft, dass ihr Vater mit einigen Herzmedikamenten und der Anweisung, seinen Lebensstil zu ändern, entlassen werden würde und dass sie nach England zurückkehren konnte, sobald er wieder zu Hause war.

Doch als wir am zweiten Tag ins Krankenhaus zurückkehrten, teilte der Arzt von Abbys Vater uns mit, dass sie bei seinen kardiologischen Scans eine Auffälligkeit entdeckt hatten: ein Lungenknötchen, das verdächtig aussah. Das war ein Schlag, mit dem niemand gerechnet hatte. Abbys Schwester war bereits nach Kalifornien zurückgeflogen, weil sie glaubte, es gäbe keinen Grund zu bleiben.

Eine Woche lang hatten wir mit der Buchung der Rückflugtickets gewartet, bis wir das Ergebnis von Rolands Biopsie hatten. Abbys Vater war nach Hause gekommen, also verbrachte ich die Nächte auf der Wohnzimmercouch der Knickerbockers und kochte für sie, um sie von ihren Sorgen abzulenken. Und ich war mit Abby und ihrem Vater im Haus, als sie den Anruf erhielten, dass der Knoten bösartig war.

Jetzt, neun Tage nach unserer Ankunft, würde ich morgen ohne sie nach England fliegen. Abby würde für die absehbare Zukunft in Rhode Island bleiben, während ihr Vater wegen Lungenkrebs im zweiten Stadium behandelt wurde. Es war nie eine Frage, wie es weitergehen sollte. Sie würde hier zu einem Gynäkologen gehen. Und die kontrollierende Art, mit der ich die Logistik der Leihmutterschaft bisher gehandhabt hatte, würde sich ändern müssen.

Ich wollte sie nicht verlassen. Aber ich konnte nicht ewig bleiben. Ich hatte ein Unternehmen zu leiten und hatte mir bereits mehr als eine Woche ohne Vorwarnung freigenommen und mehrere wichtige Kundentermine verschoben. Also hatte ich schließlich mein Ticket für morgen gebucht.

Doch bevor ich abreiste, wollte ich Abby noch etwas Gutes tun, um sie wenigstens einen Abend lang abzulenken. Da ihr Vater erst nächste Woche mit der Behandlung beginnen würde, fragte ich sie, ob sie sich vierundzwanzig Stunden Zeit nehmen und diese mit mir verbringen würde. Roland bestand darauf, auch wenn es ihr widerstrebte, ihn zu verlassen.

Als wir zu unserem Kurztrip aufbrachen, konnte ich sehen, wie der Stress ein wenig von ihr abfiel. Wir hatten die Fenster heruntergefahren und sie schloss die Augen, während der Wind ihr Haar umherwehte. Ich hatte ihr nicht gesagt, wohin wir fuhren, aber als wir an den Schildern für Narragansett vorbeikamen, fand sie es heraus.

Ihr fiel die Kinnlade herunter. »Du nimmst mich mit in dein altes Revier?«

»Nun, du hast gesagt, du hättest mich gern in dem Sommer gekannt, in dem ich hier war. Ich dachte, ich würde dir rückwirkend ein bisschen von dieser Erfahrung geben.«

»Ach du meine Güte!« Sie hüpfte in ihrem Sitz. »Bin ich dabei, in eine Zeitschleife zu geraten?«

Als ich kurze Zeit später vor dem riesigen Haus in der Bucht vorfuhr, weiteten sich Abbys Augen. »Hier werden wir wohnen?«

Statt zu antworten, ging ich auf die Beifahrerseite und hielt ihr die Tür auf. »Willkommen in dem Haus, in dem Leo und ich in jenem Sommer gewohnt haben.«

»Machst du Witze?« Sie blickte auf. »Es ist atemberaubend.«

»Es sieht noch genauso aus, ehrlich.«

»Ist es noch zu vermieten?«

»Anscheinend. Ich konnte es auch nicht glauben. Die Besitzer haben es all die Jahre vermietet.«

»Und es war so kurzfristig verfügbar?«

Ich lächelte. »Nein, eigentlich nicht. Jemand hatte es für drei Wochen gemietet. Aber ich habe einige Beziehungen spielen lassen und ihnen ein Angebot gemacht, das sie nicht ablehnen konnten, um für eine Nacht zu verschwinden, damit wir es bekommen konnten.«

»Ich kann nicht glauben, dass du das getan hast.«

Ich benutzte den Code, den der Immobilienverwalter mir gegeben hatte, um die Tür zu öffnen. Als wir eintraten, schlug uns der Geruch von Reinigungschemikalien entgegen. Sie mussten sich sehr beeilt haben, das Haus zwischen den Gästen aufzuräumen.

»Oh mein Gott.« Sie sah sich um. »Dieses Haus ist unglaublich.«

Ich lächelte. »Ich hoffe, du bist bereit für das volle Erlebnis.«

Abby lachte. »Sag mir nicht, dass du die Marias eingeladen hast. Ich werde *keinen* Vierer haben.«

»Nein, Klugscheißer. Aber wir machen ein Clam Bake. Und das Wetter ist perfekt. Ich habe ein Boot gemietet, damit wir auf die Bucht rausfahren können.«

»Musst du es abholen?«

»Jemand liefert es ab.«

»Ohhh. Schick.« Sie schlang die Arme um meinen Hals. »Ich ... ich kann dir nicht genug danken. Ich habe das so sehr gebraucht, Sig.«

»Das weiß ich, meine Schöne«, sagte ich und streichelte ihr Gesicht. »Ich weiß, dass du Angst hast. Die nächsten Wochen werden nicht einfach sein. Und ich hasse es, dass ich nicht hier sein kann.« Ich küsste sie auf die Stirn. »Das ist das Mindeste, was ich tun kann, um dich auf andere Gedanken zu bringen. Du musst dir heute um nichts Sorgen machen.«

»Danke«, flüsterte sie.

Narragansett war noch schöner, als ich es in Erinnerung hatte, aber vielleicht lag das an der anwesenden Gesellschaft. Zum Glück war es für Ende September sehr warm, und Abby und ich machten das Beste aus unseren kostbaren letzten gemeinsamen Stunden. Wir schwammen im beheizten Schwimmbecken, fuhren mit dem Boot hinaus, gingen auf dem Gourmetmarkt einkaufen und kochten zusammen. Oder, na ja, *ich* kochte, während sie sich an den Tresen lehnte und mir auf die Pelle rückte, was ich insgeheim liebte.

Nach einem langen, aktionsreichen Tag räumten wir das Chaos in der Küche auf. Wir hatten den Hummer, Krabbenbeine, Venusmuscheln und Maiskolben verschlungen, also gab es kein Essen wegzuräumen, sondern nur noch Geschirr zu spülen.

Schließlich nahmen wir unsere Getränke mit auf die hintere Veranda – Bier für mich und Limonade für sie. Ich deutete mit meiner Flasche auf ein Haus in der Ferne. »Siehst du das Grundstück da drüben auf der anderen Seite der Bucht?«

»Ja?«

»Da hat Felicity gewohnt.«

»Oh ja! Richtig. Ich hatte vergessen, dass sie sagte, sie sei auf der anderen Seite der Bucht gewesen, als ihr sie kennengelernt habt.«

»Das Haus gehört ihr immer noch, aber dieselben Leute mieten es schon seit Jahren.«

Wir starrten eine Weile über die Bucht, bevor sie sich an mich wandte. »Hat irgendetwas, was mit meinem Vater passiert ist, etwas bei dir ausgelöst?«

»Wegen des Krebses, meinst du?«

»Ja.«

Ich grübelte darüber nach. Seltsamerweise hatte es das nicht. Ich hatte mir zu viele Gedanken über Abbys geistige Gesundheit und den Zustand ihres Vaters gemacht. »Nein. Ich hatte vor allem Mitgefühl mit *dir*. Ich kann mir vorstellen, dass du dich nicht auf die Leihmutterschaft eingelassen hättest, wenn du gewusst hättest, wie dieses Jahr sich entwickeln würde.«

»Bis jetzt gibt es nichts, was ich ändern würde«, beharrte sie und schaute zu den Sternen hinauf. »Es ist so schön hier.«

»Das ist es«, sagte ich, wobei ich sie direkt ansah und nicht zu den Sternen. Ich räusperte mich. »Ich weiß diesen Ort jetzt mehr zu schätzen als in meiner Jugend.«

»Damals hattest du Hummeln im Hintern.« Sie grinste.

»Nur zu. Was willst du noch sagen?«

»Hummeln im Hintern und zwei Marias in der Hose.« Sie schnaubte.

Ihr Lachen war wie Musik in meinen Ohren. Ich konnte nicht glauben, dass ich es ab morgen für eine Weile nicht mehr persönlich hören würde. Ein nicht identifizierbares Gefühl nagte an mir. Eine Mischung aus Glück und Schuldgefühlen vielleicht – Schuldgefühle, weil ich glücklich war. »Ich bin erleichtert, dass du den Menschen getroffen hast, der ich jetzt bin und nicht damals«, sagte ich zu ihr. »Teile von ihm sind noch da, nehme ich an, aber hauptsächlich die guten.«

»Ich bin auch froh, dass ich diese Version von dir getroffen habe.«

Abbys lange braune Locken wehten in der Abendbrise. Sie sah schöner aus als je zuvor. Ich wünschte mir nichts sehnlicher, als mit ihr nach oben zu gehen und ihren Körper heute Abend zu verehren. Es war das erste Mal seit ewigen Zeiten, dass ich mich danach sehnte, in jemandem zu sein, und zwar aus einem anderen Grund als Realitätsflucht. Aber ich hatte mir geschworen, das nicht zu tun. Ich würde gehen. Aber Gott, wie sehr ich es wollte, wie sehr ich mich nach ihr sehnte.

Sie zitterte.

»Ist dir kalt?«, fragte ich.

»Ein wenig.« Ihre Zähne klapperten.

Ich überlegte, ob ich einen Pullover von drinnen holen sollte, aber stattdessen forderte ich sie auf, sich auf meinen Schoß zu setzen – trotz des Schwurs, den ich mir gerade gegeben hatte. »Komm her.« Abby ließ sich nieder, als ich die Arme um sie schlang.

»Ich wünschte, ich hätte mehr Zeit mit dir«, sagte sie und legte ihren Hinterkopf auf meine Brust. »Eigentlich wünschte ich, ich könnte die Zeit jetzt einfrieren.«

»Ich auch.« Ich streichelte ihre Arme. »Aber es gibt eine Sache, auf die ich mich freue, wenn ich zurückkomme.«

»Und die wäre?«

»Dass ich nicht mehr jeden Mann auf der Arbeit umbringen muss, weil er sich an dich ranmacht.«

Sie drehte sich zu mir. »Warst du wirklich eifersüchtig?«

»Leider war ich das.«

»Ist es, weil ich dein Baby austrage? Oder etwas anderes?«

»Nun, wenn man bedenkt, dass ich schon so empfunden habe, bevor ich wusste, dass du schwanger bist, hast du deine Antwort wohl schon.«

»Du magst mich, Sig, aber du weißt nicht, was du damit anfangen sollst.«

Ich drückte sie an mich. »Ich habe heute Abend ein paar Ideen.«

»Aber du wirst sie nicht verwirklichen.«

»Ist das eine Herausforderung?«

»Nein, ist es nicht. Ich glaube, du hast zu viel Angst, etwas zu vermasseln, besonders bevor du morgen abreist. Und ich verstehe das.«

»Du unterschätzt meine Schwäche.« Ich kraulte ihren Hals und spürte, wie mein Schwanz sich regte. »Hast du dich in letzter Zeit mal angeschaut?«

»Nicht wirklich ...«

»Du erblühst zu Kryptonit. Ich kann nicht aufhören, dich anzuschauen.«

»Das habe ich bemerkt.«

»Ich war noch nie gut darin, es zu verbergen, oder?«

»Ist es nur körperliche Anziehung oder mehr?«

»Es ist definitiv *nicht nur* körperliche Anziehung, Abby.«

Nach einem langen Moment des Schweigens murmelte sie: »Britney hatte Glück.«

Ich blinzelte verblüfft. »Weil sie tot ist?«, scherzte ich und bereute meinen Sarkasmus sofort.

»Nein, natürlich nicht.« Sie drückte meinen Arm. »Es tut mir leid, wenn das unsensibel klang.«

»Ich weiß, dass du es nicht so gemeint hast. Ich war nur ein sarkastischer Arsch.«

»Ich meinte, weil du sie so sehr geliebt hast. Ich glaube, wir müssen alle lernen, uns selbst zu lieben, damit es egal ist, ob jemand so viel für uns empfindet wie wir für uns selbst. Aber jemanden zu finden, der einen so sehr liebt, ist wirklich selten und etwas Besonderes. Natürlich hatte sie nicht Glück, dass sie gestorben ist. Das wollte ich nicht andeuten. Aber sie *hatte* Glück, dass sie dich gefunden hat, bevor sie starb.«

Ich schluckte. »Ich wusste nicht, dass ich zur Liebe fähig bin, bis ich sie traf. Ich wusste nicht einmal, wie sie sich anfühlt.«

»Es braucht einen besonderen Menschen, um sie in jemandem hervorzubringen, der so resistent dagegen ist.«

Ich sog scharf die Luft ein, da ich unbedingt das Thema wechseln wollte. »Warst du in diesen Freund verliebt – in den, der dich verletzt hat?«

»Ich habe definitiv *gedacht*, dass ich Asher liebe. Aber im Nachhinein hätte ich unmöglich jemanden lieben können, der mich nicht auch liebt. Einseitige Liebe ist eine Täuschung. Denn wie kann man jemanden lieben, der es nicht erwidert? Dass er mir wehgetan hat, hat mir jede Liebe genommen, die ich für ihn zu haben glaubte, wenn das Sinn macht. Sie wurde ausgelöscht.«

»Natürlich.«

»Aber weißt du, am Ende hat die Trennung mich nicht so sehr verletzt, wie sie es hätte tun sollen. Es war nicht so, dass ich nichts mehr essen konnte oder so. Ich hätte gedacht, dass der Verlust der großen Liebe einen fast lähmen würde.«

Mein Gott, das verstand ich. »Ja.«

»Also glaube ich nicht, dass er jemals der Richtige war. Was bedeutet, dass der Verlust nicht so groß war.«

»Wahrscheinlich nicht, wenn du recht schnell darüber hinweggekommen bist.«

Sie seufzte. »Ich Glückspilz. Das bedeutet wahrscheinlich, dass mein größter Liebeskummer noch vor mir liegt.«

»Das hoffe ich nicht.« Was ich sagen wollte, war: *Ich hoffe, es bin nicht ich.*

Sie rutschte von meinem Schoß. »So sehr ich mir auch wünsche, dass dieser Tag nicht zu Ende geht, ich denke, wir sollten nach oben gehen.«

Ich stand auf. »Ich habe dir das Obergeschoss noch gar nicht richtig gezeigt, oder?«

»Geh voran.«

Ich nahm ihre Hand, als wir das Haus wieder betraten, und wir gingen nach oben, um uns die einzelnen Zimmer anzusehen. Abby würde in dem Zimmer schlafen, in dem Leo vor all den Jahren gewohnt hatte, während ich aus Nostalgiegründen mein altes Zimmer nahm.

Wir standen in ihrem Zimmer, als sie sagte: »Danke für den tollen Tag.« Abby drückte mir einen festen Kuss auf die Lippen, und das war alles, was nötig war. Als sie sich zurückzog, fiel ihr Blick auf meinen Schritt. »Salutierst du mir?«

Mein Schwanz war völlig hart und eindeutig noch nicht bereit, ihr Adieu zu sagen. »Er sagt nur Gute Nacht.«

»Ah.«

Ich ließ den Blick zu ihren Brüsten wandern. Sie hatte den ganzen Tag noch keinen BH getragen, was eine Qual war. Mit fast fünf Monaten war bei Abby nur wenig zu sehen, aber ihre geschwollenen Brüste waren eine ganz andere Geschichte.

»Willst du sie anfassen?«, fragte sie, ihre Stimme kaum hörbar.

Ich nickte langsam, immer noch unwillig, sie *wirklich* zu berühren, aus Angst davor, was ich als Nächstes tun könnte.

Abby zog ihr Hemd herunter, woraufhin ihre herrlichen Titten oben herausfielen.

Ich fuhr mit der Zunge über meine Unterlippe. »Wer hätte gedacht, dass eine Schwangerschaft so verdammt sexy sein kann.«

»Ich *fühle* mich sexy, was ich nie erwartet hätte.«

Mir lief das Wasser im Mund zusammen, als ich sie ansah.

Sie schaute zu mir auf. »Hast du Angst oder so?«

»Es ist nicht so, dass ich sie nicht anfassen will. Es ist eher so, dass ich viel mehr tun will.«

»Was zum Beispiel?«

Schließlich streckte ich eine Hand aus und erlag dem Verlangen. Ich umfasste ihre Brüste mit der Handfläche und murmelte: »Ich möchte meinen Schwanz zwischen sie schieben und zusehen, wie mein Sperma an deiner Haut heruntertropft.« Mein Schwanz drückte gegen meine Hose, als ihr der Atem stockte. »Du bist exquisit«, sagte ich, bevor ich mich aus meiner Benommenheit löste und meine Hand wegzog. »Gute Nacht.«

Ich stürzte hinaus und machte mich auf den Weg in den Flur. In meinem Zimmer angekommen, ging ich auf und ab, unfähig, klar zu denken. Ich war immer noch steinhart und fühlte mich, als könnte ich zum ersten Mal in meinem Leben an geschwollenen Hoden sterben. *Du verdammter Idiot. Sie da stehen zu lassen, nachdem du ihr gesagt hast, dass du ihre Titten ficken willst? Was zum Teufel ist los mit dir?*

KAPITEL 33
Sig

Titel 33: »Rocket« von Beyoncé

Ich starrte bestimmt dreißig Minuten lang auf die Bucht hinaus, bevor mir klar wurde, dass ich heute Nacht in diesem Zustand keinen Schlaf finden würde. Ich stürmte aus meinem Zimmer und ging zurück zu Abby.

Bevor ich etwas sagen konnte, öffnete sie die Tür. »Du hast lange genug gebraucht«, keuchte sie.

Ich packte ihr Trägerhemd, zog sie zu mir und presste meinen Mund auf ihren. »Ich bin ein verdammter Idiot«, stöhnte ich durch unseren Kuss hindurch.

Sie sprach an meinen Lippen. »Das wusste ich schon, Sigmund.«

Abby riss mir praktisch das Hemd vom Leib, hob es über meinen Kopf und warf es in die Luft. Ich tat dasselbe mit ihrem Trägerhemd. Es gab keine Chance, dass sie es in nächster Zeit wieder anziehen würde. Ich nahm mir einen Moment Zeit, um ihre absolut perfekten Titten zu bewundern, die darum bettelten, gesaugt zu werden. Mein Schwanz pochte.

Sie schlüpfte aus ihrem Slip, bevor sie sich zurück aufs Bett fallen ließ und die Beine spreizte, um mich einzuladen. Gierig griff ich nach meiner Gürtelschnalle und öffnete sie mit rasender Geschwindigkeit, bevor ich den Lederriemen herauszog und wegwarf. Ich knöpfte meine Jeans auf und ließ sie herunter.

Ich schwebte über ihr und nahm ihren begierigen Blick in mir auf. Da ich es nicht länger abwarten konnte, holte ich meinen Schwanz heraus und rieb die Spitze an ihrer wunderbar glitschigen Öffnung. So heiß, so einladend. Ich beugte mich vor, um ihre Brustwarze in den Mund zu nehmen, während ich meinen Körper vor und zurück bewegte und mein Schaft immer wieder über ihre Klitoris glitt. Ich verschlang ihre geschmeidigen Brüste, eine nach der anderen, in dem Wissen, dass es kein Zurück mehr gab.

Unser Kuss wurde immer intensiver, während ich mich danach sehnte, in sie einzudringen. Ich erkundete ihren Körper mit einer Handfläche, während ich mit der Zunge weiter ihren Mund bearbeitete. Ich stoppte die Raserei für einen Moment, um ihr in die Augen zu sehen. »Ich habe mir gesagt, dass ich das nicht zulassen würde. Aber du bist einfach zu schön, Abby. Und ich bin zu verdammt schwach. Ich will dich mehr, als ich irgendetwas seit sehr langer Zeit gewollt habe. Ich muss in dir sein.«

»Denk jetzt nicht an die Konsequenzen. Ich brauche dich auch.«

Ich nickte, ließ eine Hand zu ihrer warmen Öffnung hinuntergleiten und umfasste ihre wunderschöne Muschi, bevor ich mich auf sie legte und meine Spitze an ihrem Eingang positionierte.

Um sie nicht zu verletzen, stieß ich langsam in sie hinein. *Heilige Scheiße.* Mir blieb fast der Atem weg. Abby war so eng, als ihre wunderbar feuchte Muschi begann, meinen Schwanz zu umschließen. Immer noch vorsichtig, versank ich viel langsamer in ihr, als ich wollte. Ich passte kaum hinein. So großartig sich das für mich auch anfühlte, ich wollte ihr nicht wehtun. »Geht es dir gut?«, fragte ich.

Sie lächelte zu mir hoch. »Bestens.«

»Atme tief ein und entspanne dich.« Ich würde mich nicht frei in ihr bewegen können, wenn sie ihre Muskeln nicht lockerte.

»Du brauchst keine Angst zu haben. Ich kann ihn aufnehmen.«

»Es fühlt sich nicht so an, als würdest du ihn aufnehmen«, murmelte ich, während ich tiefer stieß und Schwierigkeiten hatte, mein Bedürfnis zu kommen zu unterdrücken, was jeden Moment hätte passieren können, wenn ich es zugelassen hätte. Ihre Ermutigung war das Letzte, was ich brauchte, denn ich wollte sie einfach nur hart ficken. »Ich will dir nicht wehtun, aber ich bin so verdammt schwach«, keuchte ich, bevor ich erneut in sie stieß, diesmal mit etwas mehr Kraft.

Mit jeder Bewegung öffnete ihre Muschi sich für mich, bis sie mir wie angegossen zu passen schien. Nach einer Minute hatte ich das Gefühl, dass sie wie für mich gemacht war. Ich hatte gedacht, ich hätte Angst, zu tief einzudringen und das Baby zu verletzen, aber das Vergnügen war zu intensiv, um es zurückzuhalten. Ich stieß tiefer, bis es nicht mehr weiter ging. Ein Teil von mir war sich zwar immer noch der Angst bewusst, sie körperlich zu verletzen, aber das verblasste im Vergleich zu meinem Bedürfnis nach dem intensiven Genuss, ganz in ihr zu sein – immer und immer wieder.

Ich fühlte Dinge, von denen ich nie gedacht hätte, dass ich sie jemals wieder erleben würde – und sie waren nicht nur sexueller Natur. Diese Frau hatte jeden Teil von mir in ihren Bann gezogen, Geist und Körper. Aber ich kämpfte gegen das Bedürfnis an, das jetzt zu analysieren.

Abby zog an meinem Haar. »Du fühlst dich so gut an, Sig.«

Plötzlich war mein einziges Ziel auf der Welt, ihr weiterhin ein gutes Gefühl zu geben. »Sag mir, was du brauchst.«

»Mach schneller. Härter.«

Mit ihrer Erlaubnis tat ich genau das, knurrte vor Vergnügen bei jedem Stoß, während ich versuchte, mir nicht vorzustellen, dass ich sie mit meinem Gewicht erdrückte und gleichzeitig mein ungeborenes Kind verletzte. Aber in Wahrheit hätte ich nicht aufhören können. Zu diesem Zeitpunkt hätte das Baby mir verbal sagen können, dass ich aufhören soll, und ich hätte ihm vielleicht gesagt, es soll still sein.

Ich drückte ihre Brust, während ich weiter in sie stieß, und Abby grub die Fingernägel in meinen Rücken. Als sie meinen Hintern packte, hätte ich sofort kommen können, wenn ich meine Selbstbeherrschung gelockert hätte. Ich hielt einen Moment inne, bevor ich mich langsam zurückzog und dann wieder in sie stieß, wobei mir ein kehliger Laut entwich. Sie verkrampfte sich um mich herum, und wieder musste ich dem Drang zu explodieren widerstehen.

Es gab viele Dinge, die ich nie vergessen würde – die Art, wie sie mich ansah, während ich sie fickte, das Wippen ihrer Brüste bei jedem Stoß, die Art, wie sie sich unter mir wand, die Geräusche, die sie von sich gab, der Frieden zu wissen, dass ich sie ungeschützt ficken konnte und mir keine Sorgen machen musste, sie zu schwängern. Das war sicherlich eine Premiere für mich. Tatsächlich konnte ich mir nicht vorstellen, jetzt eine Barriere zwischen uns zu haben.

»Du bist perfekt, Abby. So verdammt perfekt.« Ich suchte ihren Blick. »Ich möchte in dir kommen.«

»Bitte.« Sie biss mir in die Schulter. »Ich muss loslassen.«

Mit diesen Worten verkrampfte mein Körper sich, als ein Orgasmus mich wie eine Rakete durchfuhr. Meine Eier zogen sich zusammen, als ich mich in ihr vergrub und entleerte, während ich laut stöhnte. Wellen der Lust verzerrten meine Sicht, als ich erneut schrie. Ihre Muskeln umklammerten mich, was die absolute Ekstase dieses Moments noch verstärkte.

Und nachdem wir beide wieder zu uns gekommen waren, blieb ich in ihr und genoss das Gefühl, wie mein Sperma sich in ihr bewegte. Es war selten, dass ich mich nach einem Orgasmus noch erregt fühlte, aber bei ihr gab es kein Ende. Ich wollte es wieder und wieder tun. Aber ich wollte sie nicht erschöpfen. Obwohl ich die ganze Nacht in ihr hätte bleiben können, zog ich mich langsam zurück. Ich legte mich an ihre Seite und zog sie näher zu mir heran, wobei ich ihr einen festen Kuss auf die Lippen drückte.

»Sag mir nicht, dass du heute Nacht zurück in dein Zimmer gehst«, sagte sie.

Ich spürte ihren sanften Atem auf meinem Gesicht. »Das habe ich nicht vor, Schatz.«

»Gut.«

Sie suchte meinen Blick. »Ich hatte Angst, du würdest wieder weglaufen wollen.«

»Glaub mir, das ist das Letzte, was ich jetzt tun möchte.«

»Was willst du dann tun?«

»Das hier, sobald du wieder bereit bist«, sagte ich.

»Ich werde schneller bereit sein, als du denkst.«

»Dann werden wir heute Nacht wohl keinen Schlaf bekommen.«

Sie strich mit den Fingern über die Stoppeln an meinem Kiefer. »Du kannst im Flugzeug schlafen.«

»Das ist wahr.«

Abby nieste plötzlich.

»Habe ich dich mit einem Virus angesteckt?« Ich lachte.

»Wenn ja, bin ich bereit, eine weitere Infektion zu riskieren.« Sie schniefte, als sie lachte.

»Brauchst du ein Taschentuch?« Ich griff in die Schublade des Beistelltisches, um zu sehen, ob sich dort etwas befand. Taschentücher waren nirgends zu finden. Aber – *heilige Scheiße, was?* Ich konnte meinen Augen nicht trauen. Mir stand der Mund offen, als ich wieder zu ihr hinübersah. »Das wirst du nicht glauben.«

Abby wirkte erschrocken. »Was? Ist da ein Körperteil drin oder so?«

Ich schüttelte den Kopf.

»Was ist los? Du siehst aus, als hättest du einen Geist gesehen.«

»Im Grunde *habe* ich einen Geist gesehen. Oder ein Artefakt.« Ich holte die riesige Schachtel mit Kondomen aus der Schublade. »Wie ist das möglich?«

»Was?« Sie lachte. »Sag bloß nicht, das waren deine.«

Ich schüttelte den Behälter. »Wenn es meine gewesen wären, wäre die Schachtel leer.« Ich zwinkerte. »Aber diese Schachtel Kondome ist ein Jahrzehnt alt. Ich habe sie als Scherz für Leo gekauft. Ich erinnere mich noch genau, wie die Schachtel aussah. Es ist diese hier. Und sieh dir das Verfallsdatum an.« Ich drehte die Packung zu ihr.

»Ach du meine Güte. Die sind schon vor Jahren abgelaufen!«

Ich schaute hinein. »Es sind nur noch ein paar übrig. Ich bin mir nicht sicher, warum sie sich noch nicht aufgelöst haben.«

»Ich schätze, niemand hat je daran gedacht, sie wegzuwerfen. Vielleicht hat jeder, der in die Schublade geschaut hat, gedacht, jemand anderes könnte sie gebrauchen. Wahrscheinlich hat niemals jemand auf das Verfallsdatum geachtet.«

»Ich bin total verblüfft. Ich nehme sie für Leo mit nach Hause.«

Sie lachte. »Du bringst ihm Toffees und eine alte Schachtel Kondome als Souvenir mit. Was für ein Glückspilz.«

»Nun, er ist gut zu mir«, scherzte ich. »Er hat es verdient.« Als ich die Schachtel zur Seite warf, drehte ich mich zu Abby um und zog sie wieder an mich heran, sodass ihr nackter Körper eng an meinem lag. »Ich werde dir ein Geheimnis verraten.«

»Ich liebe Geheimnisse.« Sie strahlte. »Was ist es?«

»Du bist die erste Frau, in der ich je gekommen bin.«

Ihre Augen weiteten sich. »Wie ist das möglich?«

»Nun, eine meiner größten Ängste war immer, jemanden zu schwängern. Ich war immer vorsichtig und habe niemandem getraut, auch nicht, wenn sie sagte, dass sie die Pille nimmt. Also ...«

Abby blinzelte schnell und schien wirklich verwirrt zu sein. »Ja, aber nicht einmal mit deiner Frau?«

Mir wurde klar, wie seltsam unmöglich das klang, aber die Umstände mit Britney waren einzigartig gewesen. »Wir hatten Angst, dass sie mitten in der Behandlung schwanger werden könnte. Das wäre schlecht gewesen. Und sie vertrug keine Verhütungsmittel.« Ich zuckte mit den Schultern. »Also haben wir Kondome benutzt.«

»Wow. Ich bin also wirklich deine Erste, da du wusstest, dass du mich nicht schwängern kannst.«

»Weil du es schon bist, ja.« Ich lachte.

Sie kicherte. »Das ist verrückt.«

»Es ist tatsächlich ein wenig verrückt. Die erste Person, mit der ich jemals ungeschützten Sex hatte, ist bereits mit meinem Kind schwanger, obwohl wir vorher noch nie Sex hatten. Das muss man sich mal vorstellen.«

»Es fühlt sich wie eine Geschichte an. Als ... würde es in die Nachrichten kommen, wenn jemand davon erfährt.«

Ich drückte ihre Pobacken. »Das ist definitiv etwas.«

Wir lagen noch eine Weile so da und waren einfach nur zusammen. Aber während die Minuten vergingen, begann die Realität, sich einzuschleichen, und eine entfernte Stimme in meinem Kopf versuchte, den Moment zu ruinieren. *Was hast du nur getan?*

Abby spürte offenbar die Veränderung in meinem Verhalten. »Was ist los?«, fragte sie.

»Ich hoffe, ich habe die Sache mit dir nicht vermasselt«, gab ich zu.

Sie zwang sich zu einem Lächeln. »Mach dir keine Sorgen. Ich werde nicht so dumm sein und mich in dich verlieben oder so.« Sie pikste mich mit einem Finger. »Dein Schwanz ist nicht *so* mächtig, Sigmund Benedictus.« Sie zwinkerte. »Aber nahe dran.«

Erleichtert, dass sie meine sehr reale Angst auf die leichte Schulter nahm, küsste ich sie, wohl wissend, dass ich derjenige war, der Gefahr lief, sich zu verlieben.

KAPITEL 34
Sig

Titel 34: »Detached« von Lyn Lapid

»Alles in Ordnung?«

Lavinia unterbrach meine Gedanken, als ich nach dem Abendessen mit ihr am Küchentisch saß. Ich war am Freitagabend gekommen, um das Wochenende in der Pension zu verbringen, und wir hatten uns gerade einen Tee eingeschenkt.

»Ja«, sagte ich. »Warum?«

»Du hast ins Leere gestarrt.«

Ich hatte gerade an Abby gedacht. Es waren ein paar lange Monate vergangen, seit ich sie in Rhode Island zurückgelassen hatte, und heute hatte sie eine Ultraschalluntersuchung gehabt. Sie war jetzt etwas über sieben Monate schwanger.

Es kam mir vor, als hätte ich sie schon ewig nicht mehr gesehen. Felicitys und Leos Sohn Eli war am Tag nach meiner Rückkehr aus den Staaten zur Welt gekommen. Das Baby sah jetzt wie ein Riese aus, verglichen mit seiner Geburt vor zwei Monaten. Ich nahm seine Größe als Maßstab dafür, wie lange ich von Abby getrennt war. Es verging kein Tag, an dem ich sie nicht wie verrückt vermisste.

Intuitiv beschloss Lavinia wie immer, ihre Nase in Dinge zu stecken, die sie nichts angingen. »Denkst du an sie?«, fragte sie.

»Selbst wenn es so wäre, warum sollte dich das etwas angehen?« Ich nahm einen Schluck von meinem Tee.

»*Du* gehst mich etwas an, Sigmund. Was geht mich denn sonst etwas an?«

Ich fühlte mich sofort wie ein Arsch. Lavinia, die keine eigenen Kinder hatte, betrachtete mich wie einen Sohn.

»Es tut mir leid. Ich nehme an, das ist wahr.« Ich seufzte. »Ja, ich habe an sie gedacht.«

»Willst du mir irgendetwas mitteilen?«

»Nicht wirklich.«

Lavinia wusste offensichtlich, dass Abby und ich eine Art körperliche Beziehung hatten, bevor Abby wegging, aber sie hatte mich nie nach Einzelheiten gefragt, und ich hatte ihr auch nichts verraten. Sie wusste nichts von dem, was zwischen Abby und mir in Rhode Island passiert war, vor allem nicht, dass wir den besten Sex meines Lebens gehabt hatten, kurz bevor ich hierher zurückgekommen war.

»Gibt es irgendetwas, das du zu erzählen bereit bist?«, drängte sie.

Ich seufzte und rieb mir die Schläfen. »Ich vermisse sie, in Ordnung? Ist es das, was du hören willst?«

Sie lächelte. »Ich vermisse sie auch. Sie hat die Dinge hier wirklich aufgehellt.«

»In der Tat, das hat sie.« Ich hielt inne. »Aber es ist besser, wenn wir getrennt sind.«

Lavinia legte den Kopf schief. »Warum sagst du das?«

»Ich habe es mit ihr zu weit getrieben. Das weißt du bereits – ich muss es dir nicht noch einmal erklären. Diese Situation war von Anfang an kompliziert, und ich habe sie noch verschlimmert, indem ich die Grenze überschritten habe. Diese Distanz ist wahrscheinlich ein Segen.«

»Ein Segen? Aber du bist nicht glücklich. Und ich bezweifle, dass sie es ist. Wie soll das Sinn machen?« Sie lehnte sich vor. »Warum könnt ihr beide eigentlich nicht zusammen sein?«

Meine Brust zog sich zusammen. »Fragst du das ernsthaft?«

»Ja. Ich möchte, dass du mir die Gründe nennst.«

»Wie viel Zeit hast du?«

Sie verschränkte die Arme. »Sehr viel.«

»Ich habe vergessen, mit wem ich spreche. Du hast nichts Besseres zu tun.«

»Also, raus damit.«

»Der Grund, warum die Leihmutterschaft funktioniert, ist die Trennung, die Grenzen, die sie mit sich bringt. Dieses Baby hat keine Mutter. Ich *kenne* Abby. Ich weiß, dass sie an seinem Leben würde teilhaben wollen, wenn sie lange genug da wäre. Und das kann ich ihr nicht antun. Sie würde festsitzen. Sie hat ihr ganzes Leben noch vor sich und hat sich nicht dafür entschieden.«

Lavinia schürzte die Lippen. »Hmm ...«

»Was jetzt?«

»Ich habe da eine Theorie.«

Ich rollte mit den Augen. »In Ordnung ...«

»Hast du auch Angst, dass *du* dich an das Kind bindest, wenn sie in der Nähe ist und sich einbringt? Geht es hier um mehr als nur um dich und sie?«

Mein Magen verkrampfte sich, als sich eine Mischung aus Schuldgefühlen und Angst einschlich. So hatte ich das noch nicht gesehen, aber es machte Sinn. Diese Situation war vielschichtig. Es war wie ... eine Zwiebel, nehme ich an. *Gott, jetzt denke ich schon wie Abby. Ich verliere noch den Verstand.* »Es könnte auch ein Element dieser Angst geben, ja«, räumte ich ein. »Ich habe bereits entschieden, dass Kate und Phil das Baby großziehen sollen. Ich bin nicht geeignet. Wenn Abbys Herz sich einmischen würde, würde meines mit Sicherheit folgen. Und das würde mich auf eine Weise an die Situation binden, auf die ich nicht vorbereitet bin. Ich will auch nicht, dass Abby nur aus Pflichtgefühl hierbleibt. Sie ist viel zu jung und muss erst einmal das Leben erleben, bevor sie sich auf diese Art und Weise niederlässt.« Ich atmete aus. »Das Beste für uns beide ist, wenn wir von der Situation distanziert bleiben.«

»*Distanziert* ist ein starkes Wort, wenn man die Umstände bedenkt.«

»Stimmt. Aber es ist der einzige Weg, damit es funktioniert.«

»Der Versuch, distanziert zu bleiben, scheint eine große Anstrengung zu sein, wenn dein Herz nicht in diese Richtung geht.« Sie seufzte. »Außerdem muss nicht jeder die Welt bereisen oder abenteuerliche Dinge erleben, um sesshaft werden zu wollen, Sigmund. Ich habe mich jedenfalls nie dafür interessiert, wie viele weltliche Erfahrungen ich gemacht habe. Ich wollte einfach nur den richtigen Menschen finden, und das schon in jungen Jahren. Aber leider habe ich das nie getan. Das war mir nicht vergönnt. Deshalb bin ich eine alte Jungfer.«

»Du hast dich nie verliebt?«

Sie schüttelte den Kopf. »Das habe ich nicht gesagt. Ich habe mich viele Male verliebt – oder ich dachte, ich hätte mich verliebt. Aber die meisten entpuppten sich am Ende als schwarze Schafe.«

»Wie ist es möglich, dass wir noch nie darüber gesprochen haben?«

»Es gibt niemanden mehr, über den es sich zu reden lohnt.«

»Es tut mir leid, Lavinia. Du hast etwas Besseres verdient. Gibt es jemanden, dem ich in den Hintern treten muss?«

»Niemand, der noch am Leben ist.« Sie lachte. »Wie auch immer, Gott hat mir einen Trostpreis geschickt – einen jungen, strammen Mann, der sich in meinen Achtzigern um mich kümmert.« Sie zwinkerte. »Viel besser kann es doch gar nicht mehr werden.«

»Machst du Witze? Du bist diejenige, die sich um *mich* kümmert, alte Frau.«

Sie lächelte, wobei sich die Falten um ihre Augen verzogen. »Wie geht es Abbys Vater?«, fragte sie nach einem Moment.

»Er bekommt immer noch Chemotherapie, schon seit ein paar Monaten. Dann wird er operiert werden müssen, um einen Teil der Lunge zu entfernen. Aber die Prognose ist gut.«

»Es muss so schwer für sie sein.«

»Ich mache mir Sorgen um sie.« Ich rieb mit einem Daumen an der Teetasse. »Wenn es aus irgendeinem Grund nicht gut geht, hat sie keine andere Familie.«

»Sie hat doch eine Schwester, oder nicht? Aber sie verstehen sich nicht besonders gut, hat sie mir erzählt.«

Ich nickte. »Ich habe die Schwester – Claire – in Rhode Island getroffen. Sie ist noch schlimmer, als ich erwartet hatte. Sie ist ein egoistisches, voreingenommenes Miststück.«

»Apropos voreingenommen, hast du deiner Mutter schon von der Schwangerschaft erzählt?« Lavinia konnte die Antwort offenbar an meinem Gesichtsausdruck ablesen. »Sigmund! Du hast es ihr nicht gesagt?«

»Das habe ich nicht.« Ich nahm einen großen Schluck Tee.

»Du musst es ihr sagen.«

Ich knallte meine Tasse praktisch auf den Tisch. »Warum?«

»Sie kann nicht erfahren, dass sie ein Enkelkind hat, *nachdem* es geboren wurde.«

»Warum nicht?«

»Das werde ich mit keiner Antwort würdigen.«

Obwohl ich wusste, dass sie recht hatte, versuchte ich, mein Handeln zu rechtfertigen. »Meine Mutter ist sehr konservativ. Das weißt du doch. Sie war nicht damit einverstanden, dass ich mit Britney zusammen war oder sie geheiratet habe. Sie würde diese Situation sicher nicht gutheißen.«

Meine Mutter hatte meine Beziehung zu meiner Frau nie verstanden, und auch nicht, wie ich mich so schnell an jemanden binden konnte, den ich gerade erst kennengelernt hatte. Ich glaube, sie wollte mich davor bewahren, verletzt zu werden, aber ihre Kritik an meinen Entscheidungen war das Letzte gewesen, was ich in Anbetracht dessen gebraucht hatte, was Britney und ich durchmachten. Genauso wie die Kritik meiner Mutter das Letzte wäre, was ich jetzt bräuchte.

Lavinia rührte mehr Zucker in ihren Tee. »Ihre Meinung ist nur ihre Meinung. Sie muss nicht von Bedeutung sein. Aber sie ist deine Mutter. Sie hat ein Recht darauf zu wissen, was vor sich geht.« Sie sah wieder zu mir auf. »Und was ist mit deinem Vater?«

»Es ist viel einfacher, mit ihm umzugehen. Er schweigt meistens – er macht einfach alles mit, was sie sagt, und neigt dazu, ihr zuzustimmen, oder er tut zumindest so, um den Frieden zu wahren.«

»Was glaubst du, was sie in dieser Situation für ein Problem hat? Ich kann mir nicht vorstellen, dass irgendjemand etwas an einer so schönen Sache auszusetzen hat.«

»Du kennst meine Mutter nicht. Die richtige Frage wäre, womit sie *kein* Problem hätte. Sie hätte ein Problem damit, dass ich ein Kind zeuge, dessen Mutter tot ist. Sie hätte ein Problem mit der Wahl einer Amerikanerin, die es austrägt. Sie hätte ein Problem mit meiner Entscheidung, das Kind nicht aufzuziehen, und mit der Möglichkeit, dass das Kind in den USA aufwächst. Es ist nicht so, dass es mir scheißegal wäre, was sie denkt – das ist es nicht. Aber ich kann den Stress, den zusätzlichen Lärm, den ihre Kritik verursacht, im Moment nicht gebrauchen.«

Lavinia wurde weicher, als meine Worte sie zu treffen schienen. »Verständlich.« Sie nickte. »Wir alle tun, was wir für unsere geistige Gesundheit tun müssen.«

Mein Telefon klingelte mit einer SMS. Es war Abby. Ein Foto. Und nicht nur irgendein Foto – das erste Ultraschallbild, das ich seit dem ersten gesehen hatte. Das Baby hatte jetzt einen wohlgeformten Kopf und sah aus wie ein echter Mensch. Ich konnte sogar eine kleine, nach oben gerichtete Nase erkennen, wie die von Britney. Meine Brust zog sich zusammen, als ich versuchte, die Gefühle, die sich in mir aufbauten, mit aller Kraft zu bekämpfen. Es war eine Mischung aus Qual und Liebe, die zu fühlen ich mir nicht erlauben konnte.

»Was ist los?«, fragte Lavinia. »Was fasziniert dich so?«

»Abby hat gerade ein Foto geschickt.«

»Es ist doch nicht oben ohne, oder?«

Anstatt zu antworten, drehte ich das Display zu ihr.

Sie öffnete langsam den Mund. »Meine Güte.« Tränen traten ihr in die Augen. »Jetzt kann man wirklich alles sehen. Sieh dir diesen riesigen Kopf an.« Sie lachte. »Das ist eindeutig dein Kind, Sigmund.«

Ich rollte mit den Augen und lachte.

»Hat sie das Geschlecht herausgefunden?«, fragte sie.

»Ich glaube nicht, dass wir es herausfinden werden.«

»Warum nicht?«

»Das habe ich Phil und Kate überlassen. Sie haben beschlossen, es als Überraschung zu lassen. Wenn sie ihre Meinung nicht ändern, müssen wir also warten.«

»Vielleicht falle ich vorher noch tot um. Verdammt noch mal, ich will es wissen.«

»Ich werde es deinem Grab zuflüstern.«

Lavinia gab mir einen spielerischen Klaps auf den Kopf.

Nachdem sie mir das Telefon zurückgegeben hatte, verlor ich mich in dem Bild und starrte es eine ganze Weile lang an. Während der Anblick des schlagenden Herzens auf dem ersten Ultraschallbild die Dinge hatte real erscheinen lassen, war nichts so ergreifend wie dies – seine tatsächliche Form zu sehen. Es als einen Menschen zu sehen.

Dies war *mein Kind*. Mein Sohn oder meine Tochter.

Gott.

Meine Augen begannen zu tränen.

Mist.

»Du siehst im Moment sehr *distanziert* aus, Sigmund.«

Ich wischte mir über die Augen. »Fick dich, Lavinia.«

»Fick dich noch mehr, mein Lieber«, lachte sie.

KAPITEL 35

Sig

Titel 35: »What Happens After You« von Weezer

An diesem Abend ging ich schließlich nach oben, um mit Abby per Video zu telefonieren, was zu unserem allabendlichen Ritual geworden war, bevor ich ins Bett ging. Wegen der Zeitverschiebung war es bei ihr früher Abend. Unsere Unterhaltungen waren zu meinem Lieblingsteil des Tages geworden.

Ich hatte vorhin mit einem *Wow* auf das Ultraschallbild geantwortet, aber sonst nichts gesagt, vor allem weil es mir schwerfiel, in einer SMS zusammenzufassen, was ich fühlte.

»Hey«, sagte sie, als sie auf dem Bildschirm auftauchte.

Abbys Haare waren zerzaust und sahen ein wenig verknotet aus. Ihre Wangen waren gerötet. Es erinnerte mich daran, wie sie in der Nacht ausgesehen hatte, als wir Sex hatten, und ich sehnte mich danach, jetzt bei ihr zu sein.

»Was machst du so?«, fragte ich.

»Ich habe gerade Staub gesaugt.«

»Ah.« Ich lachte. »Sieht aus, als hätte es dich ganz schön mitgenommen.«

»Willst du damit sagen, dass ich schlecht aussehe?«

»Nein. Ganz im Gegenteil. Wunderbar zerzaust.«

»Danke ... denke ich.«

Ich legte die Füße hoch. »Wie war dein Tag?«

»Anstrengend. Nach dem Ultraschall musste ich meinen Vater zu seinem Chemo-Termin bringen. Es gab keine Pause.«

»Isst du auch, wenn du solltest?«

»Ich versuche es.«

»Abby ...«, schimpfte ich.

»Was?« Sie setzte ein schuldbewusstes Lächeln auf.

»Willst du mich dazu bringen, sofort in ein Flugzeug zu steigen? Nach Rhode Island zu kommen und dich zu zwangsernähren?«

»Führe mich nicht in Versuchung. Wenn ich hungere, heißt das, dass ich dich sehen kann? Ich könnte an etwas dran sein.«

Jedes Wochenende überlegte ich, ob ich sie überraschen sollte, und sei es nur für ein paar Tage. Aber wenn ich kurz davor war, ein Ticket zu buchen, meldete sich immer mein gesunder Menschenverstand. Ich erinnerte mich daran, dass die Trennung nur zu ihrem Besten und es umso besser war, je früher sie sich von mir *distanzierte. Distanziert.* Da war es wieder, dieses Wort.

Außerdem war sie mit ihrem Vater beschäftigt – eine weitere Ausrede von mir. Ich hatte mir eingeredet, dass meine Anwesenheit sie davon ablenken würde, für ihn da zu sein. Aber was auch immer ich mir einredete, es änderte nichts an der Tatsache, dass ich sie jeden Tag vermisste, und heute mehr denn je.

»Das Einzige, wonach mir in letzter Zeit zumute ist, sind die Pfannkuchen, die du mir nie machen konntest. Ich habe Dad erzählt, dass die Briten Pfannkuchen anders machen. Er hatte ein schlechtes Gewissen, weil du sie für mich machen wolltest, als ich den Anruf wegen seines Herzinfarkts erhielt. Er will sie auch probieren.« Sie lachte. »Er ist ein großer Fan von Pfannkuchen.«

»Ich hätte sie machen sollen, als ich in Rhode Island war. Ich wünschte, ich könnte sie jetzt für euch beide machen.«

Sie blies sich eine Haarsträhne aus der Stirn. »Du hast nicht viel gesagt, als ich dir heute das Foto geschickt habe.«

Ich zupfte an einigen Fusseln auf meinem Bett. »Ich weiß. Aber ich konnte nicht aufhören, ihn – oder sie – anzustarren. Du kennst das Geschlecht nicht, richtig?«

»Nein, ich habe nicht geschummelt und gefragt. Wenn Kate und Phil wollen, dass es eine Überraschung ist, dann soll es eine Überraschung sein.« Sie legte sich zurück auf ihr Bett. »Ich glaube sowieso nicht, dass ich das vor dir verheimlichen könnte. Es ist besser, wenn ich es nicht weiß. Ich bin nicht sehr gut darin, Geheimnisse zu bewahren.«

»Ich habe ein Geheimnis«, sagte ich.

»Ja?«

»Ich habe dich heute schrecklich vermisst. Aber sag es niemandem.«

»Ich werde es nicht der Leihmutterschaftspolizei erzählen. Aber mich zu vermissen ist nicht Teil des Protokolls, Sigmund.«

»Wenn es um dich geht, bin ich ein schrecklicher Regelbefolger.«

»Erste Regel des Leihmutterschaftsklubs, fick nicht die Leihmutter. Und vermisse sie ganz sicher nicht.«

Ich hob eine Hand. »Schuldig in beiden Punkten.«

Sie lächelte und bewegte das Telefon von ihrem Gesicht weg. »Willst du etwas sehen?« Abby hob ihr Hemd und entblößte ihren nun sichtbar runden Bauch. Ihre Schwangerschaft ließ sich körperlich nicht mehr leugnen. Ich starrte sie an und wünschte, ich könnte mit meiner Hand über die straffe Haut fahren. Ich hatte ihren Bauch noch nicht persönlich gespürt, denn als ich sie verlassen hatte, hatte sie noch nicht viel davon gehabt.

»Ist es verkorkst, dass ich mich jetzt noch mehr zu dir hingezogen fühle?«

»Ein bisschen«, sagte sie, während sie ihren Bauch wieder bedeckte.

»Genau deshalb ist es gut, dass ich nicht da bin. Das wäre verdammt gefährlich.«

»Was würdest du mit mir machen, wenn du jetzt hier wärst?«

»Ist das ein Vorspiel für Telefonsex, Miss Knickerbocker?«

»Das könnte es sein.« Sie lächelte schelmisch.

»Wo ist dein Vater?«

»Er sieht sich *Glücksrad* an.«

»Ist die Lautstärke hoch genug?«

Sie kicherte. »Ja, er ist ganz unten, und ich bin oben.«

»Wenn ich dort wäre, würde ich mit aller Macht versuchen, dich nicht so hart zu ficken, wie ich es möchte. Je größer dein Bauch wird, desto mehr würde ich ausflippen, aber gleichzeitig bin ich umso erregter. Du verstehst also, in welcher Zwickmühle ich mich befinde.«

»*Du* bist eine große Zwickmühle, Benedictus.«

»Das klingt nicht nach einem Kompliment.«

»Ist es auch nicht. Aber so bist du nun mal. Ein verwirrter, komplexer Mann.«

»Es gibt keine Verwirrung, wenn es darum geht, wie sehr ich dich begehre, Abby. Darin liegt nicht die Unsicherheit.«

»Es ist schön, körperlich begehrt zu werden.« Ihr Blick wurde ernst. »Aber das bringt mich nur so weit.«

»Wie ich dir bereits gesagt habe, begehre ich dich nicht *nur* körperlich. Ich kann dich zum Beispiel im Moment nicht körperlich haben, aber ich freue mich schon den ganzen Tag darauf, mit dir zu reden.«

Sie starrte mich stumm an, bevor sie fragte: »Wenn du mich unter anderen Umständen kennengelernt hättest, glaubst du, es hätte zwischen uns gefunkt?«

»Du meinst, wenn ich dich einfach in einer Kneipe oder so getroffen hätte?«

»Ja.«

»Sagen wir mal so ... ich hätte dich ganz sicher nicht aus meiner Wohnung geworfen.«

»Gott, bist du romantisch.«

Ich lachte.

»Ich frage mich oft, wie es gewesen wäre, wenn wir uns in einer anderen Zeit kennengelernt hätten«, sagte sie. »Wenn es keine Leihmutterschaft gegeben hätte, hätten wir dann eine Chance gehabt, die wir jetzt nicht haben? Dieser Gedanke macht mich irgendwie traurig.«

»Wenn wir uns in einer Kneipe kennengelernt und uns gut verstanden hätten, würde ich mir trotzdem etwas Besseres für dich wünschen als mich, Schatz. Ich würde dich trotzdem nicht fesseln wollen – zumindest nicht im übertragenen Sinne.«

Sie ignorierte meine dumme Anspielung und blieb ernst. »Es hätte also sowieso nicht funktioniert. Ist es das, was du meinst? Weil ich jemanden verdiene, der in der Lage ist, mich so sehr zu lieben, wie du Britney geliebt hast?«

Man hätte eine Stecknadel fallen hören können, als das Gespräch eine Wendung nahm, auf die ich nicht vorbereitet war. Ich hatte extra versucht, nicht an Britney zu denken, als ich über meine wachsenden Gefühle für Abby nachdachte. Ich trug in dieser Hinsicht eine Menge Schuldgefühle mit mir herum. Hätte man mich vor einem Jahr gefragt, ob ich wieder lieben könnte, hätte ich gesagt, dass das absolut nicht möglich war. Und in letzter Zeit? Ich konnte mir über nichts sicher sein. Aber für dieses Thema war ich heute Abend nicht bereit.

»Du verdienst jemanden ohne emotionalen Ballast«, sagte ich schließlich.

»Was jemand verdient, ist nicht immer das, was er will«, konterte sie. »Manchmal sind die Dinge, die uns am glücklichsten machen, nicht die Dinge, die perfekt für uns sind.« Sie schüttelte den Kopf. »Wie auch immer, das ist alles überflüssig, nehme ich an. Wir haben uns so kennengelernt, wie wir uns kennengelernt haben. Und die Situation ist so kompliziert, wie sie ist.«

Mir gefiel der besorgte Ausdruck in ihren Augen nicht. Was als leichtes und kokettes Telefongespräch begonnen hatte, war alles andere als das geworden. »Sprich mit mir. Was denkst du im Moment?«

»Werden wir uns überhaupt wiedersehen, Sig? Oder ist dein Plan, einfach aus meinem Leben zu verschwinden?«

Darauf hatte ich keine schnelle Antwort. »Ich habe keinen Plan.« Das konnte ich nicht genug betonen. »Aber dich nie wiederzusehen passt mir überhaupt nicht in den Kram. Das kann ich mir nicht vorstellen, Abby.«

»Nun, ich glaube, es wäre zu schmerzhaft für mich, dich zu sehen – wenn wir nicht zusammen sind.«

Ich blinzelte überrascht. »Was willst du damit sagen?«

»Ich will damit sagen, dass ich fürchte, schon zu weit zu sein. Obwohl ich versuche, meine Gefühle herunterzuspielen, *verliebe* ich mich in dich. Etwas, wovor du mich gewarnt hast. Und die Distanz zwischen uns ändert nichts an meinen Gefühlen. Das verhindert nur den körperlichen Teil. Was mich durch meine Tage bringt, ist das Wissen, dass ich jeden Abend mit dir reden kann. Und ich weiß jetzt, wie gefährlich das ist, wenn es verschwindet.«

»Ja ...«, murmelte ich und merkte, wie schlecht ich auf das »Danach« dieser Leihmutterschaftssituation vorbereitet war. Es war töricht zu glauben, dass einer von uns beiden seine Gefühle abstellen könnte, nur weil das von uns *erwartet* wurde, sobald das Baby da war und wir getrennte Wege gingen. Ich hatte mir nicht erlaubt, über das Danach nachzudenken, denn ich hatte zu viel Spaß daran, im Moment zu leben. Ich wollte nie, dass diese Tage zu Ende gingen, und doch *würden* sie es tun, ob ich es wollte oder nicht.

»Deine Schwächen, deine Probleme, deine emotionale Verkorkstheit – nichts davon macht mir Angst. Deine Komplexität zieht mich mehr zu dir hin. Sie macht dich real. Verletzlich.« Sie schüttelte langsam den Kopf. »Und deine Liebe zu Britney? Die Tatsache, dass ich weiß, dass du einmal fähig warst, jemandem dein ganzes Herz zu schenken? Sie so sehr zu lieben, dass es dich für alle anderen gebrochen hat? Ironischerweise ist das eines der attraktivsten Dinge an dir.«

Ich wollte so viel sagen, doch meine Kehle fühlte sich an, als sei sie zugeschnürt.

»Ich kann mir nicht vorstellen, was du durchgemacht hast und was du immer noch durchmachst«, fuhr sie fort. »Es ist schwer, einen Elternteil zu verlieren, aber ich kann mir vorstellen, dass der Verlust des Seelenverwandten einen ganz besonderen Schmerz verursacht. Und ich werde das nicht untergraben, indem ich erwarte, dass du dieselben Gefühle für mich hegst.« Sie atmete aus. »Unterm Strich muss ich also über dich hinwegkommen, über das, was wir uns aufgebaut haben, denn wir werden es abreißen müssen, wenn die Zeit um ist. Ich muss anfangen, mein Herz zu schützen. Ich vermisse dich im Moment furchtbar, aber ich denke, ich muss herausfinden, wie ich weggehen kann, wenn das Baby da ist.«

Es machte natürlich Sinn, ihr Herz zu schützen. Aber ich konnte mir nicht vorstellen, dass sie aus meinem Leben verschwand. *Wie kann ich das in Ordnung bringen?* Mein Magen fühlte sich unbehaglich an, als ich schließlich die Worte zusammenbrachte. »Es ginge mir nicht gut damit, dich nie wiederzusehen.«

»Vielleicht bist du stärker als ich, wenn du glaubst, dass du damit umgehen könntest.« Ihre Augen glänzten. »Jeden Tag kommen wir dem Ende dieser Reise näher. Und jeden Tag bemühe ich mich mehr, mich nicht in dich zu verlieben. Das sind zwei Dinge, die sich gegenseitig widersprechen. So kann es nicht weitergehen.« Sie sah aus, als würde sie gleich weinen.

Mist. »Das ist alles meine Schuld, Abby. Alles meine verdammte Schuld. Ich habe mir geschworen, dich nicht zu verletzen, und wie es scheint, habe ich es bereits getan.«

»Entschuldige dich nicht. Ich habe genauso viel Schuld. Du hast mir gesagt, ich solle mich nicht in dich verlieben. Deutlicher kann man es nicht sagen. Ich hätte nicht mit dem Feuer spielen sollen.« Sie wischte sich über die Augen. »Ich gehe jetzt besser, okay?«

Eine Welle der Panik überkam mich. »Ich will mich nicht verabschieden, wenn du so aufgebracht bist.«

»Morgen wird es besser sein. Ich glaube, es sind nur die Hormone oder so.«

Unsinn.

»Ich muss jetzt Schluss machen.« Sie schniefte. »Es tut mir leid.«

Dann legte sie auf.

Ein hohles Gefühl machte sich in meiner Brust breit, während ich im Bett lag und auf den dunklen Bildschirm starrte. Einen Moment lang war ich wie erstarrt, doch dann änderte sich das.

Ich wusste genau, was ich zu tun hatte.

KAPITEL 36

Abby

Titel 36: »Come to Me« von den Goo Goo Dolls

Ich war mir nicht sicher, wie das heutige Telefonat mit Sig verlaufen würde. Nach dem Schlamassel, den ich gestern Abend angerichtet hatte, als ich mit meinen Gefühlen herausgeplatzt war und dann einfach aufgelegt hatte, hätte ich es ihm nicht verübelt, wenn er es vorgezogen hätte, es auszulassen.

Aber ich konnte nichts für meine Reaktion. Ich musste ihn wissen lassen, wo mir der Kopf stand – dass mir alles über den Kopf gewachsen war. Aber ich hatte die Dinge nicht richtig angepackt. Ich war zu emotional gewesen und hatte das Gespräch abgebrochen, obwohl ich es begonnen hatte.

Als ich zustimmte, die Leihmutterschaft zu übernehmen, hatte ich mir geschworen, mich nicht an das Baby zu binden. Aber ich hatte nicht damit gerechnet, dass ich mich in den Vater verlieben könnte. Dieses Baby war jetzt mehr für mich als ein Kind, das ich für »jemand anderen« austrug. Es war das Kind des Mannes, in den ich mich verliebt hatte. Das änderte aber nichts an der Aufgabe, die ich zu erledigen hatte. Das wusste ich. Und es änderte auch nichts an den Grenzen, die ich setzen musste. Es machte die Dinge nur schwieriger.

»Gehst du nach oben für dein Telefonat?«, fragte mein Vater und sah auf die Uhr.

»In ein paar Minuten.«

Mein Vater wusste, wie es lief – das war die Zeit des Tages, etwa eine Stunde vor dem Abendessen, zu der ich immer nach oben ging, um mit Sig zu reden. Ich hatte Dad gegenüber zwar zugegeben, dass Sig und ich die Grenze überschritten hatten, aber er wusste nichts Genaues und wollte auch nicht zu viel wissen. Ich konnte es ihm nicht verübeln. Aber er verstand, dass ich Gefühle für diesen Mann entwickelt hatte. Ich sprach jetzt immer positiv über Sig, sodass mein Vater keinen Grund mehr hatte, ihn nicht zu mögen. Er machte sich allerdings Sorgen, dass mir das Herz gebrochen werden könnte. *Willkommen im Klub.*

Etwa fünf Minuten später ließ ich meinen Vater unten allein, um seine abendliche Spielshow zu sehen. Als ich mein Schlafzimmer betrat, flatterten Schmetterlinge in meinem Bauch, eine Mischung aus Nervosität wegen der Stimmung heute Abend und der üblichen Vorfreude darauf, Sigs Stimme zu hören.

Es vergingen jedoch zehn Minuten, ohne dass das Telefon klingelte.

Dann vergingen weitere zehn Minuten.

Ich hatte zu viel Stolz, um das Handy zu nehmen und ihn nach dem vergangenen Abend selbst anzurufen.

Aber vielleicht machte ich mir zu viele Gedanken. Es war immer möglich, dass er von etwas aufgehalten wurde. Allerdings war es dort schon fast zweiundzwanzig Uhr und zu spät, als dass er noch arbeiten würde. Ein Anflug von Eifersucht überkam mich bei dem Gedanken, dass er in einer Kneipe unterwegs war und mit einer Frau flirtete, die er vielleicht mit nach Hause nahm, um sie dann hinauszuwerfen. Oder vielleicht würde er sie dieses Mal nicht nach Hause schicken. Hatte ich ihn dazu getrieben, weil ich gestern Abend so mitteilsam gewesen war? Er neigte dazu, sich xbeliebige Frauen zu suchen, wenn er seine Probleme zu vergessen versuchte.

Diese Frage quälte mich noch eine halbe Stunde lang. Als ich einsah, dass Sig nicht anrufen würde, zwang ich mich, wieder nach unten zu gehen.

Die Miene meines Vaters verfinsterte sich, als er mein Gesicht sah. »Was ist denn los?«

»Er hat heute Abend nicht angerufen. Ich bin mir nicht sicher, was passiert ist.«

»Das ist nicht gut.« Er runzelte die Stirn. »Warum rufst du dieses Arschloch nicht an?«

»Das könnte ich, aber ... das ist eine lange Geschichte. Ich habe das Gefühl, er ist jetzt am Zug.«

Dads Blick folgte mir, als ich zum Kühlschrank ging und mir Orangensaft einschenkte. Ich hasste es, ihn in meine Probleme hineinziehen zu müssen. Er konnte es sich nicht leisten, meinetwegen gestresst zu sein. Ich nippte langsam an meinem Saft und betrachtete eine Postkarte, die Dads Schwester, meine Tante Maureen, aus Frankreich geschickt hatte, als es an der Tür klingelte.

Mein Vater ging hin, um sie zu öffnen, und ich hörte diesen unverkennbaren britischen Akzent.

»Es wird gemunkelt, dass hier jemand britische Pfannkuchen probieren möchte?«

Mein Herz setzte einen Schlag aus, als ich meinen Orangensaft abstellte.

»Da hast du verdammt recht.« Dad trat zur Seite.

Und da war er: Sig, der eine Papiertüte mit Lebensmitteln in der Hand hielt.

Unsere Blicke trafen sich, während ich zu fassungslos war, um zu sprechen. Ich legte eine Hand auf mein Herz. »Wie ... ist das passiert?«

Er ging ein paar Schritte hinein. »Ich habe ein Ticket gebucht und bin in ein Flugzeug gestiegen.«

»Aber du hast mir nicht gesagt, dass du kommst.«

»Ich weiß. Ich wollte dich überraschen. Ich hoffe, es ist eine gute Überraschung und keine schlechte.« Sein Blick fiel auf meinen runden Bauch. Er murmelte: »Wow.«

»Ich gebe euch beiden eine Minute ...« Dad drehte sich um und ging die Treppe hinauf.

Als die Schlafzimmertür meines Vaters geschlossen war, stellte Sig die Tüte, die er in der Hand hielt, ab und griff nach mir.

Ich konnte seinen Herzschlag spüren, als er die Arme um meinen Körper schlang, sein wunderbarer Duft so berauschend wie immer. Es fühlte sich so verdammt gut an, von ihm gehalten zu werden. Trotz meiner Erklärung, mein Herz zu schützen, war meine Reaktion in diesem Moment ein Beweis für meine Schwäche – ein Beweis dafür, dass ich noch lange nicht bereit war, das Pflaster abzureißen.

»Ich konnte die Dinge nicht so lassen, wie sie gestern Abend waren«, flüsterte er, während er mein Haar streichelte. »Ich musste dich sehen. Ich hoffe, das ist in Ordnung.« Er sah auf mich herab. »Ich weiß, dass wir eine Lösung finden können.«

»Es tut mir leid, wenn ich –«

Er presste seine Lippen auf meine, unterbrach mich mitten im Satz und verschlang den Rest dessen, was ich sagen wollte.

»Gott, ich habe dich vermisst«, murmelte er an meinen Lippen.

Mein Körper fühlte sich an, als würde er schmelzen. »Ich habe dich auch vermisst.«

Er zog sich zurück. »Wir reden später, in Ordnung? Versprochen. Wenn dein Vater ins Bett gegangen ist. Jetzt würde ich euch beiden gern Frühstück zum Abendessen machen – die Pfannkuchen, nach denen ihr euch gesehnt habt. Es sei denn, ihr habt schon gegessen.«

Mein Herz fühlte sich an, als würde es mir aus der Brust springen. »Haben wir nicht. Und das klingt fantastisch.«

Er küsste mich auf die Stirn und stellte die Tüte auf den Tresen.

»Dad, du kannst jetzt rauskommen!«, rief ich die Treppe hinauf, während Sig mir in die Küche folgte.

Mein Vater kam wieder nach unten und klopfte Sig auf die Schulter. »Was kann ich tun, um zu helfen, DA?«

»DA?« Sig hob eine Augenbraue, als er die eingekauften Lebensmittel auspackte.

»Dieses Arschloch.«

»Ach ja, richtig. Gut zu wissen, dass der Spitzname hängengeblieben ist.«

»Das ist er.« Dad zwinkerte.

»Besser als Klopapier, nehme ich an.« Er schubste meinen Vater weg. »Ruh dich aus, Roland. Ich übernehme das Abendessen.«

»Man könnte meinen, ich sei ein Krebspatient oder so ...« Mein Vater zuckte mit den Schultern, bevor er sich ins Wohnzimmer zurückzog.

Ich blieb an Sigs Seite, während er mit der Zubereitung der Mahlzeit begann. »Ich weiß, du hasst es, wenn jemand dir über die Schulter schaut, während du kochst, aber ich will trotzdem zusehen.«

Sig drehte sich um, um sich zu vergewissern, dass mein Vater mit dem Rücken zu uns war, dann drückte er mir einen festen Kuss auf die Lippen. »Eigentlich wäre es mir lieber, wenn du heute Abend jede Sekunde in meiner Nähe wärst.«

Dieser Satz ließ meinen ganzen Körper aufleuchten. Ich sah zu, wie er den Teig rührte und in die Pfanne goss, um einen perfekt dünnen Pfannkuchen nach dem anderen zu backen.

Er machte eine große Portion und stellte sie mit Zitrone, Zucker und Schokoladenaufstrich auf den Esstisch. Außerdem hatte er tonnenweise frisches Obst aufgeschnitten. Es war ein wahres Festmahl.

Nachdem wir drei den ganzen Stapel und alle Beilagen vertilgt hatten, rieb mein Vater sich den Bauch. »Weißt du, ich hatte in letzter Zeit keinen großen Appetit, aber es scheint, als hätte ich mich für nichts anderes interessiert als für diese köstlichen Pfannkuchen. Danke, dass du sie gemacht hast, Junge.«

»War mir ein Vergnügen. Es freut mich, dass du sie essen konntest.«

»Ob ich sie bei mir behalten kann, ist eine andere Sache …«, lachte Dad.

Sig nickte. »Meine Frau, Britney, hatte während ihrer Behandlungen nie viel Appetit. Wir haben uns jedes Mal gefreut, wenn sie etwas gegessen hat und es bei sich behalten konnte. Aber es war wirklich der Mangel an Essen, der sie schwächer machte. Ich freue mich, dass du die Pfannkuchen genießen konntest.«

Mir rutschte das Herz in die Hose, als mir klar wurde, wie besorgt Sig immer darüber war, ob ich etwas gegessen hatte oder nicht. Ich fragte mich, ob es für ihn ein Auslöser war, wenn ich ihm sagte, dass ich nichts gegessen hatte, ob es ihn an diese Tage zurückdenken ließ.

Mein Vater räusperte sich. »Britney hatte Glück, dich an ihrer Seite zu haben, genau wie ich Glück habe, meine Tochter zu haben. Es tut mir leid, dass Abby England verlassen musste, um sich um mich zu kümmern.«

»Sie ist genau da, wo sie jetzt sein soll«, sagte Sig.

Dad schenkte mir ein mitfühlendes Lächeln. »Ich weiß aber, dass sie sich wünscht, sie wäre wieder dort.«

Sig grinste zu mir herüber. »Wir vermissen sie auch.«

Dad legte den Kopf schief. »Wir?«

»Lavinia und ich.«

»Ah.« Mein Vater nickte. »Die alte Dame. Ich habe gehört, sie ist eine Wucht. Wenn ich das durchstehe, bringe ich ihr persönlich eine Flasche Fireball, weil du mir gesagt hast, dass das ihr Lieblingsgetränk ist.« Dad stand auf. »Nun, wenn ihr mich entschuldigt, ich glaube, ich gehe nach oben ins Bett.« Er drehte sich zu Sig um. »Du bist morgen früh noch hier, oder?«

»Ja. Ich hatte vor, ein paar Tage zu bleiben, wenn das für dich in Ordnung ist.«

»Du kannst so lange bleiben, wie du willst, wenn du weiter diese Pfannkuchen machst«, lachte Dad.

»Das lässt sich einrichten.«

Kurz nachdem mein Vater die Treppe hinaufgegangen war, duschte Sig, während ich die Küche aufräumte. Wir mussten reden, doch ich konnte nur daran denken, ihn heute Abend allein für mich zu haben. Aber wie sollten wir in diesem kleinen Haus Sex haben? Mein Vater hatte einen leichten Schlaf.

Aber wo ein Wille ist, da ist auch ein Weg.

KAPITEL 37

Abby

Titel 37: »Light On« von Maggie Rogers

Nach seiner Dusche schlich Sig sich in der Küche an mich heran. Die Wärme seines Körpers fühlte sich an wie ein elektrischer Strom auf meiner Haut. Und das Parfüm, das er gerade aufgetragen hatte, roch unglaublich gut. Ich drehte mich um, und sein Blick blieb an meinem Mund haften. Ich strich mit dem Zeigefinger über seine Unterlippe und flüsterte: »Ich weiß, wir müssen über ernste Themen reden, aber ich habe keine Lust, die Hände lange genug von dir zu lassen, um jetzt ein Gespräch zu führen.«

Seine Augen schimmerten. »Wir müssen uns unterhalten, aber mein Schwanz in dir ist im Moment wichtiger? Ist es das, was du sagen willst?«

Ich schaute auf seinen offensichtlichen Ständer hinunter. »So wie es aussieht, steht das Reden auch bei dir nicht gerade im Vordergrund, Benedictus. Es sei denn, du hast vor, mit dieser Rakete in deiner Hose zu plaudern ...«

»Du hast recht. Ich will dich im Moment mehr als meinen nächsten Atemzug.« Er drückte seinen Körper gegen meinen. »Aber sag mir ... wie genau soll das funktionieren, wenn dein Vater oben ist? Ich werde explodieren, wenn ich dich heute Nacht nicht bekomme. Gibt es gute Verstecke? Ich bin nicht wählerisch.«

Ich biss mir auf die Unterlippe und deutete auf die Seitentür. »Habe ich dir schon mal Dads großen Geräteschuppen da hinten gezeigt?«

»Nein, aber ich brauche plötzlich etwas zum Nageln.«

Ich schlug ihm auf die Brust. »Das war schrecklich.«

»Ich bin nicht sehr kreativ, wenn mein Schwanz meinen Verstand übernimmt.«

»Komm mit mir«, sagte ich und nahm ihn an der Hand.

»Das ist der Plan.« Er lachte.

Das Laub knirschte unter unseren Füßen, als wir den Garten überquerten. Ich öffnete die Schuppentür und schaltete das einzige Innenlicht ein. Es gab auch einen Schalter, um die Heizung zu aktivieren, wofür ich mitten im November dankbar war. Ich schloss die Tür hinter uns, und Sig und ich fielen in einen leidenschaftlichen Kuss.

Dann drehte er mich um, sodass ich mit dem Gesicht zur Wand stand. »Ich will dich von hinten ficken. Das haben wir noch nie gemacht. Und wir haben hier keinen Platz für viel mehr. Ist das okay?«

»Ja«, hauchte ich, hob mein T-Shirt-Kleid über den Kopf und hängte es an den Griff eines Rasenmähers.

»Ich liebe es, wie begierig du bist«, sagte er.

Ich hörte das Klirren seiner Gürtelschnalle und dann, wie er den Reißverschluss öffnete, was mir einen Schauer der Erregung über den Rücken jagte.

»Und du bist *nicht* begierig?«, stichelte ich.

»*Begierig* ist ein zu schwaches Wort«, antwortete er, zog meine Unterwäsche herunter und hielt seinen heißen, pochenden Schwanz an meinen Hintern. »Fühl mal, wie verdammt begierig ich bin.«

Ich stützte mich mit den Händen an der Schindelwand ab, um das Gleichgewicht zu halten.

»Gott, dein Arsch ist wunderschön. So verdammt perfekt.« Seine unregelmäßigen Atemzüge kitzelten meinen Nacken. »Krümme den Rücken. Genau so. Scheiße, ja.«

Ich schloss die Augen, unglaublich erregt von dem Gefühl, wie sein harter Schwanz an mir rieb. Meine Klitoris pochte vor Erwartung.

Er drang mit zwei Fingern in mich ein. »Sieh nur, wie feucht du für mich bist. Ich möchte es langsam angehen, aber ich bin mir nicht sicher, ob ich es kann.«

»Tu es nicht.« Im nächsten Moment spürte ich das Brennen seines Schwanzes, der mich ausfüllte. Die Muskeln zwischen meinen Beinen spannten sich augenblicklich um ihn herum an.

»Ich habe fast vergessen, wie verdammt eng du bist.« Er stöhnte, sein Schwanz zuckte in mir. »Beweg dich keine Sekunde«, zischte er. »Ich wäre fast gekommen.« Er hielt inne, um seine Fassung wiederzuerlangen, dann legte er die Hände um meine Taille, während er in mich stieß und im Rhythmus stöhnte. »Hast du eine Ahnung, wie gut deine Muschi sich anfühlt, wenn sie meinen Schwanz verschluckt?«

Ich wimmerte, kaum in der Lage zu sprechen.

»Wie dein schöner Arsch jedes Mal wackelt, wenn ich in dich stoße?« Er beschleunigte seine Bewegungen und griff nach meinen geschwollenen Brüsten, massierte sie, während er hinein- und herausglitt. »Ich kann einfach nicht genug von dir bekommen.« Er drückte zu.

Ich ließ eine Hand sinken, um meine Klitoris zu massieren, und spürte, wie mein Orgasmus sich näherte. »Ich kann mich nicht mehr zurückhalten. Es ist noch zu früh, aber ich werde kommen.«

»Komm, Baby. Komm an meinem Schwanz.«

In der Sekunde, in der diese Worte seinen Mund verließen, durchfuhr mich die Hitze meines Höhepunkts. Auch er ließ los und stöhnte vor Vergnügen. Die Wärme seines Spermas erfüllte mich – dieses fantastische Gefühl, alles von ihm zu bekommen, oder zumindest so viel, wie er zu geben bereit war.

Danach brach ich praktisch an der Wand zusammen, schlaff vom Ausmaß dieses Orgasmus. Er zog sich langsam heraus, und die Tropfen seines Spermas sammelten sich zwischen meinen Oberschenkeln.

Er drehte mich um und bedeckte meinen Mund mit seinem, küsste mich, als hätte ihn das, was wir gerade getan hatten, kaum befriedigt. Ich wusste, dass es mich kaum befriedigt hatte.

»Ich habe dich verdammt vermisst. Habe ich dir das schon gesagt?« Sig starrte auf meinen geschwollenen Bauch hinunter, während seine Augen glitzerten. Er kniete sich einen Moment hin und küsste meine gespannte Haut. »Sieh dich an.«

Mein Körper verkrampfte sich, während ich alle Emotionen zu vertreiben versuchte, die dieser einfache Akt auslöste.

Er stand auf. »Es ist unwirklich.«

»Ich weiß. Neunundzwanzig Wochen. Kaum zu glauben, nicht wahr?«

»Kaum zu glauben, dass jemand so schön sein kann, ja.« Er schüttelte den Kopf. »Es ist eine Sache, ein Bild von dir zu sehen, wenn du schwanger bist, und eine ganz andere, es in natura zu erleben. Diese Zeit vergeht viel zu schnell.«

Ich fuhr mit den Fingern durch sein schwarzes, zerzaustes Haar. »Warum bist du hergekommen, Sigmund? War es wegen dem, was wir gerade getan haben? Ich weiß, du bist nicht hier, um Pfannkuchen zu machen.«

»Du denkst, ich bin den ganzen Weg hierhergeflogen, um dich zu ficken?«

Ich zuckte mit den Schultern. »Ich weiß es ehrlich gesagt nicht.«

»Vielleicht hatte das ein bisschen mit meiner Motivation zu tun, aber nein, das ist nicht der *einzige* Grund.« Er lehnte seine Stirn gegen meine. »Ich hatte noch keine Gelegenheit, auf deine Bedenken einzugehen, was nach der Geburt des Babys passiert. Dir zu sagen, dass ich mir nicht vorstellen kann, dich nicht mehr zu sehen, war keine Lösung. Es war nur eine Meinung, die alles nur noch verwirrender gemacht hat. Es tut mir leid, dass ich nicht alle Antworten habe.«

»Nichts davon ist deine Schuld, Sig. Keiner von uns beiden hat das geplant.«

»Ich hatte sicher nicht geplant, mich in dich zu verlieben, Abby.« Er nahm mein Gesicht in die Hände. »Es stimmt – ich habe dich davor gewarnt, dich in *mich* zu verlieben, aber *ich* bin derjenige, der sich verliebt. Was wir tun … es geht nicht darum, Zeit abzuwarten. Es geht um dich und mich, um diese unbestreitbare Verbindung, die wir haben. Und so sehr ich sie auch ignorieren möchte, meine Gefühle werden nicht auf magische Weise verschwinden, wenn du ein Kind bekommst.« Er schluckte. »Früher bin ich morgens aufgewacht und habe mir gewünscht, ich wäre nicht mehr am Leben. Jetzt wache ich auf und denke an dich – irgendetwas Lustiges, das du gesagt hast, oder ich frage mich, wann ich dich das nächste Mal sehen werde. Und ich denke an dich, bevor ich einschlafe. Unser abendliches Telefonat ist das, worauf ich mich jeden Tag am meisten freue. Du hast die dunklen Orte in meinem Kopf eingenommen, die es früher gab.« Seine Augen waren durchdringend. »Du hast mich gerettet, Abby. Das hast du wirklich.«

Ich strich ihm das Haar aus der Stirn. »Wow.«

»Aber«, fuhr er fort, »ich kann dich nicht mit gutem Gewissen in eine Situation bringen, für die du dich nicht gemeldet hast. Ein Teil des Problems ist, dass ich nicht weiß, wie ich mich fühlen werde, wenn das Baby geboren ist. Ich wünschte, ich wüsste es. Im Moment fühle ich mich einfach nur völlig unvorbereitet.«

»Meinst du, du könntest deine Meinung ändern?«, fragte ich. »Dass du es vielleicht großziehen willst?«

Er streichelte mein Haar. »Ich kann es nicht ausschließen, auch wenn ich glaube, dass das Kind bei Phil und Kate besser aufgehoben wäre.«

Mein Gehirn arbeitete daran, seine Unsicherheiten zusammenzufügen. »Und wenn du es aufziehst, hast du Angst, dass ich mich verpflichtet fühle, seine Mutter zu sein, wenn wir zusammen sind.«

»Würdest du das nicht?« Er suchte meinen Blick.

Das war die große Frage. Und genau wie er war ich mir nicht sicher, ob ich eine Antwort darauf hatte. Mein Herz sagte Ja, aber es war keine Entscheidung, die ich über Nacht treffen konnte. Es war eine lebensverändernde Entscheidung. »Das Komische ist ...« Ich hielt inne. »Ich weiß auch nicht, wie ich mich fühlen werde. Das haben wir also gemeinsam. Ich kann dir sagen, dass ich mehr für dieses kleine Baby in mir empfinde, als ich erwartet hatte. Ich kann mir nicht vorstellen, es zu gebären, so zu tun, als sei nie etwas passiert, und einfach zu meinem Leben hier zurückzukehren. Ich weiß, das war der Plan. Aber jetzt erscheint es mir so ... unnatürlich.«

Er nahm meine Hände in seine. »Die Sache ist die, Abby ... ich kann dir nicht versprechen, wie ich darüber empfinden werde, Vater zu sein, aber ich *kann* dir versprechen, dass es nichts an meinen Gefühlen für dich ändern wird. Ich werde dich nie im Stich lassen, es sei denn, du sagst mir, dass du das willst. Ich will nur das Beste für dich. Wenn du mir sagst, dass du mich nicht mehr sehen willst, dann muss ich damit leben. Aber du sollst wissen, dass das nicht das ist, was ich will. Nach dem, was du gestern Abend darüber gesagt hast, einander nie wiederzusehen, ist mir das sehr klar geworden. Ich will dich nicht verlieren.«

Noch immer halb nackt, fielen wir in eine lange Umarmung. Mein Herz klopfte gegen seins, als ich sagte: »Ich glaube, wir müssen warten, bis das Baby da ist, um zu wissen, wie wir uns fühlen werden. Vielleicht kommt die Antwort dann zu uns. Vielleicht sollten wir jetzt keine Entscheidungen erzwingen.«

Er küsste mich auf die Nase. »Wenn das für dich in Ordnung ist, dann auch für mich, Schatz.«

Ich nickte, obwohl ich mich bei all der Ungewissheit immer noch unwohl fühlte. In meinem Herzen wusste ich, dass die Dinge sich nach neun Monaten nicht auf magische Weise von selbst regeln würden, und doch konnte ich nicht umhin, einen Hauch von Hoffnung zu verspüren. Wir mussten einfach weitermachen. Ehrlich gesagt hätte ich es wahrscheinlich besser wissen müssen, aber ich hatte zu viel Spaß, um aufzuhören. »Wir sollten wieder reingehen.« Ich griff nach meinem T-Shirt-Kleid.

»Ah, ja. Meine bequeme Couch wartet auf mich.«

»Du könntest dich jederzeit in mein Zimmer schleichen. Mein Vater weiß, dass da etwas zwischen uns läuft. Er wäre nicht völlig schockiert, wenn er dich da drin erwischen würde. Aber ich verstehe, wenn dir das unangenehm ist.«

Er zuckte mit den Schultern. »Das ist es. Ich schätze, man könnte sagen, ich bin in dieser Hinsicht altmodisch.«

»So konservativ, ja«, stichelte ich.

»Na ja, in Gegenwart der Eltern, nehme ich an. Sonst nicht wirklich.«

»Du hast recht.« Ich seufzte. »Es wäre in der Tat merkwürdig. So sehr ich dich auch in meinem Bett haben möchte, ich würde mich auch nicht ganz wohl dabei fühlen.«

Wir schlichen uns so leise wie möglich zurück ins Haus. Ich holte Sig eine Decke und ein Kissen und gab ihm einen langen Gutenachtkuss. Ich hätte leicht eine zweite Runde einlegen können, aber stattdessen zwang ich mich, nach oben in mein Zimmer zu gehen.

Ein paar Minuten nachdem ich mich ins Bett gelegt hatte, erhielt ich eine SMS von meinem Vater.

Dad: Ihr habt das Licht im Schuppen angelassen.

KAPITEL 38
Sig

Titel 38: »Sledgehammer« von Peter Gabriel

Als ich am nächsten Morgen die Augen öffnete, sah ich Abby mir gegenüber im Wohnzimmer sitzen. »Na, hallo«, sagte ich schläfrig.

Sie löste die Beine aus dem Schneidersitz. »Hi.«

»Wartest du auf etwas?«

»Darauf, dass du aufwachst. Wie hast du geschlafen?«

»Erstaunlich gut, nach dem Workout, das du mir gestern Abend verpasst hast.«

Sie kroch auf die Couch und setzte sich rittlings auf mich.

Mein Schwanz wuchs sofort zu voller Größe an. »Was machst du da?«, flüsterte ich. »Was ist, wenn dein Vater runterkommt?«

»Ich habe erst vor ein paar Minuten nachgesehen. Er hat geschnarcht. Und die Treppe knarrt. Wir werden ihn hören.« Sie rieb ihre Muschi an meinem steifen Schwanz.

»Du weißt, dass das eine Qual ist«, murmelte ich. »Ich brauche plötzlich dringend einen Vorschlaghammer. Wir müssen vielleicht in den Schuppen gehen.«

Sie hörte auf zu reiben, einen schuldbewussten Blick im Gesicht. »Was das angeht …«

»Sag mir nicht, dass du es satt hast, dass ich dich von hinten nehme«, neckte ich.

»Ganz und gar nicht. Aber ich glaube, wir können den Schuppen nicht mehr benutzen.«

Ich kniff die Augen zusammen. »Wieso das denn?«

»Er ist uns auf der Spur.«

Meine Augen weiteten sich. »Dein Vater?«

Sie nickte. »Er hat mir gestern Abend eine SMS geschickt, dass wir das Licht im Schuppen angelassen haben. Er muss aufgestanden sein, um auf die Toilette zu gehen, und hat es vom Fenster aus bemerkt.«

Mist. »Na, das ist einfach großartig. Es wäre ein Wunder, wenn er mich nicht noch vor Ende der Reise umbringt.«

Sie zuckte mit den Schultern. »Was willst du denn machen? Seine Tochter schwängern?«

Ich kniff sie spielerisch in die Seite. »Du hast Glück, dass du es schon bist, sonst hätte ich es vielleicht getan.«

Nachdem ich einen Blick in Richtung Treppe geworfen hatte, legte ich die Hände um ihren Hintern und drückte sie auf mich, um schamlos ihr weiches Fleisch an meinem hungrigen Schwanz zu spüren.

Das veranlasste sie dazu, sich wieder an mir zu reiben.

»Du musst unbedingt damit aufhören, wenn du mich nicht in zwei Sekunden in dir haben willst«, warnte ich.

»Und wenn ich nicht aufhören will?«, neckte sie. »Wie schnell kannst du fertig werden?«

Ein paar Sekunden später hörte ich, wie oben eine Tür geschlossen wurde. Dann Schritte. In Anbetracht der Tatsache, dass ich momentan steinhart war, war das nicht gut.

Abby sprang von mir herunter.

»Mist!« Ich schoss von der Couch hoch und bedeckte meinen Unterleib. Ich steuerte direkt auf meine Schuhe zu und zog sie so schnell wie möglich an.

Abbys Gesicht war knallrot. »Wo gehst du hin?«

»Ich kann ihn so nicht begrüßen. Ich mache einen Morgenspaziergang.« Ich flog förmlich aus der Tür und winkte dem alten Nachbarn, der gerade seinen Hund rausließ, unbeholfen zu. Zum Glück hatte ich ein Hemd an. Sonst hätte ich vielleicht keine Zeit gehabt, eines anzuziehen, bevor Roland die Treppe herunterkam.

Während ich ziellos durch die Nachbarschaft schlenderte, musste ich immer wieder daran denken, wie heiß es gestern Abend in dem Schuppen gewesen war. Unsere Lage war ernst, aber Abby hatte eine Art, mich meine Probleme vergessen zu lassen – auch wenn sie in letzter Zeit Teil meines größten Problems war. Das war allerdings kein schlechtes Problem. Wenn ich mit ihr zusammen war, schien nichts anderes von Bedeutung zu sein – auch wenn es anfangen sollte, von Bedeutung zu sein.

Mein Telefon klingelte ein paar Minuten nach Beginn meines Spaziergangs.

»Abby! Wie geht es dir?«, sagte ich. »Lange nichts von dir gehört.«

»Wie ist deine Situation?«, fragte sie.

»Meine *Situation* wird nicht besser. Was zum Teufel hast du mit mir gemacht? Es ist, als hättest du mir etwas von dem Viagra deines Vaters untergejubelt.«

»Oh nein.« Sie kicherte.

»Hör auf zu lachen. Das ist eine ernste Sache. Deine Nachbarn werden mich für einen Perversen halten.«

»*Das bist* du doch auch.«

»Nur bei dir, Schatz.« Ich schaute in die Sonne, wobei ich mich immer noch wie eine läufige Hündin fühlte. »Wir müssen irgendwo hingehen. Uns um das hier kümmern. Hast du Lust auf eine kurze Autofahrt? Wir können uns was einfallen lassen. Solange du auf mir bist, ist es mir egal, wohin wir fahren. Ich werde dich im Wagen ficken, wenn es sein muss.«

»Deine romantische Seite tritt im Moment wirklich hervor.«

»Hast du eine bessere Idee?«

»Eigentlich klingt das nach einer tollen Idee. Ich sage meinem Dad, dass wir Kaffee holen gehen ... und Donuts.«

»Donuts? Ist das unser neues Codewort?«

»Klar. Die haben Löcher, nehme ich an.«

»Es gibt nur ein Loch, das ich will. Na ja, vielleicht drei. Und verdammt, ich bin wieder steinhart. Vielleicht kann ich deinem Vater nie wieder unter die Augen treten.«

»Beeil dich.« Sie lachte. »Ich warte draußen auf dich. Du musst nicht einmal reinkommen.«

Ich beschleunigte mein Tempo. »Ich gehe jetzt um den Block zu deinem Haus.«

Als ich sie erblickte, war es, als sähe ich sie zum ersten Mal. Mein Herz schlug schneller, und ich konnte es kaum erwarten, sie zu küssen.

»Da bist du ja.« Sie öffnete die Arme und lief auf mich zu, wobei sie von einem Ohr zum anderen strahlte. Ich hob sie hoch, während sie die Beine um meine Taille schlang und unsere Lippen aufeinanderprallten. Schlimmstenfalls hätte ihr Vater vom Fenster aus zusehen können, aber er war uns offenbar sowieso auf der Spur. Es gab Schlimmeres, als dass er uns erwischt hätte. *Und das meine ich ganz wörtlich.*

Es *gab* Schlimmeres. Denn gerade als wir unseren Kuss unterbrachen, fuhr ein Wagen in die Einfahrt. Wer auch immer es war, hatte unser öffentliches Spektakel gesehen. Und als ich sah, wer es war, wäre ich fast gestorben.

Phil und Kate.

KAPITEL 39

Sig

Titel 39: »Secret Lovers« von Atlantic Starr

Ein Adrenalinstoß schoss durch mich hindurch. *Was machen die denn hier?*

Abby und ich erstarrten in dem Moment, in dem ihre Füße wieder auf dem Boden landeten.

Britneys Eltern waren während der letzten Monate in Florida gewesen, um sich um Phils Mutter zu kümmern. Wir hatten zwar regelmäßig telefonischen Kontakt, aber weder Abby noch ich hatten ihnen etwas von dem erzählt, was zwischen uns beiden vorgefallen war. Ich hatte nicht vor, es vor ihnen zu verheimlichen, aber ich hätte es zu schätzen gewusst, wenn sie es auf eine andere Weise als so erfahren hätten.

»Du Teufel, du«, sagte Phil, als er auf der Fahrerseite ausstieg.

»Phil ...« Ich schluckte, bevor ich mich an seine Frau wandte. »Kate ...« Mein Herz hatte noch nie so stark geklopft.

»Es ist so schön, euch zu sehen«, sagte Abby, die versuchte, lässig zu bleiben, und sich mit einer Hand durch die Haare fuhr.

Ich wollte lachen. *Schön, euch zu sehen?* Ich hätte lieber eine Wurzelbehandlung gehabt.

Kate lächelte zögernd. »Ich schätze, es gibt eine Menge zu erzählen, was?«

Man hätte das Unbehagen mit einem Messer schneiden können. Ich hatte eine Menge zu erklären. Es musste nicht erwähnt werden, dass alle Pläne, mit Abby zum Autosex zu verschwinden, vom Tisch waren. »Es gibt in der Tat viel zu erzählen«, sagte ich. »Ich wusste gar nicht, dass ihr wieder im Nordosten seid.«

»Wir sind gerade zurückgekommen, nachdem wir Marjorie in ihrem neuen Zuhause in Naples untergebracht haben«, erklärte Kate. »Wir dachten uns, bevor wir nach Massachusetts zurückkehren, machen wir hier halt, um nach Roland zu sehen. Wir haben für ein paar Tage ein Zimmer in dem Hotel am Ende der Straße gebucht, damit wir Abby entlasten können. Wir wussten natürlich nicht, dass du hier bist, Sig.«

»Ich bin gestern spontan hergeflogen.«

»Der Grund ist offensichtlich.« Phil lachte.

Mein Schwiegervater suchte nach jeder Gelegenheit, mir auf den Sack zu gehen, und ich konnte es ihm nicht verübeln, dass er mich in die Mangel nahm. Ich hatte jede Sekunde davon verdient. Ich war nur froh, dass sie nicht wütend zu sein schienen.

»Oh, hör auf, Phil.« Kate gab ihm einen Klaps. »Das geht uns nichts an.«

Ich sah zu Abby hinüber, die ruhig war, aber merklich errötete. Ich hatte den Verdacht, dass ich auch rot im Gesicht sein könnte – oder vielleicht auch grün, so wie mein Magen sich anfühlte.

Kate schaute auf Abbys Babybauch hinunter und streckte eine Hand aus. »Darf ich?«

Abby rieb sich den Bauch und atmete aus, wahrscheinlich erleichtert über die Ablenkung. »Natürlich.«

»Wie geht es dir?«, fragte Kate, als sie eine Hand auf ihren Bauch legte.

»Richtig gut, eigentlich.«

»Freut mich, dass Sig sich um dich kümmert«, scherzte Phil.

Kate trat einen Schritt zurück und schlug ihrem Mann erneut auf den Arm. »Ich weiß, dass es schwer für dich war, nach allem, was mit deinem Vater passiert ist, Abby. Wir hatten schreckliche Gewissensbisse, weil wir unten in Florida waren und uns um Marjorie gekümmert haben, aber jetzt, da sie in einem guten Heim ist, sollte alles einfacher sein. Wir werden helfen können.«

»Wolltet ihr irgendwo hinfahren?«, fragte Phil.

Abby schaute mich schuldbewusst an. »Wir wollten nur Donuts holen.«

Phil klatschte in die Hände. »Ich könnte einen guten Becher Kaffee von Dunkin' und einen glasierten Donut vertragen. Wir haben noch nicht gefrühstückt.«

»Warum fahren wir drei nicht los und bringen Frühstück für Abby und Roland mit?«, schlug ich vor. »Ich würde gern mit ihnen allein reden, wenn es dir nichts ausmacht«, fügte ich leise hinzu.

»Natürlich.« Abby nickte.

Es war nicht so, dass ich meinen Schwiegereltern etwas zu sagen hatte, was Abby nicht hätte hören sollen, aber ich wollte nicht, dass sie sich unwohl fühlte, während ich mich erklärte. Das musste ich unter sechs Augen tun. Und ich gab mir selbst die Schuld an dieser ganzen Misere. Abby sollte nichts erklären müssen. Es war nicht gut für sie, in ihrem Zustand gestresst zu sein.

Phil warf seinen Schlüssel in die Luft und fing ihn auf. »Ich fahre.«

Ich setzte mich auf den Rücksitz ihres Wagens und fühlte mich fast wie ein Kind, das bestraft werden sollte – oder zumindest eines, das es verdient hatte.

»Wollt ihr mir insgeheim den Hals umdrehen?«, fragte ich, als wir wegfuhren.

»Ganz und gar nicht.« Kate drehte sich auf dem Beifahrersitz zu mir um. »Ich bin vielleicht ein bisschen schockiert, aber vielleicht sollte ich es nicht sein.«

Phil meldete sich zu Wort: »Ich bin es nicht.«

»So sehr du auch glaubst, dass du mich durchschaut hast, Phil, dies ist *nicht* wie jede andere Situation, in die ich mich in der Vergangenheit gebracht habe.« Ich räusperte mich. »Abby ist etwas Besonderes, und wir sind auf eine Weise miteinander verbunden, die ich nicht erwartet hatte. Seit dem Tag, an dem ich sie kennengelernt habe, gab es keine andere, falls ihr euch darüber wundert. Für mich ist dies kein Spiel.«

»Wie lange geht das schon so?«, fragte Kate.

»Es begann kurz bevor sie hierherkam, als Roland den Herzinfarkt hatte. Davor sind wir uns nur langsam nähergekommen.« Ich rieb mir die Schläfen. »Keiner von uns weiß, was die Zukunft bringt. Ich habe ihr gesagt, ich glaube, dass sie ohne mich besser dran ist, und ich möchte sie nicht in irgendeiner Weise binden. Sie muss in der Lage sein, aus dieser Situation herauszukommen, wenn das Baby da ist, aber ...«

»Aber sie ist dir wichtig.« Sie beendete meinen Satz.

Ich nickte. »Ich will die Sache jetzt nicht beenden. Wir sind beide ein wenig verwirrt von dieser Wendung der Ereignisse und was sie für die Zukunft bedeuten wird.« Ich seufzte. »Ich weiß wirklich nicht viel mehr, als ich euch jetzt sage, außer dass ich ein besserer Mensch bin, wenn ich in ihrer Nähe bin. Ich fühle mich lebendig. Und das habe ich schon lange nicht mehr sagen können.«

»Nun, dann ist eine weitere Erklärung wohl überflüssig. Natürlich wollen wir nicht, dass Abby verletzt wird, aber wir sorgen uns genauso um dich.« Kate zuckte mit den Schultern. »Ihr seid erwachsen. Das ist das Entscheidende. Und wir wollen, dass ihr beide glücklich seid.«

»Aber offensichtlich habe ich den Plan vermasselt.«

»Das kriegen wir schon hin«, sagte sie.

Ausatmend lehnte ich mich in meinem Sitz zurück. »Ich bin seltsamerweise erleichtert, dass ihr uns heute gesehen habt. Denn ich hatte keine Ahnung, wie ich es euch sagen sollte. Vielleicht hätte ich es weiter aufgeschoben.«

»Ich bin mir nicht sicher, warum ich das nicht vorausgesehen habe«, sagte Kate.

»*Ich* habe es jedenfalls nicht getan. Abby und ich haben uns anfangs nicht besonders gut verstanden. Es war nie meine Absicht, mich in sie zu verlieben und die Dinge zu verkomplizieren.«

Phil musterte mich durch den Rückspiegel. »Einige der besten Dinge im Leben sind kompliziert. Kompliziertheit macht das Leben interessant.«

Ich legte die Hände auf die Rückenlehnen der Sitze und beugte mich vor. »Wie auch immer, aber bitte ... hasst mich nicht, in Ordnung?«

Kate lehnte sich zurück und klopfte mir auf die Schulter. »Dafür lieben wir dich zu sehr.«

KAPITEL 40
Sig

Titel 40: »Paradise by the Dashboard Light« von Meatloaf

An diesem Abend boten Kate und Phil an, Roland Gesellschaft zu leisten, während Abby und ich ausgingen. Das war eine dringend benötigte Abwechslung. Obwohl ich ihren Vater sehr mochte, fühlte ich mich in diesem Haus ein wenig klaustrophobisch.

Ich hatte eine Reservierung im schönsten Restaurant der Stadt, einem Fischrestaurant am Wasser, gemacht. Abby sah hinreißend aus in ihrem weißen Kleid mit Empire-Taille, und sie trug ihr langes Haar hochgesteckt, was sie noch nie getan hatte. Ich genoss den ungehinderten Blick auf ihren schlanken Hals und war bei jeder Gelegenheit versucht, ihn mit einer Hand zu umfassen.

»Wenigstens schienen Phil und Kate nicht allzu sehr über uns erschrocken zu sein«, sagte sie, während sie ihre Serviette auf ihren Schoß legte. »Du hattest noch keine Gelegenheit, mir zu sagen, wie das Gespräch verlaufen ist.«

»Wir hatten eine gute Unterhaltung. Sie sind genauso verwirrt wie wir, aber sie sind gut damit umgegangen und werden unsere Entscheidungen akzeptieren.«

Abby starrte in ihr Wasserglas. »Ich nehme an, dass einen nicht viel berührt, wenn man schon so viel durchgemacht hat wie sie.«

»Das ist definitiv wahr. Sie sind starke Menschen. Ich habe mich mehr geschämt, weil ich es ihnen nicht gesagt habe, als dass ich mir Sorgen über ihre Reaktion gemacht habe. Sie haben darauf bestanden, dass ich ihnen keine Erklärung schuldig bin, aber ich glaube, ich war es.«

Abby blickte plötzlich zu etwas, das sich in der Ecke des Restaurants abspielte.

»Was ist los?« Ich drehte mich um.

»Du kennst doch Asher, meinen Ex.«

Ich versteifte mich. »Ja?«

»Na ja, er sitzt gleich da drüben. Er ist der Typ mit dem roten Hemd.«

Ich drehte mich wieder um. Der Kerl hatte blondes Haar und saß einem anderen Kerl gegenüber. Er schien sie noch nicht bemerkt zu haben.

»Willst du gehen?«, fragte ich.

»Nein, natürlich nicht. Ich habe nichts zu verbergen. Ich meine ...« Sie lachte und deutete auf ihren Bauch. »Ich könnte es nicht verbergen, selbst wenn ich es wollte.«

»Wie sehr kümmert es dich, was er denkt?«

»Es ist mir scheißegal, was er denkt.«

»Vertraust du mir?«

Sie hob die Augenbrauen. »Sollte ich?«

»Lass uns für eine Minute die Plätze tauschen.« Ich ging zu ihrem Stuhl. »Komm, setz dich auf meinen Schoß.«

Sie tat es, und ich griff nach oben, um ihr Gesicht zu streicheln, während ich ihren Mund zu meinem brachte und langsam und bewusst ihren Bauch streichelte. Ich sah ein paarmal nach, um mich zu vergewissern, dass er sie beobachtete. Und das tat er schließlich auch.

Als eine Kellnerin sich näherte, glitt Abby von mir herunter und kehrte zu ihrem Platz zurück. Wir hatten ein kurzes Spektakel aus uns gemacht, aber wenn ihr Ex uns gesehen hatte, war es das wert.

Wir schafften es, unsere Mahlzeit zu genießen, ohne uns auf ihn zu konzentrieren. Abby wirkte während des gesamten Essens entspannt und schien sich nicht um die Anwesenheit ihres Ex im Raum zu kümmern, was mich freute. Irgendwann jedoch schweifte ihr Blick wieder zur Seite, und ein Ausdruck des Unbehagens huschte über ihr Gesicht. »Er kommt hierher.« Sie wischte sich den Mund ab.

Im nächsten Moment stand er vor uns.

»Hey ... ich dachte mir, dass du es bist«, sagte er.

Sie räusperte sich. »Asher, wie geht es dir?«

»Gut.« Er blickte kurz zu mir. »Du siehst gut aus.«

»Danke.« Sie deutete in meine Richtung. »Das ist Sig, mein –«

»Vater ihres Kindes«, beendete ich.

Er sah auf ihren Bauch hinunter. »Ja, mir ist aufgefallen, dass du ... Wow. Herzlichen Glückwunsch.«

»Danke.«

Er drehte sich wieder zu mir um. »Du bist Engländer.«

»Wie scharfsinnig von dir, das zu bemerken.«

»Wir haben uns in England kennengelernt«, sagte Abby.

»Ich wusste nicht, dass du dort drüben warst.« Sein Blick fiel auf ihren Bauch. »Ich schätze, es gibt eine Menge, was ich nicht wusste.«

»Ja. Das Leben ist unerwartet. Also danke, dass du mit mir Schluss gemacht hast, damit ich es erleben kann.«

Nett.

Er nickte. »Ich bin froh, dass du glücklich bist.«

Abby setzte sich aufrechter hin. »Das bin ich.«

»Gut, dann lasse ich euch jetzt weiter essen. War schön, dich zu sehen, und viel Glück bei allem.«

»Danke«, sagte sie.

Er ging weg, und nach einem Moment der Stille lächelte ich. »Nun, das war brillant.«

»Ja ...« Sie sah ein wenig verdrießlich aus.

Meine Brust zog sich zusammen. *Hat sie immer noch Gefühle für diesen Kerl?* »Geht es dir gut?«

»Ja, äh, es hat sich ein bisschen komisch angefühlt, mich für einen Moment in diese Situation hineinzuversetzen – wo es eine einfache, klare Sache war. Natürlich bist du der Vater meines Babys, aber so einfach ist es nicht, oder? Weil es nicht mein Baby ist.«

»Es tut mir leid, wenn ich dich damit verärgert habe.«

»Nein, nein, nein. Es war großartig. Ich würde nichts an dieser Interaktion ändern. Ich schätze, es hat

...« Sie hielt inne. »Mich dazu gebracht, mir zu wünschen, es wäre wahr?« Sie schüttelte den Kopf. »Ich weiß nicht. Tut mir leid.«

Ich erschauderte. *Du bist ein Genie, Sigmund.* Ich hatte die Tragweite meiner Aussage überhaupt nicht bedacht. »Es tut mir leid, dass ich dich verärgert habe.«

»Das hast du nicht.«

»Ich wollte es dem Wichser zeigen, der dich verletzt hat.«

»Er war definitiv verblüfft.« Sie zwang sich zu einem Lächeln. »Es war perfekt.«

Für den Rest des Essens war die Luft voller Spannung.

Nachdem wir das Restaurant verlassen hatten, hielt ich inne, bevor ich den Wagen startete. Ich hatte es nicht eilig, zum Haus zurückzukehren, wo Roland wahrscheinlich noch wach sein würde.

Abby schien immer noch gedankenverloren zu sein und hatte einen leeren Gesichtsausdruck. Ich wusste, dass sie über uns nachdachte, über all die Dinge, die wir *nicht* waren.

»Wolltest du direkt nach Hause fahren?«, fragte ich und streichelte ihren Oberschenkel.

»Was schwebt dir denn sonst vor?« Sie lächelte kokett, was mich sehr erleichterte. Vielleicht hatte ich die Freude an diesem Abend doch nicht ganz ausgelöscht.

Ich massierte ihr Bein. »Irgendwas, wo du auf mir drauf bist?«

»Wo sollen wir denn hin? Phil und Kate sind im Haus. Ich habe Dad gerade eine SMS geschickt, und er sagte, sie seien noch nicht weg. Ich habe nicht wirklich Lust, mich ihnen anzuschließen.«

»Warum buche ich uns nicht ein Zimmer für eine Stunde oder so? Ich gehe überall hin, um mit dir allein zu sein.«

»Das ist doch Geldverschwendung.«

Ich tätschelte ihr Knie. »Ich kann es mir leisten, Abby. Ich glaube nicht, dass ich es ertragen kann, noch länger zu warten. Ich sehne mich schon den ganzen Tag nach dir.«

Sie sah sich um und begutachtete den Parkplatz. »Warum parkst du nicht dort drüben bei dem Baum?«

»Willst du andeuten, was ich denke?«

»Traurigerweise ja.«

Ich konnte den Wagen nicht schnell genug auf die leere Seite des Parkplatzes bewegen. Wahrscheinlich würden wir nicht erwischt werden, aber selbst wenn, ich war mir nicht sicher, ob es mich interessierte. Seit ich heute Morgen aufgewacht war, hatte ich mich in Abby vergraben wollen. Als ich den Motor abstellte, drückte mein Schwanz bereits gegen meine Hose und bettelte um einen Ausbruch. Ich schob meinen Sitz so weit zurück, wie es ging. »Komm her«, befahl ich, öffnete den Reißverschluss und holte meinen steifen Schwanz heraus.

Abby kletterte auf mich, während sie ihr Kleid anhob. Im Bruchteil einer Sekunde versank ich in ihr und stöhnte so laut, dass es einige Gäste im Restaurant hätten hören können. »Scheiße, Abby. Warst du den ganzen Abend schon so feucht?«

»Vielleicht.« Sie stemmte ihre Hüften in die Höhe, als sie begann, meinen Schwanz zu reiten.

Ich lehnte den Kopf gegen den Sitz und genoss jede Sekunde. »Sieh mich an, Abby. Ich will dich sehen.« Ich legte eine Hand in ihren Nacken und stieß fester zu, angetrieben vom Ausdruck der puren Lust in ihren Augen, als sie mich nahm. »Gib's mir, meine Schöne.«

Der Wagen bebte, während unsere Körper miteinander schaukelten. Plötzlich grub sie die Fingernägel in meine Schultern und die Muskeln zwischen ihren Beinen begannen, sich um meinen Schaft zu verkrampfen. Ich konnte ihren Orgasmus spüren, als sie mich umklammerte und schrie. Ich kam augenblicklich und wurde praktisch ohnmächtig vor lauter Lust.

Als die Bewegung unserer Körper sich verlangsamte, lächelte sie mich mit ihren wunderschönen, glasigen Augen an. Der Dutt auf ihrem Kopf war jetzt ein einziges Durcheinander. Und zum ersten Mal seit einer gefühlten Ewigkeit war meine Seele glücklich. *Sie* machte mich glücklich.

KAPITEL 41

Abby

Titel 41: »London Boy« von Taylor Swift

Die Wochen, nachdem Sig nach England zurückgekehrt war, waren besonders hart. So sehr sein überraschender Besuch uns einander auch nähergebracht hatte, waren die Dinge in mancher Hinsicht so unklar wie immer – jetzt, da wieder ein Ozean zwischen uns lag. Und ich vermisste ihn noch mehr als vor seinem Besuch.

Das Einzige, was wirklich klar war, nachdem er gegangen war? Ich liebte ihn. Das wusste ich jetzt, und es machte mir eine Heidenangst. Ich war mir nicht sicher, wann meine Gefühle von Verliebtheit zu Liebe übergegangen waren – war es gewesen, als er mir am Flughafen in die Augen geschaut hatte und ich erkennen konnte, dass er nicht gehen wollte? War es, als er meinen Vater festhielt, als er bemerkte, dass er eines Abends nach dem Essen das Gleichgewicht verlor? Oder war es dieser verrückte Abend im Schuppen? Wie auch immer, ich liebte Sigmund Benedictus mehr als jeden anderen Mann zuvor. Und ich fürchtete, es war einseitig. Ich wusste, dass er mich *mochte* – seine Taten zeigten das. Aber Liebe? Die seelisch erschütternde Art, die er mit Britney geteilt hatte? Ich wollte, dass er mich auf *diese* Weise liebte. Obwohl ich mir nicht sicher war, ob er jemals wieder dazu fähig sein würde, konnte ich nie etwas anderes akzeptieren.

Dad sollte nächste Woche an der Lunge operiert werden, und von seiner Genesung hing es ab, ob ich hier in Rhode Island bleiben würde, um das Baby zur Welt zu bringen, oder zurück nach England flog. Ich musste fliegen, solange die Fluggesellschaft es noch zuließ, denn nach der sechsunddreißigsten Woche wurde schwangeren Frauen von Flugreisen abgeraten. Mit einunddreißig Wochen war ich schon sehr nahe dran. Trotzdem drückte ich die Daumen und hoffte, in England entbinden zu können. Ich vermisste Lavinia und Westfordshire im Allgemeinen. London vermisste ich auch. Mein Herz sehnte sich danach, wieder dort zu sein, wenn auch nur für kurze Zeit. Ich wusste, dass Sig für die Geburt hierherfliegen würde, aber seit ich die Entscheidung getroffen hatte, nach Großbritannien zu ziehen, hatte ich mir immer vorgestellt, dass die Geburt dort stattfinden würde.

An diesem Tag Anfang Dezember hatte Dad einen Termin zur Vorbereitung der Operation in Boston, also waren wir fast den ganzen Nachmittag weg. Es war jetzt dunkel, und als wir in unsere Einfahrt bogen, traute ich meinen Augen nicht. Einen Moment lang dachte ich, ich sei auf das falsche Grundstück gefahren, aber es war eindeutig unseres.

Das ganze Haus war weihnachtlich beleuchtet.

Wie? Wegen meiner Schwangerschaft und Dads Krankheit hatte keiner von uns die Energie gefunden, dieses Jahr zu dekorieren. Also hatten wir die Idee verworfen.

»Hast du das von jemandem machen lassen?«, fragte mein Vater, der fasziniert nach oben blickte. Die gesamte Fläche des Hauses schien bedeckt zu sein.

»Ich wünschte, das wäre mein Verdienst, aber das war ich nicht. Ich habe keine Ahnung, wie das passiert ist.« Während ich zu den Lichtern hinaufstarrte, begann ich zu weinen – Freudentränen. Erst in diesem Moment wurde mir klar, wie traurig ich gewesen war, wie viel Angst ich vor der Zukunft hatte. Angefangen bei der bevorstehenden Geburt über die Gesundheit meines Vaters bis hin zum Status meiner Beziehung zu Sig war mein Leben voller Ungewissheit. Dies jedoch war ein Moment der Freude. Ein Moment, in dem ich innehielt und all das Gute, das ich in meinem Leben hatte, zu schätzen wusste. Wie glücklich ich mich schätzen konnte, am Leben zu sein.

Dann wurde es mir klar. Sig war der einzige Mensch, mit dem ich darüber gesprochen hatte, dass ich dieses Jahr keine Weihnachtsbeleuchtung installieren konnte. Das musste sein Werk gewesen sein. Aber wie zum Teufel hatte er das geschafft?

Sobald wir drinnen waren, rief ich ihn an. Er hatte kaum Gelegenheit zu antworten, als ich fragte: »Hast du das gemacht? Die Lichter?«

»Oh, gut. Sie haben es nicht vermasselt.«

»Wer auch immer *sie* sind, sie haben einen großartigen Job gemacht.«

»Sind sie hell und übertrieben? Das ist es, was ich wollte.«

»Sie konkurrieren mit Clark Griswolds aus *Schöne Bescherung*. Ich bin mir ziemlich sicher, dass wir heute Abend in die Nachrichten kommen und einen Stau von Schaulustigen verursachen werden.«

»Gut, gut.«

Ich schniefte. »Wie zum Teufel hast du das geschafft?«

»Ich habe ein Team damit beauftragt, als ich wusste, dass du mit deinem Vater in Boston bist. Ich wollte dich überraschen.«

»Nun, du hast mich zu Tränen gerührt. Ich kann dir gar nicht sagen, wie viel mir das bedeutet – uns.«

»Ich wollte dich nicht zum Weinen bringen, meine Schöne. Außerdem ist es nichts im Vergleich zu dem, was du für mich, für Kate und Phil tust. Ich könnte das nie wiedergutmachen. Ich wollte dir nur ein wenig Freude bereiten, denn ich weiß, dass es keine einfache Woche für dich sein wird. Du und dein Vater haben dieses Jahr mehr als jedes andere Licht verdient.«

Ich wischte mir über die Augen. »Weißt du, Benedictus, du ruinierst gerade deinen früheren Ruf als Idiot.«

♛

Sigs Weihnachtsüberraschungen endeten nicht mit der Weihnachtsbeleuchtung. Am nächsten Tag schickte er mir mitten am Nachmittag eine SMS.

Sig: Ich möchte dich zum Mittagessen einladen. Virtuell. Kannst du es einrichten?

Abby: Dad schläft, und ich wollte mir gerade etwas kochen, aber ich würde viel lieber mit dir ausgehen.

Sig: Iss erst mal was. Ich rufe dich in zwanzig Minuten an.

Als die Zeit für unseren Anruf gekommen war, erschien er auf dem Bildschirm und trug einen grauen Wollmantel und einen Schal – so attraktiv. Dort war es Abend, aber ich erkannte das Geschäft im Hintergrund. »Bist du bei Marks & Spencer?«

»Kann sein.« Er zwinkerte. »Das ist der Laden in der Nähe meiner Wohnung.«

Sig wusste, dass ich es liebte, in der dortigen Lebensmittelabteilung einzukaufen, man könnte es sogar als Besessenheit bezeichnen. In London gab es einen weiteren in Gehweite des Büros, und ich ging oft dorthin, um mich mit Fertiggerichten einzudecken, bevor ich abends nach Westfordshire zurückkehrte. Ich nahm sogar eine Kühlbox mit, was Sig zu viel Spott veranlasste. Lavinia und ich liebten ihre Würstchen im Schlafrock. Sie hatten so viele leckere Snacks, die ich hier in den USA nicht bekommen konnte.

»Sie haben alle Weihnachtssachen rausgelegt«, sagte er. »Ich finde es schade, dass du die Weihnachtsauslagen verpasst. Also dachte ich, ich bringe heute Abend alles zu dir.«

Das brachte mein Herz dazu, sich zu verkrampfen. Die Vorstellung, Weihnachten in London zu verpassen, war schwer zu akzeptieren. Ich sehnte mich danach, wenigstens einmal die Weihnachtszeit dort mit ihm zu erleben. »Du bringst mich noch um mit deiner weihnachtlichen Freundlichkeit, Sig. Gestern Abend war ich wegen der Lichter ein heulendes Wrack, und jetzt das?«

»Ich dachte mir, du kannst dir aussuchen, was du willst, und ich schicke es dir in einem Carepaket zu. Leider darf es nicht verderblich sein, also werden die Würstchen im Schlafrock es nicht schaffen. Aber es gibt hier eine obszöne Menge an Schokolade.«

»Und du sagst, du bist nicht romantisch. Das ist das Romantischste, was jemals jemand für mich getan hat – gleich nach dem Weihnachtsspektakel, das du gestern Abend in meinem Haus veranstaltet hast.«

»Das soll unser kleines Geheimnis bleiben.« Er lächelte, doch dann wurde seine Miene ernst. »Es tut mir leid, was du gerade mit deinem Vater durchmachst. Ich möchte dir nur ein wenig Freude bringen, so wie du mir Freude gebracht hast. Dies ist das erste Weihnachten, an dem ich mir erlaube, irgendetwas anzuerkennen, was mit dem Fest zu tun hat. Seit Britneys Tod sind die Weihnachtsfeiertage schwer. Aber dieses Jahr ist mir nach Feiern zumute. Es ist schön, wieder in Stimmung zu kommen. Du bist der Grund dafür.«

»Du bringst mich noch zum Weinen.« Es läutete. »Da ist jemand an der Tür«, sagte ich.

»Geh hin und mach auf.« Er grinste.

Was hat er sonst noch auf Lager? Mein Herz raste. Als ich öffnete, war es ein Lieferjunge mit einer Bestellung von Starbucks. Ich bedankte mich bei ihm und schloss die Tür. »Was ist das alles?«

»Wir könnten keine richtige Weihnachtsverabredung in der Stadt ohne heißen Kakao haben, oder?«

Ich warf einen Blick in die Tüte. »Und ein Schoko-croissant. Mein Lieblingsgebäck.«

»Ich weiß. Außer Devil Dogs.«

Sig führte mich per FaceTime durch Marks & Spencer und zeigte mir die verschiedenen Weihnachtsauslagen. Es war fast so gut, als wäre ich mit ihm dort gewesen. Jedes Mal wenn ich Interesse an etwas bekundete, legte er es in seinen Einkaufswagen. Als er zur Kasse ging, wusste ich, dass er mir unter anderem ein mit Schokolade gefülltes Lichterhaus, Lebkuchen und eine Londoner Torte mit Leckereien darin schicken würde. Ich würde genügend Zucker für ein ganzes Jahr haben.

Mein Mund tat weh vom Lächeln. »Nimmst du mich jetzt mit nach Hause?« Er hatte unser Gespräch nach dem Verlassen des Ladens fortgesetzt.

»Ja. Du kommst mit mir. Ich würde alles dafür geben, dass es echt ist.«

»Ich würde doch heute Abend nicht rausgeschmissen, oder?«

»Auf keinen Fall, Schatz.«

Schatz. Ich bekam immer eine Gänsehaut, wenn er mich so nannte. Und doch war es ironisch, denn Liebe und wahre Hingabe waren vielleicht das Einzige, was er mir dieses Weihnachten nicht schenken konnte. Es war zwar ein tolles Gefühl, so verwöhnt zu werden, aber ich hätte alles für sein Herz eingetauscht.

An diesem Abend nach dem Essen sah ich zu, wie Dad die andere Hälfte des Schokoladencroissants aß, die ich für ihn aufgehoben hatte. Er hatte keinen großen Appetit auf das Hühnchen und die Kartoffeln, die ich gekocht hatte, aber er schien das Gebäck zu genießen, was mich glücklich machte.

Nachdem er zu Bett gegangen war, zog ich mich in mein Zimmer zurück und beschloss, den Laptop einzurichten, den Kate und Phil kürzlich für mich abgegeben hatten. Britneys Eltern hatten uns seit ihrer Rückkehr aus Florida ein paarmal besucht, um uns zu helfen. Ich hatte ihnen erzählt, dass ich einen neuen Computer brauchte, da meiner kaputt war, und sie hatten darauf bestanden, mir Britneys Laptop zu geben. Sie sagten, er sei praktisch unbenutzt und habe nur herumgestanden und Staub gesammelt. Sie hatte ihn offenbar kurz vor ihrem Tod gekauft. Sie hatten ihn für mich mitgebracht, als sie das letzte Mal hier gewesen waren.

Ich hatte gemischte Gefühle, ihn anzunehmen. Ich war dankbar für das großzügige Geschenk, hatte aber auch ein schlechtes Gewissen, etwas zu benutzen, an dem Britney sich hätte erfreuen sollen. Ich nahm an, dass es in letzter Zeit viele Dinge gab, bei denen ich mich so fühlte. Dieser Laptop war nichts im Vergleich zu dem, was sie mit der Liebe ihres Lebens verpasste – der zufällig auch die Liebe meines Lebens war, auch wenn er es nicht wusste.

Ich hatte den Laptop in den letzten paar Stunden in einer Ecke meines Schlafzimmers aufgeladen. Ich stöpselte ihn aus und brachte ihn zum Schreibtisch, um ihn einzurichten. Britneys Eltern hatten mir gesagt, dass sie alle ihre Dokumente auf einen USB-Stick kopiert hatten, sodass fast alles auf dem Computer gelöscht worden war.

Aber als ich auf das Gmail-Symbol auf dem Desktop klickte, wurde ich nicht aufgefordert, mich anzumelden, sondern es wurde ein bestehendes Konto geöffnet – Britneys Konto. Ich hätte mich sofort abgemeldet, wenn mir nicht etwas ins Auge gefallen wäre.

In ihrem Posteingang befanden sich Dutzende von fettgedruckten, ungelesenen E-Mails, wobei das letzte Zustellungsdatum gestern war. Und der Absender all dieser E-Mails?

Sigmund Benedictus.

KAPITEL 42

Sig

Weihnachten in London war gekommen und gegangen.

Lavinia und ich hatten die Feiertage mit Leo, Felicity und ihren Kindern verbracht, auch wenn wir am ersten Weihnachtstag kurz bei meinen Eltern vorbeischauten. Mein Herz aber war in den Staaten bei Abby. Ich hatte ihr angeboten, über die Feiertage zu kommen, aber sie hatte mir gesagt, dass es ihr lieber sei, wenn ich das nicht täte. Sie hatte darauf bestanden, dass ich hierblieb und Lavinia nicht allein ließ. Lavinia flog nicht gern, also kam es nicht infrage, sie mitzunehmen. Ich wäre vielleicht trotzdem nach Rhode Island gekommen, aber ich hatte den Eindruck, dass hinter Abbys Bitte mehr steckte, dass sie wirklich etwas Abstand wollte.

Sie hatte sich im letzten Monat etwas seltsam verhalten. Ich konnte es nicht genau sagen, aber sie schien mit sich selbst beschäftigt zu sein. Es konnte nicht nur an der Situation mit ihrem Vater liegen, denn seine

Operation war erfolgreich verlaufen. Das Schlimmste schien für ihn vorerst überstanden zu sein, doch die Veränderung in ihrem Verhalten blieb. Bei unseren abendlichen Telefonaten verneinte sie jedes Mal, wenn ich sie fragte, ob sie etwas bedrückte, und erzählte mir dann etwas Banales über ihren Tag. Aber wenn man auf jemanden eingestimmt ist, der einem am Herzen liegt, kann man in seinen Augen sehen, wenn etwas nicht stimmt. Sie hatte viel auf dem Herzen und wollte es nicht mit mir teilen. Ich versuchte, mir einzureden, dass es der Stress der Schwangerschaft war, aber tief im Inneren wusste ich es besser.

Die Ärzte ihres Vaters waren nach wie vor optimistisch, doch Abby hatte beschlossen, Roland noch etwas Zeit zur Erholung zu geben, bevor sie ihre Rückkehr nach England buchte. Die Geburt hier war vorerst immer noch der Plan. Ich konnte es kaum erwarten, sie zu sehen, aber die Ungewissheit, die in der Luft lag, wurde von Tag zu Tag spürbarer, je näher wir der Ankunft des Babys kamen.

Es gab so viel, was wir klären mussten. Aber wichtige Entscheidungen über den Status unserer Beziehung ließen sich nicht am Telefon treffen. Wenn sie also nicht bald herkommen konnte, würde ich in die USA reisen. Ich konnte es nicht länger aufschieben.

Heute war der zweite Januar. Neues Jahr, neues Ich. Während die meisten Tage sich in letzter Zeit scheinbar in die Länge zogen und ich sie abzählte, war es heute anders. Der heutige Tag erforderte meine ganze Aufmerksamkeit. Ich wollte meinen Eltern endlich von dem Baby erzählen. Lavinia hatte recht. Ich musste den

Anstand haben, es meinen Eltern zu sagen, *bevor* ihr Enkelkind geboren wurde. Ich stand jedoch zu meiner Entscheidung, bis jetzt nichts verraten zu haben. Ich hatte mir monatelang unnötigen Stress und Inquisition erspart. Es ihnen jetzt, einen Monat vor der Geburt, zu sagen war mein Kompromiss.

Ich hätte es ihr gegenüber nie zugegeben, aber Lavinias Anwesenheit heute war mir sehr willkommen. Sie war mein Fels in der Brandung und hatte mich immer unterstützt, trotz der dummen Entscheidungen, die ich getroffen hatte. Ich hätte nach Hause kommen und verkünden können, dass ich jemanden ermordet hatte, und Lavinia hätte mich erst zurechtgewiesen und mir dann geholfen, es zu vertuschen. So eine Freundin war sie nun mal. Ich hatte beschlossen, meine Eltern in der Pension zu treffen, damit Lavinia als dringend benötigter Puffer an meiner Seite am Tisch sitzen konnte.

Sie kam herein, als ich in der Küche auf und ab ging und auf meine Eltern wartete. »Wie geht es dir?«

Ich blieb stehen. »Gut. Ich bin bereit. Ich habe nichts zu verbergen.« Ich atmete tief ein. »Es fühlt sich an, als sei es der richtige Zeitpunkt.«

»Das ist mein Junge.« Sie lächelte. »Willst du etwas trinken, um dich zu beruhigen?«

»Nein. Das muss ich mir für den Moment aufheben, wenn sie hier sind. Obwohl, glaub mir, der Gedanke, mich total zu besaufen, ist verlockend.«

»Hast du Abby gesagt, dass du heute mit ihnen reden wirst?«

»Nein. Ich wollte sie nicht stressen. Oder besser gesagt, ich wusste, dass sie *meinetwegen* gestresst sein würde. Sie weiß, dass es mir davor gegraut hat. Ich werde es ihr sagen, wenn es vorbei ist, damit sie sich keine Sorgen machen muss.«

Als es an der Tür läutete, atmete ich tief durch und machte mich bereit, sie zu begrüßen. Ich hatte das Mittagessen für Mom und Dad vorbereitet, aber ich wollte gleich zur Sache kommen, bevor ich etwas aß. Ich klatschte in die Hände. »Los geht's.« Ich ging auf die Tür zu, Lavinia auf den Fersen.

Als ich aufmachte, fiel ich fast einen Schritt zurück vor Schreck, als ich Abby dort stehen sah – mit rosigen Wangen, vom Wind zerzaustem Haar und *sehr* schwanger.

Wie?

»Ach du meine Güte!«, rief Lavinia.

»Abby!« Ich sprang förmlich nach vorn und zog sie in eine feste Umarmung – nun ja, so fest, wie es mit dem riesigen Strandball zwischen uns möglich war. »Warum hast du mir nicht gesagt, dass du kommst?«

»Ich wollte dich und Lavinia überraschen ...«

Ich drückte sie fester an mich, denn bis zu diesem Moment hatte ich nicht gewusst, *wie sehr* ich sie zurückhaben wollte. Solange sie hier bei mir war, gab es nichts, was wir nicht regeln konnten. Nach einem Moment löste ich widerwillig meine Arme um sie, drängte sie ins Haus und schloss die Tür.

»Lavinia!« Abby umarmte sie. »Ich habe dich so sehr vermisst.«

»Meine Liebe, ich bin im Moment so glücklich. Es ist so schön, dich wiederzuhaben.«

»Es ist gut, wieder da zu sein. Ich war nicht sicher, ob ich es schaffen würde.«

»Geht es deinem Vater gut?«, fragte Lavinia.

Abby nickte. »Dads Arzt hat ihm diese Woche grünes Licht gegeben. Und meine Schwester kommt für zwei Wochen zu ihm, was eigentlich ein Wunder ist. Sie sollte jetzt gleich ankommen. Das ist der einzige Grund, warum ich mich wohlgefühlt habe mit dem Gedanken, ihn zu verlassen.«

»Es ist an der Zeit, dass sie einspringt«, brummte ich.

Obwohl Lavinia praktisch über uns stand, legte ich eine Hand an Abbys Wange und zog ihren Mund zu meinem. Ihre Lippen waren kalt von der Luft draußen, und ich tat mein Bestes, um sie zu erwärmen. Sie schien sich zu entspannen, als sie sich unserem Kuss hingab. Mein Körper sehnte sich nach mehr.

Dann läutete es an der Tür.

Ich erstarrte. »Scheiße«, murmelte ich, als ich in die Realität zurückgeschleudert wurde. *Die arme Abby.* Sie würde auch meinen Eltern gegenübertreten müssen.

Sie drehte sich um und schaute zur Tür. »Wer ist das?«

Ich streichelte ihr zerzaustes Haar. »Meine Eltern.«

Ihre Augen weiteten sich. »Deine Eltern?«

»Ich habe sie eingeladen, um ihnen endlich die Neuigkeiten zu erzählen. Ich wusste natürlich nicht, dass du kommen würdest, also ...«

»Oh ... Gott.« Sie fasste sich an den Bauch. »Schreckliches Timing. Soll ich gehen?«

»Auf keinen Fall. Ich habe nichts mehr zu verbergen. Es sei denn, es ist dir unangenehm.«

Sie leckte sich über die Lippen. »Weißt du was? Mir geht's gut.« Sie atmete tief durch und nickte. »Ja. Lass es uns tun.«

Ich fühlte mich schrecklich, dass sie in diese Sache hineingezogen worden war. Ich griff nach ihrer Hand, führte sie an meine Lippen und küsste ihre Finger. Dann ging ich hinüber zur Tür, um sie zu öffnen.

KAPITEL 43
Abby

Titel 43: »If You Leave Me Now« von Chicago

Meine Eltern waren so gekleidet, als würden sie in die Kirche gehen und nicht zu einem lockeren Mittagessen in der Pension. Ich nickte einmal. »Mom, Dad, schön, euch zu sehen.«

Meine Mutter streckte eine Hand aus und küsste jede meiner Wangen. »Es ist immer schön, dich zu sehen, mein Sohn. Und so ein seltenes Vergnügen, zum Mittagessen eingeladen zu werden. Aber hoffentlich bietet Lavinia uns nicht wieder Fireball an.«

»Deine Mutter will nicht aufhören, darüber zu reden.« Mein Vater lachte und klopfte mir auf die Schulter.

»Hallo«, sagte Lavinia hinter mir. »Es ist so schön, euch beide zu sehen.«

»Dich auch.« Meine Mutter sah sie von oben bis unten an, wahrscheinlich entsetzt über Lavinias Birkenstock Sandalen mit Socken. »Du siehst ... umwerfend aus.«

»Ah, du bist eine fantastische Lügnerin, Rosemary. Aber heutzutage nehme ich jedes Kompliment an, das ich bekommen kann.«

Mein Vater nahm Lavinia in den Arm. »Schön, dich wiederzusehen.«

Meine Mutter blinzelte, als sie schließlich zu der schönen, jungen Brünetten hinübersah, die hinter Lavinia stand. »Hallo.« Ihr Blick fiel auf Abbys runden Bauch. »Und du bist?«

»Ich bin Abby.« Abby schluckte. »Schön, Sie kennenzulernen.«

Ich hasste es, dass ich ihr das zumutete. Aber im Moment gab es keinen anderen Weg als durch das Feuer.

»Abby. Ich freue mich auch sehr, dich kennenzulernen, Liebes.« Mom legte den Kopf schief. »Bist du ein Gast hier in der Pension?«

Abby nickte. »Ja, das bin ich.«

»Du bist Amerikanerin. Von wo aus bist du angereist?«

»Rhode Island.«

»Ist dein Mann hier bei dir?«

Als Abbys Gesicht rot wurde, konnte ich es nicht mehr ertragen. »Nein, sie ist nicht verheiratet«, schaltete ich mich ein. »Abby ist hier nicht nur ein Gast, Mutter. Sie ist jemand, der mir sehr wichtig ist, und ich möchte, dass du und Dad euch hinsetzt, damit ich es erklären kann.«

Das Gesicht meiner Mutter wurde blass, als sie den Zusammenhang erkannte und wahrscheinlich annahm, dass ich Abby auf natürliche Weise geschwängert hatte.

Ich war mir nicht sicher, welche Situation sie für schlimmer halten würde.

Ich verbrachte die nächsten Minuten damit, alles zu erzählen – angefangen bei dem Moment, in dem Phil und Kate an jenem Morgen in meiner Wohnung angekommen waren, bis hin zu Abbys kürzlicher Rückkehr von der Pflege ihres Vaters in den USA. Meine Mutter versuchte mehrmals, das Gespräch zu unterbrechen, aber ich bestand darauf, dass sie mich reden ließ. Abby und Lavinia saßen ruhig rechts und links von mir, und als ich schließlich meinen Eltern das Wort erteilte, war die erste Frage meiner Mutter keine Überraschung.

»Wie konntest du uns das nicht sagen, bevor du dich zu so etwas entschlossen hast?«

»Hättet ihr die Idee gut gefunden?«

»Auf keinen Fall«, schnaubte sie. »Aber –«

»Warum habt ihr dann erwartet, dass ich es euch sage? Es hätte nichts an meiner Entscheidung geändert.«

Sie sah einen Moment zu Abby hinüber. »Es war eine leichtsinnige Entscheidung. Dieses Kind braucht eine Mutter. Ich weiß nicht, was Phil und Kate sich dabei gedacht haben, so eine egoistische Entscheidung zu treffen.«

»Rosemary«, unterbrach mein Vater, »wir haben keine andere Wahl, als es zu akzeptieren. Du musst dich beruhigen.«

»Ich kann mich nicht beruhigen, wenn mein Sohn ein so großes Geheimnis vor mir verbirgt.« Sie runzelte die Stirn. »Was hätte deine Großmutter wohl gedacht, Sigmund?«

Ich zuckte mit den Schultern. »Ich hätte kein Problem damit gehabt, es Großmutter zu sagen. Sie war immer viel offener als du, Mutter. Viel aufgeschlossener. Ich bin sicher, Großmutter wäre überglücklich gewesen, wieder Urgroßmutter zu sein.«

Meine Großmutter war vor einigen Jahren verstorben. Leo und ich hatten sie als unsere Vertraute betrachtet, wenn wir ein Problem hatten. Sie war auch einer der wenigen Menschen, die mir nach Britneys Tod Trost spendeten, obwohl es ihr damals schon schlecht ging.

»Ich bezweifle sehr, dass deine Großmutter eine so überstürzte Entscheidung unterstützt hätte«, entgegnete meine Mutter. »Und sie hätte es auch nicht gutgeheißen, dass du eine völlig Fremde damit beauftragst, dein Kind auszutragen.«

Mein Blut kochte. Sie konnte wütend auf mich sein, aber Negativität gegenüber Abby war nicht akzeptabel. Ich musste sie aufhalten, bevor sie etwas Dummes sagte.

Ich erhob die Stimme. »Abby ist keine Fremde mehr, ganz im Gegenteil. Sie und ich stehen uns sehr nahe. Und ich hätte mir keine bessere Person wünschen können, die dieses Kind austrägt.«

»Entschuldige bitte«, warf Abby ein, »aber ich würde gern für mich selbst sprechen, denn ich bin sicher, dass deine Mutter im Moment viele falsche Meinungen über mich hat.«

Ein Knoten bildete sich in meinem Magen, aber ich hatte nicht vor, sie aufzuhalten. Abby hatte jedes Recht, sich zu verteidigen und sich an diesem Gespräch zu beteiligen.

Ihr Blick war fest auf meine Mutter gerichtet. »Sie kennen mich nicht, und es tut mir leid, dass Sie so plötzlich von dieser Situation erfahren mussten. Aber ich kenne Ihren Sohn nun schon eine ganze Weile, und seine Entscheidung war alles andere als überstürzt. Er hat sich gequält und hätte anfangs fast einen Rückzieher gemacht. Aber obwohl er starke Vorbehalte hatte, traf er diese Entscheidung aus Liebe zu seiner Frau, um *ihre* Wünsche zu erfüllen. Und aus Respekt vor ihren Eltern, die ihr einziges Kind verloren haben. Bei allem Respekt für *Sie*, Mrs. Benedictus, Sie wissen nicht, wie es ist, ein Kind zu verlieren. Sie hatten großes Glück.«

Am Tisch herrschte Schweigen. Abby sah zwischen meinen Eltern hin und her und fuhr fort: »Und Sie beide können sich glücklich schätzen, dass Sie einander haben, dass Sie die Liebe Ihres Lebens nicht so jung verloren haben, wie Ihr Sohn es tat. Man kann niemandem sagen, was er tun oder nicht tun sollte, wenn man nicht in seinen Schuhen gesteckt hat. Und vielleicht denken Sie, dass ich eine Art Opportunistin bin, die auf Geld aus ist. Ihr Sohn dachte das anfangs auch, und glauben Sie mir, er hat von Ihnen eine Menge über Misstrauen gelernt.« Abby deutete auf ihren Bauch. »Aber ich kann Ihnen versichern, dass niemand, der bei klarem Verstand ist, seinen Körper – oder sein Herz – so etwas nur für Geld durchmachen lassen würde. Ich wollte helfen. Und auch wenn Ihnen das vielleicht fremd ist, so ist es doch die Wahrheit.«

Meine Mutter blieb sprachlos. Ich war sowohl erleichtert als auch verwirrt darüber.

Ich dachte, Abby sei fertig, aber dann sprach sie wieder.

»Ihr Sohn ist ein fantastischer Mann. Er hat etwas durchgemacht, was niemand jemals erleben sollte, schon gar nicht in seinem Alter. Er hat während der letzten Jahre die meiste Zeit im Stillen gelitten, was Sie wahrscheinlich nicht bemerkt haben, weil er sich Ihnen nicht geöffnet hat. Weil Sie seine Ehe nie ernst genommen haben.« Sie schaute in meine Richtung und lächelte leicht. »Und was seine Behandlung mir gegenüber angeht? Er war beschützend, respektvoll und hat mir alles gegeben, was ich mir während dieses Prozesses wünschen konnte. Ich werde diese Erfahrung nie vergessen. Es ist das Bedeutsamste, was ich in meinem Leben gemacht habe. Und am Ende werde ich in dem Wissen in die USA zurückkehren, dass ich im Leben mehrerer Menschen einen großen Unterschied gemacht habe. Und wenn ich sterben würde, wüsste ich, dass ich meine Spuren in dieser Welt hinterlassen habe.«

»... in die USA zurückkehren ...« Das war alles, was ich hörte.

Sie fuhr fort: »Verschwenden Sie Ihre Zeit nicht damit, die Situation aus all den Gründen, die Sie für falsch halten, zu zerpflücken. Verbringen Sie sie damit, Ihrem Sohn die Liebe zu geben, die er verdient, die Liebe, die er braucht und die seit dem Tod seiner Frau so sehr in seinem Leben gefehlt hat.« Abby zuckte mit den Schultern. »Sie werden Großeltern, ob Sie wollen oder nicht. Sie sind es bereits. Herzlichen Glückwunsch an Sie beide.«

Mir drehte sich der Magen um. Hatte Abby bereits fest beschlossen, dass es für uns keine Hoffnung mehr gab? Ich hatte ihr wohl keinen klaren Grund gegeben, etwas anderes anzunehmen. War es das, was in den letzten Wochen anders gewesen war? Ich dachte, ich könnte platzen aufgrund des Bedürfnisses, mit ihr allein zu sein, ihr zu sagen, dass ich nie wollte, dass sie ging. *Niemals.* Die Meinung meiner Mutter war mir in diesem Moment völlig gleichgültig. Ich wollte Abby für diese Rede am liebsten küssen.

Zu meinem Entsetzen stand Abby vom Tisch auf und verließ den Raum.

Ich eilte ihr hinterher. »Was ist denn los?«

»Ich muss dringend eine Runde fahren – allein.«

»Aber du bist doch gerade erst gekommen. Ich möchte nicht von dir getrennt sein.«

»Ich weiß.« Sie streichelte meinen Arm. »Verbringe Zeit mit deinen Eltern. Sprich mit ihnen darüber. Und ich komme später wieder.«

»Ich verstehe das nicht. Wo willst du denn hin?«

»Zu Felicity. Ich will das Baby kennenlernen.«

Ich griff nach meinem Schlüssel. »Dann lass mich dich fahren.«

»Nein. Du kannst deine Eltern nicht allein lassen. Und ich will selbst fahren, okay?«

Ich kratzte mich am Kopf. »Sagst du ... mir Bescheid, wenn du da bist?«

»Es ist nicht so weit, Sig. Aber klar, das kann ich machen.«

Ich musste einfach fragen. »Ist mit uns alles in Ordnung, Abby?«

»Ja. Mach dir im Moment keine Sorgen um mich. Beende das Gespräch mit deinen Eltern. Beantworte ihre Fragen. Bring die Dinge mit deiner Mutter ins Reine.«

Das war das Letzte, was sie sagte, bevor sie zur Tür hinausging.

Ich stand eine Minute lang an der Tür und analysierte ihren bizarren Abgang. Oder vielleicht war er gar nicht so bizarr. Als ich an den Tisch zurückkehrte, wusste ich, dass ich sofort etwas klarstellen musste. »Ich werde nicht zulassen, dass sie schlechtgemacht wird«, verkündete ich. »Versteht ihr das? Abby hat sich in dieser ganzen Sache wie ein Engel verhalten. Sie verdient euren größten Respekt, auch wenn ihr das noch nicht erkennt.«

»Wo ist sie hin?«, fragte mein Vater.

»Sie brauchte eine Pause. Kannst du es ihr verdenken?«

Meine Mutter umklammerte ihre Halskette. »Sind wir so schlimm?«

»Willst du die ehrliche Antwort?«

»Sigmund ...« Sie runzelte die Stirn. »Es ist an der Zeit, mich reden zu lassen.«

»In Ordnung, Mutter.« Ich setzte mich wieder auf meinen Platz.

»Das ist zwar keine Situation, die ich mir für dich ausgesucht hätte, aber ich habe jedes Wort gehört, das sie gesagt hat. In Ordnung? So sehr ich auch dagegen gewesen wäre, wenn ich es früher gewusst hätte, so bleibt mir doch keine andere Wahl, als es jetzt zu akzeptieren.«

»Willst du damit sagen, dass du mir deine Meinung zu diesem Thema ersparen willst?«

»Ich will damit sagen ... ich liebe dich. Das ist alles, wirklich. Wir können dir als deine Eltern nur unsere Meinung mitteilen. Du bist eindeutig erwachsen und triffst deine eigenen Entscheidungen, unabhängig davon, was wir denken. Letztendlich wollen wir nur, dass du glücklich bist.«

»Also gut.« Ich nickte. »Lassen wir es dabei bewenden und verlieren wir kein weiteres Wort darüber.«

»Ich habe noch eine Frage«, sagte sie.

»Was?«

»Dir ist doch bewusst, dass deine *Leihmutter* in dich verliebt ist?«

Lavinia schnaubte.

Mom legte den Kopf schief. »Wie lange genau bist du schon mit ihr zusammen, und was bedeutet das für euer angebliches Geschäftsabkommen?«

»Zu viele Informationen für einen Tag, Mutter. Ich kann diese Frage im Moment nicht einmal annähernd beantworten. Aber wenn ich alles geklärt habe, werde ich es euch irgendwann wissen lassen.«

Meine Mutter schnitt eine Grimasse. »Irgendwann.«

»Das scheint mir fair zu sein«, sagte mein Vater. »Lassen wir den armen Kerl in Ruhe, Rosemary. Wir sind zum Mittagessen gekommen. Lass uns mit diesem Plan fortfahren.«

Lavinia unterbrach. »Ich denke, wir sollten alle auf euer Enkelkind anstoßen.«

»Das wäre ... reizend«, sagte meine Mutter.

»Ich weiß nicht, wie es den anderen geht, aber ich könnte sicherlich einen Drink gebrauchen.« Mein Vater lachte.

Lavinia grinste zu mir herüber. »Ich hole den Fireball!«

Sie wusste ganz genau, dass meine Eltern Fireball hassten. Wir vier amüsierten uns köstlich darüber.

Nachdem ich diese schwierige Diskussion hinter mich gebracht hatte, hätte ich eigentlich aufatmen müssen. Aber die Spannung in meiner Brust wurde von Minute zu Minute größer. »... in die USA zurückkehren ...«, hatte sie gesagt.

KAPITEL 44
Abby

Titel 44: »Ghost« von Justin Bieber

Ich hielt Baby Eli in den Armen. »Ich kann nicht glauben, wie groß er schon ist.«

»Ich weiß.« Felicity lächelte zu ihrem Sohn hinüber. »Er verändert sich jeden Tag.«

Eli, jetzt vier Monate alt, hatte dunkelblondes Haar wie sein Vater. Aus irgendeinem Grund hatte ich angenommen, dass das Baby rothaarig werden würde, wie Felicity und seine Schwester.

Die kleine Eloise saß in der Ecke und spielte mit ihrem Spielzeugküchen-Set. Ich sah zu, wie sie Plastikmuffins in den Ofen schob.

Felicity schlug die Beine übereinander. »Ich kann nicht glauben, dass du praktisch direkt nach deiner Landung hergekommen bist.«

»Ja. Mein Bauch und ich passen kaum noch in den Fiat.« Ich lachte. »Aber es hat sich gelohnt, die Enge auszuhalten, nur um zu entkommen.«

»Ich kann mir nicht vorstellen, wie unangenehm es war, seine Eltern auf diese Weise zum ersten Mal zu treffen.«

»Ich habe gesagt, was ich zu sagen hatte, und bin dann abgehauen. Ich bin mir sicher, dass sie mich für unhöflich hielten, aber das war es, was ich brauchte.«

»Ich finde es mutig, dass du dich für dich selbst eingesetzt hast. Und ich bin so froh, dass du dich entschieden hast, mit uns abzuhängen. Ich war einsam, weil Leo den ganzen Tag weg ist. Das ist also perfekt.«

Als das Baby in meinen Armen unruhig wurde, ging ich hinüber, um es ihr wiederzugeben.

»Darf ich neugierig sein?«, fragte Felicity, während sie ihn schaukelte und ich mich wieder hinsetzte.

Ich rieb meinen Bauch. »Okay ...«

»Wir haben über Weihnachten viel Zeit mit Sig verbracht. Er hat uns erzählt, dass du dich in letzter Zeit etwas anders verhalten hast. Er schien besorgt zu sein. Da habe ich zum ersten Mal gemerkt, wie ernst es zwischen euch geworden ist. Bereust du das?«

Felicity und ich waren telefonisch in Kontakt geblieben, während ich wieder in Rhode Island war, also wusste sie, dass ich für Sig mehr als nur eine Leihmutter geworden war. Aber ich hatte ihr nichts über den aktuellen Zustand meines Kopfes erzählt. Und ich hatte es auch Sig nicht gesagt.

»Ich bereue nur, dass ich mich in ihn verliebt habe, Felicity.«

Sie lächelte mitfühlend. »Oh, Liebes ... Es tut mir leid. Ich wusste nicht, dass deine Gefühle sich *so sehr* entwickelt haben.«

Ich nickte. »Ich liebe ihn. Ich liebe ihn so sehr. Auch als ich heute in seiner Nähe war … das war einer der Gründe, warum ich eine Verschnaufpause brauchte. Es war überwältigend, ihn nach so langer Zeit der Trennung zu sehen und zu merken, dass meine Gefühle nicht einmal ein bisschen nachgelassen haben.«

»Ich weiß, dass er dich auch mag«, sagte sie.

Ihre Wortwahl schmerzte ein wenig. »Das ist es ja gerade. Ich weiß, dass er mich *mag*. Aber ich brauche mehr. Ich werde nicht weniger akzeptieren als sein ganzes Herz. Und wenn er mir das nicht geben kann, haben wir wohl keine Chance.«

»Hast du ihm gesagt, dass du ihn liebst?«

»Nein.« Ich schüttelte den Kopf. »Ich kann es nicht.«

»Warum nicht?«

»Weil ich nicht will, dass er sich verpflichtet fühlt, wenn er nicht dasselbe empfindet.« Ein Anflug von Panik machte sich breit. »Und bitte, erwähne niemandem gegenüber, dass wir dieses Gespräch hatten.«

»Das werde ich nicht.« Sie schüttelte den Kopf. »Ich gebe zu, Leo und ich reden oft über euch. Aber wenn du mir ausdrücklich sagst, dass ich ihm nichts sagen soll, werde ich es auch nicht tun. Du hast mein Wort.«

»Danke.«

»Wie auch immer, warum glaubst du, dass er nicht in der Lage ist, dir sein ganzes Herz zu schenken?«

»Es ist nicht so, dass ich es denke. Ich *weiß* es, Felicity.«

»Hat er dir das gesagt?«

»Nicht mir.«

»Ich bin verwirrt.«

Ich schaute hinter meine Schulter, um mich zu vergewissern, dass Nathan, der Hausverwalter, nicht in der Nähe war, und senkte die Stimme. »Ich habe das bisher niemandem erzählt. Also noch einmal, ich brauche deine äußerste Diskretion.«

»Okay ...«

Ich atmete ein und wieder aus. »Er hat ihr geschrieben. Die ganze Zeit über.«

Sie zog die Augenbrauen zusammen. »Wem?«

»Britney.«

»Britney ...«

»Ja. Ihre Eltern haben mir ihren alten Laptop gegeben, als sie herausgefunden haben, dass meiner nicht mehr funktioniert. Als ich mich zum ersten Mal in mein E-Mail-Konto einloggen wollte, öffnete es sich direkt zu Britneys Konto. Und da waren Nachrichten von ihm. Die jüngste war von vorgestern, und sie reichten bis kurz nach ihrem Tod zurück.«

»Hast du sie alle gelesen?«

»Nein.« Ich schüttelte den Kopf. »Ich habe eine gelesen. Dann habe ich mich davon abgehalten. Ich weiß, es ist schrecklich, und ich hätte es nicht tun sollen. Ich habe kein Recht, seine privaten Gedanken an sie zu lesen. Ich habe mir gesagt, dass ich nur einen lesen könnte, um zu verstehen, warum er ihr schreibt, und dann würde ich keine weiteren mehr lesen.«

»Okay ... was hast du gesehen?«

»Ich habe auf eine willkürliche E-Mail geklickt, die irgendwo in der Mitte gespeichert war. In seiner Nachricht zählte er die Tage, die sie schon weg war, und er sagte ihr, dass er jede Minute eines jeden Tages an sie denkt. Und er wollte sie wissen lassen ...« Ich zögerte.

Felicity lehnte sich vor. »Was?«

»Dass er *niemals* jemanden so lieben wird, wie er sie geliebt hat.«

Felicity schloss kurz die Augen und seufzte. »Ah ...«

»Ich hätte diese E-Mail nicht anklicken sollen.« Ich wandte den Blick ab. »Aber in gewisser Weise bin ich froh, dass ich es getan habe.«

»Wie lange ist es her, dass er das geschrieben hat?«

»Ehrlich gesagt habe ich nicht auf das Datum geachtet. Wie ich schon sagte, ich habe einfach auf eine geklickt. Aber das spielt keine Rolle.« Ich seufzte. »Jedenfalls habe ich mir selbst nicht getraut, nicht doch noch eine zu öffnen, also habe ich mich aus ihrem Konto ausgeloggt. Jetzt kann ich mich nie wieder einloggen, weil ich das Passwort nicht habe.«

Felicity nickte. »Ich kann verstehen, dass es dich verärgert hat, das zu lesen. Aber die Gefühle der Menschen können sich mit der Zeit ändern.«

»Manchmal habe ich das Gefühl, dass ich mit einem Geist konkurriere. Es ist furchtbar, das zu sagen.«

Sie lächelte mitfühlend. »Du kannst hier alles sagen.«

»Wenn wir zum Beispiel zusammen wären, dann nur, weil sie nicht hier ist – nicht weil wir Seelenverwandte oder füreinander bestimmt sind. Wenn sie jetzt auf wundersame Weise durch die Tür käme, würde er dann nicht zu ihr laufen und mich einfach zurücklassen?« Meine Brust zog sich zusammen. »Das ist kein gutes Gefühl. Und dann komme ich mir dumm vor, weil ich darüber nachdenke, denn wie kann ich auf eine Tote eifersüchtig sein?« Ich drehte mich zu ihr um. »Mal ehrlich, bin ich verrückt?«

»Ich denke, es ist ganz natürlich, dass man sich wünscht, dass die Person, die man liebt, einen ebenso liebt.«

»Nun, er hat nicht gesagt, dass er mich überhaupt liebt, das kommt noch dazu.«

Es klingelte an der Tür, was unser Gespräch unterbrach. Ich hörte, wie Nathan die Tür öffnete, und dann die Stimme eines anderen Mannes.

KAPITEL 45

Abby

Titel 45: »My Love Mine All Mine« von Mitski

Ich stand plötzlich auf, als ich Sig am Eingang des Wohnzimmers sah. Mein Herz flatterte. »Was machst du denn hier?«

»Ich wurde ungeduldig. Ich wollte dich sehen.«

Ich ging auf ihn zu, und er umfasste meine Wangen und küsste mich leidenschaftlich, ohne Rücksicht auf Felicity, die dort saß. Als er mich schließlich losließ, küsste er mich sanft auf die Stirn, bevor er sich ihr zuwandte. Sie schien amüsiert.

»Was ist das für ein Ausdruck, Rotschopf? Hast du noch nie gesehen, wie andere Menschen sich küssen?«

»Diese Seite von dir habe ich noch nie gesehen. Es ist schön.«

Ich hatte fast vergessen, dass Felicity und Leo getrennt waren, während Britney mit Sig hier gewesen war. Felicity hatte Britney nie getroffen, also hatte sie auch nie erlebt, wie Sig in einer Beziehung war.

Felicity lächelte mich an. »Ich lasse euch beiden etwas Freiraum. Ich muss sowieso Eli wickeln.« Sie holte ihre Tochter. »Komm schon, Eloise. Hilf mir mit deinem Bruder.«

Ich folgte ihnen mit dem Blick, als sie die Treppe hinaufgingen. Als ich wieder zu Sig aufsah, hatten seine Augen einen warmen Ausdruck angenommen.

»Ich wollte bald zurückkommen, weißt du«, sagte ich. »Du hättest nicht den ganzen Weg hierherkommen müssen.«

Er zupfte sanft an meinem Hemd. »Hast du eine Ahnung, wie schmerzhaft es war, dich nach all der Zeit, die wir getrennt waren, für ein paar Minuten zu sehen, nur damit du wieder gehst?«

»Wie ist es mit deinen Eltern gelaufen, nachdem ich weg war?«

»Nach deinem Paukenschlag, meinst du?« Er grinste. »Ich bin mir ziemlich sicher, dass du die Situation gerettet hast. Meine Mutter hat sich sehr beruhigt. Deine Leidenschaft ist spürbar und kann selbst die härtesten Herzen durchdringen. Am Ende haben wir auf das Baby angestoßen und es geschafft, ein nettes Mittagessen zusammen einzunehmen.«

Erleichterung machte sich in mir breit. »Wie bei so vielen Dingen im Leben war die Sorge um das Ergebnis schlimmer als das eigentliche Ereignis. Ich bin froh, dass sie es jetzt wissen. Das musste nicht über dir schweben.«

Er strich mir eine Haarsträhne hinters Ohr. »Es gibt schon genug, das über *uns* schwebt, nicht wahr? Und ich weiß, dass vieles davon meine Schuld ist – dass ich mir über meine Absichten nicht im Klaren war, dass ich so viel einer ungewissen Zukunft überlassen habe. Du warst während der letzten Wochen sehr aufgebracht. Und ich habe die Situation nicht verbessert, habe dir keine klaren Antworten gegeben, wo ich stehe, und trotzdem habe ich dich gebeten, dich mir zu öffnen. Das ist nicht fair.«

»Wo stehst du denn, Sigmund?«

Er starrte durch mich hindurch. »Ich habe Angst. Angst, dich zu verlieren. Angst davor, Vater zu werden. Angst davor, meine Meinung zu ändern und mich zu entscheiden, dieses Kind großzuziehen, obwohl ich nicht weiß, ob ich damit umgehen kann. Ich habe Angst, die falschen Entscheidungen zu treffen. Ich habe unsere unglaubliche Chemie als eine Flucht vor schwierigen Entscheidungen benutzt. Je näher wir uns kommen, desto schwieriger wird es, sich in dich zu flüchten und sich nicht um den Rest zu kümmern. Diese Monate mit dir – sowohl persönlich als auch durch die Verbindung, die wir aufgebaut haben, als wir noch nicht physisch zusammen waren – waren einige der besten in meinem Leben. Das ist das erste Mal seit langer Zeit, dass ich glücklich bin. Ich hätte nicht gedacht, dass ich in der Lage wäre, mich wieder so zu fühlen. Aber ich kann nicht ewig den Kopf in den Sand stecken. Ich weiß nicht, was das Beste für dieses Kind ist. Ich weiß nicht mehr, was das Beste für *dich* ist, ein Leben mit mir oder ohne mich.« Er legte die Hände um mein Gesicht. »Aber einer Sache *bin* ich mir sicher, und zwar, dass ich dich liebe.«

Mein Herz setzte einen Schlag aus. Mit diesen Worten hatte ich nicht gerechnet. Nicht heute. Niemals.

»Ich weiß nicht, ob das bedeutet, dass ich dich genug lieben sollte, um dich zu ermutigen, mit deinem Leben weiterzumachen, oder dich anzuflehen zu bleiben«, fuhr er fort. »Ich weiß nur, dass ich dich liebe, Abby. Und ich musste es dir sagen. Deshalb konnte ich auch nicht warten, bis du zurückkommst. Es konnte nicht eine Sekunde länger warten.«

Mir traten Tränen in die Augen, als ein bittersüßes Gefühl in mir aufstieg. Ich wollte ihm *so* gern glauben, dass er mich *wirklich* liebte. Aber der Zweifel war echt. Ich kämpfte immer noch mit der Sorge, dass ich ein Trostpreis war. Und ich konnte diese Unsicherheit nie gestehen. Es kam mir egoistisch und unreif vor. Es war nicht fair, ihn zum Vergleich zu zwingen. Ganz zu schweigen davon, dass ich niemals zugeben konnte, dass ich seine private E-Mail gelesen hatte.

Ich sah auf und merkte, dass zu viele Sekunden schweigend verstrichen waren. Aber es gab nur eine ehrliche Antwort. »Ich liebe dich auch.« Ich legte eine Hand auf seine, mit der er immer noch mein Gesicht streichelte. »Aber ich habe Angst.«

»Ich werde dir niemals absichtlich wehtun.« Er beugte sich vor, um mich erneut zu küssen, wobei mein Bauch gegen ihn drückte. Er sprang zurück, als mein Bauch plötzlich zuckte. »Was war das?«

Ich lachte. »Das war dein Baby, das getreten hat.«

Er hatte das Baby zwar auf FaceTime treten sehen, aber Sig war noch nie dabei gewesen, um es zu spüren. Er legte eine Hand auf meinen Bauch und sah staunend zu, wie es wieder passierte. »Oh mein Gott.«

»Unglaublich, oder?«

Er behielt seine Hand eine Minute lang dort, bevor das Baby sich zu beruhigen schien. »Du bist fantastisch. Wie dein Körper diesen kleinen Außerirdischen am Leben erhalten hat, während er sich um alles andere gekümmert hat – mich eingeschlossen ...«

»Es war mir ein Vergnügen. Alles.«

Er drückte seine Stirn an meine. »Lass mich heute Nacht für dich sorgen.«

Mein Körper regte sich. »Woran hast du denn gedacht?«

»Ob du es glaubst oder nicht, *das* war nicht der erste Gedanke.« Er zwinkerte. »Aber es ist mit dabei.«

Nachdem wir uns von Felicity verabschiedet hatten, folgte ich Sig zurück zur Pension. Wie immer bestand er darauf, vor mir zu fahren, um etwas Licht auf die sonst dunkle Straße zu bringen.

Später machte er mir Abendessen und sagte mir, ich solle mich unten mit Lavinia ein wenig ausruhen, während er nach oben ging.

Als ich das Wasser hörte, vermutete ich, dass er mir ein Bad einlassen wollte. Aber ich hatte nicht mit der Szene gerechnet, die ich vorfand, als ich oben ankam.

KAPITEL 46
Abby

Titel 46: »Small Bump« von Ed Sheeran

Das Licht war aus. Es flackerten Kerzen. Und eine sehr entspannende Wellnessmusik lief aus einem Bluetooth-Lautsprecher.

»Was ist das alles?«

»Das ist meine Art, dich zu Hause willkommen zu heißen«, sagte Sig.

Zu Hause. Das hier fühlte sich in vielerlei Hinsicht wie ein Zuhause an.

»Kommst du mit mir rein?«, fragte ich.

»Wenn du mich haben willst.«

»Sehr gern. Aber werden wir beide reinpassen? Technisch gesehen werden wir zu dritt da drin sein.«

»Ich kriege das schon hin.« Er lächelte.

Nachdem ich aus meinen Klamotten geschlüpft war, zog er sich ebenfalls aus. Sig stieg hinter mir in die Wanne, schlang die Arme um meinen Körper und legte seine Handflächen auf meinen Bauch. Mein Rücken war an seine Brust gelehnt. Eigentlich sollte ich mich entspannen, aber das Baby schien andere Vorstellungen zu haben. Es begann, ziemlich aggressiv zu treten.

Sig lachte. »Meine Güte. Was ist denn da drinnen los?«

»Er oder sie will rauskommen und planschen, glaube ich.« Ich kicherte.

»Ist das Treten heute aktiver als sonst?«

»Eindeutig. Vielleicht spürt das Baby meine Unruhe.«

Er küsste meinen Nacken. »Sprich mit mir, meine Schöne. Warum bist du immer noch unruhig? Ich tue alles, was möglich ist, damit du dich heute Abend entspannen kannst.«

»Es ist nichts, was du getan hast. Aber ich habe immer noch viel auf dem Herzen.«

»Sag mir, was los ist.«

Ich konnte es mir nicht leisten, meine Gedanken noch länger bei mir zu behalten. Uns lief die Zeit davon. »Ich weiß nicht, ob ich bereit bin, Mutter zu werden«, platzte ich heraus.

Sein Körper versteifte sich hinter mir. »Du denkst, weil ich dir gesagt habe, dass ich dich liebe, bedeutet das, dass ich jetzt mehr von dir erwarte? Das tue ich nicht, Abby. Ich habe nur meine unbestreitbaren Gefühle zum Ausdruck gebracht. Die Konflikte, die wir noch zu bewältigen haben, ändern nichts an der Tatsache, dass ich mich in dich verliebt habe. Und meine Liebe zu dir ändert nichts daran, dass ich immer noch denke, dass es das Beste für dich ist, mit deinem Leben weiterzumachen. Aber es ist mir nicht mehr möglich, dich dazu zu ermutigen. Ich will nicht, dass du gehst. Aber niemand verlangt von dir, Mutter zu werden, und niemand erwartet das.« Er stieß einen langen Atemzug gegen meinen Hals aus. »Übrigens bin ich noch lange nicht bereit, Vater zu werden, ich kann das also nachvollziehen. Ich bin auf diese Situation nicht besser vorbereitet, weil ich der leibliche Vater bin.«

Panik stieg in mir auf. Auch wenn er nicht bereit war, es zuzugeben, wusste ich, dass Sig letztendlich beschließen würde, sein Kind aufzuziehen. Es spielte keine Rolle, ob er dazu bereit war, es war *sein* Kind. Er schien damit einverstanden zu sein, dass Phil und Kate es aufzogen, aber sobald er sein und Britneys Baby sah, würde er es nicht mehr loslassen können. Und ich konnte nicht zulassen, dass dieses kostbare Baby sich daran gewöhnte, mich um sich zu haben, nur damit meine Beziehung zu Sig in die Brüche ging, sobald das Leben nach der Leihmutterschaft einsetzte.

Es gab zu viele Unbekannte. Zu viele Risiken. Würde sein Kind mit Britney ihn jeden Tag daran erinnern, wie sehr er sie liebte? Würde das, was er für mich empfand, im Vergleich dazu verblassen? Würde der Stress, ein Baby großzuziehen, den Liebesnebel dämpfen, in dem wir uns befunden hatten? Würde es alles verändern? Das Entscheidende war, dass Sig immer der Vater des Babys sein würde. Aber wenn es mit mir und ihm nicht klappte, könnte ich dem Kind das Herz brechen. Das war nicht fair. Ich hatte zu viel Angst, um zu riskieren, diese kleine Seele zu verletzen, die mir mehr bedeutete als alles andere auf der Welt. Wir waren dem Ende zu nahe, um das Unvermeidliche noch länger zu ignorieren.

»Als du vorhin mit meinen Eltern gesprochen hast, hast du angedeutet, dass du in die USA zurückkehren willst«, sagte Sig, als könnte er den Aufruhr in meinem Kopf spüren. »Bist du deshalb so anders geworden? Hattest du Angst, mir zu sagen, dass du das beschlossen hast?«

Das war nicht gerade das, was mich beschäftigt hatte. Aber jetzt, da wir beim Thema waren, würde ich nicht mehr weglaufen. »Ich denke, es ist das Beste, wenn ich zurückkehre und mich nicht an das Baby hänge, wenn es geboren ist. Dass ich danach gehe.«

Stille erfüllte den Raum.

»Du bist sicher ...«, sagte er schließlich, sein Tonfall voller Enttäuschung.

»Nein, bin ich nicht«, gab ich zu. »Aber wie ein weiser, *alter* Mann mir einmal sagte: ›Manchmal muss man seine Entscheidungen nach bestem Wissen und Gewissen treffen, auch wenn es sich nicht hundertprozentig angenehm anfühlt.‹ Wenn ich diese Entscheidung jetzt nicht treffe, wird es nur noch schwieriger werden. Mein Weggehen war doch immer der ursprüngliche Plan, oder?«

Sig schwieg ein paar Augenblicke, bevor er antwortete: »Ich habe immer gesagt, du musst tun, was das Beste für dich ist. Ich werde dich immer lieben und respektieren, egal wie du dich entscheidest. Aber ich werde nicht so tun, als könnte ich es leicht verkraften, dich zu verlieren. Ich verspreche dir, dass ich jede Entscheidung, die du trotzdem triffst, unterstützen werde.« Er hielt inne. »Unter einer Bedingung.«

»Was?«

»Lass mich diesen letzten Monat haben. Distanziere dich nicht von mir, nur weil du vorhast zu gehen. Ich brauche diese Zeit mit dir.« Er hielt mich noch fester. »Bitte.«

Seine Bitte wärmte mich innerlich, machte mich aber auch unruhig. Aber es gab nur eine Antwort, trotz meiner gemischten Gefühle. »Okay. Ich verspreche es.«

Ich drehte mich zu ihm um und bereute es sofort. Seine Augen waren rot, als versuchte er, nicht zu weinen. Mir brach das Herz, denn England zu verlassen war gegen alles, was ich wirklich wollte.

Nachdem wir das Bad verlassen hatten, folgte Sig mir in mein Zimmer. Es gab keine Diskussion darüber, wo er heute Nacht schlafen würde; er wich nicht von meiner Seite. So schmerzhaft dieser Tag auch gewesen war, die Sehnsucht zwischen meinen Beinen ließ sich nicht bändigen. Ich ließ mein Handtuch auf den Boden fallen.

Das Verlangen in seinen Augen wurde von Sekunde zu Sekunde größer, als er mich ansah. »Verdammt, du bist sogar noch schöner.«

Er ließ sein eigenes Handtuch fallen und sein steifer Schwanz wippte, während er an der Spitze vor Erregung nass wurde.

Ich legte mich hin, und er kroch zu mir aufs Bett, positionierte sich hinter mir und schlang die Arme um meine Taille. Ich spürte die Hitze seines Schwanzes an meinem Hintern.

Er sprach leise gegen meinen Rücken. »Wenn du nicht in der Stimmung bist zu ficken, müssen wir es auch nicht tun.«

Anstatt verbal zu antworten, griff ich nach unten, legte eine Hand um seinen Schaft und führte ihn in mich ein, um ihm *genau* zu zeigen, wozu ich heute Abend in Stimmung war.

Er stöhnte, als er in mir versank. »Du wusstest, was ich brauche, nicht wahr?«

»Ich brauche es auch«, keuchte ich und drückte meinen Hintern gegen ihn.

Er umklammerte mich besitzergreifend, als wollte er mich nie wieder loslassen. »Mir kommt es vor, als sei es Jahre her«, murmelte er. »Wie kann es sein, dass du dich noch besser anfühlst als vorher?«

Ich musste zustimmen. Auch mir ging es besser als je zuvor. Vielleicht weil es so lange her war. Oder vielleicht, weil ich bei jeder kraftvollen Bewegung seine Verzweiflung spüren konnte, als er mich vollständig ausfüllte.

Sigs Zähne streiften meine Schulter, sein Körper schaukelte gegen meinen. Als seine Atmung sich beschleunigte, verlor ich die Kontrolle und meine Muskeln verkrampften sich um seinen Schwanz. Sein Bauch spannte sich hinter mir an, als ein tiefes Stöhnen aus ihm herausdrang und sein heißes Sperma in mich hineinfloss.

Sig blieb noch lange in mir, nachdem wir fertig waren, hielt mich fest, küsste meinen Rücken und wiederholte immer wieder auf verschiedene Weise, wie schön ich sei. Ich hatte mich noch nie sicherer und wertgeschätzter gefühlt. Das brachte mich dazu, an allem zu zweifeln, was ich vorher angeblich in Bezug darauf beschlossen hatte, ihn zu verlassen. Der Plan, in mein Leben zurückzukehren, war in der Theorie vernünftig, aber mein Herz würde immer hier sein ... bei ihnen.

Nachdem er sich schließlich herausgezogen hatte, drehte ich mich zu ihm um. Bevor ich etwas sagen konnte, beugte er sich vor und küsste mich. Ich strich mit dem Zeigefinger über sein wunderschönes, kantiges Kinn und sagte: »Weißt du, an dem Wochenende, an dem Phil und Kate meinen Vater besucht haben, als ich mich als Leihmutter angeboten habe, sollte ich eigentlich mit meiner Freundin Allison in New Hampshire sein.«

»Wirklich?«

Ich nickte. »Aber sie hat mich in letzter Minute sitzen lassen, also wurde die Reise abgesagt. Wenn ich nicht bei mir zu Hause gewesen wäre, hätte ich mich nie so mit den Alexanders angefreundet. Sie hätten vielleicht jemand anderen gefunden. Und ich hätte dich nie kennengelernt. Ich kann nicht glauben, wie nahe ich dran war, dich nie kennenzulernen, nie diese Erfahrung zu machen.«

»Ich kann nicht glauben, wie nahe ich dran war, mit meiner Einstellung alles zu versauen.«

Ich strich ihm das Haar aus der Stirn. »Wenn du nicht so verdammt gut aussehend und faszinierend wärst, hättest du es vielleicht geschafft.«

»Jede Sekunde eines jeden Tages zählt. Jede einzelne Entscheidung.« Er dachte einen Moment lang nach. »Als ich Britney am Flughafen getroffen habe, hat sie mich buchstäblich angerempelt. Ein Anstoß. Das war alles, was nötig war. Wir saßen im selben Flieger, aber wenn ich nur auf die Toilette gegangen und nicht irgendwie mit ihr zusammengestoßen wäre, hätte ich vielleicht nie angefangen, mit ihr zu streiten, hätte sie vielleicht nie getroffen. Und wie seltsam ist es jetzt, wenn ich daran denke, dass ein Zusammenstoß mich auch zu dir gebracht hat. Eine Sache von Sekunden hätte mein ganzes Leben, wie ich es kenne, verändern können.«

Ich suchte nach seiner Hand und legte sie auf meinen Bauch. »Dieser Zusammenstoß hat dir diese Kugel gebracht.«

Er lächelte. »Das hat er.«

»Du wirst das großartig machen, Sig.«

Seine Augen wurden schmal. »Wovon redest du?«

»Diesen kleinen Menschen großzuziehen. Du wirst ein toller Vater sein.«

»Weißt du etwas, das ich nicht weiß?«

»Ich schätze, in meinem Herzen schon.«

»Nun, das ist mir neu, Schatz.«

»Du bist der beschützendste Mensch, den ich kenne. Du würdest nicht zulassen, dass ihm oder ihr etwas passiert.«

»Ich fühle mich viel wohler, wenn das Baby sicher in dir ist.« Er rieb die Haut an meiner Hüfte. »Am liebsten würde ich diesen Moment einfrieren: das Baby sicher beschützt und du hier bei mir.«

Ich schmiegte mich an ihn, und wir schwiegen eine Weile.

»Was ist, wenn ich es nicht kann?«, fragte er.

Ich schaute ihm in die Augen. »Dich allein um das Baby kümmern?«

Er schüttelte den Kopf. »Ohne dich leben.«

Ein Schauer lief mir über den Rücken. »Du wirst wissen, wo du mich findest, wenn du es nicht schaffst.«

Er musterte mein Gesicht. »Du meinst also, selbst wenn du zurückgehst, habe ich immer die Möglichkeit, zu kommen und dich zu stehlen?«

»Ich glaube nicht, dass ich jemals Nein zu dir sagen kann, Sigmund Benedictus.«

»Also, sagen wir, ich erfahre von Phil und Kate, dass du jemanden kennengelernt hast. Du bist verlobt. Du wirst heiraten.« Er holte tief Luft. »Gott, wenn ich nur darüber nachdenke, möchte ich ihn umbringen – wer auch immer er ist.«

Ich lächelte, als ich mit den Fingern durch sein Haar fuhr.

»Es wäre okay für dich, dass ich in deiner Hochzeitsnacht auftauche, dich bitte, mit mir im Schuppen deines Vaters herumzutollen, meinen Kopf zwischen deinen Beinen zu vergraben und alles für dich zu ruinieren?«

»Wenn du musst ...«

»Nein.« Er schüttelte den Kopf. »Es fühlt sich nicht richtig an – an dich mit jemand anderem zu denken. Allein der Gedanke daran macht mich rachsüchtig. Du bist immer noch die einzige Frau, die mich jemals so eifersüchtig gemacht hat.« Er räusperte sich. »Na gut. Ich werde aufhören. Ich mache es mir nicht leicht.« Er knirschte mit den Zähnen. »Du hast mir heute Abend gesagt, dass du gehen wirst. Ich werde einen Weg finden, es zu akzeptieren, wenn es das ist, was du willst.«

Aber der Ausdruck der Traurigkeit in seinen Augen ließ mich an meiner Entscheidung zweifeln.

KAPITEL 47

Sig

Titel 47: »Pray« von Sam Smith

Während der nächsten Wochen nahm ich einige notwendige Änderungen vor, um meine Zeit mit Abby in den letzten Wochen ihrer Schwangerschaft zu maximieren.

Abby war nicht zu ihrer Stelle bei Covington zurückgekehrt. Wir hatten ihre Position neu besetzen müssen, als sie nach Rhode Island geflogen war, um sich um ihren Vater zu kümmern. Und da sie jeden Tag in der Pension war, beschloss ich, dass ich das auch sein sollte.

In Notfällen konnte ich immer nach London fahren, aber ich wollte diese kostbaren Tage nicht damit verschwenden, meine Bürowand anzustarren, während ich *sie* in der Pension hätte anstarren können, wenn ich nicht an meinem Computer saß. Ich schaltete ihn jeden Abend genau um siebzehn Uhr aus und bestand darauf, dass Abby mit mir spazieren ging, da ihr Arzt gesagt hatte, leichte Bewegung sei gut für ihren Kreislauf.

Diese Tage waren meine absoluten Lieblingstage, auch wenn sie immer noch mit Unsicherheiten behaftet waren. Jeder bittersüße Moment, den ich mit ihr verbrachte, fühlte sich wie ein Geschenk an.

Gemeinsame frühe Frühstücke, bevor ich mich zur Arbeit anmelden musste.

Die Art und Weise, wie sie sich während meiner Telefonkonferenzen an mich schmiegte.

Jede Nacht neben ihr zu liegen.

Meine Lieblingszeit war die Zeit nach dem Abendessen vor dem Schlafengehen. Ich rieb Abbys Füße, während sie und Lavinia etwas Dummes im Fernsehen sahen. Abby schaute auf den Fernseher, und ich schaute sie an. Und wenn sie mich jetzt erwischte, versuchte ich nicht einmal, es zu leugnen, wie ich es früher tat.

Ich hatte mich jeden Tag mehr in sie verliebt, aber seit jenem Tag bei Felicity hatte ich dieses Gefühl nicht mehr laut ausgesprochen. Ich wollte es nicht noch schlimmer machen, als sie sich entschlossen hatte, uns zu verlassen. Das Bedürfnis, ihr zu sagen, dass ich sie liebte, war jedoch ständig vorhanden. Ich musste es ihr auf eine Art und Weise vermitteln, die nicht so aussah, als würde ich Druck auf sie ausüben und versuchen, sie zu etwas zu überreden, wozu sie vielleicht nie bereit wäre. Aber meine Gefühle waren seit dem ersten Mal, als ich diese Worte gesagt hatte, nur noch stärker geworden. Und das musste sie wissen.

Eines Abends, nachdem ich Abby eine Fußmassage verpasst hatte, schlief sie auf der Couch ein. Lavinia kicherte, als sie hinübersah und bemerkte, dass Abby völlig weggetreten war.

Als ein leichtes Schnarchen durch Abbys zierliche Nase entwich, bewunderte ich ihre Schönheit. »Ist sie nicht exquisit?«

Ich bemerkte nicht, dass ich die Frage laut gestellt hatte, bis Lavinia antwortete: »In der Tat, das ist sie.«

Abby rührte sich und öffnete blinzelnd die Augen. Sie hielt mir eine Hand hin, damit ich ihr von der Couch helfen konnte. »Ich muss pinkeln.« Sie watschelte hinüber zur Toilette, die direkt neben der Küche lag.

Als Abby wieder auftauchte, umklammerte sie ihren Bauch und hatte einen besorgten Gesichtsausdruck.

»Abby?« Ich schoss vom Sofa hoch. »Was ist denn los?«

»Ich habe auf einmal ganz schlimme Schmerzen. Überwiegend im Rücken. Aber es fühlt sich definitiv nicht normal an.«

Mein Puls begann zu rasen. »Soll ich deinen Arzt anrufen? Er hat uns seine Handynummer gegeben.«

»Ja.« Sie nickte, ihre Atmung war unregelmäßig. »Das solltest du.«

Ich holte mein Handy heraus und schickte eine dringende SMS an Dr. Bonner, in der ich erklärte, dass Abby starke Schmerzen hatte. Er verwies uns an das Reddington Krankenhaus in Westfordshire. Ich hätte London vorgezogen, aber wir konnten uns die neunzigminütige Fahrt nicht leisten. Reddington war nur etwa zehn Minuten von der Pension entfernt.

Abby hielt ihren Rücken. »Ich sollte die Krankenhaustasche mitnehmen, die ich gepackt habe.«

»Äh ... ja«, sagte ich verwirrt. Ich erinnerte mich

daran, dass sie die Tasche in der Ecke ihres Zimmers hatte, und lief los, um sie zu holen, bevor ich wieder nach unten eilte.

Lavinias Stimme zitterte, als sie uns an der Tür sah. »Was kann ich tun?«

Ich schaute ihr direkt in die Augen und flüsterte: »Beten.«

Ich war noch nie in meinem Leben so schnell und doch so vorsichtig die lange, kurvenreiche Straße durch Westfordshire gefahren. Und ganz sicher war ich noch nie so mit klopfendem Herzen gefahren wie jetzt. Ich hielt Abbys Hand und beteuerte immer wieder, dass alles gut werden würde, auch wenn meine Angst jedes Mal wuchs, wenn ihre Schmerzen sich verschlimmerten.

Als wir im Krankenhaus ankamen, hatte ich keine Ahnung, wie wir dorthin gekommen waren. Alles war verschwommen, die Fahrt durch die Intensität meiner Angst getrübt. Kaum waren wir durch die Glasschiebetür gegangen, blickte Abby an sich herunter.

»Da ist Blut«, rief sie.

»Blut?« Ein stechender Schmerz durchfuhr meinen Körper, als auch ich etwas Rotes sah.

Sie umklammerte ihren Bauch. »Oh Gott, ich habe solche Angst.«

»Wir müssen sofort drankommen«, rief ich mit zitternder Stimme.

Jemand eilte herbei.

»Sie ist schwanger und blutet«, erklärte ich. »Wir wissen nicht, was los ist.« Meine Stimme zitterte, als ich bettelte: »Bitte.«

Es kostete mich alles, mich zusammenzureißen, und ich konnte nur die Arme um Abby legen, während wir warteten, und ihr beim Aufstehen helfen, weil sie so schwach schien.

»Kommen Sie hier entlang«, sagte eine Krankenschwester und führte uns einen Flur entlang in einen Untersuchungsraum.

Abby legte sich auf das Bett. Weitere Leute betraten den Raum in heller Aufregung.

»Wie weit ist sie?«, fragte jemand.

Ich zermarterte mir das Hirn. Es war der einundzwanzigste Januar. Abby war erst in ein paar Wochen fällig. *Nicht weit genug*, lautete die Antwort. »Das Kind soll am zehnten Februar kommen.«

Das Krankenhauspersonal umgab sie. Und eine Ärztin kam, um eine vaginale Untersuchung vorzunehmen. Nach einem Moment wandte die Ärztin sich mit einem dringenden Blick an mich. »Wir haben es mit einer Plazentaablösung zu tun.«

»Was bedeutet das?«, fragte ich mit klopfendem Herzen.

Sie stand auf und zog ihre Handschuhe aus. »Es bedeutet, dass sie schnell Blut verliert und dass wir das Baby sofort herausholen müssen.« Sie wandte sich an ihr Personal. »Bereiten Sie den OP vor.«

KAPITEL 48
Sig

Titel 48: »Angel« von Sarah McLachlan

Ich fühlte mich völlig hilflos und streichelte Abbys Haar, während wir auf den nächsten Schritt warteten. »Alles wird gut werden. Sie werden das Baby rausholen. Und alles wird gut werden.«

Schrecken stand ihr in den Augen. »Ich habe Angst.«

»Ich weiß. Ich weiß, Schatz. Aber ich werde hier bei dir sein. Ich werde dich nicht verlassen. Ich verspreche es.«

Ein Ansturm von Leuten betrat wieder den Raum. Im nächsten Moment hoben sie Abby auf ein Bett mit Rollen.

Ich hielt ihre Hand und ging neben dem Bett, mein Puls raste, als wir den Flur hinunterliefen. Als wir den Operationssaal erreichten, hielt eine Frau mich auf, als ich versuchte, ihnen hineinzufolgen.

»Sie werden hier draußen bleiben müssen.«

»Was?« Ich schüttelte den Kopf. »Nein! Ich kann sie nicht allein lassen. Ich habe versprochen, dass ich es nicht tue.«

»Es tut mir leid, Sir. Außer dem medizinischen Personal dürfen wir niemanden in den Operationssaal lassen. Krankenhausvorschriften. Sie können hier draußen vor der Tür bleiben und jemand wird Sie auf dem Laufenden halten.«

»Ich muss da drin sein!«, schrie ich.

»Ihre Leben könnten in Gefahr sein, Sir. Wir brauchen so wenig Leute wie möglich in diesem Raum, damit die Ärztin ihre Arbeit machen kann.«

Ihre Leben?

Abby und das Baby.

Ihre Leben.

Was. Passiert. Hier?

»Bitte. Ich darf sie nicht verlieren.« Meine Stimme zitterte. »Tun Sie alles, was nötig ist, um sie zu retten.« Als die kalte und schwere Stahltür sich schloss, rief ich und betete, dass sie mich hören konnte. »Ich bin gleich hier draußen, Abby.«

Ich begann, zu beten und zu beten und zu beten. Ich betete zu Gott. Ich betete zu Britney. Ich hatte noch nie zu Britney gebetet. Ich hatte sie noch nie um etwas gebetet. Aber ich brauchte dringend ihre Hilfe. Es fühlte sich an, als sei meine Seele aus mir herausgesaugt und in diesen Operationssaal gebracht worden.

Ich googelte verzweifelt *Plazentaablösung* auf meinem Handy. Bis vor ein paar Minuten hatte ich noch nie etwas davon gehört. Wieso hatte ich nicht gewusst, dass dies eine Möglichkeit war? Die Worte auf dem Bildschirm raubten mir den Atem.

Lebensbedrohliche Komplikationen.
Blutung.
Möglicher Tod von Mutter, Kind oder beiden.
Ich musste die Seite schließen. Ich wollte diese Worte im Moment nicht einmal in meinem Kopf haben. Ich schloss fest die Augen und begann wieder zu beten. Als ich Lavinia vorhin gesagt hatte, sie solle das tun, hatte ich nicht geahnt, wie dringend wir heute Abend Gebete brauchen würden. Es gab Zeiten in diesem Prozess, in denen ich daran gedacht hatte, dass Abby das Baby verlor. Aber nie hätte ich mir vorstellen können, dass ich *Abby* verlieren könnte. Und beide zu verlieren? Unbegreiflich.

Wenn einem von ihnen etwas zustieße, würde ich es nicht überleben.

Gott steh mir bei.
Gott steh uns bei.
Bitte.
Zum ersten Mal dachte ich daran, Kate und Phil zu schreiben. *Scheiße.* Sie mussten wissen, dass wir hier waren. Zum Glück waren sie in Erwartung der Geburt bereits in England in der Wohnung, die sie hier besaßen. Sie würden eine Weile brauchen, um von London herzukommen, und es war schon spät. Wahrscheinlich schliefen sie schon.

Meine Hände zitterten, als ich tippte.

Wir sind im Reddington Krankenhaus in Westfordshire. Abby hatte eine Plazentaablösung und bekommt in diesem Moment einen Notkaiserschnitt. Mehr weiß ich nicht. Sie wollen mich nicht in den OP lassen. Kommt so schnell wie möglich her.

Die Tür öffnete sich plötzlich. Mein Herz machte einen Sprung, und dann sprang es mir fast aus der Brust, als eine Krankenschwester auf mich zukam, die ein Baby hielt – ein Baby, dessen Arme und Beine sich bewegten, ein *lebendes* Baby.

»Ihr Sohn ist hier. Seine Vitalfunktionen sind gut. Wir bringen ihn in den Aufwachraum.«

Mein Sohn.

Ein Sohn.

Als sie mir den wimmernden Säugling in die Arme legte, schaute ich benommen nach unten. Dies hätte der monumentalste Moment meines Lebens sein sollen. Aber es fühlte sich an, als würde ich ihn außerhalb meines Körpers erleben. Die dunkle Wolke der Angst, die über mir schwebte, hatte diesen Moment in Beschlag genommen.

»Was ist mit Abby?«, fragte ich.

Der Gesichtsausdruck der Krankenschwester verfinsterte sich. »Abby hat eine Menge Blut verloren. Sie wird eine Transfusion brauchen. Aber sie tun alles, was sie können, um sie zu stabilisieren.«

Ich schaute in die kostbaren Augen meines Sohnes – Britneys mandelförmige Augen – und begann zu schluchzen. Ich hatte einmal die Frau verloren, die ich liebte. Es war unerträglich schmerzhaft, aber ich hatte Zeit gehabt, mich darauf vorzubereiten. Am Ende wussten wir, dass es kommen würde, und so schrecklich es auch war, wir waren in der Lage, uns angemessen zu verabschieden, alles zu sagen, was wir sagen mussten. Aber das hier? Abby auf diese Weise zu verlieren wäre grausamer als alles, was ich mir vorstellen könnte.

Die Stimme der Krankenschwester drang kaum zu mir durch. »Obwohl er wahrscheinlich nicht dortbleiben muss, werden wir das Baby vorsichtshalber auf die Neugeborenen-Intensivstation bringen. Bis jetzt ist alles in Ordnung. Ich nehme an, Sie möchten hierbleiben, bis Sie wissen, wie es Mrs. Knickerbocker geht?«

Die Worte, die aus ihrem Mund kamen, klangen gedämpft.

Mir war schwindelig. »Äh ...«

»Ist alles in Ordnung? Kann ich Ihnen etwas Wasser bringen?«

»Nein danke.«

Sie griff nach meinem Sohn. »Ich bringe ihn jetzt auf die Neugeborenen-Intensivstation.«

Ich reichte ihn ihr. »Danke.«

In dem Moment, in dem ich ihn losließ, überkam mich Kälte. Ich wollte meinem Kind so gern die Aufmerksamkeit schenken, die es verdient hatte, als es in diese beängstigende Welt kam, aber ich konnte nicht klar denken, bevor ich wusste, dass Abby das durchstehen würde.

Ein paar Leute in Schutzkleidung liefen an mir vorbei und trugen Blutkonserven. Ich schloss wieder die Augen und betete.

Bitte lass nicht zu, dass ihr etwas zustößt.
Bitte.

Es war die schmerzhafteste Wartezeit meines Lebens. Es war fast eine halbe Stunde vergangen, und ich hatte keine weiteren Nachrichten erhalten. Ich wollte hineinplatzen, hatte aber zu viel Angst, alles zu stören oder sie auch nur eine Sekunde von ihrer Aufgabe abzulenken.

Dann öffnete sich endlich die Stahltür.

KAPITEL 49
Sig

Titel 49: »There Goes My Life« von Kenny Chesney

Die Ärztin nahm ihre Maske ab. »Abby ist stabil. Sie hat viel Blut verloren, deshalb mussten wir ihr drei Einheiten geben.«

»Wird sie wieder gesund werden?«, fragte ich.

»Ich bin optimistisch, dass sie sich vollständig erholt.«

Zum ersten Mal, seit wir die Pension verlassen hatten, kehrte der Sauerstoff in meinen Körper zurück. Es fühlte sich an, als würde eine tausend Tonnen schwere Last von meiner Brust fallen.

»Und wir mussten keine Hysterektomie durchführen«, fügte die Ärztin hinzu.

Hysterektomie? Meine Brust zog sich zusammen. »Ich wusste nicht, dass das eine Möglichkeit ist.«

Sie nickte. »Das ist bei einer Plazentaablösung manchmal notwendig. Sie hatte also großes Glück. Hätten Sie noch länger damit gewartet, sie herzubringen, hätte das der Fall sein können.«

Meine Lippen zitterten. »Kann ich sie jetzt sehen?«

»Nicht im Operationssaal. Aber warum kommen Sie nicht mit mir in den Aufwachraum? Dort wird sie hingebracht.«

»In Ordnung.«

Sie brachte mich dorthin, und ich ging auf und ab, während ich wartete. Als sie Abby endlich reinbrachten, waren ihre Augen geschlossen.

Meine schöne Abby. Der Gedanke, dass sie beinahe die Fähigkeit verloren hätte, Kinder zu bekommen – oder Schlimmeres –, war unvorstellbar. Aber ausnahmsweise hatte Gott meine Gebete erhört, und dafür war ich sehr dankbar.

»Es wird eine Weile dauern, bis sie vollständig aufgewacht ist. Aber sie ist bei Bewusstsein«, sagte die Krankenschwester.

Abby öffnete langsam die Augen.

Ich klebte förmlich an ihrem Bett und sprach leise. »Hallo, Schatz. Ich bin's.«

»Wer?«

»Sig.«

Ihre Stimme war heiser. »Oh. Ja. Du hast einen Moment lang wie Voldemort ausgesehen ...«

Was? Ich lachte. »Na gut.«

»Warte ... Ich sehe dich jetzt. Du siehst gut aus.«

»Danke.«

»Attraktiv.«

Ich wischte mir über die Augen. »Danke«, sagte ich, halb weinend, halb lachend.

»Was ist passiert?«, fragte sie, als Bewusstsein langsam die Benommenheit der Narkose zu ersetzen schien. Ein alarmierter Ausdruck huschte über ihr Gesicht. »Geht es dem Baby gut?«

»Ja. Du hast einen Jungen bekommen. Mit ihm ist alles in Ordnung. Und dir wird es auch gut gehen.«

»Wo ist er?«, murmelte sie.

»Er ist auf der Neugeborenen-Intensivstation, aber nur als Vorsichtsmaßnahme.«

»Ein Junge?« Ihre Augen füllten sich mit Tränen.

Ich strich ihr mit einer Hand über das Haar. »Nicht weinen, Abby. Du hast schon so viel durchgemacht.«

»Warum bist du nicht bei ihm? Er braucht dich.«

»Er ist in guten Händen. Ich bin genau da, wo ich sein muss.«

Sie räusperte sich. »Was ist mit mir passiert?«

»An wie viel kannst du dich erinnern?«

»An alles, bis sie mich in den OP gebracht haben. Ich hörte, wie sie sagten, ich würde Blut verlieren.«

Ich nickte. »Sie mussten dir eine Bluttransfusion geben. Das hat dir das Leben gerettet.«

»Ich kann noch Kinder bekommen?«

»Ja. Außer dem Baby mussten sie nichts herausnehmen, Gott sei Dank.«

Sie brach in Tränen aus. »Ich hatte solche Angst, dass ich dich nie wiedersehen würde.«

»Nicht weinen, Schatz. Du bist hier. Es geht dir gut. Dem Baby geht es gut. Denk jetzt nicht an all das. Ich möchte, dass du an etwas Schönes denkst. Du hast zu viel durchgemacht und du musst dich erholen.« Ich schniefte, während ich ihr Haar streichelte.

»Warum weinst *du* dann?«

Ich hatte keine passende Antwort.

Bevor mir etwas einfallen konnte, fragte sie: »Wie sieht er denn aus?«

»Er hat Britneys Augen. Mein dunkles Haar. Und deinen Kampfgeist.«

»Wow.« Sie lächelte, doch dann verblasste es. »Er sollte nicht allein sein, Sig.«

»Ich möchte dich noch nicht verlassen.«

»Sehe ich so aus, als würde ich irgendwo hingehen?«

Ich lächelte und drückte ihre Hand. »Ich sehe nach ihm und bin gleich wieder da.«

Sie runzelte die Stirn.

»Was ist los, Abby?«

»Ich will ihn auch sehen.«

»Ich bringe ihn direkt zu dir, wenn sie mich lassen.«

»Bitte«, flehte sie. »Ich möchte ihn kennenlernen.«

»In Ordnung.« Ich beugte mich vor, um sie zu küssen.

Ich trat hinaus und wandte mich an eine der Krankenschwestern. »Kann mir jemand den Weg zur Neugeborenen-Intensivstation zeigen? Ich möchte nach meinem Sohn sehen.«

»Natürlich.« Während sie mir den Weg wies, sagte sie: »Wir werden Abby in Kürze in Zimmer zwei-zehn verlegen, also wird sie wahrscheinlich nicht mehr im Aufwachraum sein, wenn Sie zurückkommen.«

»Zwei-zehn«, wiederholte ich und brannte das in mein Gedächtnis ein. »Okay. Danke.«

»Das ist der Vater von Baby Knickerbocker«, sagte sie zu der Frau am Empfang, als wir die Intensivstation für Neugeborene betraten.

Mir wurde klar, dass wir wegen des Notfalls keine Gelegenheit gehabt hatten, die Leihmutterschaft zu erklären. Sie hatten angenommen, dass Abby die Mutter des Babys sei, und ihm ihren Nachnamen gegeben.

»Er wurde gerade auf die Neugeborenenstation verlegt.« Die Frau lächelte.

»Warum wurde er verlegt?«, fragte ich.

»Es ist nicht länger nötig, dass er hier ist.«

Ich atmete erleichtert auf.

»Folgen Sie mir«, sagte die Krankenschwester, als wir den Raum verließen.

Wir gingen einen anderen Flur entlang und kamen in einen anderen Raum mit gedämpftem Licht. Eine Krankenschwester kümmerte sich um ein Baby in der Ecke, von dem ich annahm, dass es mein Sohn war. Wir gingen hinüber, und er lag in etwas, das aussah wie ein durchsichtiger Plastikkorb auf Rädern.

»Der Vater von Baby Knickerbocker ist da«, verkündete die Krankenschwester erneut.

Die Frau, die sich um ihn gekümmert hatte, lächelte. »Ich gebe Ihnen ein Armband, damit Sie keine Schwierigkeiten haben, ihn zu nehmen. Warten Sie.« Sie druckte ein Etikett aus und klebte es auf einen weißen Plastikstreifen. Dann wickelte sie es um mein Handgelenk. Ich blickte auf das Armband hinunter, auf dem ein Zahlencode, sein Geburtsdatum und Abby Knickerbocker standen.

Mein Sohn war in eine weiße Baumwolldecke mit blauen und rosa Streifen eingewickelt. Sie hob ihn vorsichtig aus dem Bettchen und reichte ihn mir. Er fühlte sich warm an. Obwohl ich ihn gleich nach seiner Geburt gehalten hatte, fühlte es sich an wie das erste Mal. Ich war ganz bei ihm. Ich war nicht in der Lage gewesen, das Ausmaß der Begegnung mit ihm zu schätzen.

»Hallo«, flüsterte ich.

Er gab einen Laut von sich und schien auf meine Stimme zu reagieren. Er sah mich einen kurzen Moment an, bevor er den Blick durch den Raum wandern ließ.

»Sieh dich an. Du bist perfekt.« Ich strich mit dem Daumen über seine kleinen Finger und bewunderte seine langen Fingernägel. »Ich muss mich aus mehreren Gründen entschuldigen«, sagte ich zu ihm. »Erstens, weil *ich* der Vater bin, mit dem du festsitzt. Und auch, weil ich nicht weiß, was ich tue. Ich werde deinen Onkel Leo und deine Tante Felicity oft um Hilfe und Rat bitten. Wir werden das gemeinsam herausfinden müssen, du und ich. Aber ich verspreche, dass ich mein Bestes geben werde.«

Mein Herz füllte sich mit einer Art von Liebe, die ich noch nie zuvor erlebt hatte. Es gab mir das Gefühl, als sei jede Sekunde meines bisherigen Lebens dazu bestimmt gewesen, mich zu diesem Moment zu bringen. »Ich muss mich auch dafür entschuldigen, dass deine Mutter, Britney, nicht hier ist. Es war nicht meine Idee, dich ohne sie auf diese Welt zu bringen. Aber ich bin verdammt froh, dass ich dich nicht daran gehindert habe, hier zu sein. Jetzt, da du bei uns bist, kann ich mir nichts anderes vorstellen. Denn sieh dich an. Du warst für uns bestimmt, nicht wahr? Sie hatten alle recht — alle, die mir gesagt haben, dass ich dich nicht mehr loslassen kann, sobald ich dich sehe. Ich kann mir nicht vorstellen, dich irgendjemandem zu überlassen, nicht einmal deinen Großeltern.« Ich zog sein kleines Gesicht zu meinem und küsste seine winzige Nase. »Also ... zu deinem Pech hast du jetzt mich am Hals.« Ich lächelte. »Ich bin übrigens Sigmund. Aber du kannst mich Dad nennen. Oder dieses Arschloch. Nenn mich, wie du willst. Es ändert nichts an der Tatsache, dass ich dein Vater bin.«

Er wimmerte.

»Es gibt eine wunderschöne Frau, die dich geboren hat. Sie möchte dich kennenlernen. Sollen wir zu ihr gehen? Ich denke, das sollten wir. Vielleicht schaust du dich deshalb so oft um. Du fragst dich, wo sie ist, dieser warme Körper, in dem du die ganze Zeit kampiert hast, was? Warte, bis du sie siehst. Sie ist eine Bombe.«

Ich küsste ihn auf die Stirn. »Gott, ich liebe dich, kleiner Kumpel.«

Dann hörte ich eine Stimme hinter mir.

»Empfängt er Besuch?«

Ich drehte mich um und sah Phil und Kate dort stehen.

»Hey.« Ich strahlte vor Stolz.

»Oh mein Gott.« Kate hielt sich den Mund zu, als sie sich vorbeugte, um ihren Enkel zum ersten Mal zu sehen. »Er sieht aus wie du.« Sie lachte.

»Armer kleiner Mistkerl, nicht wahr? Aber wenigstens hat er Britneys Augen.«

»Da hast du recht. Die hat er«, sagte sie, wobei ihre Stimme vor Tränen zitterte.

Phil sah auf das Armband um das Handgelenk meines Sohnes hinunter. »Knickerbocker, hm?«

»Wir hatten keine Zeit, irgendetwas zu erklären, also gaben sie ihm Abbys Nachnamen anhand ihres Ausweises, als wir herkamen. Alles ging so schnell. Ich hatte nicht die Energie, darauf einzugehen, und wollte keine Verwirrung stiften.« Ich streckte Kate das Baby entgegen. »Willst du ihn halten?«

Ihre Augen weiteten sich. »Ist der Himmel blau?«

Ich lachte und legte ihn vorsichtig in ihre Arme.

Phil lehnte sich über ihre Schulter. »Hey, kleiner Kumpel. Hier ist dein Opa.«

»Dein Großvater ist ein Scherzkeks. Ich hoffe, du bist bereit.« Ich rieb mit dem Handrücken über die Wange meines Sohnes. »Habt ihr Abby schon gesehen?«

»Wir sind direkt in ihr Zimmer gegangen, als wir ankamen. Sie sieht gut aus, wenn man bedenkt, was sie durchgemacht hat.«

»Wir hätten sie verlieren können. Und ihn. Wir hatten unglaubliches Glück.« Meine Augen begannen wieder zu brennen. »Ich hätte es nicht überlebt, noch eine Frau zu verlieren, die ich liebe.«

»Wow.« Kate lächelte zu mir hoch. »Du liebst sie. Das macht mich so glücklich.«

»Es gibt noch eine *Menge* zu klären, Kate. Aber ich bin mir jetzt sicher, dass ich meinen Sohn großziehen will. Ich hoffe, das ist in Ordnung.«

»Das wussten wir, Sig.« Phil lachte.

»Wirklich?«

Sie sahen einander an und lächelten.

»Ja, natürlich wussten wir es«, sagte Phil. »Wir hätten uns so oder so gefreut, aber in unserem Herzen wussten wir es. Wir haben vor, die meiste Zeit des Jahres hier zu sein, um dir zu helfen. Wir werden uns alle an ihm erfreuen können und dies gemeinsam erleben.«

Mein Herz schwoll an, und ich konnte nicht länger warten. »Ich muss ihn zu Abby bringen. Sie hat ihn noch nicht kennengelernt.«

»Geh.« Kate reichte mir meinen Sohn zurück. »Übernimm das private Kennenlernen mit Abby. Wir werden hier sein, wenn du uns brauchst. Wir haben für die nächsten paar Tage ein Zimmer im Hotel die Straße runter gebucht. Wir gehen einen Kaffee trinken und treffen uns gleich wieder mit dir.«

Ich rief zur Krankenschwester hinüber. »Ich bringe ihn zu Abby. Ist das in Ordnung?«

»Solange Sie das Armband tragen, können Sie mit ihm überall auf dem Gelände hingehen.« Sie hielt mich auf, bevor ich gehen konnte. »Er wird etwas essen müssen. Wissen Sie, ob Abby vorhat zu stillen?«

»Ich glaube nicht, nein.«

Sie hielt mir eine Flasche mit etwas hin, von dem ich annahm, dass es Milchnahrung war. »Geben Sie ihm das in den nächsten zehn Minuten oder so. Sagen Sie uns Bescheid, wenn es ein Problem mit dem Füttern gibt.«

Ich nahm es. »Danke.«

Als ich den Flur auf der Suche nach Zimmer zweizehn hinunterging, fühlte ich mich wie in einem Traum, der als Albtraum begonnen hatte, bevor er sich in etwas Fantastisches verwandelte.

»Bist du bereit, sie kennenzulernen, Kleiner?«

KAPITEL 50

Sig

Titel 50: »A New Day Has Come« von Celine Dion

Die Tür zu Abbys Zimmer stand einen Spalt offen.

»Klopf, klopf«, sagte ich leise, bevor ich eintrat.

Abby hatte Mühe, sich aufzusetzen. »Du hast lange genug gebraucht ...« Ihre Hände zitterten, als sie sie dem Baby entgegenstreckte. »Ich kann nicht glauben, wie nervös ich bin.«

Ich legte ihn vorsichtig in ihre Arme.

Sie schaute auf ihn herab und sprach leise. »Na hallo, mein Hübscher. Erinnerst du dich an mich?«

Mein Sohn öffnete die Augen und schien sich auf eine Weise zu konzentrieren, wie ich es bisher noch nicht gesehen hatte. *Wow.*

»Du bist so schön«, flüsterte sie. »Ich wünschte, ich könnte das für mich beanspruchen. Aber ich bin nur der Inkubator.« Sie lächelte. »Ich hoffe, du hast deinen Aufenthalt genossen, kleiner Mann. Ich habe mein Bestes getan, auch wenn am Ende alles schiefgelaufen ist.« Ihre Stimme zitterte. »Ich weiß nicht, was ich getan hätte, wenn dir etwas zugestoßen wäre.«

Er sah weiterhin nur sie an. Ich war mir sicher, dass er sie erkannte. Sie drückte ihr Gesicht an seins und schloss die Augen. Eine Träne lief ihr über die Wange. Diese Frau hatte fast ihr Leben für ihn geopfert. Ich hatte das noch nicht ganz begriffen.

»Ich liebe ihn so sehr«, gestand sie. »Darf ich das?«

Mein Herz füllte sich mit Liebe für sie. »Von allen, die ihn lieben dürfen, stehst du ganz oben auf dieser Liste.« Ich fuhr mit einer Hand durch ihr Haar. »Er ist nur deinetwegen hier. Du bist meine Heldin, Abby.«

Sie schaukelte ihn sanft. »Wir haben alle zusammen in kurzer Zeit viel durchgemacht, nicht wahr?«

»Sieh nur, wie er dich anschaut. Er weiß, dass du es bist.« Ich streckte einen Zeigefinger aus, und er wickelte seine kleinen Finger darum. »Ich behalte ihn übrigens«, verkündete ich.

»Ich weiß.«

»Wirklich?«

»Ja, Sigmund. Daran habe ich nie gezweifelt.«

»Alle schienen das zu wissen, nur ich nicht.«

Sie sah zu der Flasche hinüber, die ich in der Hand hielt. »Sollen wir ihm das geben?«

»Die Krankenschwester hat mir gesagt, dass er etwas essen muss.«

Sie griff nach der Flasche. »Lass mich mal versuchen.«

Abby setzte den Nippel der Flasche in der Nähe seines Mundes an und strich sanft über seine Lippen, aber er bewegte seinen Kopf immer wieder hin und her und weigerte sich, sie zu nehmen. Dann begann er zu weinen. Es war das erste Mal, dass ich meinen Sohn weinen hörte. Selbst als sie ihn das erste Mal zu mir gebracht hatten, hatte er nicht geweint. Den Teil musste ich wohl verpasst haben, da ich nicht dabei sein konnte, als er herauskam.

Abby gab mir das Fläschchen zurück, aber selbst als die böse Flasche außer Sichtweite war, weinte er weiter. Nach ein paar Minuten fing er an, das Gesicht an Abbys Brust zu reiben.

»Sucht er danach?«, fragte ich.

»Ich glaube schon.« Sie wandte ihre Aufmerksamkeit von ihm zu mir. »Soll ich versuchen, ihn zu stillen?«

»Würdest du das tun?«

Sie nickte. »Ich möchte es.«

»Das wäre großartig.«

Abby öffnete ihr Krankenhaushemd und holte ihre schöne Brust heraus, die zum Platzen bereit schien. Sie hielt ihm ihre Brustwarze an den Mund, und zu meinem Erstaunen nahm er sie und begann, daran zu saugen.

»Oh mein Gott.« Abbys Kinnlade fiel herunter. »Er macht es. Es funktioniert.«

Abgesehen von dem Moment, in dem ich ihn zum ersten Mal sah, war dieser selbstlose Akt das größte Wunder, das ich je erlebt hatte.

Abby und ich waren beide auf diesen kleinen, trinkenden Kerl fixiert. Liebe für ihn und für die beiden Frauen, die ihn möglich gemacht hatten, durchströmte mich. Es war eine mächtige Dreifach-Liebe, die sich vervielfachte, und ich fühlte mich so unwürdig.

Schließlich schlief das Baby ein, die Brust noch im Mund.

»Na, das lief ja gut.« Sie drehte sich zu mir um. »Und was machen wir jetzt?«

»Er mag den Saft.« Ich zuckte mit den Schultern. »Ich kann ihn ihm nicht geben. Ich schätze, das bedeutet, dass du in England bleiben musst.« Ich strich ihr das Haar hinters Ohr. »Aber nicht nur deshalb. Denn ich bin so sehr in dich verliebt, Abby. Vor heute Abend habe ich versucht, einen Weg zu finden, dir zu vermitteln, wie sehr ich dich bei mir brauche, ohne dass ich egoistisch wirke. Es ist mir egal, ob ich jetzt gierig aussehe. Ich brauche dich, nicht für ihn – für mich. Ich kann mir mein Leben ohne dich nicht vorstellen. Ich liebe dich so sehr. Ich hatte noch nie so viel Angst wie in dem Moment, in dem ich dachte, ich könnte dich verlieren.«

»Ich liebe dich auch.« Sie legte eine Hand an meine Wange. »Und ich liebe ihn. Ich war mir nicht sicher, wie ich mich nach der Geburt des Kindes fühlen würde. Aber ich habe das Gefühl, er ist mein Sohn, Sig. Ich möchte ihn nicht einmal der Krankenschwester zurückgeben, geschweige denn in ein Flugzeug steigen und ihn ganz zurücklassen. Ich denke, wenn du nicht mit mir zusammen sein wolltest, hätte ich ihn vielleicht stehlen müssen.« Sie lachte.

»Und wenn du nicht mit mir zusammen sein wolltest, hätte ich ihn vielleicht in einem Tragetuch auf meiner Brust in die Staaten bringen müssen, während ich alles tue, um dich zurückzugewinnen.« Ich küsste sie auf die Wange. »Ich will das mit dir machen, Abby. Wir werden einen Tag nach dem anderen angehen. Wir finden es gemeinsam heraus. Ich habe bereits mit unserem Sohn gesprochen. Er weiß, dass er mit Fehlern von mir rechnen muss. Hoffentlich ist er auch so nachsichtig mit dir.«

Sie kicherte. »Er wird einen Namen brauchen, weißt du.«

Ah! Das wäre schön, nicht wahr? »Ich habe keine Ahnung, wie er heißen soll«, gab ich zu.

»Ich schon.« Abby lächelte.

»Wirklich?«

Sie nickte. »Ich denke, wir sollten ihn Alexander nennen – Britneys Nachname und ein starker Vorname für einen Jungen.«

»Wir können ihn Alex nennen.« Ich schaute auf meinen Sohn hinunter, der langsam aus seinem Milchkoma erwachte. »Ja. Das ist perfekt.«

»Perfekt wie er.« Abby lächelte auf ihn herab. »Hey, Alex. Gefällt dir dein Name?«

Er öffnete die Augen, und ich flüsterte meinem Sohn ins Ohr: »Ich habe dir doch gesagt, dass sie eine Bombe ist.«

»Ihr habt über mich geredet?« Abby grinste. »Du hast dem Krankenhauspersonal nie gesagt, dass ich eine Leihmutter bin, oder? Sie haben alle angenommen, dass ich seine Mutter bin. Und ich habe ihnen nichts anderes erzählt.«

»Nein. Es gab keine Gelegenheit dazu. Es geht sie ja auch nichts an, oder?«

Eine Krankenschwester kam herein. »Ich bin nur gekommen, um nach dem Rechten zu sehen. Hat er das Fläschchen genommen?«

»Das wird nicht nötig sein, zumindest nicht im Moment«, sagte Abby. »Ich habe ihn gestillt. Er hat sehr gut angedockt, und jetzt scheint er satt zu sein.«

»Ah. Das ist großartig. Ihr Mann dachte nicht, dass Sie das tun würden. Ich bin froh, dass Sie Glück hatten. So viele neue Mütter haben Schwierigkeiten. Wir haben eine Stillberaterin, die Ihnen zur Verfügung steht, wenn Sie sie brauchen.«

»Vielen Dank«, sagte sie. »Hoffentlich brauchen wir sie nicht.«

»Abby ist ein Naturtalent«, sagte ich.

»Ich habe nichts weiter getan, als meine Brust herauszunehmen.« Sie zuckte mit den Schultern.

»Das klappt bei mir auch immer.« Ich zwinkerte.

Die Krankenschwester räusperte sich. »Ich lasse den Papierkram für seinen Namen und die Geburtsurkunde hier. Es wird gleich jemand kommen, um Ihre Werte zu überprüfen.«

Nachdem die Krankenschwester gegangen war, nahm ich die Papiere und den Stift in die Hand. »Soll ich?«

Abby nickte. »Nur zu, *Ehemann*.«

Ich begann, die Informationen einzutragen. An die Stelle für den Zweitnamen schrieb ich *Knickerbocker*.

Alexander Knickerbocker Benedictus.

Abbys Augen weiteten sich. »Du gibst ihm meinen Nachnamen als Zweitnamen?«

»Diesen kleinen Mann ins Leben zu holen war eine Aufgabe für drei Menschen. Sein Name muss das widerspiegeln, unsere drei Nachnamen. Seine beiden Mütter und sein Vater. Ohne uns alle wäre er nicht hier.«

Tränen traten ihr in die Augen. »Danke.«

»Ich danke *dir*, mein Schatz. Für alles. Dafür, dass du den Traum hast wahr werden lassen, von dem ich nicht einmal wusste, dass ich ihn hatte.«

Sie wischte sich über die Augen und deutete auf die Ecke des Zimmers. »Kannst du mir meine Krankenhaustasche bringen?«

»Ja.« Ich stand auf. »Natürlich.«

Ich öffnete die Tasche und hielt sie ihr entgegen, während sie ein Stofftier herausholte. »Das habe ich für ihn machen lassen«, sagte sie und reichte es mir. Es war eine kleine Giraffe mit einem Blumenmuster.

»Wann hattest du denn die Zeit dazu?«

»Ich habe es in den Staaten bestellt.«

»Giraffe …«, sagte ich.

»Ich erinnere mich, dass du sagtest, Britney hätte dich immer so genannt. Der Stoff für die Außenseite ist von ihrem Pyjama. Ich habe im Internet eine Frau gefunden, die Plüschtiere aus der Kleidung verstorbener Angehöriger herstellt. Ich habe Kate um etwas von Britney gebeten, damit ich etwas für ihn machen kann. Ich weiß, dass es ein etwas mädchenhaftes Muster ist, aber da wusste ich noch nicht, dass wir einen Jungen bekommen, und ihre Mutter sagte, das sei ihr Lieblingsschlafanzug gewesen.«

Ich schluckte den Kloß in meinem Hals hinunter und sah auf die Giraffe hinab. »Das bedeutet mir so viel.«

Abby legte das Spielzeug neben Alex. Er drehte das Gesicht zu ihr und nahm die Nase der Giraffe in den Mund.

KAPITEL 51

Abby

Titel 51: »Endless Love« von Diana Ross und Lionel Richie

Es fühlte sich so gut an, normale Kleidung zu tragen, auch wenn ich das Krankenhaus noch nicht verlassen durfte.

Sigs Eltern waren gerade gegangen, nachdem sie Alex besucht hatten. Es war ein erstaunlich angenehmer Besuch gewesen. Rosemary schien weicher geworden zu sein. Ich nahm an, wenn man sein Enkelkind zum ersten Mal traf, war das normal.

Sig kam zurück, nachdem er sie hinausbegleitet hatte, und setzte sich auf den Stuhl mir gegenüber am Fenster. Nach ein paar Tagen im Krankenhaus war ich so viel ausgeruhter, dass ich mich endlich bereit fühlte, etwas anzusprechen. »Ich muss dir ein Geständnis machen ...«, begann ich, während Baby Alex in meinen Armen schlief. »Es gibt etwas, das ich dir nie erzählt habe. Es war der Grund dafür, dass meine Laune ab Weihnachten etwas gedrückt war.«

Er blinzelte und sah besorgt aus. »In Ordnung ...«

»Weißt du noch, wie Kate und Phil mir Britneys alten Laptop geschenkt haben?«

»Ja?«

»Nun, als ich mich das erste Mal in meine E-Mails einloggen wollte, tauchte *ihr* Konto auf.«

»Oh.« Er schloss kurz die Augen, als wüsste er genau, worauf das hinauslaufen würde.

»Ja«, fuhr ich fort. »Sie war immer noch eingeloggt. Ich habe Dutzende von E-Mails von dir gesehen. Es ging mich zwar nichts an, aber ich habe nur auf eine geklickt.«

Er schluckte. »Was stand da drin?«

»Du hast ihr gesagt, du würdest nie jemanden so lieben, wie du sie geliebt hast. Das blieb bei mir hängen. Ich hatte mir eingeredet, dass ich, egal wie sehr ich dich liebe, immer nur ein Trostpreis sein würde.«

Er öffnete den Mund, aber ich streckte einen Finger aus. »Lass mich ausreden.«

Sig nickte düster.

»Ich empfinde das nicht mehr so. Es war nicht fair von mir, deine privaten Worte an sie als Maßstab dafür zu nehmen, wie du empfinden könntest, ohne überhaupt mit dir darüber zu sprechen. Ich war damals sehr hormongesteuert und hatte Angst um die Zukunft, weil ich mir sicher war, dass ich dich verlieren würde. Ich liebe dich so sehr und hatte Angst, du könntest mich niemals auf dieselbe Weise lieben.«

»Warum hast du mir nicht gesagt, was los war?«

»Ganz ehrlich? Ich wollte nicht zugeben, dass ich eine deiner privaten E-Mails gelesen hatte.« Ich zuckte mit den Schultern. »Und ich nehme an, ich wollte auch nicht hören, dass an meinen Befürchtungen etwas dran sein könnte. Das hat mir mehr Angst gemacht als alles andere.«

Sig stand auf, kam zum Bett und legte eine Hand an meine Wange. »Es ist wahr, dass ich nie wieder jemanden so lieben werde, wie ich sie geliebt habe. Aber es ist *auch* wahr, dass ich niemanden so lieben werde, wie ich dich liebe. Es ist keine Entweder-oder-Situation. Meine Liebe zu jedem von euch ist parallel, schließt sich gegenseitig aus und ist auf eine Art und Weise unterschiedlich, die man nicht vergleichen kann.« Er atmete aus. »Das Schreiben an Britney war gewissermaßen meine Art, sie am Leben zu erhalten. Es hat mir geholfen, meine Gedanken zu sammeln und meine Gefühle loszulassen, wenn ich mich nicht wohl dabei gefühlt habe, mit jemand anderem zu reden. Ich hätte natürlich nie gedacht, dass jemand von diesen E-Mails erfahren würde.«

»Ich finde es wunderschön.« Ich nahm seine Hand. »Und du musst es mir nicht erklären.«

»Es ist wichtig, dass ich dir einige der letzten E-Mails zeige.«

»Das musst du nicht tun, Sig. Es geht mich nichts an.«

»*Ich* gehe dich jetzt etwas an.« Er sah mir in die Augen. »Wir gehen uns gegenseitig etwas an. Du hast fast dein Leben gegeben, um Alex auf die Welt zu bringen. Es gibt nichts, was du nicht wissen oder sehen darfst, Abby. Wirklich.«

Er holte sein Handy heraus und scrollte, bevor er es mir reichte.

»Lies so viele davon, wie du willst. Ich habe nichts vor dir zu verbergen. Ich habe ihr sogar letzte Nacht geschrieben, als du geschlafen hast. Fang mit dieser an und lass dir Zeit.« Er stand auf. »Ich hole Kaffee, dann hast du etwas Freiraum.«

Bevor ich protestieren konnte, verließ er das Zimmer. Ich schaute nach unten und tippte zögernd auf seine letzte E-Mail an sie.

Liebe Britney,

wo soll ich anfangen?

Herzlichen Glückwunsch, Mom. Unser Sohn ist da. Sein Name ist Alexander, nach deinem Nachnamen. Wir haben vor, ihn Alex zu nennen. Aber das weißt du wahrscheinlich alles schon. Ich habe deine Anwesenheit noch nie so stark gespürt wie in den letzten achtundvierzig Stunden.

Er hat deine Augen. Es ist, als würde ich wieder in deine Seele schauen und sehen, wie du mich ansiehst. Es ist ein unglaubliches Gefühl. Das Licht am Ende des Tunnels nach dem zweitschwersten, aber schönsten Tag meines Lebens – dem Tag, an dem er geboren wurde.

Wir hätten ihn verlieren können. Wir hätten Abby verlieren können. Ich hatte noch nie so viel Angst, aber vielleicht habe ich es überstanden, weil ich in meinem Herzen wusste, dass dein Geist die ganze Zeit bei mir war. Ich habe gebetet, aber ich habe viel Vertrauen in Gott verloren, als er dich nicht gerettet hat. Also fragte ich mich, ob er zuhört. Es schien so, als täte er es. Oder warst du es? Hast du da oben ein paar Beziehungen spielen lassen, wenn du nicht gerade mit deinem Kindheitsschwarm Heath Ledger herumgetollt bist?

Wenn ich unseren Sohn jetzt schlafen sehe, frage ich mich, wie es möglich war, dass ich versucht habe, das zu verhindern. Ich hatte immer nur Angst, ihn ohne dich auf die Welt zu bringen. Aber du bist hier, nicht wahr? Du bist in ihm. Lebendig in ihm. Ohne dich wäre das alles nicht möglich gewesen. Ich werde nie erfahren, warum du dazu bestimmt warst, ein Engel zu sein, und ich dazu, hier weiterzukämpfen. Aber ich bin so dankbar, dass ich weiterhin von deinem Geist gesegnet bin.

Ich würde es dir auch zutrauen, dass du mir Abby geschickt hast. Nur du konntest wissen, wer perfekt für mich sein würde. Nur du konntest den Menschen kennen, den ich brauchte, um mich ins Leben zurückzubringen. Denn ohne dich hätte ich nie gewusst, was Liebe ist, hätte nicht erkannt, dass es Liebe ist, die ich seit geraumer Zeit für Abby empfinde. Welches Glück ich habe, dass ich in meinem Leben mit zwei Lieben gesegnet wurde? Was habe ich getan, um das zu verdienen?

Ich verspreche dir, dass unser Sohn immer wissen wird, wer seine Mutter war und wie sehr sein Vater dich geliebt hat. Wie sehr du Alex geliebt hast, noch bevor er hier war, als du deiner Mutter sagtest, dass du durch dein noch ungeborenes Kind weiterleben möchtest. Wenn ich Alex jetzt schlafend ansehe, bin ich überwältigt von der Liebe zu dir. Und ich bin überwältigt von der Liebe zu der Frau, die direkt neben ihm schläft, der Frau, die ihn – ein Stück von dir – in diese Welt gebracht hat. Ein Stück von dir zurück zu mir.

Britney, meine Liebe, als du wusstest, dass du kurz davor warst, diese Welt zu verlassen, hast du mir das Versprechen abgenommen, dass ich eines Tages wieder offen für die Liebe sein würde. Ich sah dir in die Augen und sagte dir, dass das nie passieren würde, dass es unmöglich sei. Damals habe ich das auch geglaubt. Heute weiß ich, dass ich keine andere Wahl hatte. So sehr ich mich auch nicht in einen anderen Menschen verlieben wollte, ich habe es getan. Sehr tief und bedingungslos. Du sollst wissen, dass das in keiner Weise das schmälert, was du und ich geteilt haben, die Liebe, die ich für dich empfinde. Du hast mich zu dem Mann gemacht, der ich heute bin. Du hast mich fähig gemacht, zu lieben.

Ich werde den Rest meines Lebens damit verbringen, dich stolz zu machen, während ich unseren Sohn zu dem besten Mann erziehe, der er sein kann. Keine Sorge, ich werde ihm beibringen, das Gegenteil von dem zu tun, was ich getan habe, als ich jünger war.

Ich verspreche, dir bald zu schreiben und dich immer auf dem Laufenden zu halten.

Mach's gut, mein Engel.

Deine Liebe

Sigmund

KAPITEL 52
Abby

Titel 52: »I Do« von Colbie Caillat

Sig brauchte eine Weile, bis er zurückkam. Er musste denken, dass ich all diese E-Mails durchsah, aber ich hatte nur diese eine gelesen. Es war egal, was in den anderen stand, denn ich hatte alles gesehen, was ich jemals hätte sehen müssen. Diese letzte Nachricht sagte alles.

Während Alex immer noch in meinen Armen schlief, schloss ich die Augen und ließ die Gefühle, die seine ehrlichen Worte hervorriefen, durch mich hindurchfließen.

Als Sig schließlich zurückkam, riss seine Stimme mich aus meinem meditativen Zustand. »Ich habe dir ein paar Cracker aus dem Automaten mitgebracht, wenn du sie haben möchtest.«

»Danke.«

Er stand an meinem Bett, den Kaffeebecher in der Hand, und schien darauf zu warten, dass ich etwas sagte.

»Ich bin gerührt, dass du ihr von mir geschrieben hast«, sagte ich und legte den jetzt wachen Alex an meine Brust. »Aber du hättest mir die E-Mails nicht zeigen müssen, um zu beweisen, dass du mich liebst.«

»Nach dem zu urteilen, was du mir gesagt hast, bevor ich gegangen bin, schien es so.«

»Es stimmt zwar, dass ich mich nach meiner Rückkehr aus den Staaten unsicher gefühlt habe, aber während der letzten Wochen hat sich viel verändert – die Art, wie du dich um mich gekümmert hast, die Panik in deinen Augen, als du dachtest, du könntest mich verlieren, die Art, wie du die Ärzte angefleht hast, alles zu tun, um mich zu retten.« Ich lächelte. »Ich habe gehört, was du ihnen gesagt hast, bevor sie mich betäubt haben. Ich erinnere mich jetzt an alles, Sig. Und ich erinnere mich an den Gedanken, dass ich, falls mir etwas zustoßen *sollte*, diese Erde in dem Wissen verlassen würde, dass ich nicht nur etwas bewirkt habe, wenn sie Alex nur retten konnten, sondern auch in dem Wissen, dass ich von dir geliebt wurde. Wahre Liebe zu einem Menschen muss nicht mit der Liebe zu einem anderen verglichen werden. Denn die Liebe zu einem Menschen ist nicht begrenzt. Sie ist unendlich.«

»Oh, meine süße Abby.« Er schlang die Arme um mich. »Ich liebe dich wirklich unendlich.«

»Übrigens ...« sagte ich, nachdem er mich losgelassen hatte, »ich habe mir selbst versprochen, dass ich ein Buch darüber schreiben würde, wenn ich es schaffe. Es ist interessant, an welche Dinge man denkt, wenn man sterben könnte.«

»Es würde eine interessante Geschichte abgeben.«

»Am Ende ist es eine Liebesgeschichte.«

»Das ist sie, nicht wahr?« Seine Augen funkelten.

Es klopfte an der Tür.

»Herein«, rief er.

Phil, Kate und Lavinia traten ein.

»Sonderlieferung«, sagte Phil. »Seht mal, wen wir mitgebracht haben.«

Lavinia sah so süß aus in ihrem schwarzen Mantel und dem rosa Hut.

»Danke, dass ihr sie hergefahren habt«, sagte ich.

Lavinia klatschte in die Hände. »Du weißt, dass ich den kleinen Alex unbedingt kennenlernen will.«

Ich übergab das Baby an Sig, der es zu Lavinia brachte. »Hier ist er.« Er legte Alex in ihre Arme. »Wie findest du ihn?«

»Er ist sogar noch hübscher als sein Vater.« Lavinia sah liebevoll auf Alex herab. »Oh, wie sehr habe ich mich danach gesehnt, dich kennenzulernen, mein Kleiner.« Eine Träne kullerte ihr über die Wange.

»Nicht weinen, alte Frau. Du musst deine Energie sparen, um mir zu helfen, mich um ihn zu kümmern«, scherzte Sig.

»Nun, wenn ich hier im Krankenhaus umfalle, bin ich wenigstens am richtigen Ort und kann sagen, dass ich den Tag miterlebt habe, an dem du einen Sohn bekommen hast. Es hat lange Zeit nicht gut ausgesehen, Sigmund. Aber ich freue mich so sehr für dich ...« Sie schaute sich im Raum um. »Für euch alle. Ich liebe dich, als seist du mein Sohn. Und das macht ihn zu meinem Ehren-Enkel.«

Ich blickte zu Sig hinüber. »Lavinia, eigentlich habe ich mir gedacht ... da meine Mutter nicht mehr da ist, braucht Alex eine *richtige* Großmutter, die meine Seite der Familie vertritt. Ich habe mich gefragt, ob es dir etwas ausmachen würde, wenn er dich Großmutter nennt.«

Lavinias Augen wurden glasig, während sie weitere Tränen zurückhielt. »Ich hätte nie gedacht, dass ich einmal ein Enkelkind haben würde. Das bedeutet mir so viel.«

Sig rieb ihr den Rücken. »Wir lieben dich, verrückte Frau.«

Phil und Kate lächelten von einem Ohr zum anderen, und ein paar Sekunden später erschienen Leo und Felicity an der Tür.

Felicity hielt einen riesigen Blumenstrauß in der Hand. »Ich hoffe, das ist ein guter Zeitpunkt?«

»Hey!« Ich winkte sie heran. »Kommt doch rein!«

Sie gingen direkt zu Lavinia, die immer noch Alex im Arm hielt.

»Ich kann nicht glauben, dass ich deinen Sohn vor mir habe, Sigmund«, scherzte Leo. »Die Hölle ist zugefroren, auf die beste Art und Weise.«

Während alle im Raum sich um unseren Sohn versammelten, klingelte mein Handy. Es war ein Face-Time-Anruf von meinem Vater. Ich ging ran, und sein Gesicht erschien auf dem Bildschirm.

»Hey, Dad. Du bist auf Lautsprecher mit einem Raum voller Leute, also sag nichts Belastendes.«

»Ah, du kennst mich zu gut. Ist dieses Arschloch bei dir?«

»Ist er.«

Sig kam zu mir, damit mein Vater ihn sehen konnte.

»Hallo, Sig.« Mein Vater winkte.

Sigs Augen weiteten sich. »Ich glaube, das ist das erste Mal, dass du meinen richtigen Namen sagst.«

»Nun, wir sind jetzt eine Familie, sozusagen. Also ... dachte ich, ich lasse den Spitznamen weg.«

»Nicht nötig. Er gefällt mir ganz gut. Er ist auf jeden Fall passend.«

»Wie geht es dir, Abby?«, fragte mein Vater.

»Es fällt mir immer noch ein bisschen schwer herumzulaufen, aber es wird jeden Tag besser.«

»Es tut mir so leid, dass ich nicht dabei war, mein Schatz.«

»Ist schon okay, Dad. Niemand konnte vorhersehen, dass Alex früher kommen würde. Das ist übrigens sein Name. Ich glaube, das habe ich dir nicht gesagt. Wir sehen uns früh genug wieder, wenn du in ein paar Wochen kommst.«

Ich hatte beschlossen, meinen Vater nicht wissen zu lassen, wie nahe ich dran gewesen war, mein Leben zu verlieren. Er wusste, dass die Ärzte einen Notkaiserschnitt hatten machen müssen, aber ich wollte nicht, dass er sich Sorgen machte, da er gesundheitlich noch sehr anfällig war. Eines Tages würde ich ihm von der Plazentaablösung und der Bluttransfusion erzählen, aber nicht in nächster Zeit.

»Alex ist ein wunderbarer Name. Wie geht es ihm?«, fragte er.

»Es geht ihm gut, Dad. Aber ich muss dir etwas sagen.«

»Okay ...«

Mein Vater und ich hatten gleich nach der Geburt miteinander gesprochen, aber ich hatte ihm nicht von allen neuesten Entwicklungen erzählt.

»Ich habe mich entschieden, hier in Großbritannien zu bleiben. Ich bin in Alex verliebt. Und ich bin in Sig verliebt. Sie sind meine Familie, und sie brauchen mich hier.«

Mein Vater sagte nicht sofort etwas, sodass ich befürchtete, er könnte verärgert sein.

»Heißt das, du bekommst das Geld nicht?« Nach ein paar Sekunden Pause brach er in Gelächter aus. »War nur ein Scherz. Nur ein Scherz.«

»Mach dir keine Sorgen. Ich werde sie *sehr* gut entschädigen – mit Devil Dogs und Küssen.«

Dad strahlte. »Das sind tolle Neuigkeiten, Schatz. Ich freue mich für dich.«

»Nun, ich bin erleichtert, dass du so denkst. Ich dachte, du wärst vielleicht ein bisschen traurig, auch wenn du dich für mich freust.«

»Abby, ich habe das schon lange kommen sehen.«

»Es bedeutet, dass ich nicht so für dich da sein kann, wie ich es gern wäre. Und es bedeutet auch, dass mein Traum, den Laden wiederzueröffnen, sterben muss.«

Er schüttelte den Kopf. »Du bist mir nichts schuldig. Deine Mutter würde sich jetzt so sehr für dich freuen. Das Letzte, woran sie denken würde, wäre der Laden. Ich werde einige der anderen Händler in der Gegend anrufen, um zu sehen, welche Waren wir bei ihnen abladen können. Mach dir um nichts anderes Sorgen als um das kleine Baby.«

»Ich hoffe, wir können dich dazu bringen hierherzuziehen, wenn du in Rente gehst. Alex braucht seinen
Grampy.«

Phil beugte sich über mich und sprach in das Telefon. »Du kannst Grampy sein. Ich werde Grumpy sein.«

»Ich hätte nie gedacht, dass ich ein Enkelkind
mit meinem besten Freund teilen würde.« Die Augen
meines Vaters sahen glasig aus.

Phil grinste. »Verrückt, wie der Kreis des Lebens
sich schließt, was?«

»Es ist mir eine Ehre, sein Grampy zu sein«, sagte
mein Vater. »Und ich werde meinen Hintern auf jeden
Fall dorthin bewegen müssen, weil ich nicht alle wichti-
gen Meilensteine verpassen will.«

»Es gibt einen Meilenstein, den du *nicht* verpassen
wirst, Roland«, unterbrach Sig mich. »Weil er genau
jetzt passieren wird.«

»Und der wäre?«, fragte Dad.

Ich schaute verwirrt zu Sig hinüber.

»Während ich dich am Telefon habe, muss ich dich
etwas fragen«, sagte Sig.

»Okay?«

Er holte tief Luft. »Kann ich deine Erlaubnis haben, um die Hand deiner Tochter anzuhalten?«

Mein Herz setzte einen Schlag aus. *Was?*

Dads Augen wurden groß. »Ist das dein Ernst?«

»Ja.« Sig stieß einen zittrigen Atemzug aus. *Er ist
nervös.* »Ich weiß, dass man das normalerweise unter
vier Augen macht«, sagte er zu meinem Vater. »Aber
ich kann nicht warten. Ich hatte vor, dich heute Abend
anzurufen. Aber da du jetzt am Telefon bist und die

meisten Leute, die mir wichtig sind, hier sind, dachte ich mir, warum nicht? Jedenfalls kann ich es nicht ohne deinen Segen tun.«

Dad lachte. »Ich glaube nicht, dass ich dein größtes Hindernis bin, Kumpel. Natürlich hast du meinen Segen, wenn es das ist, was Abby will. Aber ich denke, du musst sie fragen und es herausfinden.«

»Wenn du das sagst ...« Sig griff in seine Tasche und holte ein kleines schwarzes Samttäschchen heraus.

Oh mein Gott. Passiert das jetzt wirklich?

Sig drehte sich zu mir um. »Abby, ich weiß, dass du das heute nicht erwartet hast. Und ehrlich gesagt wollte ich warten, bis wir zu Hause sind und uns eingerichtet haben. Aber jetzt, da dein Vater am Telefon ist, gibt es keinen besseren Zeitpunkt als den jetzigen.« Er kniete sich neben mein Bett. »Als ich vorhin mit meinen Eltern rausging, habe ich meiner Mutter gesagt, dass es keine Geheimnisse mehr zwischen uns geben wird. Ich ließ sie wissen, dass ich vorhabe, dich zu fragen, ob du mich heiraten willst. Sie sagte, sie wusste, dass du die Richtige für mich bist, als du dich an dem Tag, als sie zum Mittagessen kam und von der Schwangerschaft erfuhr, für uns eingesetzt hast. Ohne meine Pläne zu kennen, hat meine Mutter mir heute etwas geschenkt.« Er löste die Schnüre des Beutels. »Sie hat wahrscheinlich auch nicht damit gerechnet, dass ich dir heute einen Antrag mache. Aber dieser Ring brennt mir ein Loch in die Tasche. Er gehört an deinen Finger, und ich möchte nicht warten, um ihn dir zu geben.« Er holte den Diamanten heraus. »Das ist ein Familienerbstück. Der Ehering meiner Großmutter. Für Leo und mich war sie etwas ganz Besonderes. Sie war eine meiner größten Unterstützerinnen. Nach Britneys Tod war sie am Boden zerstört und hat sich natürlich große Sorgen um mich gemacht. Diesen Ring hat sie offenbar meiner Mutter geschenkt, bevor sie starb. Sie wies meine Mutter ausdrücklich an, ihn *mir* zu geben, falls ich mich wieder verlieben würde. Sie sagte meiner Mutter, sie glaubte, dass es einen ganz besonderen Menschen bräuchte, um das zu erreichen. Sie wollte, dass ihr Ehering an diese Frau geht.« Er wandte sich an Leo. »Und damit ist ein für alle Mal bewiesen, dass ich Großmutters Liebling war.«

Leo lachte und streckte einen Mittelfinger hoch.

Sig richtete seine Aufmerksamkeit wieder auf mich. »Sie hätte dich geliebt.« Er hielt mir den Ring hin. »*Ich* liebe dich, Abby, von ganzem Herzen und mit ganzer Seele. Du hast mein Leben gerettet und mich glücklicher gemacht, als ich es mir je hätte vorstellen können. Alex und ich sind so glücklich, dich zu haben. Er braucht dich als seine Mutter. Und ich brauche dich als meine Frau. Willst du mich heiraten?«

Ich schaute in all die lächelnden Gesichter im Raum und genoss diesen Moment in vollen Zügen. Dann wandte ich mich an Sig, so sicher wie noch nie in meinem Leben. »Ich liebe dich so sehr. Ich kann mir nichts Schöneres vorstellen, als mein Leben mit euch beiden zu verbringen. Natürlich will ich dich heiraten.«

Meine Hand zitterte, als er mir den Ring an den Finger steckte. Es war der schönste Ring, den ich je gesehen hatte – aus Gelbgold mit einem antiken, filigranen Design und einem großen, ovalen Diamanten, der makellos schien. Ich schlang die Arme um meinen wunderbaren Mann und spürte, wie der Rest des Raumes verschwand. Einen Moment lang gab es nur ihn und mich.

»Willkommen in der Familie, Abby«, sagte Leo.

»Ich könnte mich nicht mehr für euch freuen«, fügte Felicity hinzu, als sie mich umarmte. »Und ich bin so froh, dass *ich* dich auch behalten darf.«

Der Diamant funkelte in der Deckenbeleuchtung. »Ich denke ständig, dass ich aus diesem Traum aufwachen werde«, sagte ich.

»Ich konnte nicht umhin zuzuhören«, sagte eine Krankenschwester, von der ich nicht gesehen hatte, wie sie den Raum betrat. »Herzlichen Glückwunsch. Ich nahm an, Sie beide seien bereits verheiratet.«

»Sie haben sehr viel angenommen, aber wir haben kein Problem damit.« Sigmund zwinkerte mir zu.

KAPITEL 53

Abby

Sieben Monate später

Titel 53: »Somewhere Over the Rainbow« von Israel Kamakawiwo'ole

»Los, mach schon, schreib«, sagte Sig, kurz nachdem er von der Arbeit zur Tür hereingekommen war.

Alex quietschte vor Lachen, als sein Vater ihn in die Luft hob und schnell wieder herunterholte. Unser Sohn war jetzt sieben Monate alt. Mit seinen wachsenden dunklen Haaren sah er Sig jeden Tag ähnlicher, obwohl er Britneys Augen hatte.

»Bist du sicher?«, fragte ich. »Ich könnte dir erst einmal einen Cocktail zur Entspannung machen.«

»Nicht nötig. Du bist schon den ganzen Tag mit ihm zu Hause. Geh jetzt, solange er zufrieden ist und sich freut, mich zu sehen.«

Wenn ich eines gelernt hatte, seit ich Mutter geworden war, dann, dass ich jede sich bietende Gelegenheit für eine Pause nutzen musste.

Ich flüchtete in Alex' Kinderzimmer und setzte mich in den bequemen blauen Schaukelstuhl in der

Ecke. Das war zu einem meiner Lieblingsplätze zum Schreiben geworden. Seit Alex etwa einen Monat alt war, schrieb ich an einem Buch über meine Erfahrungen als Leihmutter. Da ich nicht viel Zeit zum Schreiben hatte, musste ich, wann immer ich konnte, ein paar Worte zu Papier bringen.

Als Sig und ich Alex aus dem Krankenhaus nach Hause brachten, beschlossen wir, uns in seiner Londoner Wohnung niederzulassen, anstatt die Pension zu unserem ständigen Zuhause zu machen. Das Gästezimmer hier wurde zu Alex' Zimmer. Auf lange Sicht würden wir zwar eine größere Wohnung brauchen, aber die Stadt hatte auch ihre Vorteile. Ich liebte es, in der Nähe einiger meiner Lieblingsgeschäfte und -restaurants zu wohnen. Ich würde es hier so lange wie möglich genießen, bis wir schließlich an einen familienfreundlicheren Ort zogen, wahrscheinlich irgendwo auf dem Land. Wir mussten nur die richtige Immobilie finden.

Nach etwa einer halben Stunde Schreibzeit öffnete sich langsam die Tür des Kinderzimmers.

Sig trat allein ein. Ich stellte meinen Laptop auf den Boden, als er sich neben meine Füße kniete. Er legte den Kopf in meinen Schoß und küsste sich von meinem Oberkörper über meine Brüste bis zu meinen Lippen.

»Ich dachte, ich sollte schreiben«, murmelte ich, als er meinen Hals kraulte.

»Ich habe gemerkt, dass ich meinen Kuss nicht bekommen habe, als ich nach Hause kam, also habe ich Alex in die mechanische Schaukel gesetzt und bin gekommen, um ihn abzuholen.«

»Er liebt diese Schaukel wirklich. Nur so kann ich mir tagsüber etwas zu essen machen oder auf die Toilette gehen.« Ich stand auf. »Setz dich.« Als er das tat, setzte ich mich rittlings auf ihn.

Er legte die Hände auf meine Schultern und drückte mich an sich. »Ich habe dich heute vermisst.«

Ich schmiegte mich an ihn und stöhnte. »Ja, das merke ich.«

»Wenn ich nicht sicher wäre, dass Alex bald keine Lust mehr auf die Schaukel hat, würde ich dich gleich hier auf diesem Stuhl nehmen«, murmelte er. »Außerdem sind diese Schaukelstühle nicht für die Art von Fick geeignet, die ich machen will.«

»Ich werde es heute Nacht bekommen, nicht wahr?«

»Wenn du willst, ja.«

»Ich liebe es, wie du dich nicht zurückhältst, jetzt, da ich nicht mehr schwanger bin.«

»Nicht schwanger ... *noch* nicht«, stichelte er.

»Oh, du bist böse.«

»Du hast keine Ahnung, wie sehr ich jetzt mit dir zusammen sein möchte.«

»Nun, dieser Überraschungsbesuch in meiner Schreibhöhle ist definitiv ein Höhepunkt meines Tages.«

»Das Beste an meinem Tag ist immer, zu dir nach Hause zu kommen.« Er sah zu mir auf. »Ich mache mir Sorgen, weil du den ganzen Tag allein bist. Ich will nicht, dass du depressiv wirst.«

»Machst du Witze? Allein? Jeden zweiten Tag kommen Phil und Kate vorbei, und die Hälfte der Zeit kommst du in deiner Mittagspause nach Hause, um einen Quickie zu bekommen, während Alex schläft. Das ist wirklich nicht viel Zeit allein. Und selbst dann, bin ich *wirklich* allein mit Alex?«

»Solange du glücklich bist. Aber wenn nicht, sagst du es mir doch, oder?«

»Denkst du immer noch, dass ich abhaue und in die Staaten zurückkehre oder so?«

»Wenn du jetzt abhauen und in die Staaten zurückkehren würdest, wäre ich direkt hinter dir.«

Ich lachte. »Das ist wahr. Ich habe jetzt eine Brigade, nicht wahr?«

»Die Benedictus-Brigade.«

»Ich kann es kaum erwarten, eine Benedictus zu sein.«

Wir planten, irgendwann im nächsten Jahr zu heiraten, eine traditionelle Hochzeit mit vielen Gästen und allem Drum und Dran. Mein Kleid hatte ich schon ausgesucht. Wir mussten nur noch das Datum festlegen und alles in die Wege leiten. Wir waren zu sehr damit beschäftigt gewesen, uns an unser neues Leben zu gewöhnen.

»Wo wir gerade davon sprechen, dass du eine Benedictus wirst«, sagte er. »Es gibt einen möglichen Hochzeitsort in Westfordshire, den ich dir gern zeigen würde. Vielleicht in den nächsten paar Wochen.«

»Oh, das hört sich gut an. Können wir Lavinia abholen? Ich vermisse sie.«

Da wir unter der Woche in London wohnten und Alex' Sachen alle hier waren, kamen wir nur etwa jedes zweite Wochenende in die Pension. Mein altes Zimmer dort war in ein Wochenendkinderzimmer für Alex umgewandelt worden.

»Natürlich können wir das«, sagte er. »Wir gehen auch mit ihr zum Mittagessen in die Kneipe.«

So sehr ich London auch liebte, jedes Mal wenn wir nach Westfordshire zurückkehrten, fühlte ich mich nostalgisch. Es fühlte sich an wie mein englisches Zuhause.

Ein paar Wochen später fuhren wir endlich aufs Land hinaus. Nachdem wir Lavinia abgeholt hatten, hielten wir an einem Anwesen in Westfordshire, das fast so aussah wie das von Leo und Felicity. Es bestand aus vielen Hektar Ackerland, das von einem großen Backsteinhaus umgeben war.

»Das ist doch ganz in der Nähe von Leos Haus, nicht wahr?«, fragte ich.

»Ja, etwa einen Kilometer entfernt«, sagte Sig.

»Das Grundstück ist Brighton House so ähnlich. Sie vermieten es für Hochzeiten?«

»Nicht direkt.«

»Machen sie für uns eine Ausnahme?«

»Eigentlich ist es kein Veranstaltungsort. Es ist ein Wohnhaus.«

»Wem gehört das Haus?«

Sig setzte ein schiefes Lächeln auf. »Uns.«

»Wovon redest du?«

»Ich habe es gekauft.«

»Wie konnten wir uns das leisten? Ich meine, ich weiß, dass es dir finanziell gut geht, aber das ist ...« Mir fehlten die Worte.

»Wir können es uns mehr als leisten.« Er sah zu Lavinia hinüber. »Aber ich habe auch daran gedacht, die Pension zu verkaufen.«

Lavinia spitzte die Ohren. »Die Pension verkaufen?«

»Mach dir keine Sorgen, alte Frau. Ich werde nichts tun, was du nicht willst. Aber ich habe mir gedacht, dass du vielleicht lieber hier bei uns im Gästehaus wohnen möchtest. Es liegt direkt neben dem Haupthaus. Du hast deinen eigenen Wohnraum, aber es ist nahe genug, um rüberzugehen, wenn du etwas brauchst. Du brauchst die Verantwortung für die Pension nicht mehr. Und ich weiß, dass Abby sich über deine Gesellschaft freuen würde, ohne jedes zweite Wochenende zur Pension fahren zu müssen.«

Sig und ich hatten darüber gesprochen, Lavinia irgendwann bei uns einziehen zu lassen.

Sie schaute zwischen Sig und mir hin und her. »Du willst, dass ich bei euch wohne?«

»Nur wenn *du* das willst«, sagte er.

»Natürlich würde ich auf dieser schönen Farm leben wollen. Aber warum bist du so gut zu mir?«

Sig legte eine Hand auf ihren Rücken. »Ich tue dir keinen Gefallen, Lavinia. Ich *will* dich hier haben. Aber wenn du es wissen willst … Du warst für mich da wie niemand sonst in der Zeit, in der ich am meisten jemanden brauchte.« Er zwinkerte. »Außerdem, wie ich immer sage, bist du ein guter Trinkkumpel.«

»Nun, dann würde ich es gern tun.«

»Das dachte ich mir schon.« Sig drehte sich zu mir um. »Es gibt auch genügend Platz für deinen Vater, falls er sich jemals entscheiden sollte hierherzuziehen. Im Haupthaus gibt es sechs Schlafzimmer, mehr als wir jemals brauchen könnten.«

Mein Vater war noch nicht bereit, in den Ruhestand zu gehen, aber ich hoffte, dass er sich entschließen würde, hierher umzuziehen, wenn er es schließlich tat. Ich schüttelte den Kopf. »Ich hätte mir nie vorstellen können, an einem Ort wie diesem zu leben.« Ich schob den Sonnenhut meines Sohnes über sein Gesicht. »Und Alex wird in der Nähe seiner Cousins Eli und Eloise aufwachsen.« Meine Begeisterung wuchs mit jeder Sekunde. »Können wir Tiere haben?«

»Natürlich! Was wäre ein Grundstück wie dieses ohne Tiere?« Sig kratzte sich am Kinn. »Aber du gehst davon aus, dass es hier nicht schon welche gibt.«

Ich sah mich um. »Gibt es welche?«

»Es gibt eins.«

»Wirklich?«

Er hob das Kinn an. »Folgt mir.«

Sig führte uns zu einem kleinen, eingezäunten Bereich mit einem offenen, dreiseitigen Unterstand. Darin stand ein einsamer, großer ... Vogel. Er hatte ein wunderschönes dunkles, graubraunes Gefieder, das an den Enden schwarz war.

Ich hielt mir den Mund zu. »Ist das ein Strauß?«

»Ein Emu, um genau zu sein. Vor einiger Zeit hast du gesagt, wenn dir ein Mann ein so ausgefallenes Tier schenken würde, wie Leo es bei Felicity getan hat, würdest du einen Strauß wählen. Leider hat sich herausgestellt, dass Strauße ziemlich gewalttätige Tiere sind. Sie greifen mit ihren Schnäbeln an. Ich wollte nicht, dass dir im Namen der Liebe der Finger abgebissen wird. Der Emu ist eine viel schönere Alternative.« Sig strich mit einer Hand über das Gefieder des Vogels und sagte: »Das ist Loco.«

»Das ist sein Name?«

»Ja. Sein Vorbesitzer hat ihn so genannt.«

»Wo zum Teufel hast du ihn her?«

»Das ist eine Geschichte für einen anderen Tag. Sagen wir einfach, dass ich jemandem in Australien einen großen Gefallen schulde. Loco ist jetzt seit einer Woche hier.«

»Wer hat sich um ihn gekümmert?«

»Ich habe mir Nathan von Leo und Felicity ausgeliehen, damit er rüberkommt und ihn füttert.«

Mir fiel die Kinnlade herunter. »Von all den verrückten Dingen, die wir zusammen erlebt haben, ist dieser Emu das größte. Aber ich liebe ihn über alles.« Ich streckte eine Hand aus, um ihn zu streicheln. Alex' Augen traten ihm fast aus dem Kopf. »Du liebst ihn auch, oder?« Alex strampelte mit den Beinen, als wollte er mir aus den Armen fliegen, um das Tier zu berühren. »Sieh dir dieses Lächeln an.«

Wir verbrachten die nächste Stunde damit, das Haus von innen zu besichtigen und auf dem Grundstück herumzulaufen. Dann blieb Lavinia drinnen, um sich auszuruhen, während wir drei in den Garten gingen.

Gerade als wir nach draußen traten, erschien ein riesiger Regenbogen am Himmel. Es war der erste Regenbogen, den ich in England gesehen hatte, und wahrscheinlich der strahlendste Regenbogen, den ich je in meinem Leben entdeckt hatte.

»Regenbogen, Alex!« Ich zeigte in den Himmel. »Sieh dir den Regenbogen an!«

Er starrte wie gebannt in den Himmel. »Mama«, brabbelte er.

Es war das erste Mal, dass er es sagte, obwohl ich es mit ihm geübt hatte und versuchte, ihn dazu zu bringen, diesen Laut auszusprechen.

Sig und ich sahen einander erstaunt an. Es gab keine Worte. Unabhängig davon, ob es wahr war oder nicht, wussten wir, was der andere dachte. *Britney.*

»Ja.« Ich schaukelte ihn. »Das ist Mama, die vorbeikommt, um Hallo zu sagen, nicht wahr?«

EPILOG

Sig

Vier Jahre später

Letzter Titel: »And I Love Her« von den Beatles

Meine Tochter an der Hand und meinen kleinen Sohn auf dem Arm, stand ich am Eingang einer malerischen Buchhandlung in Notting Hill.

Abby hatte eine Reihe von Buchhandlungen in London kontaktiert und versucht, eine davon dazu zu bringen, das von ihr im Selbstverlag herausgegebene Buch zu verkaufen. Dieser Laden war der einzige, der angebissen hatte, und der Besitzer Shepley Van Zant war so nett gewesen, Abby einen Termin am Samstagnachmittag anzubieten, um ihre Bücher zu signieren. Er hatte sogar ein Werbeplakat für die Veranstaltung entworfen.

Ich schlich mich hinter Abby und Alex an den Tisch, auf dem sie einen Stapel Bücher zum Signieren aufgebaut hatte. Es gab keine Schlange.

»Mommy, werden wir den ganzen Tag nur hier sitzen?«, fragte Alex.

»Na ja, ich hoffe, dass wenigstens ein paar Leute kommen. Aber es macht mir nichts aus, mit dir Zeit zu verbringen, auch wenn niemand kommt.«

Ich räusperte mich, um unsere Anwesenheit anzukündigen.

Abby drehte sich um und entdeckte uns drei hinter ihrem Tisch. »Siehst du? Da sind sie schon! Meine Fans!«

»Das sind keine Fans«, korrigierte Alex. »Das sind Daddy, Miriam und Henry.«

»Machst du Witze? Wir sind ihre *ursprünglichen* Fans«, sagte ich und übergab Henry an seine Mutter. »Schau, er ist so aufgeregt, dass er ihretwegen sabbert.«

Vor fünf Jahren hätte ich mir nie vorstellen können, Vater von drei Kindern zu sein. Alex war noch nicht einmal ein Jahr alt, als Abby mit unserer Tochter Miriam schwanger wurde, die jetzt fast drei Jahre alt war. Ich schätze, dass Stillen keine so idiotensichere Form der Verhütung war, wie wir angenommen hatten. Miriam, die nach Abbys Mutter benannt wurde, war das Ebenbild von Abby. Gott sei Dank, denn beide Jungen – mit Ausnahme von Alex' Augen – sahen genauso aus wie ihr Vater. Unser Sohn Henry war vor sechs Monaten geboren worden. Wir hatten alle Hände voll zu tun.

»Wo ist Lavinia? Ich dachte, du würdest sie mitbringen«, fragte Abby.

»Ihr war nicht danach zu kommen.«

Die Ehren-Großmutter unserer Kinder war älter geworden, aber immer noch munter. Ich hatte geplant, sie in einem Rollstuhl herzubringen, aber sie hatte sich erkältet und wollte niemanden anstecken. Lavinia wohnte immer noch in unserem Gästehaus, obwohl wir in letzter Zeit eine Hilfe für sie hatten holen müssen. Aber wenn die Kinder in der Nähe waren, wurde sie immer munterer.

Leo und Felicity betraten den Buchladen und näherten sich mit ihren Kindern Eloise und Eli.

»Hey!« Abby winkte sie heran. »Siehst du? Ich habe noch mehr Fans.«

Alex hüpfte von seinem Stuhl auf. »Mommy, darf ich mit Eli in die Kinderabteilung gehen?«

»Was ist daraus geworden, mein Assistent zu sein?«, neckte Abby ihn.

»Es ist langweilig.«

Sie lachte. »Klar, geh nur.«

»Kann ich jetzt deine Assistentin sein, Mommy?« Miriam nahm den Platz neben ihrer Mutter ein.

»Natürlich kannst du das.«

Felicity schaute zu unseren Jungs hinüber, die in der Kinderabteilung spielten. »Die beiden sind wie Arsch und Eimer.«

Leo drehte sich zu mir um. »Ich hoffe nur, dass sie nicht so viel Ärger bekommen wie wir, nicht wahr, Cousin?«

»Ich bete jeden Tag, dass Alex nicht so ist wie ich.« Ich lachte.

»Hast du schon irgendwelche Bücher signiert, Abby?«, fragte Felicity.

»Es ist nicht viel los.« Abby zuckte mit den Schultern. »Und mit nicht viel meine ich ... es ist noch niemand vorbeigekommen. Aber es ist trotzdem schön, dass ich eingeladen wurde, hier zu signieren. Mein Ziel ist es, dass außer Freunden und Familie noch eine weitere Person vorbeikommt. Wenn ich auch nur bei einer einzigen Person einen Eindruck hinterlassen kann, dann weiß ich, dass es sich gelohnt hat, das Buch zu schreiben.«

»Ich hätte das nie tun können«, sagte Felicity. »Die Menschen reden ihr ganzes Leben lang davon, ein Buch zu schreiben, und ziehen es nie durch. Du solltest stolz auf dich sein.«

»Ich könnte nicht stolzer auf sie sein.« Ich streichelte den Rücken meiner Frau.

Mit Henry auf einem Arm ordnete Abby den kleinen Bücherstapel vor sich neu. »Ihr seid zwar voreingenommen, aber ich nehme euer Lob an.«

Henry begann, an Abbys Hemd zu zerren. »Mist. Er ist hungrig, hm?« Sie stand auf. »Glaubst du, meine Fans hätten was dagegen, wenn ich nach hinten gehe und ihn stille? Ich muss ein privates Plätzchen für ihn finden.«

Nachdem sie gegangen war, stellte ich mich neben Miriam. »Du hilfst mir, wenn jemand kommt, um Mommys Buch zu kaufen, okay? Du nimmst das Geld, und ich übernehme das Reden.«

»Okay, Daddy.« Sie lächelte zu mir hoch und brachte mein Herz fast zum Schmelzen. Es gab nichts Schöneres, als zu sehen, wie das Gesicht der eigenen Frau sich in das eines Engels verwandelte.

Felicity und Leo sahen sich um, während unsere Söhne leise in der Ecke spielten.

Dann trat eine Frau an den Tisch heran. Sie hielt bereits ein Exemplar von Abbys Buch in der Hand. *Na, war das nicht einfach klar?*

»Hallo. Ich wollte Abby Benedictus kennenlernen.« Sie grinste. »Ich nehme an, Sie sind nicht sie?«

»Bin ich nicht. Ich bin Sigmund, ihr Ehemann.«

Die Frau errötete. »Ach du meine Güte. Es ist so schön, Sie kennenzulernen. Es tut mir leid. Ich bin nur ein bisschen aufgeregt.«

Ihre Nervosität überraschte mich. Ich stellte meine Tochter vor. »Das ist Miriam.«

»Ich weiß. Nun, ich dachte es mir durch das Buch.« Die Frau lächelte schüchtern. »Hallo, Miriam.«

»Hallo«, antwortete meine Tochter.

»Meine Frau ist hinten und stillt unseren Sohn. Sie sollte bald zurück sein.«

»Ich werde warten. Ich möchte ihr sagen, wie viel mir dieses Buch bedeutet hat.«

Die Frau wartete geduldig etwa fünf Minuten lang. Schließlich sah ich, wie Abby mit Henry auf den Tisch zuging. »Da ist sie ja schon.«

»Oh, hallo.« Abby reichte mir Henry und glättete die Falten in ihrem Rock. Sie schien nervös zu sein, diese Dame kennenzulernen, was einfach niedlich war.

»Du hättest fast deine erste Leserin verpasst«, sagte ich.

»Sie könnten heute meine erste und letzte Leserin sein, aber Sie haben mir den Tag versüßt. Danke, dass Sie gekommen sind. Es ist toll, Sie kennenzulernen«, sagte Abby. »Und Sie sind?«

»Connie.« Die Frau drückte ein etwas abgegriffenes Exemplar des Buches an ihre Brust. »Sie haben keine Ahnung, wie schön es ist, *Sie* kennenzulernen. Das Vergnügen ist ganz meinerseits. Ich bin diejenige, die sich bei Ihnen bedanken sollte. Wissen Sie, mein Mann und ich konnten wegen meiner Krebsbehandlung keine Kinder bekommen. Wir haben eine Leihmutter mit einer Spender-Eizelle meiner Schwester benutzt. Ich weiß, dass das ein etwas anderes Szenario ist als bei Ihnen, aber am Anfang hatte ich mit der Tatsache zu kämpfen, dass mein Sohn nicht wirklich von mir war. Und ich habe mich gefragt, ob das unsere Bindung irgendwie beeinträchtigen würde. Ich habe Ihr Buch gefunden – oder sollte ich besser sagen, es hat mich gefunden. Ich habe es zufällig in einem der Buchtauschkästen in meiner Nachbarschaft gesehen. Ich bin so froh, dass ich es gefunden habe – denn ich bin mir sicher, dass es für mich bestimmt war. Und ich möchte Sie unterstützen, deshalb möchte ich hier ein weiteres Exemplar kaufen ... natürlich mit Ihrem Autogramm.«

Ein Ausdruck von Stolz überzog das Gesicht meiner Frau. »Das weiß ich sehr zu schätzen.«

Abby wusste es nicht, aber *ich* war derjenige, der ihr Buch in dem Buchtauschkasten platziert hatte. Ich hatte tatsächlich Dutzende von Exemplaren im Internet bestellt, ohne dass Abby davon wusste, und sie zu jedem Buchtauschkasten gebracht, den ich in London in den verschiedenen Stadtteilen finden konnte. Es gab eine Webseite, auf der einige der Standorte dieser Kästen aufgelistet waren, und ich hatte sie als Wegweiser benutzt.

Nachdem die Frau ein Buch gekauft hatte und gegangen war, wandte Abby sich an mich. »Wenigstens kann ich sagen, dass ich einen größten Fan habe.«

»Sie ist nicht dein größter Fan.« Ich stupste sie an. »Das bin ich.«

»Weißt du, mein Lieblingsteil in diesem Buch ist der Teil, den ich nicht geschrieben habe«, sagte sie.

»Ah, ja. Schade, dass ich für das Vorwort genauso lange gebraucht habe wie du für das ganze Buch.«

»Das Warten hat sich gelohnt.« Abby küsste mich auf die Wange und hielt Miriam eine Hand hin. »Komm mit, Süße. Lass uns ein Buch für dich aussuchen, weil du so ein braves Mädchen warst.« Sie drehte sich zu mir um. »Sag einfach Bescheid, wenn jemand auftaucht.«

Henry schlief jetzt in meinen Armen und nuckelte an seinem Schnuller.

Während ich allein am Tisch saß, nahm ich eines der Bücher in die Hand und bewunderte es.

Ein Zusammenstoß von Abby Benedictus.

Ich schlug es auf und las die Widmung.

Für Britney.
Du kannst beruhigt sein. Ich passe schon auf sie auf.

Mit einem warmen Gefühl im Bauch blätterte ich ein paar Seiten weiter zu dem Vorwort, das ich geschrieben und nicht mehr gelesen hatte, seit ich es Abby vor etwa einem Jahr vorgelegt hatte.

Liebe Leserinnen und Leser,

während ich dieses Vorwort zu schreiben beginne, schläft meine Frau auf dem Stuhl mir gegenüber. Sie hält eine Tasse Tee in der Hand und hat es irgendwie geschafft, mitten im Schluck einzuschlafen. Ich sehe sie immer wieder an und warte darauf, dass ihr der Tee aus der Hand gleitet und die Porzellantasse auf dem Boden zerbricht. Ich bin bereit, es aufzuwischen, wenn es sein muss. Aber irgendwie scheint Abby selbst im Schlaf alles unter Kontrolle zu haben.

Es ist keine Überraschung, dass sie nicht lange genug wach bleiben konnte, um ihn zu genießen. Von dem Moment an, in dem unser Sohn geboren wurde, hat sie sich voll und ganz für ihn eingesetzt. Und als unsere Tochter sechzehn Monate später auf die Welt kam, begann der Jonglierakt. Nach langen Tagen mit den Kindern hat sie jede freie Minute, die sie hatte, diesem Buch gewidmet. Während ich dies schreibe, ist sie gerade mit unserem dritten Kind schwanger, einem Jungen, den wir Henry nennen werden. Wir haben beschlossen, dass es bei drei Kindern bleiben wird. Dies wird ihr dritter Kaiserschnitt sein, und ihr Körper braucht eine Pause. Wie Sie beim Lesen dieses Buches feststellen werden, hätten wir sie beim ersten Mal fast verloren. Und das hat jede Schwangerschaft seither riskanter gemacht als die vorherige. Der Gedanke, sie jemals zu verlieren, macht mir Angst.

Als ich Abby kennenlernte, war ich die leblose Hülle eines Mannes – ein Witwer, der sich eingeredet hatte, dass es nach einem Verlust keine Chance auf Glück mehr gibt. Ich bin hier, um Ihnen zu sagen, dass das Leben nach dem Verlust eines geliebten Menschen zwar nicht mehr dasselbe ist, aber dass es Hoffnung gibt. Man wird nie wieder dasselbe Leben haben, aber wenn man mit dem richtigen Menschen gesegnet ist, kann man sich neu erfinden. Und ich hatte so viel Glück, dass mir eine zweite Chance auf Glück vergönnt war.

Aber genug von mir. Kommen wir zurück zum Thema dieses Buches und zu der wunderbaren Seele, die es geschrieben hat. Dies ist die Geschichte, wie sie meine Leihmutter wurde, wie ich fast alles vermasselt hätte und wie es sich trotzdem in eine unerwartete Liebesgeschichte verwandelte – nicht nur über Abbys und meine Liebe zueinander, sondern auch über die bedingungslose Liebe, die sie unserem Sohn schenkte, während sie gleichzeitig die Erinnerung an seine leibliche Mutter respektierte.

Wir beschlossen, dass Alex die Wahrheit erfahren sollte, sobald er sie verstehen konnte. Abby kaufte ihm zu seinem ersten Weihnachtsfest ein Buch mit dem Titel *Meine Mama ist ein Engel*. Und während der letzten Jahre haben wir ihm so gut es ging in einfachen Worten erklärt, wie er entstanden ist. Er erzählt allen, dass er zwei Mütter hat, eine hier auf der Erde und eine im Himmel. Er sucht seine Engelsmama in Regenbögen und schläft mit seinem Lieblingsspielzeug, einer Kuschelgiraffe, von der er weiß, dass sie aus ihrem Pyjama gemacht ist. Er hat das alles so gut gemeistert, und ich bin sehr stolz auf ihn. Ich bin auch so stolz auf Abby, dass sie meinem Sohn so selbstlos Raum gegeben hat, um zu schätzen und stolz darauf zu sein, wie er entstanden ist.

Ich hoffe, dass Sie dieses Buch mit offenem Herzen lesen und mir Gnade dafür erweisen, dass ich auf dem Weg dorthin einige Fehler gemacht habe.

Das Schreiben unserer Geschichte war nicht nur reinigend für meine Frau, sondern half ihr auch, eine Leidenschaft für das Schreiben zu entdecken, die sie hoffentlich fortsetzen wird. Ich werde hier sein und sie bei jedem Schritt anfeuern. Schreiben ist ihre Leidenschaft. Ich war auf der Suche nach meiner Leidenschaft, bis ich sie traf. Jetzt ist sie meine Leidenschaft. Unsere Familie ist meine Leidenschaft. Vater zu sein ist meine Leidenschaft.

Abby, mein Schatz, herzlichen Glückwunsch zur Fertigstellung dieses Buches. Ich bin so dankbar, Teil dieser Geschichte zu sein – nicht nur, weil du mir unseren Sohn gebracht hast, sondern weil er mir dich gebracht hat.

Deine Liebe

Sigmund

Kennen Sie die epische Liebesgeschichte
von Leo und Felicity noch nicht?
Holen Sie sich jetzt Der Aristokrat
(ein eigenständiger Roman)!

BÜCHER VON PENELOPE WARD

Eine Leihmutter für Sig
Cross The Line: Ich kann uns nicht vergessen
Moody: Nur du siehst mich
Dare You to Love Me
Der Aristokrat
Hot Crush: Mit dir gibt es keine Regeln
Anti-Boyfriend
Our Second Chance
Hate You, Love You
Off Limits – Wenn ich von dir träume
Neighbor Dearest
Stepbrother Dearest

Von Penelope Ward & Vi Keeland:
Rush-Serie:
Rebel Soul
Rebel Heart

Second Chances:
One More Chance
One More Promise
One More Kiss
One More Time

Park Avenue Player
British Player

Sweet Player
Perfect Player

Hate Notes
The Story of a Love Song
Sleepless in Manhattan
Merry Kissmas: Vier Weihnachtsgeschichten
in einem E-Book
Can't Stop the Feeling

BIOGRAFIE

Penelope Ward ist eine New-York-Times-, USA-Today- und Wall-Street-Journal-Bestsellerautorin. Sie ist in Boston mit fünf Brüdern aufgewachsen und arbeitete als Nachrichtensprecherin beim Fernsehen, bevor sie sich eine familienfreundlichere Karriere suchte. Penelope liebt New-Adult-Romane, Kaffee und ihre Freunde und Familie. Sie ist stolze Mutter zweier Kinder und lebt in Rhode Island.

Besuchen Sie Penelope im Netz!
penelopewardauthor.com/clds-staging/country/germany
facebook.com/penelopewardauthor
instagram.com/PenelopeWardAuthor
tiktok.com/@penelopewardofficial
twitter.com/PenelopeAuthor